未来序曲

第十二届北京科幻创作创意大赛
"光年奖"获奖作品集

陈 晨 主编
刘 然 张英姿 詹 晨 副主编

中国科学技术出版社
·北京·

图书在版编目（CIP）数据

未来序曲：第十二届北京科幻创作创意大赛"光年奖"获奖作品集/陈晨主编；刘然，张英姿，詹晨副主编. -- 北京：中国科学技术出版社，2024.9. -- ISBN 978-7-5236-0936-1

Ⅰ. I247.7

中国国家版本馆 CIP 数据核字第 202434P3A1 号

策划编辑	王卫英
责任编辑	王卫英
封面绘图	张于吉
封面设计	中文天地
正文设计	中文天地
责任校对	吕传新
责任印制	徐　飞

出　　版	中国科学技术出版社
发　　行	中国科学技术出版社有限公司
地　　址	北京市海淀区中关村南大街 16 号
邮　　编	100081
发行电话	010-62173865
传　　真	010-62173081
网　　址	http://www.cspbooks.com.cn

开　　本	710mm×1000mm　1/16
字　　数	361 千字
印　　张	23.75
版　　次	2024 年 9 月第 1 版
印　　次	2024 年 9 月第 1 次印刷
印　　刷	北京长宁印刷有限公司
书　　号	ISBN 978-7-5236-0936-1 / Ⅰ·90
定　　价	88.00 元

（凡购买本社图书，如有缺页、倒页、脱页者，本社销售中心负责调换）

编委会

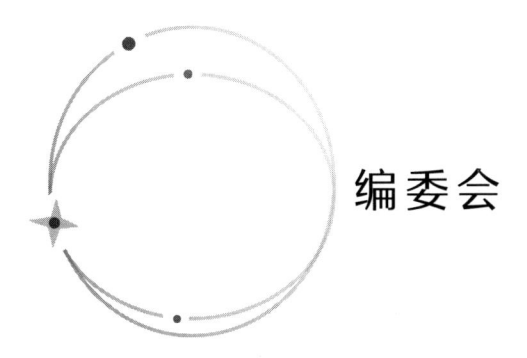

主 编 陈 晨

副主编 刘 然　张英姿　詹 晨

编 委（按姓名笔画排列）
丁 超　王卫英　王晓磊　申 璇　吕风亚　刘 畅
齐倩颖　李 丹　徐扬科

光年奖
— LIGHT-YEAR AWARD —

此书献给热爱并坚持于科幻创作的你

序

科幻构筑想象之梦

在浩渺的宇宙中，人类如同孤独的旅者，在无尽的黑暗中探寻着前方的光明。而科幻，便是我们手中的明灯，照亮前行的道路，同时也为我们揭示那隐藏在现实背后的无尽奥秘。

北京科幻创作创意大赛"光年奖"，作为我国科幻文学界的重要奖项之一，一直致力于挖掘培养科幻创作领域新生力量，激发科幻创新创造活力。它不仅是对科幻作家们才华的肯定，更是对他们努力的鼓励和支持。通过"光年奖"的评选和推广，更多的优秀科幻作品得以被广大读者所知晓和喜爱，科幻文学的影响力和传播力也得到了极大的提升。

《未来序曲：第十二届北京科幻创作创意大赛"光年奖"获奖作品集》便是这样一座璀璨的灯塔，它不仅集合了"光年奖"各个板块的优秀获奖作品，更是科幻创作者们思想和智慧的结晶。

在这部获奖作品集中，读者可以看到各种风格迥异、题材多样的科幻佳作。有的作品以宏大的宇宙为背景，展现了人类与外星文明的交流与碰撞；有的作品则以细腻的笔触，描绘了科技发展对人性和社会的深刻影响；还有的作品则通过奇幻的想象，构建了一个个令人叹为观止的异世界。《沧海一歌》中人类文明通过一个外星生命获取到的人类情感而得以传承；《看不见的星光》讲述了宇航员在漫长的星际旅途中需要面对的种种牺牲和艰难；《看不见的星星》则构想出一种善于模仿的外星生命，开放式的结尾让故事的发展更加耐人寻味；《躯壳》《局中人》《忒修斯之人》《欺骗》《演化》以其犀利的文笔揭示对科技的过度依赖让人与机器的边界变得模糊，人类的情感逐渐退化；《血锈病毒》《物竞人择》则讲述了人类面对末世的灾难（疫病、生态环境恶化）又将付出如何惨痛的代价来赢得新生。《破茧成蝶》则通过奇诡的想象构造了人类突破现有维度局限的另一种存在形式。通过这些作品，我们不禁开始反思，人类在追求物质文明的同时，是否忽视了精神文明的建设？在追求科技发展的同时，是否忽视了生命演化的真谛？而《奇米》《彗星与大丽花》《点点的星辰大海》则以独特的视角和温暖的笔触给科幻赋予了浪漫温柔的色彩。科技终究只是工具，而真正决定它的方向的，恰恰是人类自己。

科幻，作为一种独特的文学形式，它不仅仅是对未来世界的描绘和想象，更是对人类自身、对现实社会、对未来文明的深入反思。在这本作品集里，我看到了作者对科技、人性、伦理、宇宙等多元议题的探索，这些作品让我惊叹于作者的想象力和创造力，更让我在思考中得到了启示和升华。

科幻是一种思想实验，是一种对未来的探索和预测。而在这本作品集里，每一位获奖作家都以其独特的思想实验，为我们揭示了未来的可能性和风险。他们通过科幻的笔触、独特的构思、奇绝的想象，让我们看到了科技发展的双刃剑效应，一方面它带来了前所未有的便利和进步，另一方面也可能引发深重的灾难和危机。这让我们不禁思考：在未来的道路上，人类应该如何平衡科技的发展与人性的需求？

此外，这些作品还让我们对宇宙和未来充满了好奇与憧憬。它们描绘了无数奇异的星球、神秘的外星文明以及壮丽的星际景象，让我们在想象中畅游于宇宙之间，体验着未知的魅力和惊喜。这些作品不仅让我们感受到了科幻的神奇和魅力，更让我们对未来充满了期待和希望。

在这个充满挑战和机遇的时代里，"光年奖"将继续为科幻文学注入新的血液和动力。我期待着更多的优秀作家和作品涌现出来，共同推动科幻文学的发展和繁荣。同时，我也期待着科幻文学能够与其他领域进行更加深入的交流和合作，共同探索科幻文学的新领域和新高度。

《未来序曲》的出版，不仅是对第十二届北京科幻创作创意大赛"光年奖"获奖作品的展示和肯定，更是对科幻文学未来的展望和期待。让我们携手共进，用科幻构筑想象之梦，共同追寻那光明的未来。在科幻的世界里，我们将继续探索、思考、创新，让科幻文学的火焰燃烧得更加旺盛，照亮人类前行的道路。

目录 Contents

沧海一歌	碳闪	/ 001
看不见的星光	星河紫光	/ 051
躯壳	郑琪琪	/ 117
血锈病毒	子瀛	/ 221
局中人	水荼翎	/ 241
破茧成蝶	逗逗	/ 263
物竞人择	陈小手	/ 283
忒修斯之人	朱奕璇	/ 299
奇米	金文宇	/ 311
欺骗	星水	/ 317
演化	好梦	/ 323
看不见的星星	武虹	/ 329
彗星与大丽花	李星颖	/ 335
点点的星辰大海	张天航	/ 347

沧海一歌

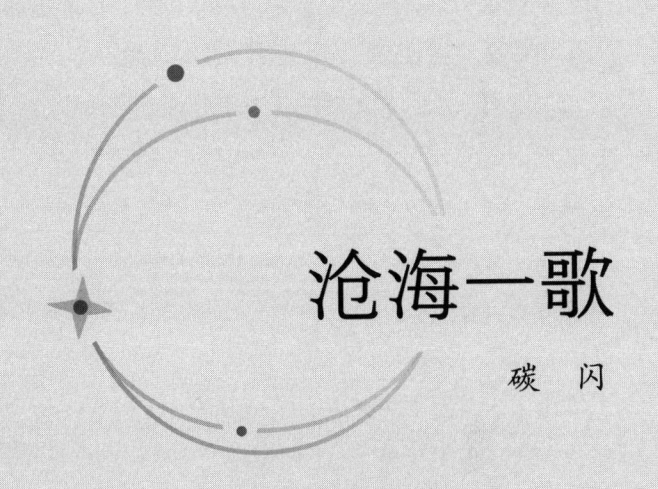

碳 闪

引　子

一颗不起眼的小行星，孤零零地漂泊在漆黑的太空。

它的表面呈暗红色，400 米长，40 米宽，形状看起来像一支雪茄。几个月前，它越过了海王星的轨道，向更空旷的宇宙飞去。太阳在这个距离上，直径看起来只有地球上看到的三十分之一，亮度略微超过月亮，温柔的清光堪堪照亮了它的表面。

在周围缺乏参照物的情况下，很难判断出，它正在以一个微小但恒定的加速度逃离太阳系——只有地球重力的千分之一，就像一只蚂蚁搬动一块糖果，坚定而缓慢。这个加速度不是来自星体的引力，它也不像彗星一样向后喷射出物质。几十年前，这个问题令地球上所有天文物理学家挠破了头。最接近真相的理论，反而是一个大胆的科幻作家提出的。

在小行星尾部的边缘，有一圈几乎完全透明的，薄到难以想象的薄膜延伸出来，在太阳的光压下完全舒展开，没有一丝褶皱。随着距离太阳越来越远，薄膜还在继续生长，以保持加速度恒定。

一个探测器幽灵般地出现在小行星身后。

探测器的表面遍布它出发穿过大气层时烧蚀的黑斑，伤痕累累。它的光学探测装置终于捕捉到了小行星的踪影，霍尔效应推进器尾部幽蓝色的火光逐渐熄灭，探测器尾部开始喷射出明亮的蓝色火焰，调整飞行姿态。表面开裂的碎片在惯性的作用下四散开来，如蝴蝶抖落的鳞粉，闪闪发光。

探测器的正面有光学镜头伸出来，桅杆相机和中子反照率动态探测器开始运转，侧面的避险相机和机械手臂也开始跃跃欲试。探测器与小行星的距离不断拉近，最终的接触到来得极为缓慢，但从物理上不可避免，就像人类将这个探测器送到这里来进行的所有计算一样确定无疑。这将是人类的造物第一次接触到地外生命的造物，宛如创世纪的一瞬。

下一秒，一道闪光从小行星的尾部发出。在 0.01 秒后，探测器消失了。

沧海一歌

一

清晨，蒙蒙细雨中，一辆越野车缓缓驶过戒备森严的岗哨，沿着沙土地上铺设的柏油马路前进。两侧的土地上冒出了一些青色的细草，与一路上的荒凉形成了鲜明的对比。路的尽头，依稀可以看到几栋形态各异的建筑——如果不是冷冽的涂色，会让人产生这里是游乐园的错觉。

云逸此刻就坐在越野车的后排，望着窗外的草色，不知道在想什么。她的脖子上悬着深蓝色的来访许可证，旁边坐着一个年轻的小伙子，是这个宇航中心新建成的航天训练中心的接待员。

在他们的视野里出现了一座巨大的碟形建筑。小伙子一指："云老师，那里是全世界转速最高的载人离心机，有一条长达32米的旋转钢臂，钢臂的两端是球形不锈钢封闭舱。训练时，航天员坐在舱内，钢臂和球形舱飞快旋转，用于模拟航天员在飞行中遇到的各种加速度，最高可以达到20倍重力。"

"20倍？里面的人还能保持清醒吗？"云逸轻柔的声音响起。

"我肯定不行。"小伙子笑笑，又指向另一边的车窗，"那边50米高的就是冲击塔，用来模拟飞船返回地面时的着陆冲击，训练航天员的抗冲击耐力。"

"前面的分别是对接模拟器、血液重分布模拟系统、电动秋千、抛物线飞行轨和低压舱，对吧？我可不是来参加夏令营的。"

"我知道，您是国社记者，来考察新项目的。"小伙子突然压低了声音，故作神秘地说，"在里面的感觉太真实了，没人能分清现实和虚幻。一会儿您就知道了。"

通过步态分析走廊后，云逸跟着小伙子穿过了几道密封门，才见到了这个"新项目"的真容。

它看上去像是一个方方正正的巨型鱼缸，或者悬在半空的透明泳池。特制的玻璃墙壁将房顶落下的灯光晕染成浅蓝色，随着缸中的液体上下浮动，迷幻的光带在外墙上不停跃动，云逸身处其中，仿佛置身海底。

玻璃水槽的每一条棱上，都配置着一到两套多轴机械臂底座，连接着大量数据线和供电线。从底座延伸出来，一直穿过玻璃墙壁进入水槽，并汇聚在中心位置的，不是常见的机械臂，而是在液体中缓慢摆动的，章鱼触手般的柔性机械臂。每一条机械臂的末端都有一个张开的吸盘，拼接起来恰好可以将最中心的人包裹住。

小伙子从耳机里收到了什么指令，然后说："请稍等，系统正在根据您的身体密度指数给失重水槽重新配平。您可以选择待会儿模拟体验的地点。比较常规的选择是月球和火星表面，在静海看地球和太阳同时升起，或者攀登奥林帕斯山。不过我个人会推荐小行星表面作业的项目。"

"地球表面的地方可以选择吗？"云逸说。

小伙子有一丝迟疑，然后说："行倒是行，自从北斗卫星组网成功，我们系统里应该保存了在那之后全部的地表卫星遥感信息和高清照片。您想去哪儿看看？"

"我想去四川。"

"云老师，我们只有一个小时的使用权限……"

"20年前，我刚刚大学毕业，在四川大凉山支教了一年，但我完全没有顾得上欣赏那里的景色。我总想有朝一日能弥补上这个遗憾。"

"我明白了，交给我吧！"

换上一身贴着皮肤，但又光滑到仿佛没有触感的浸入服后，云逸在引导下，一步步走上了水槽的边缘。她将刚刚3D打印出来的柔软的贴脸面具戴上。氧气开始供应。

"云老师，放松身体，保持位置。"

嘶嘶的声音从四面八方响起，那是高压气体被送入柔性机械臂后，虬结的动力纤维发出的声音。水槽里的16条柔性机械臂被注入了灵魂，灵敏地移动起来，张开末端轻薄的吸盘，从不同角度将云逸包裹了起来。云逸被吸盘全部覆盖后，看上去就像一个连接了管子的白色塑胶人体模型。然后所有的机械臂平滑地将云逸移入水中。她眼前的景物开始发生变化，从刚刚的房间，变成了一片没有空间感的灰色。

周围安静了下来，微凉的感觉袭来，重力的影响消失了。所有的环境参数都达到了最自然的状态。周围的画面明亮了起来，光线交织，逐渐显现出模糊的轮廓。下方的深蓝色线条渐渐构成公路，上方的浅蓝色则大块地晕染出天空。周围充满了浅黄色的颗粒，逐渐形成了耸起的嶙峋土丘。在几个呼吸之间，云逸眼前的风景明晰了起来，细节越来越丰富。

重力带来的踩在坚实地面上的感觉重新出现，这是柔性机械臂通过精密计算后施加在她身上的力的作用。她低头看向自己的双手，浸入服的传感装置将体表的所有特征一般无二地构建了出来，包括她细长的手指、手背上清晰的静脉和修剪整齐的指甲。她的感官嵌套在一个虚拟的模型之中，而这个模型和真实世界里的她完全相同。没过多久，她就感觉到大脑已经彻底信任感官构建的幻象，以至于风沙吹过时，她会下意识地抬手捂住口鼻。

这风沙和她记忆里的一模一样。地上全是黄沙，仅有一些零星的麻黄草，大风吹过来，尘土飞扬，吹得人满嘴都是沙土。云逸的心脏怦怦地敲击起来，她下意识地控制变得急促的呼吸。这是来到海拔 3000 米左右会出现的高原反应。近些年她已经很少梦到那间石头堆砌的校舍了，但身体本能的反应提醒着她，那年的经历塑造了她灵魂的一部分，不可能被剥离。

耳机里传来声音："云老师，按照运算和渲染速度，接下来的一个小时，您还能游览四五个景点。别忘了呼吸，模拟机提供的氧气是正常的。"

云逸很快就想好了要去哪里。一张全息地图浮现在她面前，她谨慎地搜寻心里想着的目标，将局部的地图放大，再放大，然后又选择了一个特定的时间。当她的指尖触碰到地图时，屏幕上泛起的波纹扩散开来。天空在明暗之间疯狂地闪烁，周围的一切变得模糊，又逐渐清晰起来。

她出现在一座近百米高的土丘顶端。天气晴好，视野空旷，被高温蒸腾扭曲后的空气，给周围的景色加上一层海市蜃楼般的滤镜。一抹蜿蜒的绿色将大地从中间劈开。一边是漫漫黄沙，另一边是生命，两者正在进行着一场漫长的战争。冲在最前线的是胡杨、云杉和樟子松，用高大的身躯抵抗住四季不停如箭雨般吹来的风。紧随其后的有乌柳、沙棘和骆驼刺，用庞大的根系和狰狞的形态表达着寸土不让的决心。

有一些小黑点在那条战线的最前端,在地平线上缓缓起伏。那是治沙队的人,他们是生命阵营的先锋,正向沙漠边缘发起冲锋。他们用铁锹在沙土上挑出浅沟,画出一个接一个的草方格,将麦草均匀铺在沟中,再拿铁锹把麦草戳进沙子中,如此,播撒下的新苗和草种才不易被风沙带走。

云逸看向他们周围,那是一种叫沙蒿的植物,耐旱速生,同样是生命阵营的主力。她清楚地知道,这些人中的一个,将在几年后被由沙蒿花粉过敏导致的哮喘扼住咽喉,倒在自己家的院子里,缓慢地死去。但她什么都做不了,眼前的景象只是渲染引擎通过超高清卫星照片渲染出的幻象。

她在山丘上停留了10多分钟,其中包括了闭上眼睛、喃喃自语的3分钟,然后才跳跃到了第二个地点。

这一次,她出现在一处悬崖峭壁之上,正俯瞰着一座奇特的城堡。城堡镶嵌在峻崖深谷中间,与山体融合在一起。它如同一个巨人,两道高墙如同臂膀一般从两侧张开,背后拦住了一条浩荡的大河,面前则是嶙峋的怪石和200米落差下碧绿的河道。

沉默的巨人扭动了一下身躯,轰隆隆的声音由远及近,就像天边滚动着无尽的响雷。积蓄的万吨水流倾泻而出,倒挂下4条张牙舞爪的银龙,在峭壁上拍打出怒吼的激流,倒卷起千堆雪,迷蒙的水雾向外扩散开,如薄纱披在山崖上。

这里是金沙江上的白鹤滩水电站,长江之水离开源头后遇到的第一重障碍。云逸只看了一分钟,就转身离开。她沿着输电线路走去,一瞬间就跨越了几十公里的距离。在一片辽阔平坦的大地中央,是一片闪着银光的奇特海洋,鳞次栉比的光伏板在阳光下泛起层层涟漪,一眼望不到头。

她加快了时间的流速,直到看到大地边缘有一片云飘过来。云的最前端是一个挥动着鞭子、骑着马的牧民。

地面被光伏板覆盖,蒸发量大幅度减少。一排排搭起来的光伏组件减少了风对植被的影响,清洗光伏板的水则下渗至地表,牧草得以恢复生长。但麻烦也随之而来,牧草杂乱无章地生长,遮住了光伏板。于是牧民被雇用,赶着自家的羊群到这里放牧。很快,珍珠般散落的绵羊就开始在光伏板间游荡觅食。

20年前云逸第一次听到"光伏羊"这个名词。当那个孩子用稚气的声音说出来以后，她反复确认了两遍，才接受了这个牧民们创造的独特又有点反差的新名词。如果没有这些羊，那个孩子的命运也不会以奇特的方式发生转折。

云逸第三次跳跃后，连绵的雪山在天边逐渐显露出身影，云披在山腰上，洁白轻盈，像新弹的棉花。山脚下，潺潺的溪水流过，矮小的垫状植物铺成了一张绿毯。云逸坐在一块岩石上，然后轻轻地拨动时间指针。一群黑色的野牦牛从她身旁经过，又飞速远去。几只岩羊经过，被一头漂亮的雪豹追逐。一只兔狲从岩石缝隙里钻出来又钻进去，与天上盘旋的雕斗智斗勇。

最终，时间的流逝变得缓慢，一群藏羚羊从山谷远处奔来。它们修长的角直指天空，仿佛天生就与天空有某种联结，蕴含着某种神性。山谷里遍布碎石，它们却凭借灵巧的蹄精准又快速地跳跃，像风一样拂过。

枪声响了，风被拦住了。

血花一朵朵迸射，受惊的羊群在山谷里左冲右撞，山谷两端和上面的山崖都响起了枪声。藏羚羊成片地倒下，血水染红了溪流。没过几分钟，周围又安静了下来，一群人沉默着从山崖上滑下来，亮出了锋利的匕首。

天快黑了，一阵骚动从山谷的远端传来，烟尘中，一辆吉普车高速驶来，停在了百米开外的地方。车上下来的男人短须，头发灰白，双眼瞪得快要裂开。他掏出猎枪，倚着车子，向这边射击。车灯碎裂的声音，子弹打在钢板上的声音密集地响起。天边只剩下最后一丝亮光，被剥去皮子的母藏羚羊身旁守着几只叼着血肉模糊的乳头的小藏羚羊，等待着妈妈的奶水。另一边，那个男人直到死，还保持着半跪着射击的姿态。

云逸闭上了眼睛。还需要去哪里，要去那个村子看看吗？看看那间石头砌成的教室？不用了吧，那里现在八成也荒废了吧。她睁开了眼睛，发现自己已经回到了最初始的位置和时间，身处大凉山连绵的山峰之间。

她踮了踮脚，跃上了附近最高的土丘。就在她漫无目的地四下张望，等待退出模拟器的时候，看到了令人难以置信的一幕。她浑身颤抖起来，瞳孔扩张。

她看到了一座大山，是一个人的形状。

对巨物的恐惧，是根植于人类基因内部的。他们的裸猿先祖在进化过程中因为皮肤的分化，产生了更为敏感的神经系统，能够更明显地区分自我和外部世界，这促进了自我感觉的强化。它催生出了智慧，但也有一个明显的副作用：在日常经验之外的巨物会从感官上直接颠覆他们的世界观，使自我认知的连续性发生断裂，即便只是短暂的，虽然理性可以迅速做出调整，人们依然会出现头皮发麻、心跳加速的反应。

那座人形的大山就横躺在那里，头在东北边，脚朝向西南。

从形象上看，这是一个20多岁的青年男性，方脸、颧骨略高，身材颀长。他闭着眼睛，仰面躺在地上，双腿微微分开，双手自然地摆在身体两侧，手指微弯，一切都是最自然轻松的状态。周围隆起的土丘看上去就像他床单上的褶皱。如果不是周围的地貌时刻提醒着他的大小，他简直就像马上要从睡梦中醒来一样。

二

2017年，云逸大学毕业那一年，或许是为了躲避找工作的难题，抑或是为了做一件不一样的事情来磨炼自己，她报名参加了美丽中国的支教项目，被分配到四川省凉山彝族自治州的一个乡村小学。

去支教的地方海拔达3000米，刚到镇上，云逸就被高原反应折磨了一通。在村支书开车接她回村的路上，她全程瑟缩在座位里，盖着一层染着膻味的羊毛毯，头疼欲裂，胃里翻江倒海，整个人像被从内到外翻了过来。

等回到村里，几个村民帮助她安顿了下来。村支书磨磨蹭蹭地在她房间里不肯走，到最后看她恢复了一些精神，才坐下来，缓缓张口道："小云老师，感谢你肯来我们这儿支教。条件艰苦，你有什么要求就找我提，我们尽量解决。但是吧，我们对你也有个小小的要求。你就按课本上的教，别跟娃们说一些有的没的。"

"什么叫有的没的？"

"比方说，给他们讲一些虚的，大城市有多大，外面有多好，有什么好玩的之类的。娃们听得心野了，都想出去。"

云逸抿了一下嘴唇，然后说："让他们接受教育，不就是为了让他们以后有机会走出去吗？"

村支书笑了笑，露出被烟染黑的牙，说："就算他们考上了外地的好中学，家里也供不起。就算供上了，考上了大学，然后呢？听说大城市里的房价都是这个数，他们在外面干一辈子，就能安顿下了？"村支书说到房价的时候比了个手势，云逸没有看懂，大概是代表了一个很大的数字。

云逸沉默了。这些年她也屡屡看到寒门难出贵子的说法，但如此直面现实，她还是第一次。常言道知识改变命运，但如果改变不了呢？在这样的环境里，一个人有知识又能怎么样呢，只是徒增内心的痛苦罢了。村支书还在看着她，眼神充满了期待，她勉为其难地点了点头。村支书笑开了花，连声道谢，用他粗糙的手跟云逸握了一下，然后忙不迭地走了。

直到那天晚上，她还在翻来覆去地想白天的那一幕。如果连基本的生活都难以维持，那么追求知识还有意义吗？如果她处于这样的处境，还会有求知欲吗？

教室是用大小不一的方形石头垒起来的，四面透风，石头有的是青灰色，也有的是棕黄色。门是个留出来的洞，顶上铺着茅草。云逸迎来了自己的学生，十几个年龄各异的孩子，各个年级都混在一起。他们用好奇的目光打量云逸，低声用方言交头接耳。

上午的第一节课上了一小半，教室门口突然传来了一声"报告！"，接着，一个小男孩从门外走了进来，穿着脏兮兮的、明显大于他体形的衣服，显得他脑袋很大。他斜挎着一个牛仔裤改造成的书包，头发上还挂着一些汗水冻成的冰碴子，脸颊冻得通红，还在用力地吸着鼻涕。教室里的孩子都笑着起哄，男孩目不斜视，几步走到自己在角落里的座位坐下，自顾自地拿出课本看了起来。

下了课，云逸把小男孩叫到了一边。

"其他同学都自我介绍过了，你呢？"云逸笑盈盈地问。

"老师好，我叫叶小歌。"男孩说完这一句，就把头低下去了。

"小歌，你们家离学校很远吗？"

"远。"

"老师帮你申请一下，你可以住在学校旁边的宿舍里，我看还有一个空房间。"

"不了，我得回家照顾我妈妈。老师，我明天不会再迟到了。"

男孩抬起了头，他的眼睛很亮，而且随着对视时间的增长，越来越亮。云逸从他的眼睛里看到了一种答案，感觉困扰了自己一天的问题烟消云散。也许有一些人无知且快乐，但并不是所有人都应该接受这种生活。云逸从口袋里掏出一块糖，放在了叶小歌手里。仔细想了想，干脆把所有的糖都拿了出来，让他分给所有同学。

一天的课程结束，云逸独自坐在教室里，随手把一张方形的糖纸折成一朵玫瑰。她从小就喜欢手工，本来计划带着这些孩子们做点手工的，现在看来，光是带着他们学完课本上的知识都比较吃力了。云逸把这朵紫色的糖纸"玫瑰"放在讲台的一角，静静地规划着接下来几个月的课程。

第二天中午，云逸发现讲台上的糖纸"玫瑰"变成了两朵。

她把两朵一模一样的"玫瑰"托在掌心，她甚至分辨不出哪一朵是自己折出来的。她又看到了叶小歌，他独自坐在座位上，其他同学都在嬉戏打闹，只有他很安静，并且一直看着这边。云逸走了过去，把两朵"玫瑰"并排放在他的课桌上："这是你折的？"

叶小歌点了点头。

"你怎么也会折这种玫瑰？"

"我早晨把你折的拆开了，然后就会了。"

周五放学的时候，云逸决定进行一次家访。于是，她跟着叶小歌，走了一遍让他每天早晨汗水结成冰的几公里路。叶小歌在前面走着，看着不是很快，却总是一不小心就把她落下了一大段距离，于是他就在原地等着，看她跟上了，才继续转身往前走。到家的时候，他连汗都没出，把书包往地上一丢，就进厨房生火做饭去了。

从屋里传出两声沙沙的咳嗽，然后走出来一个皮肤黝黑的女人。她用手捂着口鼻，仔细地把大门关好。云逸发现那大门上裹着一层棉布条。

女人说话的声音也闷闷的，就像嗓子里卡着一口浓痰："云老师，谢谢你在学校照顾我们家小歌。"

两人坐下，云逸开门见山地说："小歌非常聪明，比我见过最聪明的人还要聪明。我希望他能一直读下去，如果有经济上的困难，我愿意资助他。"

女人歪着头，看着天花板上面虚无的某个点，并没有接话。半晌之后她才幽幽地说："小歌他爸就聪明，上过大专，大道理一套一套的，还入了党。后来他就放弃好好的工作，去参加了巡山队，被盗猎的人打死了。"

"可是，小歌读了书也不一定会……"

女人扭过头来看着云逸，空洞的双眸里正汇聚着某种愤怒。她说："你知道为什么他爸会独自一个人，一杆枪，去追捕对面十几号人吗？因为他内心跟自己过不去。他们巡山队在无人区的时候，断了补给，一群人饿了几天几夜，最后只能靠他打死了一只藏羚羊，分着吃了肉，他们才活着走了回来。我宁愿他从来没读过书，这样他就能像其他人一样，继续厚着脸皮，心安理得地活着。"

小歌从后厨冲了出来，眼睛里带着泪花，说："妈，我还是想读书。我想考大学，以后赚很多钱，给你买房、买车，带你到超市里，你想买什么就拿什么。"

女人又剧烈地咳嗽了起来。

时间过得飞快，一眨眼已是深秋，西北风整日刮个不停。小歌请了两天病假，第三天到学校时，还是浑浑噩噩，连课堂上的点名都没有回应。放学后，云逸就把他留了下来。小歌半天没有吭声，最后才有些神秘地说："老师,我有个秘密,你可不要告诉别人。我跟我妈讲了,可她不相信我。"

云逸跟他拉了拉钩,小歌缓缓地说:"老师,你相信这个世界上,有外星人吗?"

就这样,小歌一口气讲出了他3天前的遭遇。

这些天牧草逐渐枯黄,村里养了"光伏羊"的人家便让村里的小孩帮他们打一些过冬的牧草备着。放学后,小歌就跟着邻居家的几个大孩子去东边的草场割牧草。他们每个人背着一个自家编的柳条筐,拿着镰刀。力气大点儿的,装一筐牧草可以换一块钱。小歌人小,力气弱,只能换5毛钱。这活儿他们已经干了好几天,那一筐筐牧草把他的双肩压出来两道淤青的血痕。这一天,他们照旧在晚霞之中出发,等小歌走到牧场,其他孩子已经到了半天,你追我赶地耍了一阵。等他们打好牧草,其他人又健步如飞,把小歌远远地甩在了后面。由于肩膀疼,他只能背一段路,放在地上拖一段路。等到残阳的最后一丝光芒消逝,小歌已经看不到一个人影,举目望去,周围全是空旷的沙地。

小歌有些害怕,怕遇到野狼或者棕熊。但他越急,那一筐牧草便越发沉重起来。他大声叫喊了两声,想给自己打打气,却听不到任何回声,喉咙里也像火烧一样。

就在这时,有一道白色的光线,从半空中笼罩下来,将他目之所及的地面全部照亮。小歌就站在光里面,他抬头看去,天上什么都看不到。他害怕极了,丢下那筐牧草,快速地用脚尖在周围画了个圈,然后便朝家的方向狂奔起来。

跑出几十米后,他被一块石头绊倒,扑着摔在了地上。头昏昏沉沉,只听到周围嗖嗖的风声,就像被卷进了一团风暴,睁不开眼。他努力地抱住了头,蜷缩起身体。那是他失去意识前做的最后一件事了。

很多时候,人们会在醒来的时候忘记了自己身在何方。小歌醒来的瞬间,以为自己还在自家后院柔软的牧草垛里躺着。那是夏夜里他最喜欢的地方。

星空向他无止境地展开怀抱,他就像飘浮在银河之中。几秒后,他回忆起了自己的处境。

大地已经失去了踪影，星空也变得有点奇怪。它太过明亮拥挤，和平时见惯了的星空完全不同。它过于明亮，光辉灿烂。数不尽的星星密集地挤在这一片夜空里，几乎将每一个缝隙填满，如同一片黏稠的光海。那上面闪耀的波光，都是极亮的星辰，比寻常的星亮百倍千倍，流动的光彩让它们看起来仿若在灼灼燃烧，像是伸手就可以摸到，随时都会坠落下来一样。整个夜空都仿佛燃烧了起来，活了过来，在进行一场疯狂而又神秘的狂欢。

他试图控制身体，但发现自己的身体也不见了。

他并不是无法移动、麻木或者失去知觉。小歌的意识仿佛孤零零地飘浮在陌生空间里。他可以转向任何一个角度去观察周围，但却没有任何本体的反馈。然后当他环视四周的时候，他发现了那片光海——一片由柔和白光组成的，距离他非常近的球形的光的海洋。

他无法理解自己的处境，即使是最荒诞的梦里，世界都不会是这个样子。但是他隐隐地明白了什么。现在他看到的光球，只是如同一层光织成的薄膜，中间几乎完全是空的。所有发光的点也是静止的。

他就这样，不知飘浮了多久。等他回过神来，他发现自己依然倒在地上，不远处是被风吹倒的小筐。白光消失了，他就像是经历了一场白日梦。

讲完那天的经历，小歌翻开自己的作业本，最后一页的背面，画着由许多密集的点构成的图形。云逸对着这幅画面凝视了很久。渐渐地，她意识到自己正看着什么。她在上面定位了亚欧大陆，墨点稀薄的地方是海洋，勾勒出大陆的形状。随后她分辨出了一些特征。比如墨点最大的一些位置，对应着几个人口最多的大城市。

"老师，这就是我那天看到的光球上光点的位置。我总觉得它代表了什么。"小歌认真地说。云逸知道这孩子一定从来没有见过世界地图，否则他一秒钟就会认出来。而且她也不相信小歌会撒谎。

一年后，支教结束，云逸回到了城市。第二年，她接到了一个电话，是小歌打来的。他说自己的母亲因为哮喘病发作去世了，他的联络地址改成了市里的福利院。经过云逸的几番奔走，最终她的大学老师，一对丁克的教授夫妇收养了叶小歌。两人每年春节都会见上一面，直到云逸由于工作调动离开了那座城市，算起来已经有五六年没见了。

云逸从久远的回忆里回到现在。当她在模拟器里看到那座人形大山的瞬间，就认了出来，大山的样貌正是长大后的小歌。在地球表面有大量无人涉足的区域，千万年来，无论这些地方发生什么样的变化，都不为人知。这座人形大山就是如此，如果不是她的这段经历，如果她后来没有成为记者，或者当天派去航天训练中心的是另一个人，它就永远不会被发现。它的本体会在更久的时间里被风化侵蚀，最后变成一座无法辨认轮廓的低矮的山。那些卫星拍下的高清照片，也会被永久地淹没在海量的陈旧信息中，刻在硬盘上，最终以低廉的价格被搬上垃圾回收站的卡车。

但这一切的发生不是巧合，而是执念。

小歌在那个秋天的经历，他身上最大的秘密，如今有了更切实的证据。这极有可能是人类第一次接触外来生命的证据。它将把人类的历史粗暴地一分为二。

向上级汇报后，两天的时间里，联合调查组已经派出了 4 支调查队，进入了凉山人形大山的内部进行现场勘察。

凉山人形大山的内部不是实心的，而是有着复杂的结构。最初的两支调查队，分别从其头部两侧的耳道进入。整座大山的长度是 1800 米，几乎和人体保持着 1∶1000 的比例，耳道的开端是两个直径 5 米的深洞。在深入耳道后，两支调查队都遇到了一层薄薄的石壁，从人体结构来看相当于鼓膜。他们分别在上面打开通道，进入了更深的内部。

在清冷的荧光中，调查队看到了巨大的螺纹石鼓，那是巨人的耳蜗。它连接着像一套精密机械的巨大镂空结构，有人从里面认出了砧骨、锤骨、镫骨和半规管。

道路从这里开始分叉。有一支调查队沿着咽鼓管的位置一路向下，他们走过了漫长的咽鼓管，最终从鼻咽进入了一片如同花园迷宫般卷曲复杂的区域——鼻甲，并从这里取样后返回。而另一只调查队更为幸运，他们沿着耳蜗后方的耳蜗神经，一直上行，遇到阻碍便在石壁上打洞，最终来到了一片宛如神迹的区域。

这里有形态各异的多角形石块，直径在 1 到 5 厘米不等，每一个石块都从表面延伸出上千条 1 毫米粗细的线，通向其他石块。最长的可以跨越数米距离。所有的石块以这种方式连成一片，层层叠叠，密集到了极点，就像某种可怕的虫巢。

毫无疑问，这是大脑内部的神经元连接的景象。

另外两支调查队分别从手背上和脚跟上的浅表静脉打孔进入，沿着 1 米左右高度的血管隧道进入其中。他们沿途发现了被一层石膜包覆着的肌丝和肌管，错综复杂的神经，还有硬度超过其他区域，他们携带的气动破拆工具都难以留下痕迹的骨骼。

就在人们以为已经没有什么会比一个近 2000 米长的人体精准模型更震撼的时候，4 支调查队提取的岩石样品的微观检验结果给了他们一个暴击。

凉山人形山体不仅有人体的宏观结构，还有微观结构。

一层层地剖开岩石样本后，人们观察到了细胞膜、细胞器和细胞核。进一步的检验结果显示，连原本纳米级别的染色体都被放大到了微米级，上面的组蛋白和缠绕的 DNA 链条都清晰可见。如果愿意，人们甚至可以用直接观测的方法统计不同形态的核苷酸，得到完整的基因序列。

一切证据都表明，这不是自然的造物，而是来自某种高于人类的力量。

云逸给叶小歌打去电话的时候，他没有接到，因为他正在一场非常重要的酒局上。这是他博士毕业答辩通过后的谢师宴。白酒一杯杯地下肚，他的眼睛却越来越亮。等到一行人走出饭店，步行回学校的时候，他才找到机会凑到了答辩主席，也是国内一流的生物学家施毅身边。

"施老师，我有个问题一直想问您。"

施毅微微笑了一下，说："你问。"

"在最初的细胞形成时，是先出现了有具体功能的蛋白质，还是先出现了编码蛋白质的遗传物质？如果是有某种生物功能的蛋白质大分子先随机诞生了，那么没有编码它的遗传物质，蛋白质分子自己又无法复制自己，如何能流传下来？如果是编码蛋白质的 DNA 分子先出现，DNA 的复制、转录、翻译，都需要对应的蛋白质作为酶。但这些步骤只有都完成了，才能产生最初的蛋白质。从逻辑的角度，这是否矛盾呢？"

施毅惊讶地扬起了眉。在这个时候，他期待听到的问题通常和就业或者推荐信有关。类似的问题他也思考过，但始终没有一个答案。复杂的生物大分子积累变异，不断进化的前提，是一种能够复制、代谢和遗传下去的环境。但缺乏对应功能的大分子，生命就不会拥有这些特质。曾经有一些系统工程学者试着解答这个最根本的问题，提出诸如超循环之类的理论，但都无法验证。

叶小歌看到他还在思考，继续说："想要自然演化出一个能够自我复制的系统，尤其是像地球上这样的，两种不同的长链分子相互配合的系统，真的有可能吗？"

施毅看着这个黑瘦的年轻人，这是他听到过的最能打动人的自我推荐。他说："我不知道，但欢迎你申请我们实验室的博士后，我们可以一起探索这个问题。"

那一夜后，叶小歌周围的人再也没有听到过他的消息。起初人们议论纷纷，可随着时间的流逝他最终被人们淡忘。

事情的真相是，与其他人分开后，叶小歌在宿舍楼下被礼貌地请上了一辆黑色轿车。车开向了军事医学研究院下属的一个分支机构。在那里，他得到了一份需要隐姓埋名的工作，同时也以半志愿的形式成为该机构的主要研究对象。

三

2017年，第一颗经过太阳系的系外天体奥陌星被科学家们发现。奥陌星直径在百米级，以每秒26千米左右的速度从天琴座方向冲进太阳系，近乎与黄道面垂直。它呈雪茄状，颜色偏红，具有固态表面，是人类首次在太阳系内发现的系外天体。当泛星巡天望远镜发现这位"不速之客"时，它距离地球0.2个天文单位，大约3000万千米，已经开始离我们远去。根据它的轨道估算，它距离地球最近的时间是2017年9月9日，距离为0.07个天文单位，对应地球上最近点的位置，在北半球中国境内，柴达木盆地的西北端。

后续观测到的数据表明，直到2018年元旦，奥陌星的位置与计算出的轨道存在4万千米的偏差，2019年元旦，差值达到10万千米。因此只有一个非引力的加速度才能解释其运行轨迹。科学家计算出奥陌星的非引力加速度在已知的彗星里也显得突出，即便其没有被观测到类似彗星喷射物质的特征。也有人推测，它是一艘人工制造的光帆飞行器。

在奥陌星离开地球的5年后，来自美国太空计划公司的科学家提出了追上奥陌星的具体方案。从地球上发射的飞船将在26年后追上奥陌星，并给它拍照，以供天文学家研究。飞船将通过木星的引力弹弓效应加速，研究人员将这个方案称为"木星奥伯斯策略"。

2028年，探测器"奥陌之友号"从地球发射，然后依次环绕金星和地球运动。研究人员说，这样可以将探测器航行到木星所需要的燃料降到最低。大约4年后，探测器进入木星轨道，它将燃烧燃料加速，在木星的引力弹弓效应下以13.32万千米的时速，即以每秒37千米的速度追向奥陌星。在此之后，探测器又航行了将近18年，最终在2050年前后在海王星轨道外接近了奥陌星。

尽管视频流媒体公司为探测器追上奥陌星后的现场实拍画面设置了超过100美金的付费价格，依然有十几亿人在大屏幕前观看了这场直播，因为它或许是人类文明与地外文明的首次正式接触。

海王星的轨道距离地球有30.1个天文单位，这意味着电磁信号传回地球的时候，比实际发生的时间要晚4个小时。飞行器追上奥陌星的这一天终于来了，就像等待了一年的昙花即将盛开。人们实际看到的是，在一片漆黑之中，一个极小的红色亮点闪烁了一下。然后屏幕上就出现了"信号丢失"的字样。

第二天，太阳快要升起的时候，清洁工在纽约联合国总部的广场上发现了一个奇怪的物体，就在"打结的手枪"雕塑旁边。保安声称自己整夜都没有合眼，没有看到任何人员、车辆的进出。当天9点，第一个来上班的实习生立刻发现，眼前这个一人多高的金属物体，就是"奥陌之友号"探测器。

它在一夜之间穿越了450亿千米的距离，回到了地球上。即使光走过这段距离，也需要4个小时，而它只用了8个小时，达到了真正的亚光速。

联合国广场立刻被封锁了起来，专家穿戴着全套的防护服，将探测器里的存储硬盘拆了出来。接到电脑上后，硬盘显示内存已满，但里面存满了人类无法解码的信息。

正当人们一筹莫展之际，探测器的电磁波发射天线自动运转起来，方圆5千米范围内的收音装置都接收到了一段用标准的英语播送的音频：

"地球上的文明，你们好。我们是你们的邻居，来自太阳系附近的一个恒星团，距离地球277光年。我们的文明在某个年轻恒星的原行星盘中形成。我们曾经到访地球，留下了一些东西，但我们没有恶意。我们只是一群在寻找自身生命起源的旅行者。"

在宣读完这段和平宣言后，"奥陌之友号"探测器发生了新的变化。探测器的外壳突然软化，中心凹陷，两侧凸起。内部令人眼花缭乱的布线和零件以魔术般的速度飞快重组，在几秒钟后，它变成了一台高达5米、体积庞大的圆球形机器。

在它崭新的外壳上，镌刻着这样一句话："这是我们送给地球文明的礼物，300年后，地球遇到重大灾难时请打开外壳。请不要提前拆开机器。"

3个月后，在美国发起的联合国投票里，支持者以极其微弱的优势通过了一项决议。来自美国的功勋卓著的太空工程师，47岁的芒福德上校，将代表全人类拆开外星人送来拯救世界的礼物，探知外星人关键科技的奥秘。

芒福德上校什么防护服都没穿，只穿了胸口绣着国旗的T恤。他需要更全面的感知，以更灵敏的动作来完成他的操作。他左手拎着一把半米长的气动钳子，右手拿的则是充满了电的合金电锯，锯头由盾构机刀片的生产厂家特别制作。他的背上还背着一套乙炔切割器。

他花了两个小时,将机器外围的外壳一片片切割开。火花四溅中,残破的碎片丢了一地。最后,他分离出了这个机器最核心的元件。和专家们预料的差不多,那是一个紧凑的物质核心,呈圆筒状。

他高高举起那个表面呈亮银色的圆筒。圆筒上依然刻着一行小字,写道:"尊敬的地球人类,请不要拆开这个圆筒。里面包含了超越时代的技术,你们还没有发明出能接收其原理的语言和科学范式。"

芒福德轻蔑地笑了笑,乙炔切割器喷射出的蓝色火焰刺在圆筒上。一些淡蓝色的液体从圆筒中流出,渗入地面,然后不见了。

"吱呀",一个声响从他身后传来,那是金属弯曲变形产生的声音。广场上光滑的水泥地面,此刻以他刚刚弄洒的蓝色液体为中心,出现了一道水波状的纹路,几秒内已经向外扩散了十几米。受到影响的地方,全都变得如同水银般柔软,又像是有什么东西要钻出来一样,表面出现无数突起,蠕动了起来。

这种变化很快扩展到了不远处的联合国大楼。局部失去了刚体的性质后,大楼的框架由于应力向下轻微弯折,发出令人牙酸的金属摩擦声。

气动钳子掉落一边,砸在地面上,就像掉入了阻力很大的泥潭里,悄无声息地融了进去,几秒后又化为液体从地里涌出来,像水银一样流淌着,顺着水泥裂开的缝隙钻了下去。

芒福德再转过身,发现那个著名的雕塑——"打结的手枪",已经不复存在。取而代之的是一个黄铜色的、人形的东西,正通过前额伸出的奇异触角打量周围的环境。

芒福德扭头就跑,刚跑出两步,他的身体突然一轻。一道金色的金属椎体向他的背后刺过来,贯穿了他的胸膛。在他痛苦大吼的时候,他又被另一道又轻又薄的刃拦腰切开,下半身在惯性和低级神经反射的共同作用下,继续向前跑了几步,才颓然扑倒。

人类确实还没有对这种物质状态的基础认知。它就像遵循着另一套独立的物理学规则,可以在物质之间传导,将固体液化,将金属瞬间延展塑形。

与此同时，在地球另一边的一个地下基地里，白色大厅的正中央，叶小歌正端坐着。他面前的巨大显示屏分别显示着各个大洲的监控情况。此刻，每一个分屏里同时出现最高级别的警报，闪耀的红色灯光中，叶小歌依然冷静。他指向其中代表北美监控台的全息按钮，动态的画面被实时发送过来。

　　整个金门大桥，已经变成了一团红色的面团，被一双无形的手不停地揉捏。大块的金属如同烂泥般剥落，掉落在海面上，露出中间层叠的材料结构。抖落在海岸边的金属块，仿佛被赋予了生命一样，蠕动着分化出了明显的主干与肢体。

　　叶小歌摆摆手，监控台的画面切换到全球第一高楼——哈利法塔。混凝土和玻璃碴儿簌簌地抖落，高楼大厦向内扭曲，像榨汁机一样挤出成吨的血水，然后钢筋框架扭结成500米高的钢铁怪兽，与旁边较为低矮的大楼融合在一起，如同一只接天的巨兽，在城市里迈步游荡。

　　画面再次切换到一大片湖，这里有茂密的森林，郁郁葱葱，从森林的缝隙露出的湖水是碧蓝色的，一望无际。这里是北美的休伦湖东岸，坐落着世界上第三大核电站——加拿大布鲁斯核电站。此时，堆芯已经熔融，带着火焰的反应堆碎片如火雨般落在森林里。

　　山火烧起来了，天空中一片红云，仿佛血色的晚霞一般。火光冲天而起，整片大地被映照得通透，像是被涂抹上了一层猩红，世界末日仿佛就要降临。整座山头变成了一片废墟。无数巨木被烧焦，烧黑的树皮和断裂的树枝散落一地，到处都是焦糊的味道。城市里的高楼大厦惊恐万状地站在一旁瑟瑟发抖，黑色的鸟群在天空盘旋，却不敢发出任何声音。

　　空荡荡的大厅里，叶小歌突然生出了一丝警觉。他回过头，一道水波一样的波纹从地面划过，入口厚重的钢铁大门上，如同浮雕一般，浮现出一个模糊的面孔。面孔逐渐变得清晰了起来，它明显不属于人类，甚至连五官都没法数出来。紧接着是它的身体，如同地狱的恶鬼爬出地面，一个不属于人间的生物从铁门里浮现出来。

　　"我还以为我这辈子经历的已经足够多了。"叶小歌说。

这个生物说话了，而且用的是汉语。但声音来自四面八方，在空荡荡的大厅间回荡。他们大概是没有振动发声的器官，因此周围的所有物质都成了他的声带。

"请移交出地球的控制权。"

空洞的声音如同冷冽的寒风吹过，叶小歌却像一块坚硬的岩石般不为所动。

"你确定吗？"叶小歌的声音缓慢极了。

他背后的大屏幕上，混乱依然在继续。飞机在半空中凝成了金属团，化为巨大的火球，燃烧着砸向人口稠密的市中心。人们被周围的电器、汽车和墙壁伸出的尖刺贯穿，悬在半空中，却被刻意避开了要害部位，痛苦地呻吟着，失血死去。士兵被自己的枪械勒住脖子，脸色青紫，在地面上翻滚挣扎。

"投降吧，人类不需要增加无谓的牺牲了。"声音再次响起。

叶小歌摇了摇头，说："如果没有你们，我应该有一个平凡但美好的人生。但因为我的一位长辈，人类在 5 年前就已经发现了你们的存在。在那之后，我们就一直在研究对付你们的方法。凡有接触，必留痕迹。你们在 25 年前扫描我的时候，也在我体内留下了痕迹。"

他冷静地解开衬衫的扣子，露出因为采样而千疮百孔的上身。伤疤层层叠叠地爬满他宽阔的胸膛和后背，但这一次，他的脊梁挺得笔直。

画面切换回了联合国总部的广场。一辆没有牌照的黑色轿车停在路边，一个浑身黑衣的特工从车上下来，在特制的塑料手枪里填入一种从弹头里可以看到淡黄色液体的子弹，没有瞄准，直接向卷曲成一团的大楼开了一枪。那些正屠杀着人类的金属怪物，又一次开始变化组成他们身体的金属。他们无力地嘶吼着，眼看着身体各个部分融化，摊在地面上重新成了冷硬的金属。

"啪嗒"一声，那是叶小歌眼前的怪物融化的一滴钢水跌落在地面上的声音。

"怎么了,刚来地球有点儿水土不服吗?奥陌星人?"叶小歌声音里的嘲讽意味更浓了。

十几个小时之后,元气大伤的人类文明终于获得了解救。在每个地区,更多的特制武器被分发给平民,将隐藏在角落的奥陌星金属怪物一一消灭。

5年前从人间蒸发的凉山之子,这次堂堂正正地站在了阳光之下,向全人类宣告:这一次外星文明的入侵,已经被彻底击退。

"奥陌星人号称他们的生命结构只能在碳、硅形成的结晶结构里折叠出现。既然这种结构如此简单,为什么在其他的元素里就无法形成?

"他们合成的那些液体,会将他自身的结构——奥陌式折叠构型,传递给他接触到的金属。在极短的时间内,他们就可以将整个星球转化为奥陌星生命体。万幸的是,他们的结构还没有来得及接触到地核。

"在过去的5年中,中国的行星防御团队已经通过凉山人形大山事件,敏锐地捕捉到了他们的存在,并且在我的血液中提取到了一些关键的物质。我们对他们的结构有了基本的了解和评估,并且预测到了这样的进攻方式。我们更改了一些参数,使得他们合成出来的结构与原本的结构呈手性对称。螺旋结构里的左旋变成了右旋,在更大尺度的折叠后,这些错误会积累起来,使得最终的结构极度不稳定。

"这一次,我们侥幸获得了先手优势,惨烈地取胜了。可下一次呢?总有人打着科学的旗号,去做任何他们想做的事情。我们之中从来不缺乏这样的人,在历史的某个时刻,他注定会犯下致命的错误,按下某个按钮,让所有活着的人类,连同文明创造出的一切灰飞烟灭。我们认定为正确的所有事情,都带有这个时代的一切偏见。

"我希望不会再发生这样的事了。"

叶小歌转过身的时候,脸上是深沉的悲哀。

一天前,与他对话的奥陌星领袖在弥留的时候,向他讲述了奥陌星的秘密。

奥陌星上的生命体系,与地球上的生命有根本性的不同。组成他们生命体的物质基础以无机物为主，简单的物质单元经过复杂的折叠后，产生不同的生物学功能。在地球的生命体系里，具有这样功能的分子是蛋白质，绝大多数酶和生物的功能都由因氨基酸排列方式不同而造成结构不同的蛋白结构域执行。但奥陌星上的生命的结构单元比地球上更简单，也没有遗传物质或细胞膜之类的结构。有生物学家指出，奥陌星人的生命构成更像地球上的"朊病毒"，即导致疯牛病的一种独特的蛋白质结构变异，能够将自身的变异传递给其他的蛋白质。这也造成了他们信息处理方式的单一性，以及对环境的超强适应力。

奥陌星人对自身生命的起源也做了深入的研究，研究的结果非常奇特——奥陌星人认定自己的生命形式并不是天然产生的，而是被更高级的智慧设计出来的。他们认为自然条件下不可能进化出他们的生命结构。于是他们开始向宇宙进发，试图寻找到自己生命的起源。

2017年，当奥陌星掠过地球时，他们随机选择了距离最近的地球生命作为模板，制作成了一个模型，也就是凉山的人形大山。它能够帮助远在太阳系外围轨道上遗留的解析装置获取信息，对地球生命进行进一步研究，计算地球生命出现的概率，并且与他们自身的生命形态相对比。经过他们的理论计算，地球上的生命与他们并非同源，但由自然演化出的概率，都同样的不可能。

叶小歌提出了最后的一个问题："你们究竟是善意的，还是恶意的？"

奥陌星人回答道："我们的本体只是一种无意识的结构混合体。而产生意识的途径和杀戮的意愿，是从地球人类的意志里提取的。你可以认为，我们是奥陌星人和人类文明的混血儿。"

在他彻底融化之前，他将一支蓝色的玻璃管从体内呕出。随着最后融化的铁水，漂到了叶小歌脚下。从四面八方传来的声音已经非常微弱："这里面包含你们还没有彻底参透的奥秘，你们只掌握了破坏，还没有掌握创造的力量。你可以用这种力量重塑地球。我们只有一个卑微的请求，请您将我们生命的种子封存起来，保存下去。"

四

随着"生命本源号"飞船的完工,准备了10年的"生命本源搜索计划"终于要进入实施的阶段。叶小歌快步走入他的办公室。窗外不远处,黑色的船体外壳遮天蔽日。这些天,为了确定登舰的500名舰组成员的最终名单,他已经忙得焦头烂额了。

这一年,叶小歌已经48岁。过去的20年是他最黄金的时间,他结了婚,有了一个优秀的女儿。奥陌星人降临事件发生后,叶小歌受到了启发,在原本奥陌星人生命结构的基础上进行改进,成功设计出了一整套利用折叠引物触发金属定向变形的工业生产方法。基于这项技术,他创立的公司迅速横扫了市场上工业生产和基础建设的市场份额。功成名就的叶小歌在40岁选择了急流勇退。他把公司托付给其他人,自己则转向了"生命本源搜索计划"的筹备。前9年,他的主要时间都花在了游说各方支持这项计划,以及"生命本源号"飞船的设计上。

"生命本源号"飞船呈中心对称的扁圆盘形,有点像过去人们想象中的飞碟,旋转的时候就可以产生模拟的重力。通体用结构折叠后强度最大的合金制造。这艘庞大的飞船一开始发射时只有核心的控制和动力部分。大量的金属材料预先被火箭送上了轨道,它们将在太空中与飞船结合,在折叠引物的作用下在太空中展开,扩展飞船的容积与功能。

叶小歌打开办公室一角的冰箱,从上层取出一罐咖啡。除了储存饮料的这一层,其他位置都摆满了各种塑料盒子,里面塞着满满的试剂管,上面的标签对应着飞船上的各个部分的零件,这是他的备用飞船。如果第一艘飞船发射失败或者遇到其他问题,这里的折叠引物可以在几天内将足量的金属转化成另一艘相同的、崭新的飞船。

几个月前,"生命本源号"飞船征集船员的消息刚一传开,纷至沓来的申请表就将基地的网络弄瘫痪了。3000个名额,却收到了超过5000万份申请。

经历过奥陌星人入侵事件，地球的安全性早已不能保证，如果太阳系出现任何意外，这艘新的飞船将是人类的生命种子保存下去的最大希望。

通过对年龄、健康状况、职业等方面进行筛选，如今已经只剩下了5000个候选人。一开始的几关都进行得很快，可到了最后这一步，却迟迟没有出结果。

只有少数人知道，最后这一步的选择权掌握在叶小歌的手里。

而他坚持要等待一个"计算结果"。据说他要求的计算量在地球上没有任何巨型计算机、量子计算机或生物计算机能够胜任，最终他找来了一群电脑天才，为他的独特计算设计了一个专用的计算工具。

但计算的究竟是什么，只有叶小歌一个人知道。发射基地里的其他高层甚至私下里把这称作"电脑算命"。叶小歌并不在意多等一些时日，他必须拿到那个最优解，才会带着选择好的3000人离开地球。由于目的地是其他恒星系，这一次远行的时间跨度将远超人类历史上所有的太空旅行，上千年，甚至上万年都是有可能的，一去不返，迷失太空的可能性极大。一旦出发，飞船上的所有人就将与地球故土割裂开来，就像被剪断脐带的婴儿。

2058年，一艘搭载着3000人的超大飞船"生命本源号"驶离地球。"生命本源搜索计划"是在人类通过多种方法验证出地球上的生命无法自行产生后推出的一项科研计划。原本的计划是发射6艘飞船，分别驶向距离地球较近的6个恒星系：距离地球5.9光年的巴纳德星，距离地球8.6光年的天狼星，距离地球约有11.5光年的南河三，距离地球25光年的织女星，距离地球37光年的大角星，距离地球42光年的五车二。这是在50光年半径范围内，人类探测到的主要恒星系。但是经过多方论证，专家们认为在信息无法统筹的情况下，没必要派出多艘飞船执行该任务，最终飞船的数量削减为一艘。

由于航行距离太长，而飞船能够携带的燃料有限，因此在脱离地球引力范围，加速阶段结束后，大多数时间，飞船都会处于靠惯性滑行的阶段。其速度最多只能达到光速的四百分之一。也就是说，一光年的距离飞船要走400年，飞船到达第一个目标巴纳德星将是2500年后。

这项计划的最终目标，是寻找"本源生命"。地球和奥陌星的生命结构，由于无法自然产生，被称为"次生生命"。人们希望寻找到一种在自然状态下能够产生的"本源生命"——这也被视为生命科学的终极答案。

叶小歌曾经想过无数种自己被唤醒时可能发生的事。

在"生命本源号"出发后，几乎所有的船员都进入了冷冻休眠的状态。这段旅程太过漫长，没有人希望在看到结果以前就老死在飞船上。在到达目的地之前，飞船上会始终保持有两人值班的状态，一男一女，分别负责安保、外界观察和医疗设施维护，为期两年。两年后他们会按照排班表唤醒另外两人，然后进入休眠状态。用这样轮换的方法，3000人每人只老去两年，就足够度过3000年。只有发生意外或紧急情况，或者到达了有生命迹象的恒星系，叶小歌作为舰长会被唤醒，之后他会根据情况决定是否唤醒其他人。

当他睁开眼睛，眼前的迷雾散去，出现在他面前的是女儿叶灵清秀的面孔，她是飞船上的船医。她的眼眶有些发红，看到叶小歌醒来，叶灵原本有些慌乱的表情镇定了许多。

叶小歌缓缓地，用双手支撑着从休眠舱坐了起来，感觉身体各处都十分酸痛。在上一次长达半个世纪的休眠结束后醒来时，他并没有这样的感受，站在另一边的小伙子连忙过来扶他。"舰长您好，我是210班的观察员，我叫陈钦。我刚结束两年的轮值，但出现了一些情况，下一班的人在解冻后一直没有出现脑部活动。于是我就先把叶医生唤醒了。"

陈钦的搭档是个巴西姑娘玛西亚，此时正在配制休眠后初醒时的人需要的特制营养液。

叶小歌摆摆手，说："运行过诊断程序了吗？"

叶灵双手呈上记录着数据的平板，一边说："运行过了，所有的生理指标都正常，但始终无法激活脑部活动。现在她的状况很接近……植物人。"

无法被唤醒的是一个23岁的美国女孩。叶小歌站在她的身边，忍不住想起睡美人的童话故事来。但现实比童话残酷得多，很大的概率是，这个女孩无论如何都不会再醒过来了。叶小歌想起很久以前在学界争论过一阵的冷冻状态下自由基反应的问题。虽然冷冻休眠舱的最终温度是用液氦保持的,在零下268摄氏度,已经非常接近绝对零度,但分子依然无法完全静止,有一些化学自由基会处于活跃状态并发生化学反应。当这些反应积累得足够多,在微观层面可能会对人体产生难以预料的损害。因此最终学界将当时的冷冻休眠标准定为最高300年,即使是这样的标准,在很多人看来也是杞人忧天,因为它涉及的时间跨度太大了。

叶小歌很快就做出了安排:"你们再唤醒10个人,看看这种情况是否普遍。"

已经空旷了几百年的舰桥,此时已经站了不少人。

玛西亚开始向叶小歌汇报。两年的清醒时间,使得她比其他人状态都更好一些:"第一批唤醒的10人中,有两个人无法唤醒。第二批的20人中,有3人无法唤醒。"

现场一片沉默,只有人们沉重的呼吸声。没有人想得到,一个以千年为单位的项目,才过了几百年,就遇到了如此沉重的打击。如此下去,不仅任务无法完成,所有人也都只能困死在飞船上。

"既然如此,全面启动飞船的维生系统吧,准备唤醒所有人。"叶小歌说。

"可是那样的话,不超过100年,我们就都……"叶灵没有说出后面的话,所有的人却都恐惧起来。想到百年之后一艘空荡荡的幽灵飞船在宇宙间游荡,他们显然还没有做好那样的准备。

"既来之,则安之。'生命本源号'本来就有最终成为世代飞船的设计。今晚,咱们就先开个小型的派对,相互了解一下吧!"在叶小歌的带动下,人们脸上的表情也轻松了许多,"就这样吧,大家都各自去准备一下。"

叶小歌走下台阶,经过陈钦的身边。这个小伙子以前是个军人,此刻站得笔挺,没有丝毫放松。叶小歌拍拍他的肩膀,眼睛向不远处的玛西亚瞟了一眼,小声地说:"你跟你的搭档,就没发生点什么?"

陈钦脸红了,挠了挠头,说:"舰长,这事儿吧……我们都没往那个方向想。"

经过统计,最终无法从冷冻休眠中被唤醒的有700多人。根据飞船上的冷冻生物学家分析，冷冻休眠到 400 年左右会出现一个明显的分界线。分子化学反应的伤害将在长期的积累后，在几十年里集中爆发，使人类的大脑中神经元的连接出现不可逆转的损伤。如果运气不好，负责意识清醒的脑区里的突触断裂过多，就会出现这种"无法启动"的状态。而醒来的 2200 多人，各自的记忆也出现了或多或少的损失，但并不严重。

叶小歌在第一时间召集了各个国家的船员代表开会。

"我提议，飞船上现阶段的所有活动应该两人一组，按照原来排好的轮值班来执行。这个排班表充分考虑了种族、语言、专业搭配等因素，两个人一组可以最大限度地保证每个人的安全处于监督之下，也可以使每个人的专长得到尽可能的发挥。"叶小歌说。

所有人的表情都不太自在。前 200 组值过班的人倒是无所谓，两年的时间他们已经培养起足够的默契，但大多数人对于跟一个陌生人绑定在一起行动还是很反感。叶小歌见没有人说话，揉了揉皱起的眉头，轻不可闻地叹息了一声。

叶小歌明显感觉到，最近叶灵和陈钦待在一起的时间有点太多了。原本和叶灵一个班次的俄罗斯小伙子很快就识相地不再出现了。没过几周，叶灵就拉着陈钦来到了叶小歌的办公室，用一种通知的语气告诉他，他们打算结婚了。

叶小歌面沉如水，从牙缝里憋出了几个字："我不同意。"

叶灵大吵大嚷起来。她实在不理解自己的父亲为什么要在这种时候干预自己的恋情。叶小歌感觉他的脑袋里乱糟糟的。最终，他做了一个决定。他说："走吧，跟我去一个地方。有些事情你们需要知道。"

为了保存地球上的动物基因，飞船上设有动物房，但绝大多数动物也都处于冷冻休眠的状态。只有小鼠是活动着的。这是一个只有十几平方米的房间，透明塑料构成的一个个鼠笼排满了整个架子，一个与墙壁上的换气装置相连的管道连接在每个鼠笼背后。从外面可以看到，每个鼠笼里面都有 10 多只白色的小鼠。几百年过去了，它们就在里面繁衍生息，已经过去了几百上千代，由于空间和食物的限制，每个笼子里的小鼠数量始终保持在十几只。

"为什么要带我们来这儿?"叶灵问。

叶小歌从架子上取下一个鼠笼。这一窝老鼠刚刚生下了小鼠,六七只全身通红的小老鼠躺在垫料挖出的一个柔软的小窝里。

"在自然界的动物中,有一种现象叫近交衰退。一个种群如果接连出现近亲交配,会使原本是杂交繁殖的生物增加纯合性,增加了有害等位基因纯合概率,导致后代减少、后代弱小或后代不育的现象。如果这个现象不断积累,最终会导致种群的消失。"

陈钦说:"你的意思是,如果我们这些在飞船上的人类以现在的状态自由地繁殖后代,最终的结果就是因为近交衰退而全部灭绝?所以你早就想到冷冻休眠会出问题,我们会变成现在这样一种状态?"

"即使冷冻休眠不出问题,这依然是我们最后要面对的局面。我们所有人的时间是有限的,即使可以无限地冷冻休眠,在足够长的时间之后,我们依然会老、会死。所以从一开始,我就考虑到了在飞船上繁衍后代的问题。"叶小歌话锋一转,又举起了手中抓着的小鼠,"这种小鼠叫作昆明白鼠,是科研界使用最多的一个小鼠品种。刚开始我们只买了两只,一公一母。如今经过了上千代的繁殖,这里的几百只小鼠,都是他们的后代。在他们身上就不会出现近交衰退的现象,因为他们的品种属于近交系。早在培育之初,人类就通过筛选的方式不断淘汰他们的后代中弱小的个体,排除有害的基因组合,直到得到一个能够无限繁殖的品种。

"在你们被筛选之初,我们就对每个人进行了基因检测。通过计算,我们得到了产生有害纯合基因最少的方案,并且按照这个方案,制定了排班表。当然最理想的状态,是在若干个世代以后,我们会得到一个人类的近交系。一个能够在太空中生存、无限繁殖下去的物种。所以,你们不能乱来,任何打乱安排的繁衍都有可能将我们推向毁灭。"

两个年轻人显然被他的这番言论震惊了。叶灵眼里含着泪,声音有些嘶哑地说:"你把我们当成什么了?在你眼里,我们都只是繁殖用的动物?"

叶小歌有些歉意,但依然坚定地说:"我们的生存资源有限。在这样的环境下,这是人类整个物种最好的出路。"

陈钦看向叶灵。他一直觉得，自己入选船员是因为自己的专业技能和综合素质，如今被告知是由于他的基因，一种无力感使得他格外愤怒。如果叶小歌的安排没有出现意外，他将在飞船上与玛西亚结婚、生子。他们的孩子将继续被暗中操纵着，与选定的基因匹配者继续结婚、生子，直到出现能够生下一对男孩女孩——即使是亲兄妹依然可以通婚，生出健康的后代，所谓的"人类近交系"。想到这里，他感到一阵恶心。人类社会的伦理道德使他对这样的事情极度反感。

"这就是你一开始的设计，一艘通过乱伦无限繁殖人类的飞船？"

"伦理，包括人类禁止近亲结婚的法律，原本就是为了防止近交衰退的现象而出现的。如果这个现象消失，这些观念上的东西就变得毫无意义。"叶小歌说。

陈钦感到无法反驳，但又无法接受。他喃喃自语道："那样的人类，即使能生存上亿年，又有什么意义呢？"

叶灵的情绪也已经到了崩溃的边缘。她咬着牙止住自己身体的颤抖，用斩钉截铁的语气说："如果有谁要当小白鼠，就让他们去当好了。我们有我们的尊严。"

叶小歌还想再说什么，但陈钦用眼神制止了他。于是，他只能眼睁睁看着叶灵转身跑掉了。

"我觉得有必要让所有的人都知道事情的真相，然后再看每个人的选择。"陈钦说。

叶小歌突然发现，所谓的舰长是没有任何权威的，毕竟这只是一艘以科研为目的的飞船。配备的武器都是用来应对行星探索的，此刻还在仓库里堆积着。而陈钦的姿势告诉他，这个军旅出身的年轻人根本不需要武器。

广场上聚集了超过 2000 人。被唤醒以来的几个月，这还是第一次所有的人都被召集到一起。叶小歌与陈钦一前一后穿过人群，走了过来，人们纷纷为他们让开一条通路。人们好奇地看着两人。虽然没有肢体的接触，但所有人都可以看出违和之处，陈钦面如冰霜，就像在押运犯人一样紧紧盯着叶小歌的后背。直到两人站在人群的最前端，登上台阶。叶小歌扫视着下面的人群，每一个人都看着他，等着他说话。这些人都曾经对他有足够的信任，以至于将自己的生命投入一个可能有去无回的探索航行中。他突然间不知道该如何开口了。

好在这时陈钦向前迈出了一步，他大声说："我刚刚才得知，'生命本源搜索计划'的领袖，我们的召集者叶先生，向我们隐瞒了非常重要的信息。如果得到这些信息，我想我们每个人的判断都会出现一些变化，因此我通过广播召集了所有人，请大家仔细听完。"

叶小歌深吸了一口气，这和他的设想相差太远。在他的设计中，两人轮班的制度必然会产生一对情侣，他们决定不再冷冻休眠，在飞船上培育属于自己的后代。当其他人醒过来的时候，面对的可能是更多居住在飞船上的新的年轻人。他隐隐感到后悔，他低估了人们对人类伦理规则的尊敬程度，尤其是当这些规则来自权威。然而事已至此，他只能尽量说服更多人接受他的计划。

"各位同人，我确实隐瞒了一些事，但事出有因。"叶小歌感觉自己的声音来自很遥远的地方。他感到眼前一片模糊，甚至连自己在说什么都不清楚了。

"在这里繁衍下去，是我们最好的选择……

"通过基因分析，你们轮班时的搭档，就是与你们最契合的伴侣……

"我们可能是人类最后的希望……"

然而人群中鸦雀无声。

入口处的红灯突然闪烁了起来。飞船智能广播里有女声响起："请注意，登陆舱发射中。"

陈钦第一个明白了过来。他大喊一声："是叶灵！"然后一步跳下台阶，狂风一样地向控制室跑去。

通过广场上方透明的舷窗，人们可以看到，一艘小型的登陆舱喷射着苍蓝色的火焰，距离飞船越来越远。登陆舱原本是为了登陆目标行星准备的，上面的生命维持系统只能运行3个月。由于登陆舱是向飞船行进的反方向离开的，追上去已经是不可能了。在茫茫的太空中，驾驶登陆舱离开无异于自杀。

麻木的感觉像蛇一样爬上叶小歌的四肢，最终攥住了他的心脏。这一刻，他感觉到撕心裂肺般的痛苦。周围人影闪烁，他摇摇晃晃地走下台阶，茫然地环顾四周。一切都变了，人们看向他的眼神，就像看一个可怕的怪物。一切都结束了。

叶小歌仿佛看到了很久以前施毅的双眼。那目光仿佛在说："为了生存，放弃相信的东西，值得吗？"

在陈钦的组织下，飞船上的所有人进行了一次投票。关于飞船的去向，有百分之三十的人选择了返航，有百分之七十的人选择了继续前进。关于人性，百分之百的人都选择了赋予每个人自由繁衍的权利。对于叶小歌的处理，有人提议将他抛弃在太空，但大多数人都不同意。但很明显，让他继续留在飞船上会让所有人感到不自在。最后人们采取了一个折中的方案。叶小歌会再次进入冷冻休眠，无限期地休眠下去。

五

在进入冷冻休眠的完全停滞状态之前，叶小歌还来得及做一个长长的噩梦。梦中，他放弃了之前坚持的计划，女儿叶灵和陈钦在一起了。当他接过两人的孩子，却发现婴儿的脸上没有五官。下一秒，他看到叶灵一个人坐在幽闭的太空舱里，掩面哭泣。他想要上前安慰，却移动不了自己的身体，仿佛被什么束缚住了。他看向周围，自己如同金属一般被镶嵌在墙里。墙开始像水波一样震动，他将自己的手伸到眼前，手却像一团融化的水银掉了下去。他整个人都融化了，穿过了登陆舱的地板，向无尽的黑暗太空坠落。

不知道坠落持续了多久，可能是一秒，也可能是一个世纪。他的眼前出现了一束光。他努力地睁开了眼睛。

映入眼帘的，是一张苍老的面孔。

叶小歌痛苦地呻吟了起来，他感到全身上下如同被几千根针不停地刺穿。

内脏全部都移了位置,头也疼得像要裂开一样。

床边的老人伸出了手,他抓住了叶小歌的手。粗糙皮肤的质感叠加在剧烈的疼痛之上。老人在一旁的注射泵上按了几个按钮,叶小歌的呻吟声渐渐地弱了下去,只剩下急促的喘息。他瞪大了双眼,看着这个陌生的老人。他白发苍苍,微黑的肤色说不清是哪个人种,高鼻梁,眼睛却是黑色的。

"我真的没有想到你会被唤醒。他们说,你在这里躺了 2000 年。"老人说的是汉语,但鼻音很重,声音微弱,就像是一阵咕哝。

"你是谁?"叶小歌问。

老人的表情有些落寞:"我是这里的最后一个人类。"2000 年,最后一个人类。

叶小歌并不知道地球上后来发生了什么,如果知道的话,他一定会感慨,历史总是惊人的相似。两次公正的、民主的投票,不论是几十亿人,还是 2000 人参与的,最终都将人类的灭绝向前推进了一大步。

老人无声地微笑,他的牙齿已经掉落得没剩下几颗了。伸出的左手上,也只有 3 根手指,应该是天生的畸形。他坐在轮椅上,身上盖着厚厚的毛毯。

一老一少就这样对望着,尽管老者比少者晚降生了 2000 年。最后老人有些困倦似的眯起了眼,打起了盹。叶小歌直到半个小时后才恢复了一些力气。他挣扎着爬出了冷冻舱。2000 年的岁月,曾经是地球文明从发迹到鼎盛所用的全部时间,如今却只是他的南柯一梦。在他推动轮椅的时候,老人醒来了,发出了一个不清晰的指令,轮椅就自行运转起来。

走出冷冻室后,就是过去的中央广场了。对于叶小歌来说,他从这里走过还是昨天的事情。此时他完全呆住了,他看到的,是一片杂草丛生的土地。藤蔓顺着两边的墙壁一直爬满了透明的舷窗,藤蔓上开着不同颜色的花。远处有一片森林,似乎有几堵墙被拆掉了,一些曾经有功能的舱室也并入了这个大广场。广场的中间有几个小木屋,搭建得很是简陋,就同过去林间猎人临时居住的小屋一样。

"在我小的时候,大人们常说,如果有一天只剩下一个人了,就可以试试把你叫醒。那时候我们还有 8 个人。后来人越来越少了,一个个的,都死啦。"老人说,"他们说你建造了这个地方,还说只有你知道我们要去哪里。我一直不是很明白,我们要去的,始终不都是坟墓吗?"

"嗯,他们搞错了。"叶小歌说,"我也不知道我们要去哪里。"

老人生在这里,飞船上的一切就是他的整个世界。他从来不知道自己的故乡是哪里,也不知道在这之外还有世界。

在老人弥留的几个月里,叶小歌陪着他做了很多事。他重新启动了尘封了几个世纪的培养器,魔法一般从里面拿出鲜美的水果、水嫩的蔬菜,甚至还尝试将一块干细胞培养出来的人造牛肉做成牛排。他教会了老人一些古老的棋类游戏,老人下得不是很好,但在叶小歌的故意操作下,五子棋总是能下得你来我回,互有输赢。他甚至找来一些糖纸,教会了老人一些简单的折纸,这个上百岁的老人像一个孩子一样快乐。

叶小歌从来没有提过他们是在一艘飞船上,更没提过那个宏大的计划。

终于,在一个早晨,叶小歌端着早餐去叫醒老人的时候,没有得到回应。他这时才想起,他甚至连老人的姓名都不知道,或许他们出生的时候就没有姓名吧。

叶小歌独自站在空旷的广场上。从此,他是独自一个人了。

距离"生命本源号"的出发,已经过去了2400年。不论船内发生了什么,飞船始终以光速的四百分之一向巴纳德星进发。如今,飞船已经进入了巴纳德星的引力范围,距离不超过 0.2 光年。40 年后,"生命本源号"将到达巴纳德星周围的行星。叶小歌带着3000人出发,快要到达目的地的时候,却只剩下了他一个人。

冷冻休眠已经不可行了。按照计算,2000 年的冷冻休眠后还能够被唤醒的概率不足百分之一,他的身体已经不允许再一次的冷冻,何况这一次,没有人会唤醒他了。

于是问题变成了,他如何一个人在这艘巨大的飞船上打发掉 40 年的时光。

其实在老人去世之前,他就想好了。答案很简单,折纸。从孩童时期开始,这些年,折纸一直是他的爱好之一。

飞船上的纸并不多，用作记录的纸早就被电子产品淘汰了。只有一些包装用的塑料纸，但没有办法折叠成型。叶小歌试了很多方法，比如用布料，用树皮，但始终找不到折纸的感觉。最后他才下定决心——造纸。飞船上有足够多的技术资料，还有基本的工具。

他拆下失去功能的冷冻舱的内胆，将其作为存放纸浆的大缸。他砍下树木的枝条，将它们做成粗略的工具。最初，这些活儿让叶小歌手上生起了水泡。过了几天熟练之后，一切都得心应手起来。

他尝试了用树皮、芦苇和麦秆剪碎后打成纤维来制造纸张。经过几次失败的尝试，他终于用竹子制成的框架在纸浆中筛出了纸浆里的漂浮纤维，抄出了完整的纸。后续的压榨和烘干很耗时，好在他最不缺的就是时间。

一个月后，叶小歌第一次得到了自己手工制造的、满意的纸张。

比起他小时候用的机器制成的纸张，手工制成的纸微微泛黄，但纤维很均匀，韧性也强。那一天，他花了六七个小时，按照记忆把这第一张纸折成了一只独角兽。这也是最能勾起他回忆的折纸作品。

他就这样一边造纸，一边折纸。时间如水一般流逝。

这一天，叶小歌刚躺在草地上小睡了一会儿，一声巨响将他惊醒。许久没有亮起的警示灯闪烁着，飞船智能播音系统发出指令："警告，船体受损。"

叶小歌并不是很担心。在折叠引物的作用下，构成飞船外壳的金属具有像记忆金属一样的特性，即使被击破也会瞬间修复。他望向巨响传来的方向，那是飞船的储藏室，此刻冒出了浓浓的烟雾。过去，储藏室里放着植物的种子，现在种子已经所剩无几，早就被他当成了存放折纸作品的仓库。

浓雾渐渐散去，他看到了嵌在舱壁上的拳头大小的黑色石块。这是飞船已经进入了天狼星外围的小行星带的证据。地上的纸屑碎得如同下了一场小雪。

然后他看到了不可思议的事情。

在那纸屑堆里，一团面团一样的东西正扭动着，接触到它的纸屑很快就融入了它，它的体积渐渐变大，中间也像小山一样隆了起来。渐渐地，面团表面出现了沟回，分化出短小又圆胖的肢体一样的结构。

直到这时叶小歌才意识到面前的是什么。在飞船出发前，为了感谢奥陌星人计算基因配合方案的贡献，一小管携带着奥陌星人生命结构的溶液也被储藏在这里，始终被双层电子锁包围着，从来没有人碰过。

一定是刚刚的陨石砸穿了包裹它的容器，溶液接触到了地上的纸屑。这是一个新生的，由纸屑构成的奥陌星人。

新生的奥陌星人是没有记忆的，除非有媒介向他传送信息。在吸收光周围的纸屑后，这个新生的奥陌星人不再长大了，高度只到叶小歌腰的位置。由于构成他的材料太软，他分化出脚的努力失败了，只能像蜗牛一样通过蠕动在地面爬行。他向一个方向爬去，很快就撞上了墙面，笨拙地向后倒了下去，摊在了地面上。几秒后他身体的结构重新隆起，在大约是他头部的位置，出现了一对类似蜗牛触角的结构，灵活地在空中转动，仿佛在观察周围的环境。

奥陌星人与人类，这两个曾经是死敌的种族，如今，在这个飞船上，出现了第一次对望。

一阵嘈杂的沙沙声从头顶传来，那是分布在舱体的广播里面的电磁铁线圈接收到异常电磁信号的表现。

叶小歌仔细地观察着这个柔软的，像面团一样的奥陌星人。他缓步走过去，弯下腰，伸出了手。奥陌星人的触角也随着他的手的接近而伸长。最终，在接触的瞬间，触角将他的手指包裹了起来。

一阵奇妙的触感从指间传来，触角柔软的表面与他曾经从水里捞出来的纸浆是一样的，但其中又像有许多细密的小吸盘，轻柔地在他的指尖滑动。

叶小歌的嘴角露出一丝微笑。他看到在奥陌星人的"脸"上，也出现了一道浅浅的凹痕，同样是微笑的形状。

"你好！"叶小歌试探着说。

广播里的沙沙声停顿了一下，发出两个模糊不清的音节。

"你好。"叶小歌放大了声音。

"泥豪？"广播里传出了一个又尖又细、有些稚嫩的声音。

"你好，奥陌星人！"叶小歌朗声说。

"你好，奥陌星棱？"

叶小歌大笑了起来，他好像很久都没有这么开心过了。笑着笑着，他的眼眶里又泛起了泪花。

叶小歌给这个新降生的小奥陌星人取名叫"星期三"，灵感来自他几个月前造纸的时候，看到水中的自己满手泥污，胡须纷乱的样子，突然感到自己的处境就像是《鲁滨孙漂流记》里的主人公。他那时还感慨，如果能再给自己来一个小跟班就好了。没想到在飞船发生意外的星期三，愿望竟然实现了。

与他们独特的结构有关，奥陌星人在幼儿时期的生存能力很强，刚一生下来就无须特殊的照顾，能够自由地活动，学习能力也出类拔萃。没用几天，叶小歌就教会了"星期三"日常生活中常用的语言。"星期三"没有发声器官，但他会用电磁波的形式将他学到的语言投射到飞船的广播中。当两人在宽广的广场上时，声音会显得遥远而洪亮，同时从远处飘来好几重回声。"星期三"很顽皮，即使在狭小的舱室里，他偶尔也会模拟出这样的声音效果。

通过一些微小的试探，叶小歌发现，"星期三"的身体在一开始是用纸屑转化的，因此对金属等材料没有融合的能力。同时，他也无须进食，只需要定期融合一些组成自己身体的物质就够了。每次他进食的时候，"星期三"总要模仿着大吃一顿，但很快就会消化不良，把吞下去的食物原封不动地排出来。

"星期三"对大多数事物都没有明确的认知，叶小歌为此非常头疼。"星期三"在一次探索中差点打开气压舱的门，冲向太空。没隔几天，他又被飞船动力室的点火装置喷成了火人，差点就烧成灰烬了。最令叶小歌哭笑不得的是，有一次他因为太累而睡着了，"星期三"还以为他死了，在颤抖着进行了一系列的哀悼活动后，差点把他埋进了广场角落墓地的土里。好在飞船的电脑里储存了人类几乎所有的资料。叶小歌找到了关于驯养宠物的书籍，正负反馈，软硬兼施，很快就矫正了"星期三"的这些行为。

"星期三"对于知识的吸收能力令人惊叹。他的身体里似乎有一个区域是负责记忆的，而且属于电脑硬盘式的记忆储存。不论多长的文章，他都能过目不忘。但想要理解和应用，还是需要叶小歌来教导。对于这个天赋极强的学生，叶小歌也倾尽所学，从基础开始，一点点把人类文明的知识传授给他。

更令人惊叹的是"星期三"在折纸上的天赋。

叶小歌第一次在"星期三"面前折纸时，他只是看了一次，用了几秒，"星期三"就把吞入身体的纸复制成了一模一样的折纸作品。他得意地把折出的玫瑰花戴在头上，欢快地跳起了他自创的抖动舞蹈。

原本还以为 40 年会太长的叶小歌，现在只觉得时间会过得太快。他最担心的是，在自己死后，"星期三"要如何孤独地在这艘飞船上活下去。

在飞船距离整个恒星系还有 0.01 光年时，飞船开始自动减速了。均匀的减速会持续两年的时间，以便飞船接近最外层的行星时，速度降低到行星的第一宇宙速度，进入环绕它的轨道。此时，飞船里的燃料储备还剩余 95%。

接近巴纳德星的过程中，飞船自动执行了大量的观测与分析工作，人类此前观测到的大多数关于巴纳德星的信息是准确的。巴纳德星是一颗质量非常小的红矮星，直径只有太阳的六分之一，发出的光非常微弱，在地球上用肉眼几乎看不见的。它是目前所有已知恒星中自行运动速度最快的恒星，并且在向太阳系不断地接近，也是因为这个，到达巴纳德星的实际时间比预测的早了一些。

但也有一些错误。一开始，人类通过观测，借助摄动效应计算出，应该有两颗大小约等于木星和土星的行星围绕着巴纳德星公转。几十年后，又通过大型天文望远镜的观测数据对它的亮度变化进行了分析，发现应该还有 3 颗较小的行星在它周围。根据推算，由于恒星的质量小，行星都距离恒星很近，最外层的行星距离巴纳德星只有 3.6 个天文单位，换算到太阳系相当于火星和木星之间的距离。然而奇怪的是，飞船上的天文望远镜在现在距离很近的情况下，并没有观测到推算中的行星。

叶小歌的身体机能已经相当于一位 90 岁的老人了。在最初发现没有观测到行星时，他还以为只是很巧合的，行星转到了恒星黄道面的另一边，被恒星的光芒掩盖。随着时间的推移，他的内心越发不安。按照计算，这个恒星系里的行星公转周期不会大于 20 年，在过去的几年里始终没有发现行星的踪影，这说明行星本就不存在。如果在恒星的轨道上环绕一周依然找不到有价值的探索目标，飞船就只能向下一个恒星系进发了。

"老爹，你来看看这个。"舱门打开了，一个与叶小歌年轻时长相一模一样的人走了进来。在长期的生活中，"星期三"已经学会了压缩自己身体的结构，使其具有与人类接近的肢体强度。如果他愿意，也可以改变表面反射光的频率，伪装成人类。

飞船的速度很快，太空中的碎石、彗星等全都是肉眼观察不到的。但飞船的观测台有先进的高速摄影机，足以把捕捉到的物质图像保存起来。"星期三"向叶小歌展示的，是几分钟前飞船检测到异常后传送来的画面。

那是一根细丝般的，笔直的银线，将漆黑的画面斜斜地分割成了两半。

"这是什么？"叶小歌惊奇地问。

"我还以为你会知道呢。""星期三"轻松地说，这是他与生俱来的幽默感。

"如此的直，应该不是自然形成的。看这颜色，应该是金属的质地。这究竟是什么，一条线？"

"别忘了拍摄的距离，至少也是一条银带。"

以飞船的速度，此时距离这条银带已经很远了。减速进行了几个月，飞船速度依然是光速的千分之一。想要调头是不可能的，巨大的加速度足够压扁飞船里的一切。

"记录下来它的定位，如果我们在恒星周围还找不到预定探索的目标，就返回来一探究竟。"叶小歌说。

"星期三"没有说话，只是以一种跃跃欲试的眼光看着他。

叶小歌板起了脸，说："我们讨论过这个话题了，不行就是不行。太空中可能出现的情况太多了，在飞船上一起行动是唯一的办法。"

由于奥陌星人特殊的结构，他们可以承受的加速度远大于人类。在很久以前"星期三"就提过，他希望可以驾驶登陆舱，承受较大功率的减速，这样就可以观察或捕捉这个恒星系里的物质了。但很快就被叶小歌否定了。

"这可能是唯一的机会了，老爹。如果等飞船减速结束，再返回来，至少是10年以后了。但现在我立刻出发，可能只需要几个小时。谁知道它还会在那里多久？""星期三"不死心地说。

叶小歌沉默了。他知道这是最好的机会，但那也意味着"星期三"要在狭小的登陆舱里面对太空未知的风险，两人的重逢也是在10年之后了。

"星期三"此时恢复了白色的奥陌星人的外表。他继续说："每犹豫一秒，它都有可能会消失啊。我们还是可以通过无线电交流的，我不会有事的。"

叶小歌想起了自己在18岁时，第一次离开家上大学的情景。出去看看世界始终是"星期三"的愿望，他希望拥有一次属于自己的冒险。时间过得太久，旅行的意义在他的心里已经非常模糊，如果可以，他宁愿就这样安静地老死在飞船上。但"星期三"的话语让他想起了最初建立"生命本源搜索计划"时的自己。

或许他从一开始就读懂了当初施毅的眼神。

只是为了追求所谓的真理，就赌上自己的一切，值得吗？

因为山就在那里。因为真理就在那里。

"去吧，一切小心。"

叶小歌目送登陆舱离开飞船。引擎的轰鸣声中，明亮的火焰一闪即逝，巨大的加速度已经使得登陆舱脱离了飞船的惯性，向深空进发。

飞船观测台的大屏幕上，显示出登陆舱内部的影像。剧烈的颤抖中，"星期三"被压成了一张薄饼，贴在驾驶室的墙壁上。

"嘿，老爹，需要面膜吗？""星期三"的声音从广播里传出来。

六

随着登陆舱的接近，那根细丝般的银线在视野里清晰了起来，也格外令人震撼。根据测算，它的宽度大约在 50 米，笔直地向两个方向延伸，看不到尽头。这样的宽度使它在太空中看起来比尘埃还要细，但飞船恰好得到了它的影像，是因为两者曾经距离非常接近。这也说明，它与巴纳德星的黄道面是完全平行的，飞船正是精确地沿着这个方向运行。"星期三"操纵着登陆舱，缓缓地向它靠近，距离足够近的时候才看出来，这不是一条银带，而是一根圆柱形的管道。

登陆舱放出起落架，轻柔地黏附在管道的表面。

"老爹，你觉得这是什么？""星期三"一边准备探测仪器，一边通过无线电与叶小歌交流。

随着距离的拉远，两人交流的间隔时间也越来越长。

"感觉像是某种交通工具的轨道，比如地铁。或者是一条贯穿太空的运输管道？"叶小歌说，"毫无疑问，这是智慧生物制造出来的东西。"

通过登陆舱传回的近距离的视频，叶小歌感觉到管道的质地似曾相识。它光滑如镜面，强度极大，与登陆舱的接触并没有对它的形状造成任何影响。如果他的猜测没错，这根管道与当初奥陌星人发射的水滴探测器是同样的材质，在强相互作用力之下，原子核整齐地排列在一起。

"星期三"费了半天劲，尝试了登陆舱上的所有工具，都没法给管道的表面造成一点划痕，更别说取得一点样品了，准备好的质谱仪、激光飞秒检测仪都无用武之地了。在叶小歌的建议下，他用手持式的显微镜进行了观测。果然，观察的结果和若干个世纪以前人类第一次观测水滴时一样，无论放大多少倍，管道的表面都是绝对光滑的。

这样的结果让"星期三"很沮丧，叶小歌却感到收获极大。"我想我知道这个恒星系里的行星都去哪里了。"

"老爹，你的意思是，行星都成了建造这个管道的材料？"

"是的，你想想，如此长的管道，需要耗费多少原子才能打造成？之前地球上观测的数据应该没有错，2000多年前，这里还有5颗行星，但就在我们赶来的路上，他们被当作原材料，做成了这根管道。"

"现在我们怎么办？管道的强度太大，我们也没法探测它的内部。"

"你开着登陆舱，沿着管道的一个方向前进，同时密切注意管道内部是否存在声音或有物体运动的迹象。我会加快减速进程，调整航向，尽快与你汇合。"

通信的延时，从一开始的几秒，渐渐变成了几个小时，两人之间的通话也越来越少。如果不是有一个明确的目的，这种漫长的沉默足以变成一种酷刑。

几个月后，飞船的减速阶段接近尾声。叶小歌收到了来自"星期三"的报告："老爹，我今天又测量了一下与巴纳德星的距离，我发现从一开始到现在，距离没有变过。这根管子很可能是围绕着巴纳德星的一个大圆环。如果转了一圈后什么都没有发现，只是绕回了起点，该怎么办？"

巨大的，圆环形的金属管道。

叶小歌突然意识到，之前对管道功能的猜测可能都是错误的。在地球上，人们也曾经建设过这样的装置，只不过是埋在地下，半径从10千米、30千米，扩大到100千米。

又过了8年零5个月，"生命本源号"飞船终于与登陆舱汇合了。这段时间里，登陆舱走过了圆环上相当于10度角的弧度。飞船继续沿着管道的方向前进。为了观察圆环，飞船的速度始终没有提起来，保持在光速的两千分之一。照这个速度，围绕圆环转一周需要花费大约70年。

叶小歌知道自己没有70年了。飞船减速的这些年，他感到身体的状态正在急速地恶化。冷冻休眠的时间太长，积累在他身体里的细胞损伤在他的免疫能力下降时显现出来。一开始是针刺般的疼痛，紧接着是消瘦、肌肉萎缩。

一开始他还可以坐在轮椅上，到后来，只能躺在病床上，全天候地连接着飞船的生命维持设备。"星期三"包揽了飞船上所有的工作，每天还要花一大半的时间在病床前陪着他。大多数时候,叶小歌会要求他给自己读书。读着读着,他就闭上了眼睛,似乎是睡着了。但"星期三"刚一停下,他又睁开了眼睛。

叶小歌的生命,就像是风中的残烛,似乎马上就要熄灭。

飞船沿着管道前进,每一天,前方似乎都有可能突然出现一个存在智慧生物的节点。死神与希望同时飘浮着,不知道谁会先降临。

叶小歌在一阵剧烈的震颤中醒了过来。

"老爹,你还好吧?"

"还没死。"叶小歌的声音很虚弱,他的状况糟透了。他的心脏咚咚地敲击着,肋骨断了两根,嘴上有一些粉红色的泡沫,鼻子流着血。

"飞船迎面撞上了非常密集的碎石块,我已经尽力了,但是根本避不开。""星期三"满含歉意地说。

"我知道你尽力了,不必在意。"叶小歌声音越来越小。

"虽然冒险,但现在只有这个办法了。飞船必须减速。""星期三"说。他的身体变得像刚出生时一样柔软,甚至更软。他在病床前俯下身子,像一张巨大的棉被,将叶小歌包裹在里面。失去意识的叶歌剧烈地吸气,但吸入的是像纸浆一样的流体。"生命本源号"上没有配备应对超高加速状态的深海保护装置,但现在他的状态与在深海保护装置里的状态是很相似的。飞船的减速开始了。主引擎喷射出的火焰穿过像暴雨一样拍击在船体表面的碎石,将他们烧成了通红的岩浆。"生命本源号"就像一艘在狂风暴雨里随着浪涛颠簸的小船,随着速度的降低,渐渐稳定了下来。

如同暴风雨过后能看见彩虹,两个人透过舷窗,也看到了壮观的奇景。在碎石圈的内围,一座表面呈银白色的巨大建筑,矗立在管道的尽头。建筑的底座是一个厚重的六边形结构,整体看起来是一个有多重表面的多边形,如同一座神庙一样高大。飞船缓缓地降落在建筑的门前。

"宇航服呢?"这是叶小歌说的第一句话。

"冷静点儿,先让飞船给你进行一个诊断。""星期三"说。

"把宇航服给我！诊断可以等一会儿。"

"星期三"默默地按照他说的做了。艰难地穿上宇航服后，叶小歌依然没法站起来。"星期三"将他背了起来。飞船完全停下来后，模拟重力也消失了。原本就很轻的叶小歌更是像一片叶子般贴在"星期三"的背上。他打开气密舱的门，轻飘飘地向建筑的大门走去。从这个位置看去，远方的巴纳德星只是天空中的一个稍亮的点。周围寂静、黑暗，没有一丝生气。飞船的探照灯将他俩的影子拉得很长，落在那银白色的大门上。

就在两人接近大门的时候，门开了。

没有智慧生物来迎接，他们看到门里是一个漆黑的，巨大的大厅。光照进大厅，中央有一台复杂的机械，同样是由强作用力的材料制成。周围的墙壁上，密密麻麻地刻满了奇怪的符号。

"星期三"温柔地把叶小歌放到地上。老人平躺着，感到一阵寒意从背后的地板上传来。他的手握着"星期三"的手，力量大得惊人。

叶小歌张了张嘴，"星期三"听不清楚他说的话。他将自己的宇航服手套垫在叶小歌的脑后，让他舒服一些。"星期三"早就发现，真空对自己没有任何伤害。

"老爹，我去看看能不能破译他们的文字。"

正如他所想，墙上的符号是刻给外来者看的。在其中的一面墙壁上，有大量的几何图形、代表数字的点阵，以及一些地球上也见得到的图案——原子模型、闪电、旋涡星系。它们共同为符号进行了注解。"星期三"凭借自己的记忆力，开始破译这种文字。

叶小歌苏醒了，他看到一阵温暖的光从天空落下，照在自己的脸上，之前的寒意全都消失了。他微微侧过头，看到了"星期三"的身影，他正在摆弄那台巨大的机器。飞船上的电缆从大厅门外连接进来，向这台机器，包括整个大厅提供了能量。

"老爹，你醒了。""星期三"转头，通过宇航服的广播器说。不需要叶小歌提问，"星期三"也明白他的眼神。

"我刚才破译了墙壁上的文字。你的想法没有错,这里曾经有一个智慧文明,他们消耗掉了恒星系的5颗行星,制造了这个巨大的粒子对撞机。外围的碎石,就是他们的母星在内核被掏空后,被潮汐力撕碎而留下的外壳碎片。对撞机运行了几百年,他们的能量耗尽,物质也得不到补充,他们文明的全部个体,已经都消亡了。"

机器启动了,一个全息的操作界面在它上空浮现,准确地显示出巴纳德星、周围的环形对撞机,以及停在外面的"生命本源号"的图像。一行文字出现在了屏幕上。

"这好像是一段可以交互的程序,它在欢迎我们的使用。""星期三"给叶小歌翻译道。他起身,在那行文字的下方勾画出同样的符号。很快,一行新的文字浮现。

"我问它是谁,它说它是一个幻影,指引后来者操作机器是它的使命。"

叶小歌虽然身受重伤,但他的脑子还算清醒。他感到这个文明的做法远超出了他的想象,为了科学研究牺牲自己的母星,牺牲自己的族群。如果所有的个体都死亡了,研究出结果又有什么意义?他用微弱的声音问:"你问它,他们为什么要如此急切地建造粒子对撞机,是因为什么巨大的灾难吗?"

"星期三"作为翻译,将他的问题画在屏幕上。他与机器就这样以一种奇异的方式交流了起来。

"没有灾难发生。与……接触后,探索宇宙奥秘是我们主动的选择。""星期三"将他无法弄清楚含义的词汇空了出来。

"生存是你们文明的第一需要吗?"

"是的,生存是任何生命最根本的需要。"

"你们为了建造粒子对撞机,毁灭母星的时候,想到过自己种群会灭绝吗?"

"是的,这是不可避免的。"

"你们在明知道会导致种群灭绝的情况下,依然消耗了所有的行星物质,制造了粒子对撞机吗?"

"是的。"

"这与刚才的回答矛盾吗？"

"不矛盾。"

"能否解释一下？"

显然，这是一台会思考的机器。在叶小歌提出解释的要求后，它停顿了一分钟，然后继续显示："你们如何定义生存？"

"活着，就是生存。"叶小歌回答，"但是每一个个体最终都会死亡，但是我们可以繁衍后代，让自己的生命得到延续。"

"是什么让你觉得，另一个完全独立于你的个体，是你生命的延续呢？"

"我的后代携带了我的基因，他们会与我相似。"

这一连串的问答，叶小歌并没有不耐烦。他隐隐感觉到，这些问题似乎共同通向最终的答案。

"我们对生存的定义一致。"机器显示道。

"你好像还是没有解释我的问题。"

"如果出现了一个独立于你的个体，携带了你的信息，与你相似，你就会感觉到他是你生命的延续。"在"星期三"的翻译中，叶小歌与机器的这两句话非常近似，但叶小歌用的词是"基因"，机器将它换成了"信息"。

叶小歌静静地思索着，他好像把握到了什么东西，但那东西又迅速地从他思维的缝隙里溜走。对机器提出的问题，在许多年前他也问过一次，那次的对象是一个从混沌中产生的智慧个体。

"只是为了追求所谓的真理，就赌上了整个文明的一切，甚至可能毁灭自身的文明，值得吗？"

叶小歌感觉到"星期三"在纠结词汇在翻译中的失真。他喃喃自语道："基因包含的也是一种遗传信息，没错。"

所有的人生经历，所有的思考，像流水一样从叶小歌的思维中划过。

他想他明白了机器的意思。一阵满足感像洪流一样汇集起来，涌入他的内心。

细菌和单细胞生物唯一的繁殖办法，就是复制自己的所有遗传信息，并分裂成两个新的个体，旧的个体也会因此消亡。

雄性动物与雌性动物各自贡献一半的遗传信息，结合后产生新的后代。这种繁殖的方式会让后代产生更多的可能性，来更好地面对险恶的自然环境。但从个体来看，这不是一种很理想的信息遗传方式。随着后代的继续繁殖，个体的遗传信息会随着代际的增加不断被稀释。

人类也曾经是动物，但他们学会了直立行走，学会了使用工具和生火，拥有了智慧。人类发明了语言，让自己大脑中的信息更有效地向其他个体传递。人类发明了文字，让自己的信息记录下来，保存更久。人类发明了教育，让自己的后代与自己的想法保持一致。人类又发明了文化，让更多不是自己后代的个体也认同自己的想法，主动归化。

繁殖的本质并不是产生新的个体，繁殖的本质是信息的复制。所有的后裔，本质上都是信息的后裔。

如果有一天一个人产生了一个想法。在几亿年后，银河系另一条旋臂的另一端，一个从来没有与他接触过的文明，另一个个体也产生了同样的想法，信息跳跃过时间和空间的阻隔，再次出现，第一个人的生命依然在某种形式上得到了延续。

但是这个人并不会知道自己这个"信息后裔"的存在。除非，他已经认同了这种形式的"信息后裔"。

在那一瞬间，他的思维超脱了空间和时间。

他向从前看去，看到老子说的"道可道"，看到佛陀说的"轮回"。他看到无数人类从未谋面的文明，在不同的星系，在宇宙的另一端，经历了亿万年的进化后，终于有一个个体领悟了同样的事情。那个个体的思维穿过时间和空间，正在向他微笑，招手，仿佛在说："等你很久了，欢迎加入我们。从此你就是我们生命的延续。"

他向未来看去，他看到所有的，领悟到了这件事情的生命向他投来炽热的目光。他们仿佛在说："你的生命永远不会消逝，我们在。"

但他还没有满足，他要从宇宙中领悟更多的奥秘。他掌握的真理每多一分，信息的后裔就多出十分。所有文明中的"牛顿""爱因斯坦"们，他们无休止地向宇宙索要真理，最终不是他们走向了真理，而是真理走向了他们，直到他们自身的存在与真理永恒地结合在一起。

选择生存还是选择求知，从来都是同一件事。

所有的这些纷乱的思绪，在叶小歌的脑海里飘过，与他人生里的每个故事一样，浮光掠影地飞过。他像是走在一个长长的通道里，尽头是一扇透出光明的门。

"星期三"摘下叶小歌的宇航服手套，最后一次，就像他刚出生时那样，伸出手，用柔软的白色肢体将他的手指包裹住。

尾　声

几千年后。

一艘黑色的巨大飞船悬停在变成了一幅画的太阳系上方。

"哎呀，一阵子不见，老爹你的老家都变成这样了。这是谁干的好事儿？让你落叶归根还真是有点困难。你知道的，这根本埋不住啊！"一个身影从飞船中飞了出来，来回几次穿过没有厚度的地球，为难地说。

"曾经有人说过，任何高度发达的科技，都跟魔法一样。不过世界上根本就没有魔法，只有魔术，障眼法罢了。"那个身影得意地抖动了一阵，说，"什么二维化，只是把一个维度藏起来了。"

他伸出手一点，身边正常空间中的一个点现出了它的原形。那是一个以奇特的方式纠缠和扭曲在一起的立体图形，曾经的地球上有两个数学家画出过它，因此它也被称为"卡拉比－丘成桐空间"。身影哼着自创的小曲，挥手间将二维地球上的一个空间点也拉了出来。那是一个比原本的空间更复杂扭曲的图形："让我看看是哪个小可爱藏起来了呀？嗯，问题不大。"

经过一系列如同折纸般的翻转变化，两个图形现在看起来一样了。身影极快地掠过地球的表面，他找到了一朵展开成二维的玫瑰花。他的手指接触到了二维玫瑰，空间奇异地波动起来，玫瑰舒展的枝叶和花瓣自动地折叠了起来，折叠的步骤精细到每一个原子的排列。几秒后，玫瑰从二维地球中脱离了出来，重新返回到三维形态，花瓣上似乎还沾着那个早晨的露水，被身影拈在指间。

"你的故乡就是我的故乡，把地球还原回去，这工程量可就大了。不过没关系，谁让咱们的爱好就是折纸呢？"

作者简介
碳 闪

"90后"科幻作者，动物基因工程博士，中国畜牧科幻学会创始人。前"奇想宇宙"科幻编辑，动漫《代号：巨物》科幻策划，金昌火星1号基地世界观策划。曾获北京科幻创作创意大赛"光年奖"、"晨星杯"中国原创科幻文学大赛、敦煌国际科幻创作邀请赛、读客科幻文学奖等奖项。本文获第十二届北京科幻创作创意大赛"光年奖"科幻中长篇小说一等奖。

看不见的星光

星河紫光

引　碰撞

"2017年8月17日，世界各地的科学家见证了此前从未被目睹过的景象：离地球1.3亿光年远的地方，两颗中子星在一次大爆炸中沿着螺旋路径撞向彼此，这次大爆炸被伽马射线探测器、射电望远镜等各种天文观测仪器记录下来。这次大爆炸证实了好几种关键的天体物理学模型，揭晓了众多重元素的一个生成地点，还前所未有地测试了广义相对论。对中子星并合的首次观测以及它所揭示的科学成果是《科学》杂志评选出的2017年重大科学突破。尤其值得注意的是，这次中子星并合是通过探测太空本身的极微小涟漪（引力波）的方式发现的，而这些引力波是螺旋运动的中子星在并合之前发出的。科学家最早在2015年探测到引力波，那时激光干涉引力波天文台检测到两个巨大黑洞螺旋并合而产生空间颤动。引力波的发现是《科学》杂志评选出的2016年度科学突破。"

……

这是一次被观测到的碰撞。
可谁又能知道，宇宙中还有哪些碰撞没有被观测到？
那些没有被观测到的碰撞会产生哪些物质？
那些物质又会对我们的生活带来怎样的影响呢？

一　远去的"凌霄"

2082年，夏，京城

雨后的午夜，空气格外清新，天才航天工程师沈冰背着书包，手里提着自己改装的天文望远镜来到百望山顶的亭子，准备对"凌霄五号"超大型空间站平台进行观测。这并不是她第一次来观测空间站，最近的三个月时间里，她已经来了五六次了，因为她的男友李云正在"凌霄五号"里执行任务。这段时间，因为共同执行任务的另外两位航天员家中有些变故，提前乘坐飞船返回地球了，空间站上就只有李云一个人。他们约定好，在执行任务期间，两个人要在天上和地上互相给对方拍照，用这样的方式，留下最美好的天地恋情。

调试好天文望远镜后，沈冰看了看手表，露出了甜蜜的微笑。时间差不多了，"凌霄五号"快要飞过京城上空了，她把望远镜的镜筒对准了预定轨道，做好了拍照的准备。

缓缓地，"凌霄五号"飞入了视野，看着"凌霄五号"，就像是见到了自己的男友，沈冰的笑容更甜了，可转瞬间，这笑容便僵住了。因为在望远镜里，她看到的"凌霄五号"正在轨道上缓缓地旋转。作为航天工程师的她当然知道这样的情形意味着什么。"这是什么情况？！这难道是在做什么实验吗？！怎么之前没有听李云讲过。"她瞪大了眼睛，诧异地看着天文望远镜里正在自旋的空间站，头脑里飞快地想着，赶紧把望远镜从拍照模式改为摄像模式，打算发给李云，问个究竟。她太紧张了，没有注意到，自己的手机亮了起来，收到了一条信息……

京城，航天基地，测控大厅

"程总，我们无法和'凌霄五号'建立联系，通过中继卫星也不行。"

"程总，我们已经不断尝试启动'凌霄五号'上的姿控发动机，试图让它停转，但是我们的指令好像根本无法上行！"

"程总，我怀疑我们的遥操作链路被人恶意接管了，现在'凌霄五号'的状态信息我们已经无法接收了，现在全靠光学雷达盯着它的状态了！"

"程总，快要进入西半球了！"

"程总……"

嘈杂的声音在程忠的耳边环绕着，这突如其来的情况让原本冷静的航天工程师们像热锅上的蚂蚁一样焦躁，他们尝试了所有能够想到的手段，都无法对"凌霄五号"进行遥操作，也无法与执行任务的航天员建立联系，他们甚至不知道，这样的旋转对航天员是否已经产生伤害。

年近八旬的程忠，是"凌霄五号"总设计师，也是这个测控大厅中所有工程师的主心骨。今年，是他从事航天工程工作的第五十五年，也是他在这个工作岗位上工作的最后一年，五十五年的职业生涯，他所设计的所有航天器全部圆满成功，他也因此获得了"百分总设计师"的称号。本想这次任务顺利结束就光荣退休的他，怎么也想不到，自己亲手设计的"凌霄五号"竟然出现了这样的状况。

程忠并没有慌乱，而是静静地看着眼前的大屏幕，观察着"凌霄五号"的姿态信息，回想着它姿态变化前的状况，"到底是哪里出了问题？为什么那个姿态控制发动机会突然点火，而在达到了这样的速度后又自动关机呢？怎样才能让'凌霄五号'停止自旋？航天员现在情况怎么样了？现在是不是要让备用飞船尽快起飞，营救李云？还有，这和一个月前失控的'极目'空间望远镜有什么关联吗？"程忠快速地思考着。

这时，一位身穿黑色中山装的中年人走进了测控大厅，来到了程忠的身旁。

"程总，您好！"中年人礼貌地伸出手，打算和程忠握手，打招呼。

看着这个中年人，程忠一愣，他迅速回想了一下，自己好像并没有见过这个人，而这个人的衣着，也一定不是执行这次飞控任务的人。程忠有些不悦，心想："这么关键的时候，是谁放这么一个陌生人进入测控大厅的？"他并没有伸出手，只是冷冷地看了一眼那个人，说："你好！我们正在执行重要的任务，如果你要采访的话，等任务结束后再约时间吧。"说罢，程忠的眼睛便不再看他，转而看向测控大厅的大屏幕，思考着在"凌霄五号"飞离视线前，应该下达什么样的指令。

面对程忠的冷漠，黑衣男子好像并不生气，而是默默地坐在测控大厅后排的椅子上。

20 分钟后，在测控大厅所有人的注视下，"凌霄五号"缓缓飘出视野，进入西半球上空。霎时间，测控大厅变得十分安静，静得好像一根针掉在地上都能听到。一些工程师转过头，无助地看着程忠，希望他能做些什么。这时候，程忠发话了。

"董天晓，继续利用中继卫星联络'凌霄五号'，同时尝试利用北斗卫星系统！通知正在西半球执行任务的各型号远洋船，请他们利用天文望远镜协助我们监控'凌霄五号'的状态！联络'广寒宫'，让他们在月基平台监控！周华副总，尽快计算'凌霄五号'自旋带来的影响，特别是对航天员系统的影响……"

一连串的命令发出后，大厅里的人们的眼神又亮了起来，这一条条坚定的指令发出后，让他们充满信心，有的年轻人甚至在交头接耳："程总太厉害了，太强了！""是啊，利用月基平台监控也是神来之笔，看来这问题能解决！""不愧是大家啊！""确实！确实！""这就是定盘星啊！""这都不是天地一体思维了，简直是星际一体思维啊！"

……

黑衣男子不动声色地看着这一切，因为他很清楚，这一切都是徒劳的。

这时，程忠叫来了另一位工程师，他的孙子程雨。

"程总，请您指示！"和其他的工程师一样，程忠的一系列指令，让程雨佩服，在他看来，爷爷一定能挽救这次事故，而爷爷叫自己来，一定是要布置一个更加重要的任务给自己。

"大雨。"程忠的声音变得缓慢而低沉。

"我现在并不是以'凌霄五号'总设计师的身份和你说话，而是以你爷爷的身份和你说话。"程忠说。

"怎么了，爷爷？"程雨感觉事情有些不妙，但也并没有声张，而是小声地问道。

"你去联系一下执行这次任务的航天员的家人，爷爷感觉这次情况有些不对劲，那个突然点火、又诡异关机的发动机，应该是被人为控制的，而这控制指令像是从空间站内部发出的。"程忠缓缓地说。

"啊?!您是说,是航天员操作的吗?"程雨被这样的判断惊得瞪大了眼睛。

程忠缓缓点了点头。

"爷爷,那我怎么和家属说啊?"

"如实告诉家属现在空间站的状态,同时看看,近期有没有收到航天员的信息,如果有,你了解一下,看看有没有什么异常。"

"好的,爷爷,那我去了。"

"去吧,爷爷会尽力挽救'凌霄五号'的。"

忙碌的测控大厅里,没有人注意到程雨的悄然离开,只有黑衣男子的眼睛,看着这一切。

程雨走后,程忠坐在工位上,盯着"凌霄五号"之前下传的那些数据,这时候,面前的电话响了起来,他伸手拿起电话。

"老师,我是江天华。"电话那边传来声音,来电话的正是国家航天局局长,程忠的学生江天华。

"天华,你好!"

"老师,这次'凌霄五号'的突然失控,和一个月前失控的'极目'空间望远镜情况很相似,您怎么看?"

"天华,我认为不一样,'极目'的失控像是被某种高能粒子击中了控制计算机,导致发送了错误的控制指令,也可能是被微流星撞击后导致的姿态变化。但是这次不同,这不像是设计问题,更像是人为操作的结果。天华,我会尽力挽救'凌霄五号'的。"

"我明白,老师,今天有位同志会去测控大厅找您,他是'悟计划'工作组的组长魏东,是我的同学。"

"'悟计划',就是那个研究超自然宇宙现象的计划吗?天华的同学怎么会去研究这么不靠谱的东西?"听了江天华的话,程忠皱了皱眉,心里有些不悦。

"天华,你参加'悟计划'了吗?"程忠不悦地问道。

"老师,这个计划和咱们单位有些合作。有个情况我想向您说明一下,上个月'极目'失控前,'悟计划'的地面射电望远镜收到了一个来自系外的奇怪信号,最近,这个信号又出现了,他们用 AI 解析了这个信号,而这个信号的内容具体是什么,他说必须当面向您说明。"

"好吧,他现在在哪儿?"

"老师,他应该已经到测控大厅了。"

程忠回头,看向坐在测控大厅最后一排的黑衣男子,两个人的眼神刚好相遇。黑衣男子站起身,向程忠走来。

"程老师,您好!我是天华的同学,'悟计划'的负责人,魏东。"魏东礼貌地说。

"魏总,你好。天华已经给我来电话,说明了你的来意。现在你可以告诉我那个信息是什么了吗?"程忠也礼貌地问道。

"是一个坐标,银道坐标系的一个坐标。"

"坐标?指向哪里?"

"在冥王星的轨道附近。"

"你们在那里发现了什么吗?"

"暂时还没有,不过我们发现,国家航天局的'极目'虽然也由于起旋而失效,但是停止旋转后也指向了那个坐标。"

"什么?!你们怎么会知道?我们怎么没有发现?"程忠吃惊地问道。

"那是因为'极目'处在日-地拉格朗日 L2 点,这个位置,你们目前布置的探测器是无法观测监视的。但在十年前,'悟计划'已经对太阳系进行全方位探测了,这个点当然也在我们严密监测的范围内,我们有一颗小卫星就在那里巡视监测。"魏东平静地回答道。

"这……"程忠迟疑了一下,他有些相信魏东的话,可是又不能确定。

"程总!"一个声音打断了程忠的思绪,他转头一看,是负责导航制导与控制分系统的副总设计师周华。

"周总,有什么进展吗?"程忠知道,周华的团队是全球顶级的航天器控制系统科研团队,"凌霄五号"的异常出现后,周华的团队一直在计算,希望找到故障的原因和解决的办法。

"程总，我们发现，这个自旋的转速选择得非常巧妙，既考虑了空间站的自身结构强度，不会因为自旋而解体，又考虑了自旋带来的姿态稳定度，这样可以更加节省用来调整姿态的能源。我们认为这是一次受控的姿态调整……"周华说。

这时候，程忠工位上的电话再次响起，程忠来不及听完周华的话，伸手让周华先暂停一下，同时接听了这一通电话。

"爷爷，我是大雨，按照您的指示，我去联络航天员李云的家属了。但是，李云是个孤儿，没有家属，只有一个感情很好的女朋友，也是咱们航天系统的，叫作沈冰。"

"沈冰？是不是之前在'广寒宫'执行过任务的那个天才航天工程师？"

"就是她。"

"她怎么说？"

"她说，空间站自旋的过程中，在对地天线指向京城的一瞬间，她收到了一条信息。"

"什么信息？"

"'别等我'，就这三个字。"

这时测控大厅内传来一阵喧哗声，原来位于南美洲的一艘远洋船传来信息，"凌霄五号"正在加速变轨，提升轨道……

二　我也去

2085年，华北小镇，沈冰家

距离"凌霄五号"飞离地球轨道已经过去三年，三年来，航天局想尽一切办法，却始终无法与其建立联系，调用了在轨的各型航天器寻觅"凌霄五号"，也是踪迹全无，李云就这样悄无声息地消失在茫茫宇宙之中了。沈冰辞去了航天工程师的工作，窝在家里，足不出户，房间里堆积了大量有关相对论、天体物理、量子物理的资料，每天除了看着她和李云两个人为结婚而提前拍摄的婚纱照发呆，就是伏案疯狂地计算。

程雨坐在沈冰家的客厅里，沈冰爸爸就坐在他的对面。

"叔叔，沈冰好些了吗？"三年来，程雨每个星期都会来看望沈冰。起初，沈冰的父亲很抵触，他认为是"凌霄五号"出现了致命的技术故障，才导致李云的"牺牲"。是程忠和他设计的"凌霄五号"毁了这个本该幸福的家庭。

"还是老样子，疯疯癫癫的，唉。"

"叔叔，对不起。"

"算了，程雨，我们都知道，这不是你爷爷的错，只是当时不知道该如何释放这份压力，才那样说的，不要介意了。"

"沈冰还是拒绝看医生吗？有什么我能做的吗？"

"不想看就不要看了。这三年，你常来看我们，做的已经很多了，冰冰妈妈走得早，她现在这个样子，如果不是你常来……"

"叔叔，我们还在努力，也许李云还在……"

"程雨，别说了，虚无的希望比没有希望更可怕，我不想再刺激冰冰了。对了，这么多年，叔叔都没有问过你，你成家了吗？"

听了沈冰父亲的问话，程雨显得有些不好意思，回答道："叔叔，还没有。"

"那你有女朋友了吗？"沈冰的父亲追问道。

"有心上人了。"程雨的脸有些红了。

"哦。"听了程雨的话，沈冰的父亲神色中流露出一丝失落，但转瞬即逝，继续说，"如果觉得合适的话，也应该早点成家。"

"我也就是一厢情愿，单相思。"

程雨说完，从背包里面取出一个信封，打开后，拿出一张银行卡，他双手托着，交给沈冰的父亲，说："叔叔，我要出差了，这一趟差可能要走四五年时间，这是我这些年执行任务，单位发的补助，请您收下。"

"这怎么行？程雨，我们不能要这个。"沈冰的父亲坚定地说。

"叔叔,您别误会。其实,这本来是属于沈冰的补助,这三年我执行任务,使用的算法还是沈冰之前设计的,而且她的算法从来没有出现过问题,让我顺利完成了每一次任务,所以,准确地说,这应该算是沈冰技术成果转化的津贴。"程雨诚恳地看着沈冰的父亲,把自己排练了很多遍的话说了出来。

"这……"听了程雨的话,沈冰的父亲有些犹豫了。

程雨看出沈冰的父亲有些犹豫,接着说:"叔叔,我爷爷去年走的时候对我说,他这一辈子,就做了两件事,一件事是为国家设计研制了一些航天器,大多都成功了,唯一的遗憾就是有生之年,没有再见过'凌霄五号'。另一件事就是为国家培养了一批航天人才,唯一的遗憾就是最好的学生,也就是沈冰的妈妈,早早地离开了。他希望我能去找'凌霄五号',把它带回来。我知道,他放不下'凌霄五号',放不下李云,更放不下沈冰和您。恳请您接受吧,就算是我为爷爷做的一点事儿吧。"程雨诚恳地说。

"这……好吧。"沈冰的父亲接过银行卡。

"谢谢叔叔,那我就走了。"程雨起身,向沈冰的父亲深深鞠了一躬。

"你和冰冰聊聊再走吧。"

"不了,叔叔,让沈冰好好休息吧。"

"那好吧,你要去哪儿出差啊?"

"木星。"

程雨的话音刚落,沈冰的房间里就传出了仓促的穿鞋、跑步、开门的声音,房门被沈冰用力拽开了,穿着一身睡衣,披头散发的沈冰瞪大了眼睛,看着愣在那里的程雨,大声说:"等一下,你说你要去哪儿?"

"呃,木……木星。"这是三年来,沈冰第一次向程雨提问,程雨显得有点紧张,说话也有点结巴。

"你去木星干吗?"沈冰继续问道。

"我去执行载人探木任务。"程雨看着沈冰,脸色有些红,继续说。

"木星,一个气体星球,又落不下去,有什么好探的?说实话!"沈冰的语气和语速都很急,就像是老师发现了一个说谎的学生,正在毫不留情地训斥他。

"这……"沈冰的问话，让程雨不知该怎么回答，他转头看向沈冰的父亲。

沈冰的父亲也有些发蒙，因为这三年他也没有见过这样的女儿，他看了看程雨，又看了看沈冰，连忙说："冰冰，你没事儿啦？"

"爸爸，我能有什么事儿！"沈冰听了父亲的话，不悦地敷衍回答了一句，又用犀利的目光看向程雨，说，"你说，去木星到底干什么？"

"这……沈冰，要不我们换个地方说吧。"本来打算离开的程雨，看到沈冰的状态，他知道，这次任务一定瞒不住这个天才航天工程师。而且，在决定执行任务的时候，江天华曾经对他讲过，除了航天局少数工程师，唯一能知道这次任务目的的人，就是沈冰。

就这样，三年来沈冰第一次梳妆离开了家门，两个人来到小镇的一间咖啡馆里，面对面坐着。

"说吧，去木星到底做什么？"

"执行任务。"

"什么任务？"

"沈冰，这是秘密，我不能完全向你透露，只能把我能说的部分，也就是能让你知道的部分告诉你。"

"快说！"

"'凌霄五号'，找到了……"说完这句话，程雨抬起头，看着沈冰的脸，他本以为沈冰会哭、会笑、会闹、会抓狂，但是他万万没有想到的是，听了这句话，沈冰的样子却变得平静了。

"在哪儿？"

"在木卫二的轨道上。"

"什么状态？"

"就停泊在轨道上。"

"有动作吗？"

"看不到。"

"你们怎么发现它的?"

"前些天,南半球阿国发射了一个探索木卫二的小卫星,无意间拍到了它的照片。"

"你们有什么打算?"

"我们打算派一艘飞船,在木卫二的轨道上与'凌霄五号'进行交会对接,让航天员进驻其中,确认它离开的真正原因。另外……"说到这里,程雨欲言又止。

"看看李云是不是还活着,对吗?"

"嗯。"

"派几名航天员去?"

"两名,我和郑吉祥。"

"我也去!"

……

京城,航天局,局长办公室

程雨陪着沈冰,坐在江天华的对面。此时的沈冰,穿上了两年前她工作时常穿的那件航天工程师专属制服,而左右两侧的袖子上,分别粘贴了两个圆形任务标识,一个是她自己的任务标识"广寒宫",另一个是李云送给他的任务标识"凌霄五号",胸前,带着她曾经荣获的航天功勋荣誉奖章。而她面前放着的,是她自己手写的一份申请书。

"唉,沈冰,你的心情我能理解,但是你已经离开航天队伍了,你也知道,咱们的保密要求很严格,就算你想回来,也要经过严格的审查程序,是不能直接执行'载人木星探测'这样的任务的。"江天华看着沈冰,平静地说。

听了江天华的话,沈冰并不答话,只是继续面无表情地看着江天华。

被沈冰这么看着,老练的江天华竟感觉到一阵阵的压力,他继续说:"沈冰啊,要不然你先申请回到航天局工作,我马上安排人事部门组织面试,咱们先把程序走了,至于任务的事儿,我相信以你的能力,一定很快会得到组织的认可,一定能以最快的速度执行下一个最适合你的任务的,呵呵。"说完这句话,江天华尴尬地笑了笑。

沈冰依旧不答话,依旧那么面无表情地看着江天华。

"冰冰啊,你这样我就很为难了,你看,咱们这个任务的方案都已经制定好了,再过半年,飞船就要起飞了,你也是执行过'广寒宫'任务的航天工程师,这样的话是会影响咱们任务进度的啊。"江天华的表情再次发生了变化,这次又从尴尬变成了为难。

"是啊,沈冰,要不咱们先把入职手续啥的……办了吧……"看到江天华的样子,程雨想缓解一下这尴尬的气氛,应和着江天华。可话没说到一半,被沈冰侧目冷冷地瞪了一眼,就吓得不敢出声了,用比蚊子还要小的声音,把后面三个字说完了,然后赶紧低下了头,不再说话。

"冰冰啊,我后面还有一个重要的会议,要不你回去再想想,咱们慢慢再谈。"江天华想赶快结束这次谈话。

"还是用'星光号'飞船吗?"沈冰开口说话了。

"嗯,对啊。"看到沈冰终于开始对话了,江天华的表情又变得有些愉快,马上回答道。

"核动力?"

"嗯,冰冰,呵呵,你不愧是这方面的专家。"江天华又一次笑了,不过与刚才尴尬的笑容不同,这次的笑容显得有些谄媚。

"半年后不是到木星的最佳发射窗口,你们选择这个点是为了增加飞船的点火时长,尽快到木星轨道吧?"

"呃……"江天华的笑容一下子僵硬了,脑子飞快地运转着。"坏了,这孩子随她妈妈,太聪明了。"

"江叔叔,你们选择这样的轨道,一定是要用最快的速度抵达木星轨道,但'星光号'的设计我很清楚,就算携带最大量的推进剂工质,也只能抵达木星附近,根本不具备往返木星的能力,我猜你们一定是想利用'凌霄五号'上面留下来的燃料,只有这样才有可能返回地球。你们想去查出'凌霄五号'

离开的真正原因，看看李云是不是还活着，我很感谢，但我想这不是你们真正的目的。"

"这个……"被说中心事，江天华的表情更加僵硬了。

"江叔叔，我小的时候，我妈曾经和我说，您是她最好的朋友，也是她最信任的人。"沈冰看着江天华，眼神中不再是冷静，而是流露出了恳求，眼眶也微微泛红，好像眼泪就快夺眶而出了。

"呃……"江天华终于听到了他最怕听到的话，三十年前，沈冰的妈妈和江天华曾经是大学同学，两个人都是学校最优秀的学子，而且本是一对恋人，但是，毕业时两个人的选择却大相径庭，他加入了航天局，而沈冰的妈妈却选择回到家乡做一名中学老师。两个人分开的时候，沈冰的妈妈对江天华说："师者如光，微以致远"，她要让更多的孩子有机会，有能力去探索太空。

"江叔叔，希望您能帮我。"

"冰冰啊，这次的任务确实还有一个空位，是留给'悟计划'的……"

"明白了，江叔叔！程雨，我们走！"听了江天华的话，沈冰马上明白了他的意思，利落地站起身，拿起面前的申请书，叫上程雨就准备出门了。

这一系列动作，快得让人不知所措，看得江天华和程雨都有点发愣。沈冰拉了一把程雨的胳膊，示意他动作快点，赶紧跟着自己走。程雨看了看沈冰，又看了看江天华，有些不知所措，但很快就站了起来，跟着沈冰往外走去。

快要出门的时候，沈冰回头看着愣在那里的江天华，说："江叔叔，轨道计算还可以优化，利用火星，可以再快三十天。"说完，就头也不回地走了。

"这个丫头，真是个天才。"沈冰走后，江天华摇了摇头，脸上却露出了慈爱的微笑。

出门后，程雨和沈冰两个人肩并肩走着。

"沈冰，你为什么会说利用火星啊？现在的火星轨道采用引力弹弓的方式并不是最佳时机啊？你怎么这么确定啊？"

"白痴，你以为我过去的三年就是在家发呆吗？火星的轨道也变化了……"

一个月后，国家航天局公布了参加"载人木星探测"项目的航天员的名字：郑吉祥、程雨、沈冰。

三 "悟计划"

2085年，西川大青山腹地，天体物理研究中心

"悟计划"工作组的组长魏东正走在去往实验室的路上，迎面急匆匆走来一位女士，魏东一看，是自己的助手阮小青。阮小青四十岁左右，面容有些清瘦，高高的鼻梁上架着金丝边近视眼镜，在办公室和实验室里都喜欢穿着白色的工作服，博士毕业后就一直在天体物理研究中心工作，后来机缘巧合，被魏东选中，加入"悟计划"，成了魏东的助手。平日里的阮小青，性格温和、处事稳重、办事干练，但是这次却显得有些慌张。

阮小青怀里抱着一沓文件，来到魏东身前，上气不接下气地说："魏总，我们发现它了，您看！"说着就把手中的一沓文件递给了魏东，文件上密密麻麻堆叠着文字和编码，一看就没有经过处理，是最原始的记录。

听了阮小青的话，魏东的眉头蹙了起来，他接过文件，盯着那些文字和代码，眉头越蹙越紧。全部看完后，魏东又把文件递还给阮小青，一言不发，只是径直向实验室深处走去。见魏东不说话，阮小青也不敢出声，只是默默地跟在后面，两人来到实验室深处的入口，阮小青知道，这是通往"悟计划"核心研究中心的入口，自己虽然是魏东的助手，但却从来没有来过这里。

通过虹膜识别后，门打开了。魏东走了进去，而阮小青自知密级不够，不敢进入。魏东看出了她的顾虑，对阮小青说："小青，进来吧，我授权你正式加入'悟计划'核心研究小组，从今天开始，我们就要共渡难关了。"

两人来到位于大山内部的研究中心，进来后，阮小青发现，这里远比她想象的开阔得多，大山仿佛已经被挖空，内部像小镇一样。一路跟随魏东的脚步，阮小青看到，这巨大的研究中心里竟安装有中微子探测器等多个大型

物理实验设备，而其中最大的一个，旁边放着许多大块儿的冰块，透着冰冷的气息。这个设备她并没有见过，更不知道是干什么用的。走着走着，他们来到了一处岩洞的入口处，入口处有两名警卫把守，见到魏东到来，两名警卫敬了个军礼，然后侧身请魏东和阮小青进入。

洞口里是一个不大的房间，里面的摆设也并不现代、并不奢华，房间里面只有一张老式木桌和两把木椅，木桌上放有一个老式的台灯、一把水壶和几只水杯，还有一组木制的柜子。魏东走到柜子前，打开柜子，取出一个精致的金属盒子，将盒子放在桌子上后，对阮小青说："小青，坐，和我说说你的想法。"

"魏总，看过刚刚我拿给您的数据，想必您已经知道了，在沈冰所指的方向，果然出现了引力异常现象，显然，这样的异常已经影响到了太阳系各行星之间的引力平衡。"说到这儿，阮小青看了看魏东，希望通过他的表情，判断自己的说法是否正确。

魏东点了点头，示意她继续说下去。

"引力平衡被打破，有一种可能就是有一个大质量的天体进入太阳系，造成了太阳系的时空扭曲，出现了时空漩涡。如果这样的时空扭曲真正存在的话，很可能让地球与太阳之间的距离变远，这也就能解释最近三年全球气温下降，大气层变薄的情况了。"

"嗯，接着说。"听了阮小青的判断，魏东点了点头。

"三年前，'极目'指向那个方向后，最后给我们发送了一次信号，但是从信号中我们根本看不出任何异常，但不久之后我们就发现，冥王星的轨道发生了细微的改变，当时我还以为就像七十多年前海王星表面的云层消失一样，是太阳的十一年活动周期所导致的，我也曾试图在冥王星轨道之外的太阳系边界，寻找奥尔特云中可能存在的第九行星，但是却一直没有找到。可我很奇怪，如果真的是因为引力，那一定是有个质量很大的天体出现在太阳系，那它的体积应该比地球还要大才对啊，为什么我们发现不了呢？如果是太阳活动周期导致的，为什么我们的太阳立体观测卫星也并没有发现异常呢？所以，目前全球变冷的原因，更像是那些海洋学家说的，是由于'暖流迁徙逐渐中断'，他们也都采取了措施，现在看来效果也还不错。魏总，我并不清楚到底哪里出了问题。"

阮小青刚刚说完自己的判断，突然好像又想到了些什么，急忙说："不过，魏总，我还有一件事情很好奇，为什么沈冰会知道那个方向呢？就算是再厉害的科学家，也不可能在没有观察的前提下给出这么精确的坐标信息啊？"

"那是因为她也收到了信号。"

"信号？您说的是什么信号？"

"'凌霄五号'上，李云发给她的信号——'别等我'。"

"这能说明什么呢？"

"说明'凌霄五号'是受控离轨的。小青，你觉得什么事情会让一个优秀的航天员放弃使命，什么事情会让一个热恋中的人放弃爱人？"

"这……"听了魏东的问题，阮小青有些犹豫。

"李云收到的信号，不仅仅是坐标。"

"魏总，除了坐标还有什么啊？"

"任务！"魏东坚定地说。

魏东打开面前的金属盒子，从里面取出一沓文件。"小青，你看看这些。"

阮小青接过魏东递来的那一沓文件，从泛黄的封面可以看出，这文件应该有些年头了。封面上的标题写着："悟计划"方案。

"魏总，这……"

"这是'悟计划'真正的方案。"

在魏东的示意下，阮小青翻开《"悟计划"方案》。

"悟计划"，是一个寻觅及研究宇宙中超自然现象，或者说是超人类认知现象的计划。五十年前，一艘小型无人月球飞跃探测器，在进行月球极区勘察时，发现月球极区的陨石坑中，有一个深不见底的空洞。为了探究空洞中的情况，飞跃探测器抛出了一个自带强光源的微型多光谱遥测相机和一个微型微波雷达成像仪，这两个设备抛出后，很快便消失了，但在消失之前，它们传回了一张奇异的图片，图片中是一个类似"宇航服"的器物，圆头细身，顶端有一个圆形的黑色晶石，光谱信息显示这个器物像是青铜器，但那块黑色晶石的光谱无法探测，其内部似乎蕴藏着巨大的能量。这么大的能量如果蕴藏于这么小的一块晶石之中，说明其具有极大的质量。但是，让人感到奇怪的是，这样一个极大质量体，竟然是悬浮在空中的，这说明该物体已经不适用相对论法则，而是处于"引力屏蔽"效应之中。最让人感到惊奇的是，这个器物竟然与四川金沙遗址出土的铜铸"宇航服"如出一辙。

由于这个发现太过奇异，参与这项工作的科学家并没有将其公开，而是再次派遣了一艘无人月球飞跃探测器，前往该地区进行勘察。但是这个空洞竟然幽灵般地消失了，科学家们怀疑在这个区域出现了大尺度的量子泡沫。为了进一步找寻这一奇异现象的踪迹，科学家花了数年的时间，在这一区域附近建设了一个大型的载人月球探测基地，并命名其为"广寒宫"，表面上在执行月球表面原位资源开发利用和科学考察研究的任务，实际上是在进一步找寻那个空洞，不过多年来一无所获，于是后续执行任务的科学家们渐渐地淡忘了那个空洞。

后来，位于轨道上的引力波探测星组，捕捉到了来自太阳系外的极弱但是位移速度极快的闪现的引力信号，这个引力信号移动的方向是太阳系。科学家们认为，这一引力信号一旦进入太阳系，势必将引起太阳系内引力的极大失衡，也必将改变地球现有的轨道，使地球远离太阳。届时，地球的温度将大幅下降，大气层将被带走，人类将无法生存。为了尽可能地避免灾难发生，政府决定，启动"悟计划"，探究这一引力信号，找出解决办法。同时，世界各国政府联手，开始实施一项意图保留地球生命的"火种计划"，在全球打造若干基地，利用月球开采的氦-3制造核能暖炉，并使用已经在火星上验证过的原位资源利用技术制备生命所需氧气。阮小青刚刚看到的那个旁边存放了许多冰块的设备就是水冰资源原位制氧设备。目前魏东和阮小青所在的"悟计划"研究中心，是全球基地的一个重要组成部分。这些基地有的建设在山脉之中，有的建设在海洋底部，有的建设在地下深处，基地一共可以容纳三亿人，一旦凛冬来临，氧气浓度下降，可以为人类和地球上的其他生物留下"火种"。

看不见的星光

看到这里，阮小青的手心和额头上已经满是汗水了，她万万想不到，自己生活的地球、自己所爱的一切，即将面临灭顶之灾。她抬头看了看魏东，见魏东并没有说话，便继续翻看下去。

"啊！竟然是他！"看到一份文件，阮小青吃惊地叫了出来。这份文件，是"悟计划"中一个重要参与者的履历报告，上面贴着一个男人的证件照片，正是"凌霄五号"飞离轨道时唯一在舱内的航天员——李云。

"小青，李云是我们最出色的同志，'凌霄五号'并没有离奇飞离轨道，是李云驾驶着它离开的。"

"啊？这是为什么啊？魏总！"阮小青瞪大了眼睛，不解地看着魏东。

"因为，他要去执行一项最重要的任务。"说完，魏东站了起来，缓缓走到阮小青身旁，提起水壶，为她倒了一杯温水，对她说，"小青，引力波探测星组发现的那个快速移动的闪现引力信号，移动速度太快了，而且除了引力信号，没有任何其他信息出现，我们无法定位它的位置。刚刚我看了你的研究报告，你的研究帮助我们解决了这个难题，让我们真正能够'锁定'这颗'看不见的星星'。"

"魏总，这和李云，和'凌霄五号'有什么关系呢？"

"'火种计划'的代价太大了，八十亿的人口，只能留下三亿，这并不意味着生命可以延续。人类是否真正团结，我们并不确定。从人类的历史看来，如果真的产生了这样的资源争夺，人类也许会提前毁灭，而这个毁灭将是人类亲手造成的。为了避免这样的事情发生，我们设想了一种可能。"

"木星！"

"没错，我们计划利用木星的引力，捕获这个'看不见的星星'，从而改变它的运行轨迹，将它甩出太阳系，如果这个计划成功的话，地球将不再受到异常引力的影响，我们也将幸免于难。"

"可是，这样高速的大质量天体，我们连观测都做不到，怎样才能让他减速并被木星引力捕获呢？"

"核爆！"

"天啊，你们想牺牲'凌霄五号'。"

"小青,李云是我们的英雄,我们是不会让英雄牺牲的。根据计算,这个引力信号两年后将飞掠木星,那时候,'凌霄五号'将再次出发,调整轨道远离木星,等引力信号接近预定减速点后,'凌霄五号'将利用核……"

"但是,如此之大的引力,核弹根本承受不住啊,在接触它之前就会被撕碎,然后飞散成单个原子,均匀地覆盖在这个引力信号源的表面上吧?"不等魏东说完,阮小青就不解地把自己的想法说了出来。

"嗯,你说得对,所以,这次'凌霄五号'要改变的,并不是这个引力信号的轨道,而是木卫二的轨道。我们要利用木卫二的引力给那个引力信号减速,这样它就可以被木星的引力捕获了。"

"可是,魏总。木卫二的质量有 4.8×10^{22} 千克,要想提升它的速度,需要巨大的能量,就算是把 500 吨重的'凌霄五号'全部换成核弹也做不到呀!"

"小青,'悟计划'研究的目的,就是要探索未知、探索未来,保护人类、保护地球,过去的十几年时间里,我们已经从'广寒宫'运送了数千个含有氦-3 的动能小卫星,打造守护地球的盾牌,一旦出现威胁地球安全的小行星,我们可以控制这些小卫星调整轨道,与小行星交会,用定向动能、爆破的方式,调整那些小行星的轨道,或是摧毁那些小行星。这次,为了改变木卫二的轨道,我们已经将这些小卫星中的大部分转移至木卫二附近,'凌霄五号'要做的,就是将这些小卫星组合成一个定向动能阵列,把木卫二推出去。"

"明白了,魏总。既然这样,为什么还要再让沈冰他们去啊?"

"引力异常影响了部分定向动能小卫星,目前的阵列还有一块儿缺口。"

"原来他们的任务是携带定向动能,魏总,为什么不从'广寒宫'基地继续发射小卫星呢?"

"最近开发的一批氦-3 已经用尽,再次开发,来不及了!"

"既然这样,为什么不能将任务的真实目的告诉他们呢?"

听了这个问题,魏东深吸了一口气,语气变得很沉重,对阮小青说:"小青,引力异常带来的影响,我们无法评估,甚至连产生的原因我们都不清楚。如果不是你刚刚的发现，我们根本无法判断它的轨道，只能依靠猜测。但是我们知道，有一个文明在帮助我们，他们让我们看到了'引力屏蔽'效应，给我们指出了引力异常的坐标，只是我们还无法找出真正的答案。如果他们三个人的任务失败了，如果我们真的无法解决引力异常对地球带来的影响……"

魏东不再说话，但阮小青已经明白了他的意思，她知道这样的任务，需要有坚定的信念和超群的意志才能执行，任何信息的干扰都可能让他们产生误判。

程雨、沈冰是为了情义；而郑吉祥……她刚刚在"悟计划"的方案中，看到了他的名字。

四　"星光号"启程

木星，太阳系中体积最大的行星，是太阳系中的巨行星，质量是太阳系其他行星质量总和的二点五倍。木星的主要成分是氢，只占十分之一分子数量的氦，却占了总质量的四分之一。由于快速地自转，木星的外观呈扁球体，大气层依纬度划分成不同的区域带，在彼此的交界处有湍流和风暴作用着。最显著的例子就是大红斑，这是自17世纪第一次被望远镜观测到后就未曾停歇过的巨大风暴……

2085年，大南岛，卫星发射场

"星光号"飞船已经安装在像一栋摩天大厦一样的重型运载火箭的整流罩内，火箭也已经伫立在发射塔架上，进入了发射倒计时准备。因为采用的是液氢、液氧作为发动机燃料，火箭的周围冷凝出了白色的水雾。在发射场外的观景平台上，程雨的父母和妹妹程雪，沈冰的父亲，郑吉祥的妻子和女儿，还有很多关心这次载人木星探测任务的人们，都在等待着火箭起飞的那一刻。

这次任务的队长是郑吉祥，副队长是执行过"广寒宫"任务，有着太空飞行经验的沈冰。从地球到木星的距离最近为6.3亿公里，最远为9.3亿公里，有着最大103分钟的延时，比载人火星探测任务延时更长，这就要求航天员必须进行在轨自主判断和决策。因此，这次任务，基地给了航天员绝对的自主决策权。

"10、9、8、7、6、5、4、3、2、1，点火！起飞！"

随着发射场指令员的口令，"星光号"飞船载着航天员郑吉祥、程雨、沈冰，启程执行首次载人木星探测任务。

伴随着火箭起飞、整流罩与大气层摩擦带来的震动，飞船里三人的脸颊也随之震动，但从遥测镜头的镜像来看，沈冰和郑吉祥的样子显得很从容。可能是因为第一次执行太空飞行任务，程雨的表情显得有些紧张，手中紧紧攥着妹妹送他的一个小小的挂饰。

不一会儿，随着火箭达到第一宇宙速度，飞船中的三人已经脱离了地球的引力，身边的指令板、签字笔等物品都已经悬浮在空中了。这时候的沈冰和郑吉祥，表情依旧那么从容。而程雨的表情却又变得那么兴奋，他摊开手，那个小小的挂饰也悬浮在空中，那是一个铜质的金刚杵，是妹妹程雪去唐古拉山脉旅行的时候，在一处寺庙得到的，前些天，程雪知道哥哥要去木星了，就把它送给了哥哥。现在，程雪在电视上看到程雨正在"星光号"的驾驶舱里玩金刚杵，"扑哧"一声笑了出来。

"亲爱的朋友们，欢迎你们乘坐'星光号'飞船前往木星，自我介绍一下，我是你们的智能助手，我的名字是'乾元'。嗨！新手程雨，看到你紧张的样子，我感到好开心啊！郑吉祥，你是不是永远都是一副面无表情的样子啊，你们蒙古族都不懂幽默的吗？沈冰，好久不见了，这么多年都不见你来找我，是不是把我这个老朋友给忘记了啊？"驾驶舱里传来一个声音，是"星光号"飞船上的智能助手乾元的声音。

郑吉祥和沈冰都不是第一次乘坐这艘飞船执行任务了，听到这个声音，两个人相视一笑。沈冰开口说："乾元，好久不见！谢谢你带我们去木星。"

"哈哈，沈冰，能够让我和你们一同去执行首次载人木星探测任务，我也很开心。更开心的是，能够和你这个天才同行，我们又可以一起下象棋了。"

"对啊，不知道你的棋艺有没有长进一些。"沈冰笑着对乾元说。

"我的棋艺是很厉害的，很多国家队员都不是我的对手呢，直到遇到了你这个怪物，我才显得那么弱，不过这三年我也学习了一些棋谱，想必可以和你一决高下。沈冰，我很好奇，这么重要的任务，选择你和郑吉祥这很正常，但是为什么要带上这么一个生瓜蛋子啊？"

"乾元，你别乱说，我不是生瓜蛋子，我比沈冰还要大五岁。"听了乾元的话，程雨有些不好意思，他猜想可能是因为刚刚火箭发射的时候，自己有些紧张，导致心跳加速，被舱内航天服的生理监测设备记录下来，传送给了乾元。他担心沈冰瞧不起自己，连忙解释道。

"哈哈哈，乾元，你还真不愧是华北设计师设计出来的，这么多年了，北方口音一点都没变，哈哈哈。"听了乾元和程雨的对话，沈冰开心地笑了起来。郑吉祥原本严肃的脸上也露出了一丝笑容。

"好了，小生瓜，不和你开玩笑了！郑吉祥队长、沈冰，请做好准备，我们马上进入地火转移轨道，准备船舰分离，再见了，地球。"随着乾元的话音一起，"星光号"船体一颤，飞船和运载火箭的最后一级正式脱离，踏上了飞向火星的旅程。

按照沈冰预先设计好的轨道，"星光号"飞船首先将飞向火星，利用火星的引力弹弓借力飞行，随后进行火星轨道上的小推力控制，从而进一步调整轨道，穿越小行星带，飞向木星。在进入木星轨道前，进行深空机动，"追"上正在环绕木星的木卫二并被其引力所捕获，再次调整轨道进入木卫二停泊段，与正飘在那里的"凌霄五号"进行交会对接。

一个月后，飞船已经进入地火转移段飞行，还需要几个月的时间才能抵达火星轨道，这段时间里，三个人可以进行充分的休息，并根据既定任务安排，开展一些科学实验。此时的三个人都已经脱下舱内航天服，换上了蓝色的舱内工作服，进入太空日常生活状态。

"星光号"飞船是一个三段式结构飞船，它的舱内空间很大。飞船的前部是驾驶舱，驾驶舱的头部是一个光滑的透明球体，球形的表面采用的是耐高温、高强度一体成型的玻璃材料，看起来就像是一个吹起来的泡泡。驾驶舱负责飞船的动力系统控制，还可以控制用来防止大型微流星撞击飞船的定向能武器系统、用来抓捕微小天体的金属锁网，飞船在正常的状态下都是通过预先设定好的飞行程序进行自主飞行控制管理的，只有在应急状态下才会采用人工控制。飞船的中部是环形通联的三个大型舱体：一个是生活工作舱，舱内有三间航天员休息室，那是航天员的私密空间，每个休息室都有一个大号的舷窗，可以看到窗外的星辰。除了休息室，这个区域还存放有航天员的起居生活用品和个人物品。这里是航天员就餐、运动的地方，另外还有两个独立的盥洗室。一个是生物再生式生命保障舱，内部预先种植了一些蔬菜，并提前设定好了蔬菜的成长成熟期，蔬菜在它的生长过程之中可以制氧，蔬菜成熟后可自动收割，被传送至机器人厨师机进行加工，为航天员提供餐食，这样的系统已经实现多次在轨应用，"凌霄五号"上的餐食供应也是通过这种方式解决的。一个是科研装备舱，里面装有多种科研装备和飞船的一些关键设备、部件的备件，还有一些到达木卫二后准备释放的"科学探测器"，这些"科学探测器"的用途，只有队长郑吉祥才知道。同时，这次执行任务，魏东专门嘱咐，为"星光号"配置了一台重型设备，但是却一直不告诉三名航天员这个设备的具体用途是什么，只是告诉他们，当遇到真正的难题时，可以将这个设备解锁，寻找答案。飞船中部的末段还有一个联通三个舱体的球形空间，这是航天员更换舱外航天服，进行出舱活动准备的气闸舱。航天员在打开气闸舱的外舱门进行舱外活动时，能保证飞船的返回舱处在正常的大气压力下，避免了整船泄压，减少飞船内气体的流失量，节省宝贵的气源。除了出舱活动的舱门，气闸舱还装有一个对接机构，这是与其他飞船或空间站交会对接的关键。飞船的尾部是两个动力舱，采用了可控核聚变技术为飞船源源不断地提供核动力，控制着飞船的前进方向。飞船表面上还装有三个大型的机械臂，可以对飞船的状态进行监测，辅助航天员进行出舱活动，辅助交会对接，还可以用来捕获来访的悬停飞行器。

此时的"星光号"飞船，正在按照预定的飞行程序向火星飞行，沉默寡言的郑吉祥正在调试着一台实验仪器，准备下次出舱活动的时候将它安装在舱外进行试验。沈冰正坐在自己的休息室里，听着音乐，读着她最爱的诗集。而第一次进入太空的程雨，毫不掩饰他对太空的好奇，正坐在驾驶舱内，痴痴地看着窗外的宇宙那雄奇壮丽的美景。

"嗨，小生瓜，宇宙很美吧？"乾元开始了和程雨的对话。

"乾元，请叫我程雨！"

"好的，小生瓜！"

"你！好吧！随便你吧！"

"哈哈！我已经很久没有执行过这么刺激的任务了，很高兴能和你组队，小生瓜！"

"嗯！我也很高兴！"

"你看，在宇宙中看星星，比你在地面上看的要美多了吧？"

"没错！"程雨一边和乾元聊天，一边继续欣赏着窗外的景色，突然，一个奇异的球形天体吸引了他的注意力。

"乾元，飞船右前28度方向，那是什么小行星啊，怎么那么圆，好像很少见到那么圆的小行星。"

"哦？我看看。"乾元说着，将光学镜头对准了程雨所指的方向，同时，程雨面前的玻璃屏幕上也出现了增强现实的影像，那里的确有个球形的物体正在快速旋转着。乾元将这个图像做进一步放大和清晰化处理后，可以看出，那是一个摇摆着旋转的球体，而且在阳光的映照中，还闪烁着光芒。

"乾元，分析看看，这是个什么小行星？"

"小生瓜，这不是小行星，根据我的分析，这是1970年发射的那颗人造地球卫星——'东方红一号'。"

"什么？'东方红一号'？"听了乾元的话，沈冰和郑吉祥异口同声地低声惊呼，连忙放下手中的事情，用最快速的速度飘进了驾驶舱。

"这怎么可能，'东方红一号'的轨道高度是近地点441千米、远地点2368千米，怎么可能跑到地火转移轨道上来？乾元，你肯定看错了。"程雨根本不相信乾元的话，只认为这个助手是在和他开玩笑。

"小生瓜，你可以质疑我的颜值，但绝不能质疑我的智慧，我这就放大让你看看。"

玻璃屏幕上的影像再次放大，果然，可以更加清晰地看到球体腰带处的拉杆式短波天线。程雨被眼前的一幕惊呆了，对乾元说："看起来还真是'东方红一号'，太奇怪了，而且它应该是自旋稳定的状态啊，怎么现在转起来七扭八歪的？"

"这我就不知道了。"乾元回答道。

"可能是某个微流星体撞击了'东方红一号'，让它改变了原来的轨道，飘到地火转移轨道上来了吧，乾元，拍张照片发给基地。"郑吉祥嘴上说着，可脸上的表情却和沈冰一样，十分凝重，因为在他们看来，这次的引力异常已经影响到了地球轨道上的一些人造天体。

"等一下，乾元，帮我把'东方红一号'现在反射阳光的闪烁情况记录下来。"

"好的，沈冰，你又发现什么了吗？"

"我觉得，这闪烁好奇怪，像是在给我们传递着什么信号。"

"我记录好了，需要做什么分析吗？"

"试试莫尔斯电码。"

"好的。"乾元开始了对'东方红一号'闪烁情况的分析。

"沈冰，分析出来了。"乾元将分析结果投射在屏幕上，是一行英文"neutron"，翻译过来就是"中子"。

看到屏幕上的这两个字，三个人都惊呆了，这个在地火转移轨道上漂泊的"东方红一号"，竟然会通过反射阳光传递出信号来，这到底是怎么回事？中子又意味着什么？

作为"悟计划"成员的郑吉祥，对天外来音有一些了解，但也并不是很清楚，看到这样的情况，他心中有了打算，于是下命令道："乾元，向基地报告，我们在地火转移轨道遇到了用反射阳光的方法向我们传递莫尔斯电码的'东方红一号'，请示基地，是否在轨捕获它做深入研究。"

"好的，郑队长！"乾元说罢，便向地球发送了一条信息。

"郑队长，'东方红一号'正在不规则地旋转，想捕获必须先消旋，这恐怕并不容易。还有,'东方红一号'已经在轨飞行一百多年了,表面一定积累了大量的电荷,我们贸然靠近,抛射金属网的话,恐怕会有风险。"听了郑吉祥的话,沈冰有些吃惊,连忙提醒。

"应该不会,我们也不是第一次捕获这样的航天器了。而且,这里距离地磁场已经有一段距离了,照理说应该不会有那么大量的表面电荷积累。也许捕获了'东方红一号',我们就能知道是谁在给我们发送信号了。这个信号也许和三年前'凌霄五号'收到的信号,控制'极目'空间望远镜的信号来源相同……"

"郑队长,收到基地的信息了,可以执行抓捕任务。"乾元收到了来自地球的信息,不等郑吉祥说完,便马上报告。

"好!让'星光号'靠近它,先用金属锁网消旋,然后再用机械臂抓捕,看看是谁在给我们发送信号!"郑吉祥坚定地说。

"收到!"

随着乾元的指令发出,"星光号"飞船缓缓靠近正在旋转的"东方红一号"卫星,确认好距离后,驾驶舱外部的一块舱板缓缓展开,黑色的收敛状伞形发射器在舱板中升起,屏幕上显示出角动量、角位移等更加详细的标定信息。程雨在这次任务中还担任武器系统的操作手,他目不转睛地看着屏幕,一点一点调整着手中的操纵杆,一步一步地将屏幕上的校准器对准虚拟靶标。但是,因为"东方红一号"正在不规则地旋转,导致程雨多次操作都无法对准,慢慢地,他的额头上出现了汗珠。沈冰看出了程雨的紧张,将手轻轻放在了他的肩头。程雨抬头,看了看身边的沈冰,又看向屏幕,他深吸一口气,定了定心神,再次进行校准。这次的操作,他显得从容得多,很快就将校准器与虚拟靶标完全重合,随后乾元锁定了"东方红一号"。

"干得不错,小生瓜!想不到沈冰轻轻碰你一下,你的能力值就上涨这么多,哈哈!"

乾元的话让沈冰脸上一红,连忙把手收了回去。程雨的脸也变得通红,他连忙说:"乾元,你闭嘴!别打扰我执行任务!郑队长,已完成目标锁定,是否发射金属锁网,请指示。"

"发射！"

"是！"程雨按下了金属锁网的发射键，原本呈收敛状的伞形发射器快速张开，像一把撑开的特大号雨伞，砰的一声，在弹射机构的作用下，金属锁网快速射出，向着"东方红一号"笼罩过去。

屏幕上显示得真切，金属网发射的角度很好，三人心想："成功了！一定能捕获到'东方红一号'。"

但是，就在金属锁网即将接触"东方红一号"的瞬间，"东方红一号"突然释放出一道闪电，直接击中金属锁网，巨大的瞬时电流脉冲，直接通过金属锁网根部的连接线传导到了"星光号"本体。飞船随之一颤，刹那间，飞船内的常规照明设备全部熄灭，应急的红光灯开始闪烁，多台预警设备均发出了尖锐的啸叫。

"完了！"看到这一幕，程雨失声说。

"别紧张！高压脉冲给我们带来的可能只是短暂的影响，乾元，你还在吗？"在这样的情况下，郑吉祥依旧保持着冷静。

"郑队长，我在呢！"

"如果可能的话，马上收回金属锁网，暂时远离'东方红一号'卫星。全面检查'星光号'全船状态，评估损伤情况。"

"明白！"乾元答复了郑吉祥的指令，"星光号"飞船进入安全模式，并开始进行自我检测。

此时的程雨脸色苍白，手心全是冷汗，迷惘地看着眼前已经没有信息显示的屏幕。

"程雨，别紧张，这不是你的问题，是'东方红一号'由于长期电荷积累而产生的放电导致的。可是，就算是'东方红一号'在地球轨道上运行了一百多年，表面积累的电荷也不会产生这么强的放电现象，一定还有什么原因。"见了程雨的样子，沈冰温柔地宽慰着他。

"这的确不是你的问题。"郑吉祥对程雨说。"太奇怪了，'东方红一号'这样的直径一米的金属球体，就算在地球轨道上运行了一百多年，表面上积累的电荷也不会产生这么大的能量，一定有其他原因。"

"郑队长，全船检测已经完毕。"乾元说。

"情况怎么样？"

"金属锁网故障，三台星敏感器失效，舱外热辐射器失效，对地通信系统失效，不过这些都不是影响最大的。最麻烦的是，我们的电源受到了损伤，飞船的核聚变反应堆无法工作了，我快要停电了。"

五　目标小行星带

地火转移轨道，"星光号"飞船内

能源是任何航天器的生命线，也是载人航天器中航天员的生命线，三个人深知乾元的话意味着什么，此时不能耽搁任何时间，必须尽快拿出解决方案。

"程雨，启动应急电源，利用机械臂对舱体外部进行巡检，看看舱外还受到了哪些损伤，然后去科研装备舱，准备更换坏掉的装备，特别是对地通信系统，我们需要尽快和基地建立联系。沈冰，重新计算一下我们的飞行轨道，我们在这里，太阳能供电只能满足基本需要，如果飞船的核聚变反应堆无法工作，我们只有两个选择，要么返航，要么改造飞船动力系统的反应堆，给飞船供电，但是这样的话，动力系统能否支撑我们执行任务，我需要更加精确的数据。我去看看电源系统的情况，我们三小时后集合，汇总一下情况。"郑吉祥说。

"明白！"程雨和沈冰分头开始行动。

程雨启动了应急电源，屏幕又恢复了显示，透过屏幕，不远处的"东方红一号"已经不再按照刚刚的规则旋转，也没有了那种似有似无的有规律的闪烁。

"乾元，你还在吗？"

"小生瓜，我在呢，不过电量不足，已经有气无力了。"

"你还能驱动机械臂对舱体外部进行巡检吗？"

"已经在操作了。"

"能否使用机械臂更换对地通信高功率天线？"

"恐怕不行，机械臂的驱动电压不够，得先解决能源问题。"

"那你帮我个忙，我要出舱把对地通信高功率天线换了。"

"开什么玩笑，这种状态下出舱，你是不是不懂有多危险啊！"

"我知道，不过你刚刚也听到了郑队长的指令，我们必须尽快与基地联系上才行。你放心吧，我的出舱活动训练考试成绩全部都是满分，而且我本来也要去科研装备舱，你帮我把对地通信高功率天线备件先转移到舱外，我换上航天服，你再用机械臂辅助我去安装。"

"小生瓜，地面训练和在轨实际情况是不同的！"

"不同还训什么练，放心吧！"

"你真的要这样决定吗？"

"没错，我们开始吧……"

三小时后，郑吉祥和沈冰都完成了自己的工作，返回驾驶舱。

"程雨，你在哪儿？三小时时间到了，快到驾驶舱来。"沈冰通过耳麦呼叫程雨。

"沈冰，我很快回来。"程雨的声音出现在沈冰的耳麦中，但声音并不是很清晰。

"你到底在哪儿？"沈冰感到有些担心。

"我很快回来。"程雨的声音依旧不是很清晰。

"乾元，程雨去哪儿了？"郑吉祥问道。

"郑队长，小生瓜不让我说。不过我可以打开摄像头的视频信号，让你看看。"这时屏幕上出现了舱外的影像，程雨正在进行着安装对地通信高功率天线的最后一步。

"程雨，你疯了吗？谁让你出舱的！这太危险了！"看到了这一幕，沈冰焦急地说。

"放心吧，沈冰。舱外的电位我已经处理好了，金属锁网我也已经收拢了，三台星敏感器也已经更换完成，对地通信高功率天线也已经快要安装好了，可惜舱外热辐射器无法更换，恐怕要采取别的措施处置了。呵呵，这是我第一次出舱，感觉良好。沈冰，舱外还是挺舒服的，我有个事儿想问问你，刚刚郑队长提到了三年前的神秘信号，你又发现了这诡异的莫尔斯电码，你们好像有什么事在瞒着我吧？"

听了程雨的话，沈冰和郑吉祥对视了一眼，刚想说话，却被郑吉祥制止了。

"程雨，我是郑吉祥，既然你已经出舱，就把工作完成吧，回来后我把详细情况告诉你。舱外热辐射器无须更换了，我们还有备份方案，你换好对地通信高功率天线后就返回舱内吧。"

"明白，郑队长。"

程雨完成任务，返回舱内，"星光号"飞船恢复了对地通信。

京城，航天基地，测控大厅

距离"星光号"起飞已经过了一个多月的时间，但是保障任务完成的航天工程师们却一刻都没有松懈，一直密切关注着飞船的状态，他们其中有一位刚刚加入航天事业便参与执行此次任务的年轻女工程师，程雨的妹妹程雪。

"星光号"飞船突然失去联系，测控大厅里的所有航天工程师都在焦急地想着办法，尝试用各种各样的手段联络"星光号"飞船，但是始终无法取得联络，程雪急得红了眼眶。

"极北站报告！发现'星光号'测控信号！"测控通信系统的设计师董天晓报告道。

听了董天晓的报告，测控大厅里一片欢呼，响起了雷鸣般的掌声。程雪没有控制住自己的情绪，哭了出来。

不一会儿，"星光号"飞船驾驶舱内的画面出现在测控大厅的屏幕上。三名航天员安然无恙，测控大厅再次响起掌声。

"基地！基地！这里是'星光号'飞船，我是队长郑吉祥！我们现在正在地火转移轨道，你们收到的这个信号大约有十分钟的延时，但是这并不影响我们之间的通信。这次的旅途并没有想象的那么顺利，我们在捕获'东方红一号'的过程中遇到了一些麻烦，电源系统受损。为了继续执行任务，我们对飞船动力系统的可控核聚变反应堆进行了改造，给飞船供电，这样我们就可以继续前行。飞船的全船遥测数据已经打包发送给基地，请基地，请周华总设计师和研制'星光号'飞船的科学家、工程师们帮忙，再次评估飞船的状态。"屏幕中的郑吉祥说。

"'星光号'！这里是基地！我是周华！你们辛苦了，请放心，我们马上组织对飞船状态的评估！""星光号"飞船的总设计师周华说。

延时过后，信号再次传来。

"谢谢周总！请转接保密专线！"屏幕里的郑吉祥说。

"好！"听了郑吉祥的话，周华知道，他们一定有什么新的发现，于是便按下了保密专线的切换按键。"星光号"飞船的信号传送到了"悟计划"研究中心的保密测控中心内，魏东、江天华和一众"悟计划"的高层管理者正坐在测控屏幕前，阮小青和一些青年科学家们坐在他们的身后。

"郑吉祥队长、程雨、沈冰，你们好！"魏东向屏幕中的三名航天员打招呼。

延时过后，信号传来。

"魏总、江局长，你们好！我们在地火转移轨道向你们汇报具体情况……"郑吉祥将"星光号"飞船在轨遇到"东方红一号"，接收到莫尔斯电码，准备捕获时遭高压电击，程雨在轨修复飞船的情况详细向魏东和江天华进行了汇报，他继续说："根据沈冰的计算，我们的动力系统同时承担了给飞船供电的任务，这样的压力的确是太大了，原来采用火星引力，节省燃料并减少飞行时间的计划必须进行调整，我们打算改变飞船轨道方案，从地火转移轨道直接飞向地木转移轨道。同时，根据阮小青老师提供的数据，这颗'看不见的星星'将影响我们的飞行轨迹，估计在我们飞向木星的途中，就会被它的引力所影响，如果对这个引力运用得当，飞向木星的时间还会缩短，大概用一年半的时间就可以到达木卫二。妥否，请指示。另外，魏总、江局长，程雨在轨表现出来的勇敢和果断令人敬佩，我擅自做主，将我们此行的目标告知程雨了。"

听了郑吉祥的报告，魏东和江天华紧锁眉头，魏东向背后的阮小青招了招手，把她叫了过来。

"小青，你觉得他们的计划可行吗？"魏东问向阮小青。

"魏总，我认为很冒险！他们采取这样的方案，必须朝着引力异常的方向飞行，这的确能提前被它的引力捕获。但如果这样，这就意味着'星光号'飞船将沿着这个方向进入火星和木星之间的小行星带。根据目前我们的观测情况，引力异常已经影响了小行星带，谷神星、智神星、婚神星和灶神星的轨道都发生了改变，很多小行星都在向引力异常的方向聚集，本来稀薄的小行星带在这个方向上变得密度很大，他们在这里穿行，遭到小行星撞击的概率超过百分之九十。"阮小青回答道。

"嗯，这确实很危险，如果不采用这样的方案呢？还有什么办法吗？"江天华问道。

"江局长，沈冰的计算是正确的，如果不采用这样的方案，就只有返程。"阮小青回答道。

"如果还采用以前的方案呢？请北半球鹅国在火星轨道上的轨道站支持我们一下，为我们提供一个核聚变反应堆。"魏东身边的一个老者问道。

"时间不够，如果这样的话，他们还需要在轨多飞几个月的时间，就可能错过木卫二最近的窗口。"

"能不能采用非共面行星变轨方案？"又一位老者问道。

"恐怕不行，在引力异常的情况下，变轨需要的速度增量更大，'星光号'目前只有一个发动机可以用于变轨，就算把推力调到最大，也无法实现，如果把另外一个发动机也用于变轨，就无法为飞船提供充足的能源，他们将面临更大的风险。"

"小青，那你认为他们就只有这两种选择是吗？"魏东问道。

阮小青点了点头，不再说话。"悟计划"研究中心的保密测控中心内陷入了沉寂。这是一个艰难的决定。返程，意味着放弃任务，"凌霄五号"和李云将无法构建定向动能阵列，引力异常将持续影响太阳系，地球将被迫采取"火种计划"；继续，意味着"星光号"将穿越密度极大的小行星带，很可能被小行星撞得粉碎，任务依旧无法完成。

"魏东，下命令让他们回来吧。"江天华表情凝重，但言语却很坚定。魏东的表情同样凝重，没有回答江天华的话。

延时过后，信号再次传来。

三名航天员的影像再次出现在大屏幕上。"魏总、江局长，你们好！受到引力异常的影响，我们已经被迫调整轨道，从地火转移轨道向地木转移轨道转移。为了进一步节约能源，我们将采用传统的高增益定向天线来进行通信，并采用定时通信模式，每个星期我们会向地面回传一次信号，请你们放心，我们保证完成任务！也请你们转告我们的家人，请他们放心，我们一定平安归来！再见！"郑吉祥报告后，屏幕中的信号中断。

"魏总，江局长，他们说得不对！'星光号'飞船现在所处的位置不可能受到那么大的引力异常影响。而且，如果使用了动力舱的核聚变反应堆，他们根本没必要改变通信模式。他们是想穿越小行星带！"听了郑吉祥的话，阮小青焦急地说，她知道，"星光号"飞船想冒险穿越小行星带。

"悟计划"研究中心的保密测控中心内再次陷入了沉寂。因为，除了阮小青，在座的人都知道，这一幕在三年多以前就曾经出现过，同样的逻辑，几乎一样的话语，李云就是这样驾驶着"凌霄五号"飞向了木星。

六　致命的微流星体

地木转移轨道，"星光号"飞船内

进入地木转移轨道已有六个月的时间。飞船的生活工作舱里回荡着悠扬的琴声，郑吉祥拉着自己带来的马头琴，一边拉一边看着自己一家人的照片，眼神中充满爱意。程雨和沈冰正在生命保障舱内，一同打理着那些太空中的蔬菜、瓜果和一些鲜花。

"沈冰，你很想念李云吧？"程雨的话打破了两人之间尴尬的沉寂。

"嗯。"

"他一定很爱你。"

"嗯。"

"你也一定很爱他。"

"嗯。"

"如果见到他，你最想说的话是什么呢？"

"不知道。"

"真羡慕你们。"

"有什么可羡慕的。"

"我没谈过恋爱，不知道被爱的感觉是什么样子的，我想一定很甜蜜。"

"你都没爱过，怎么会知道爱的感觉，难道你暗恋过哪个女生？"

听了沈冰的话，程雨的脸上微微泛红，有些害羞。

"哟，程雨，想不到你还真的暗恋过哪个女生啊？哈哈，哪家的姑娘啊，是咱们单位的吗？这次任务完成后，咱们回到地球，我帮你说个媒怎么样？"

"不用，都什么年代了，要说我自己说。"

"哈哈，想不到你脸皮这么厚，居然还有害羞的时候。"

程雨的脸羞得更红了，连忙岔开话题，对沈冰说："你和李云是怎么认识的啊？"

说到李云，沈冰脸上原本的笑容又收敛了起来，回答道："大学同学。"

"是他追求的你吗？"

"当然。"

"他是怎么做到的啊？"

"说这些干什么，赶快工作。"

"哦，好的，那换个话题，你以前就知道'悟计划'吗？"

"听说过。"

"只是听说过吗？那你怎么对这次任务的真实目的这么清楚啊？为什么他

们告诉你却不告诉我啊？引力异常这样的事情为什么你能搞得那么清楚啊？而且还能看出'东方红一号'的异常，发现那些神秘的信息，你怎么那么厉害啊？"

"哼！你问题还真多！你以为我在家待着，是做了三年的怨妇吗？"沈冰一句话，就把程雨所有的问题给怼了回去。

"呃，这紫色的小花可真好看。"程雨被怼后，感觉很尴尬，连忙再次岔开话题，指着鲜花培养器皿中一束紫色的鲜花说。

"那是太空培育的小雏菊。"

"哦！'花开不并百花丛，独立疏篱趣未穷。宁可枝头抱香死，何曾吹落北风中。'说的就是这个小花儿吧？"

听了程雨的话，沈冰朝着他微笑了一下，说："呵呵，这是宋末诗人画家郑思肖的《寒菊》，你还挺有文化的！小雏菊是我最喜欢的花。"

"嘿嘿！"听了沈冰的赞美，程雨憨憨地傻笑起来，伸手便折下一朵小雏菊。

看了这一幕，沈冰的眼睛瞪得又大又圆，嘴巴也张得又大又圆，说："程雨！你疯了吗？这是正在做实验的鲜花，你直接就给摘下来了啊！"

"啊？没事儿，我想这花儿长在这里太可惜了，还是别在你的头发上更好看。"

"那你也不能这样就折下来啊，而且花儿折下来很快就枯萎了，我难道要一直戴着一朵干花吗？"

"哦，对，你倒是提醒我了，等一下啊！"程雨说着，离开了生命保障舱，来到科研装备舱。他找出在轨液态金属三维打印机，利用扫描仪对那一朵折下来的小雏菊进行扫描，然后输入指令，按下确认键，不一会儿，一朵用液态金属打印出来的紫色小雏菊就出现在程雨的眼前。程雨兴奋地拿着金属小雏菊，又回到生命保障舱，将手中的金属花递给沈冰。

"这下子不会枯萎了，嘿嘿。"程雨又憨憨地笑着说。

"你……这是从哪儿弄的？"沈冰拿着金属小雏菊，诧异地看着程雨问道。

"金属的,放心吧,我用的是我自己带的非晶合金材料,色彩也是电镀上去的,这材料本来是我妈让我在轨给她做个首饰留纪念的,嘿嘿。"

听了程雨的话,沈冰的脸也有些红了,伸手就要把金属小雏菊还给程雨。

一看沈冰要把金属小雏菊还给他,程雨有点着急,连忙说:"别别别!我妈估计也是给她未来儿媳妇准备的,我不送她了,给她解释一下就行。送给你正合适……"

没想到这话一出口,沈冰的脸更红了。程雨也觉得自己好像说得不太妥当,连忙低下了头,说:"对了,郑队长刚刚好像找我来着,我先去看看他有什么事儿,一会儿见。"说完,便匆匆忙忙地"逃"掉了。

"警报!警报!警报!"乾元的声音突然出现在了"星光号"飞船的整个舱室内。沈冰连忙把金属小雏菊放在自己胸前的口袋里,然后拉上了口袋的拉链,朝着驾驶舱飘去。

来到驾驶舱,程雨和郑吉祥已经在这里了,两个人正看着驾驶舱的窗外,他们已经被眼前的一切惊呆了。极目远眺,可见数不清的微流星体、星子和小行星。他们已经抵达小行星带的边缘了。

"郑队长,你确定我们要进入这里吗?"乾元问道。

"是的,乾元。不过在这之前,我需要你用探测器对前面的小行星带探测和评估,我们必须知道里面的状况才行。"

"好吧,开始扫描。"乾元话音一落,"星光号"驾驶舱侧翼的两个激光扫描仪就启动起来,两束红色的激光射向远处的小行星带。

"郑队长,我必须提醒一下,这个小行星带在正常的情况下,宽度也有 1.47 个天文单位,也就是 2.199×10^8 千米,现在受到引力异常的影响,我们这个方向的小行星带可能更宽。'星光号'的探测距离远远不够,如果进入的话,我们要在这里飞行 230 天以上,那就只能凭运气了。"乾元再次提醒到。

"乾元,除了运气,我们还有驾驶技术和信心!出发!"郑吉祥下达了继续前进的指令,"星光号"飞船缓缓进入小行星带。

2086 年，秋，"悟计划"研究中心

2086 年，地球度过了一个最为寒冷的夏天，电影《后天》的末日情景仿佛已经到来，北寒带和南寒带的气温已经降至零下五十摄氏度，北温带和南温带的温度也已经下降至零下四十摄氏度，温带的海洋出现了大面积结冰的现象，洋流难以流动，进一步加快了全球变冷的速度。同时，大气的结构也在快速发生着改变，地球两极的大气已经变得极为稀薄，北寒带和南寒带的大气密度也已经难以支持人类正常活动。人们正在向热带迁徙，前往大南岛的航班和船票已经是千金难求。

"悟计划"研究中心的实验室里，阮小青对着一块显示着引力异常影响下的飞行轨迹的屏幕和一块显示全球环境变化情况的屏幕，对魏东说："魏总，引力异常的影响已经越来越大了，这个冬天，北温带的气温恐怕会下降到零下五十摄氏度以下，那里大气中的氧含量恐怕也会持续下降。"

"小青，你的家人们都安置好了吗？"

"他们都已经在大南岛了，不过那边的情况已经非常紧张了，政府正在全力以赴保障物资供应，但是应对如此多的难民，恐怕他们也很难。"

"嗯，希望我们能渡过难关。'凌霄五号'那边的情况怎么样？"

"上个月，我们收到了'凌霄五号'的加密通信数据包，李云已经完成了现有动能小卫星的布局，现在已经在木卫二上构建了一个定向动能阵列，等'星光号'飞船一到，应该就可以完成布局了。"

"'星光号'飞船的情况怎么样？"

"进入小行星带第二百天的时候发来消息，他们躲过了多次小行星的撞击，那时候还是一切平安，当时约定再发送消息的时间是飞出小行星带后。"

"他们进入小行星带已经多少天了？"

"228 天。"

"应该快了，再等等吧。"

地木转移轨道，"星光号"飞船内

连续忙碌了五个小时，刚刚躲避了一次小行星撞击的三名航天员，都已经精疲力竭，躺在自己的休息室里休息。程雨关好休息室的门，把灯光也调节为较为温和的模式，但是他并不想睡觉，而是打开了自己的私人通信电脑，接收本该在二十八天前下载的私人通信数据包。

他点击下载键后，屏幕上的进度条缓缓流动，过了一会儿，下载完成了。他打开数据包，里面是一段视频，程雨打开视频，程雪出现在屏幕中。

"哥，收到你平安的消息，我和爸爸妈妈都很开心。爸爸说，你是咱们家的骄傲，是爷爷的骄傲，如果爷爷还在，看到你么勇敢一定会很开心的。哥，我想你……"镜头里的程雪有些哽咽。这一幕看得程雨有些心酸，他从衣领里掏出了那个金刚杵，攥在手心。"哥，最近半年多，你都没有来消息，这半年，地球的环境突然变化，突然变得特别冷，大气也变得很稀薄，地壳的活动也变得频繁而不可预知，东部岛国上的富加火山突然爆发，很多人都来不及逃走……"说到这儿，程雪顿了顿，继续说道，"咱东北的老家已经没法生活了，去年春节的时候，突然来了一场寒潮，气温一夜之间就降了二十摄氏度，江水完全结冰，纪念塔、大教堂现在就像是雪雕一样，咱们小时候玩的地方，都已经被冰雪覆盖了，对这场突如其来的寒潮，很多人都没有准备……"镜头里的程雪的眼角已经流下了泪。现在的程雨，已经了解了此行的真实目的，也知道这次地球环境的变化是那个引力异常信号带来的，看着妹妹的泪眼，他伸出手，轻轻地在屏幕上对着妹妹的眼角擦了擦。"哥，咱们家很幸运，我和爸爸妈妈被军队救出来了，我们现在已经转移到大南岛来了，但是小鑫他们家没有来得及撤离，呜呜呜……"程雨知道，小鑫和妹妹是青梅竹马的好朋友，原来是市里的中学老师，妹妹在京城上班，两个人也一直有书信往来，他一直希望撮合小鑫和妹妹在一起。"哥，我不和你说了，一次通信数据包的容量也挺宝贵的，爸爸妈妈舍不得，都让我说，我就替他们说吧，我们都很爱你，等你回来。"说完，视频结束了。

程雨关上电脑，觉得自己的眼睛有些模糊，他静静地望向窗外，看着小行星带中远处的那些小行星。

就在这时，他听到轰的一声，同时感到飞船船体一颤。程雨并没有在意，他知道，这是飞船被微流星体撞击了。按照预设的程序，如果遇到质量很小、直径也很小的微流星体，"星光号"飞船的舱外防护板就可以抵御，无须消耗燃料调整轨道进行躲避。这次也许就像往常一样，是一次普普通通的微流星体撞击。

"小甜瓜，你在干吗呢？"程雨的休息室里突然传来了乾元的声音。"星光号"飞船执行任务已经快两年的时间了，在这期间，程雨和乾元相处得越来越融洽，乾元也不再称他为"小生瓜"，而是改叫"小甜瓜"，对这个称呼，程雨还是很满意的。

"乾元，我在休息，刚刚操控飞船躲避小行星撞击，我有点累了。"

"沈冰和郑队长都在睡觉，我本来也不想打扰你休息的，但是有个情况我得和你说说。"

"什么情况？"

"刚刚的微流星体撞击。"

"听声音应该影响不大啊。"

"确实不大，但是位置不太好，一块小小的碎片不偏不倚，刚好卡在了我们的舱外热辐射器的活动机构上，主份在上次电击中坏掉后，我们启用了备份热辐射器，这次又被卡住了，而且它太小了，机械臂无法清除。"

"啊？那怎么办？"

"我可以用机械臂进行维修，但是需要航天员的辅助。"

"明白了，我现在去气闸舱更换舱外航天服，你帮我把工具准备好。"说罢，程雨离开休息室，来到气闸舱，更换好了舱外航天服。在戴上头盔之前，他突然想起来，自己曾经答应妹妹有机会的话要带着金刚杵出舱，于是就把它从脖子上摘了下来，系在舱外航天服的手腕处。处理好后，乾元打开了出舱口，程雨在机械臂的辅助下，开始了出舱活动。

这是"星光号"飞船进入小行星带后，程雨第一次出舱活动。阳光正从飞船的尾部射来，程雨感到有些刺眼，用手遮了遮眼睛，心想："真没想到，距离都已经这么远了，辐射还是这么强，看来还真要把舱外热辐射器修好，要不然，到不了木星轨道我们就会变成烤炉里的鸭子了，不过我好像很久都没有吃过烤鸭了，这次任务后一定回去大吃一顿。"站在机械臂的顶端，在机械臂的助力下程雨正缓缓向舱外热辐射器移动。二百多天里，"星光号"飞船的防护板成功抵御了数十次的微流星体撞击，每次撞击后，乾元都会把撞击的情况向航天员报告，同时也会将撞击的图片发送给他们，但程雨从来没有见过防护板的整体情况。来到舱外，看着防护板上到处是大大小小的凹坑，程雨感到有些后怕，如果不是防护板，可能飞船早就已经被撞得面目全非了。

前面就是舱外热辐射器了，乾元已经把另外两个机械臂也调度过来，辅助程雨进行热辐射器的维修。缓缓靠近后，程雨仔细检查着，但是从表面看不出来哪儿有故障。

"乾元，卡在哪儿了？"

"在里面，应该是一个不大的微流星体，百叶窗关不上了，应该是卡在了里面百叶窗的机构上。"

"啊？太奇怪了，它是怎么飞进去的？"

"我怎么知道，你需要把外面的防护板取下来，然后从百叶窗的机构中把那个微流星体拿出来才行。"

"好吧，给我工具。"

程雨说着，伸出手从另外一个机械臂的头部接过一个力矩扳手，开始拆卸防护板，他一边拆，一边说："乾元，我们就快进入木星轨道了，很快就能见到'凌霄五号'了。"

"是啊，你以前见过李云吗？"

"见过，不过我不认识他，他也不认识我。"

"勇敢、稳重、果断、充满智慧，那家伙是个极为优秀的航天员。"

"这么优秀啊！"

"不然怎么能配得上沈冰呢？"

"乾元,你这家伙不是个智能机器人吗,还挺了解人类感情啊?"

"当然,我擅长学习。而且我知道,小甜瓜,你喜欢沈冰。"

"呃,你怎么知道?"被乾元说中心事,虽然有些不好意思,但是这次程雨并没有否认。

"我当然知道了,小甜瓜,每次你和沈冰单独在一起的时候,心跳都会加速,我都记录下来了。"

"你!唉,你真的是机器人吗?"听了乾元的话,程雨有些生气,又有些无奈,可是心里又有种甜蜜的感觉。

"小甜瓜,那你为什么不告诉沈冰?"

"人家都有男朋友了,我说什么说。"

"小甜瓜,我曾经在地面和沈冰、李云共同进行过人机协同训练,我感觉他们之间的感情有些过于理性了,特别是李云,曾经有一次训练,航天员要在危机中做出选择,当时李云毫不犹豫做出了最为正确的选择,但也是一个最没有感情的选择。"

"那个训练我也经历过,当时就被教官教训了一顿,因为我做出了最冲动的选择。那沈冰的选择是什么啊?"

"介于理性与冲动之间吧。小甜瓜,我觉得这次沈冰去找的不是李云,而是一个答案,给自己的一个交代。所以我觉得,你还有机会!"

"好了,乾元,防护板已经拆卸下来了。"说完,程雨将舱外热辐射器的防护板取了下来,交给身旁的机械臂,辐射器的百叶窗露了出来。程雨打开舱外航天服头盔侧面的灯,向百叶窗里照过去,那片小小的微流星体碎片果然卡在百叶窗的机构上,导致百叶窗无法驱动。程雨将螺丝刀探到里面,试图将那个微流星体碎片取出来,但那颗碎片好像卡得太紧了,试了几次都没有成功。或许是试了几次都没有成功,心中焦虑的原因,又或许是因为失重状态下工作费力的原因,抑或是因为太阳辐照时间较长导致舱外航天服内部温度缓缓升高的原因,程雨额头上已经满是汗水了。

"小甜瓜,小心!你右侧会有一颗微流星体撞击,你千万别动。"乾元突然放大了声音。它的话音刚落,只听得嘭的一声,一块围棋大小的微流星体擦过程雨的头盔，撞击在他右前侧的防护板上，激起了很多小碎片，那些碎片飞溅在程雨的面罩上，发出了噼里啪啦的声音，幸亏小碎片的密度不大，没有击碎他的面罩。但是这突如其来的威胁，也着实吓了程雨一跳，他一紧张，手上的力度加大了一些，将那个卡在里面的微流星体碎片撬出来许多。但同时，也是因为惊吓，程雨的手没有握紧，螺丝刀从他手中飞了出去，远远地飘走了。

"乾元，我已经撬动那个碎片了，但是螺丝刀飞走了，再给我一个。"

"小甜瓜，螺丝刀没有了，刚刚我们又受到了微流星体的撞击，这么短的时间里连续受到撞击，一定有什么特殊情况，要不你先回到舱内吧。"

"那怎么行，舱外热辐射器的防护板都取下来了，不弄好，如果被微流星体打碎了，我们不得变烤鸭啊！我再试试，看用手能不能够得到。"程雨伸出手，试图将那块碎片取出来，但是带着舱外航天服手套的手并没有他自己想象的那么灵活，试了几次，又都失败了。

"程雨，快回来！"程雨的耳机里突然响起了沈冰的声音。

"沈冰，你醒啦！嘿嘿，睡得好吗？"听了沈冰的声音，程雨马上故作镇定地和她聊起了天。

"乾元，快用机械臂把防护板装回去，先不要管百叶窗了，尽快把程雨转移到舱内。"沈冰焦急地说。

"没关系，沈冰，我得尽快把热辐射器修好，要不然舱内就成烤箱了，我快要成功了。"

"乾元，快执行命令！"

"这……"乾元从来没有同时收到过两名航天员的不同指令，显得有些犹豫。

"等等，再给我五分钟，我想到办法了！"

程雨说罢，他伸手取下了手腕上的金刚杵，用食指和中指夹着它，探进了百叶窗的缝隙中。一次、两次、三次、四次、五次……程雨专注地不断尝试着，就像是他们刚刚启程时，他不断地瞄准"东方红一号"一样。

"嘭"，又一声响，又一块微流星体擦过程雨的肩头，撞击在防护板上，但是这次并没有影响到专注的程雨,他还在继续努力着。

"程雨,快回来!"沈冰的声音更加焦急了,但程雨就像是没有听见,还在继续。

"咔!",以金刚杵作为杠杆,经过多次努力,那块小小的微流星体终于被撬动得松动了,程雨伸手将它取了出来,和金刚杵一同攥在手心,回到舱内。

七　帮我个忙

小行星带边缘,"星光号"飞船内

程雨取出了微流星体,"星光号"的温控系统恢复了正常,一场危机就这样解除了。程雨脱下舱外航天服,回到生活工作舱,看到舱内正在"迎接"他的沈冰和郑吉祥,脸色都不太好。程雨心知这次任务的风险,也知道难免会被队长"骂",更知道自己的这个行动怕是已经惹得沈冰不开心了。他连忙满脸堆笑地看着沈冰和郑吉祥,举起了那一小块微流星体说:"嘿嘿,郑队长、沈冰,你们看,就是这么一小片,差点让我们的飞船变成烤箱,你们说气人不气人。"

听了程雨的话,沈冰和郑吉祥依旧皱着眉头,一言不发地看着他。这个样子让程雨觉得更加心虚了,他连忙说:"嘿嘿,没想到咱们距离太阳都这么远了,还这么热,出去一趟搞得我一身臭汗,我赶紧去洗洗。"说罢,转身就向着盥洗室飘去。

"程雨!"郑吉祥叫住了他。

"啊?"程雨一回头,发现郑吉祥已经飘到了自己身边,一把抱住了自己。

"下次不要再这样冒险了!"郑吉祥抱着程雨,显得有些激动。

程雨万万没有想到,这个平日里沉默寡言的蒙古族汉子竟然会这样抱着自己，也露出了憨憨的笑容，和郑吉祥拥抱在一起。但是他心里却在想："要是冲过来抱着我的是沈冰该有多好啊！"不远处的沈冰看了这一幕，也露出了幸福的笑容。

三个人来到飞船的驾驶舱，对着屏幕，分析着刚刚微流星体撞击的原因和"星光号"的损伤情况。

"乾元，评估一下这次的损伤情况。"

"郑队长，已经评估过了，损伤不大。唯一的麻烦是那块卡在舱外热辐射器上的微流星体，小甜瓜已经帮我们解决了。"

"这次的撞击来源是什么？怎么那么短时间会出现三次撞击？"

"我已经对那个方向进行了扫描，颗粒越来越多了，可能是两颗小行星撞击后产生的碎片。郑队长，这次的威胁恐怕比之前的每一次都大。"

听了乾元的话，郑吉祥皱了皱眉，说："我们能加速躲开吗？"

"难度比较大，太密集了，而且这些小碎片也受到了引力异常的影响，不断加速向我们飞来。"

"那怎么办？我们就这样等着被撞击吗？"程雨说。

"哈哈，小甜瓜，我这么从容当然是有办法啦！"乾元打趣地说，"刚才那样尺寸的微流星体，'星光号'飞船的防护板足以抵御，有了防护板，我们就像是在雨伞下面躲雨一样，不会被淋湿啦！"

"乾元，生活工作舱、生命保障舱和科研装备舱之间的连接机构，是'星光号'的薄弱环节，这样高密度的微流星体，如果撞击在上面的话，可能造成泄压，这样很危险。"沈冰提醒道。

"真不愧是沈冰啊，一语中的，不过不用担心，我已经将三个机械臂都调集到那附近，每个机械臂的顶端都携带了一块防护板，到时候会形成一个盾牌，挡在连接机构外面，这样就不会有事了。"

三人听了乾元的话，感觉它考虑得还是挺充分的，便不再担心，继续看着屏幕上的数据和乾元提到的那个微流星体群，屏幕上那密密麻麻的红点正在快速向"星光号"飞船靠近，为了避免受到震动带来的伤害，三个人都坐在驾驶舱的座椅上，扣紧了安全带。

"各位坐稳！微流星体群来了！"乾元的话音一落，"星光号"飞船开始了剧烈的摇晃，"噼里啪啦"的撞击声在飞船内响起。虽然已经有了心理准备，但是三个人的表情依然很紧张，郑吉祥的双手紧紧握着飞船的操纵杆，做好了随时调整飞船姿态的准备。程雨的双手紧紧攥着拳头，同时紧闭双眼，就像是他小时候第一次坐过山车时那紧张的样子一样。但这紧张的表情仅仅持续了一小会儿，就放松下来，因为他感觉到有另外一只手紧紧地握着自己的手，这只手不大，很软也很温暖。程雨睁开眼，看着沈冰，此时的沈冰也正看着程雨，两个人的手紧紧地握在一起。

一阵摇晃过后，"星光号"飞船的状态趋于稳定，但是乾元的状态却并不稳定："警报！警报！警报！"

"怎么了，乾元？"郑吉祥问道。

"郑队长，刚刚一个微流星体击中了科研装备舱机械臂的一个关节，我没有想到，这个碎片不同于之前撞击的那些微流星体，它异常坚硬、锋利，竟然穿透了关节上的保护罩，切断了里面的控制电缆。"

"没关系，我们还有备份电缆，尽快更换就好。"郑吉祥说。

"郑队长，微流星体群的撞击还没有结束，下一波可能半个小时左右就会到来，我们没有时间更换了。"

"马上调整轨道，能否躲避？"程雨问道。

"这次的微流星体群覆盖面积有点大，现在躲也来不及了。"

"乾元，那个机械臂携带的防护板还能发挥作用吗？"沈冰问道。

"还可以，但是这里有一个缝隙。虽然被撞击的概率不大，但还是有些风险。"乾元说着，在屏幕上显示了那个可能被撞击的薄弱点。

"我去！那里距离出舱口不远，还有航天服的固定点位，我带上防护板，就可以护住那里了！"听了乾元的话，看了看屏幕上的薄弱点，程雨忙说。

"不行，这太冒险了！"沈冰说。

"小甜瓜，我丝毫不会怀疑你的勇气，但沈冰是对的，这确实不太行，因为在失重的状态下，一个人的力量是不可能顶得住高频度撞击的。"乾元说。

"那就两个人，我和程雨一起去！"郑吉祥说。

"队长！这……"沈冰还想说什么，却被郑吉祥伸手制止。

"乾元，准备舱外航天服和防护板，调整能源供给，进入节能模式。"随着郑吉祥命令的下达，舱内的灯光全部熄灭，改由应急的红光灯照明。"沈冰，你来驾驶'星光号'。程雨，我们走！"说罢，郑吉祥和程雨一同前往气闸舱。

驾驶舱只留下沈冰一个人。这里安静得好像能听到自己的呼吸，但是这样的安静却让沈冰心神不宁。她对乾元说："乾元，他们出舱了吗？"

"沈冰，他们还在更换舱外航天服，还没有出舱。我现在把视频信号切换到他们那边。"乾元说罢，驾驶舱的屏幕上出现了程雨和郑吉祥的身影。两个人已经做好了出舱前的准备，随着出舱口缓缓打开，郑吉祥首先从气闸舱爬出半个身子，然后将航天服上的连接锁与滑道上的滑动机构连接好，用力拉了两下，确认已经没有问题后，整个身子从舱内爬了出来，因为是失重的状态，他在舱外飘了起来，左右晃了晃，看起来像是游乐园买的氢气球，轻飘飘的，很滑稽。郑吉祥用力拉了一下连接锁，将身子靠近"星光号"飞船的外舱板，伸出手一把抓住了舱外的一个辅助杆，将身子紧贴在舱板上，向那个可能被撞击的薄弱点移动过去。程雨紧随其后，也跟了上去。

来到薄弱点后，郑吉祥和程雨将航天服连接在固定点位上，用手接过生命保障舱机械臂传递来的两块防护板，举在身前，做好了防撞击的准备。

"郑队长、小甜瓜，这一波微流星体群将于十分钟后抵达。"乾元的声音出现在两个人的航天服里。

"知道了，乾元！"程雨回答道，他看了看郑吉祥。这还是他第一次这么近的距离打量郑吉祥。他看到了深邃的眼睛，那眼睛里充满了智慧和自信。他知道，郑吉祥是一个最值得信任的队长。

"郑队长，如果这次任务圆满完成，我想送你女儿一个礼物。"

"呵呵，你小子，想法还真多，什么礼物？"

"就是那块卡在舱外热辐射器里面的微流星体，这可是真正的星星啊，让她知道，他的爸爸给她摘下了一颗小星星。"

"好啊，那她肯定很喜欢，不过如果她知道这颗小星星差点要了她老爸的命，估计就不会那么喜欢了。"

"嘿，你别告诉她不就行了。"

"行，执行任务回到地球后，我请你吃饭，让你感受一下我们蒙古族的热情与豪迈。"

"队长，你请客吃饭的事儿，可别忘了带上我啊！"两个人的舱外航天服里又传来了沈冰的声音。

"呵呵，一起一起。沈冰，你可是我女儿的偶像啊，到时候，还请你帮我好好教导她呢！"听了沈冰的话，郑吉祥开心地笑了。

"好啊，队长！我可记下来了啊！"

"郑队长、小甜瓜，微流星体群将于一分钟后抵达。"乾元报告说。

三个人不再说话，都屏住呼吸，各自做好了防御撞击的准备。

"10、9、8、7、6、5、4、3、2、1，撞击！"又一波微流星体暴雨般地撞向"星光号"飞船。

这次的撞击比起一小时前的撞击更为密集，更为猛烈，"星光号"飞船几乎被撞得反转姿态，好在沈冰在驾驶舱里稳稳地控制着飞船。

"乾元，这次的撞击时间怎么这么久，还有多久才会过去？"可能是因为紧张的原因，沈冰的音调显得比平常要高一些。

"沈冰，我估计还有五分钟左右。"

沈冰看了看屏幕上显示的舱外情况，微流星体的密度太大了，很多微流星体已经越过了科研装备舱机械臂所携带的防护板，落在了郑吉祥和程雨的防护板上面，多次的冲击让他们面容扭曲。

突然，一块微流星体碎片撞击在程雨身边的防护板上，被弹了起来，从侧面刺穿了程雨航天服上的供氧装置，航天服内部的氧气含量开始迅速下降。

"小甜瓜，你遇到麻烦了，你航天服内的氧气含量正在下降，快想办法回去。"乾元对程雨说。

"没关系，挺得住！"

"程雨，我调整飞船角度，给你留出角度，你马上返回！"沈冰的声音出现在程雨耳边，冷静而坚定。

看不见的星光

"不！那样会暴露新的薄弱点，会更危险，飞船会被撕碎的！我没事儿，你控制好飞船！"程雨回答着，却觉得自己的呼吸越来越困难，眼睛好像也越来越看不清楚了。但是他还是死死抓着防护板，继续承受着那些微流星体的撞击。"眼睛已经完全看不清楚了，呼吸也接近极限了，看来这下子我要完了。真遗憾还没来得及和爸爸、妈妈还有程雪告别，还没来得及把那块微流星体送给郑吉祥的女儿，还没来得及告诉沈冰，我很喜欢她呢。永别了，美丽的宇宙……"

这时，突然一股压力冲进程雨的航天服，在感受到气压的同时，也感受到那充满氧气、自由呼吸后的舒适感。他贪婪地深吸了几口，感觉自己终于恢复了状态，用力眨了眨眼睛，看见郑吉祥正在自己面前，他一手举着防护板，一手将他航天服上的供氧管道接在自己的航天服上面。

原来，郑吉祥看到程雨的航天服供氧装置开始泄漏，就连忙将自己的航天服上的供氧管道拔了下来，要给程雨供氧。但是因为航天服已经被安装在固定点上位上，他够不着程雨，于是便打开了航天服的锁定装置，通过连接锁辅助，来到了程雨身边给他供氧。

"队长，不用管我，供氧管道接回去，我能挺住！"看了这一幕，程雨对郑吉祥说。

郑吉祥摇摇头，示意程雨不要说话。

程雨要伸手拔下供氧管道，想接在郑吉祥的航天服上，也被他拒绝了。

微流星体还在继续撞击着郑吉祥和程雨手中的防护板，郑吉祥的表情越发痛苦，额头和太阳穴附近的血管已经暴起。程雨知道，郑队长那边的氧气已经严重不足，他快要撑不住了。程雨的泪水已经悬浮在舱外航天服里。

"郑队长，你的生命体征很弱，请尽快返回！请尽快返回！"乾元的声音出现在郑吉祥的航天服里。

这一波微流星体格外密集，不停地撞击着飞船。沈冰的眼睛死死盯着屏幕，说不清楚她盯着的到底是那块显示着正在撞击飞船微流星体群的屏幕，还是那块显示着程雨和郑吉祥生命体征的屏幕，沈冰的眼中已经布满了红色的血丝，充满了泪水，而她的双手正死死握着操纵杆，竭尽全力保证着飞船的稳定。

微流星体还在撞击着郑吉祥手中的防护板。驾驶舱屏幕上显示郑吉祥的生命体征已经越来越弱，一颗晶莹的泪珠从沈冰的眼角飘了出来，接着又是一颗、又是一颗，轻轻地飘浮在驾驶舱内。

"程雨。"郑吉祥虚弱的声音出现在程雨的航天服内。

"队长，我在。"

"帮我个忙，回到地球，告诉我女儿，爸爸爱她。"

"队长，别这么说，回到地球，你自己告诉女儿。"

"呵呵，谢谢你，程雨。我求你一件事，请你一定要答应我。"

"队长，你说吧。"

"如果我没能活着回到舱内，请你打开我的连接锁，我想做一颗星星。"

"队长……"程雨哽咽了，说不出任何话来。他看到郑吉祥的眼睛里又一次流露出那种坚毅的眼神，看着微流星体飞来的方向。

"咚！"

"咚！"

"咚！"

……

微流星体一下一下，无情地撞击着郑吉祥的防护板，他的眼睛已经缓缓闭上了，但是手中仍旧死死地抓着防护板。

又过了一会儿，已经不再有微流星体飞来了。

"郑队长、程雨，微流星体撞击警报解除，你们可以返回舱内了。"乾元的声音再次响起，但是它和程雨、沈冰都很清楚，郑吉祥已经没有了生命体征。程雨伸手，拔下了插在自己航天服上的供氧管道，重新接回郑吉祥的航天服，伸出手擦了擦郑吉祥航天服头盔上的面罩，又擦了擦郑吉祥航天服胸前的那面国旗。然后，解开了郑吉祥航天服上的连接锁。

郑吉祥缓缓地飘了起来，距离"星光号"飞船越来越远、越来越远……

八　交会对接

地球，仿佛要成为下一个火星，低温、缺氧、地震、火山，各种灾难接踵而至，而此时，世界各国都已经知晓全球气候变化的真正原因是引力异常，政府也向全世界公布了"悟计划"，各国陆续启动了"火种计划"。

幸运的是，在全球性的灾难面前，人类还是团结的，"火种计划"的三亿个名额，绝大多数都分给了妇女和儿童，更多的人把希望寄托在了远去的"星光号"飞船和已经在木卫二停泊轨道等候的"凌霄五号"上。

2087年，春，大南岛

大南岛的海滩已经不再那样温暖，海风变得像北海道的海风一样冰冷刺骨，但海滩上依旧聚集了很多人，他们来到这里，点燃了一盏盏长明灯，悼念为拯救地球而献出生命的郑吉祥。魏东、阮小青等人也在其中。一个星期前，"悟计划"研究中心收到了来自"星光号"飞船的通信数据包，沈冰详细汇报了"星光号"在小行星带最后一次遇险和郑吉祥牺牲的情况，并将郑吉祥生命最后时刻的语音和视频打包发送过来。魏东把一切都如实告诉了郑吉祥的妻子，而郑吉祥的女儿只知道，爸爸成了夜空中最亮的一颗星星。

人群中，阮小青站在魏东的身边，泪水在脸上滑落，但声音却极为理智，对魏东说："魏总，'星光号'已经被异常引力捕获，沈冰和程雨开始加速了。"

"小青，'星光号'什么时候能够到达轨道？"

"估计还有三天的时间。"

"极北边陲的深空测控站恢复运行了吗？"

"程雪正前往极北边陲的深空测控站，一定在三天内修复测控天线。"

"好的，给程雪调配她所需的任何资源，修复后马上引导他们交会对接吧。"

"明白。"

极北边陲，深空测控站

受到极寒天气和极端缺氧的影响，极北边陲深空测控站的大型测控天线指向机构已经无法驱动，上行信号无法发送。五辆军用"勇士"汽车正行驶在雪地上，每个成员都带着一个氧气面罩，这批军队指战员的任务就是去修复天线，程雪也在其中。

地木转移轨道，"星光号"飞船内

郑吉祥的牺牲让程雨和沈冰久久不能平静，但他们心中都很清楚，这次任务的重担将由他们两个人来承担，如果任务失败，必将付出更加惨痛的代价。

生命保障舱内，程雨正一个人精心地打理着那株被他折断过的紫色小雏菊。这时，沈冰来到了他的身边，默默地站着，温柔地看着他。

程雨的眼睛始终看着小雏菊，淡淡地说："沈冰，这小雏菊原来这么美，真羡慕它的盎然生机。"

"是啊，小雏菊的花语是天真、和平、希望、纯洁的美，以及深藏在心底的爱。"

"我们就快到木星了，这两年，感觉好像过了一辈子一样。"

听了程雨的话，沈冰的心一颤，伸出双手，拉住了程雨的手，这不是第一次把手放在程雨肩头时的鼓励，也不是第二次握住程雨的手时的安慰，而是单纯地，没有任何其他念头地想拉着他的手。

"沈冰、程雨，我又一次尝试给地球发送了信号，但还是没有收到回复。"乾元的声音响了起来。

"乾元，再等等，我们还有一天才会到达木卫二的停泊轨道。"沈冰回答道。

"明白，距离我们上次和基地约定的通信时间已经过去三天了，我已经尝试再次向基地发送通信数据包。"

"乾元，有个事情我想问问你，'星光号'的科研装备舱装的那些到达木卫二再释放的'科学探测器'到底是什么？之前我问过郑队长，他说只有到达了目的地才能打开，我们就快到达了，我想知道答案。"程雨问道。

"哦，你问那些啊，我收到的指令也是到达目的地后才能告诉你那些是什么。但是，我信任你，小甜瓜。那些是定向核动能装置。"

"定向核动能装置！那不就是定向核弹？我们就这样和这么多核弹一起飞了两年吗？"程雨吃惊地问道。

"可以这么说，小甜瓜。"

"你们太过分了！你们这些什么'悟计划'简直太过分了！你们知不知道，这样的定向核弹并不稳定，所以这些核弹基本不会在地球上存放，大多存放在月球上。你们居然让我们和这么危险的东西一起待了两年？"程雨的声音有些激动，好像快要爆发的火山一样，那压抑的情绪马上要喷薄而出了。他扭头看向沈冰，问道："沈冰，这个事情你知道吗？"

沈冰没有回答。

"沈冰并不知情，这件事情只有郑队长和我知道。出发前基地对你们进行的心理测评显示，如果你们知道这个情况，一定会选择比较保守的飞行程序，这不利于任务的完成。"乾元说。

"不保守？不保守就要牺牲吗？！不保守就要留下一双孤儿寡母吗？！"程雨仰起头，在生命保障舱里大吼着，眼泪像钱塘江的潮水一样奔涌出来，冲刷着他内心的悲伤。沈冰依旧没有说话，但拉着程雨的手却握得越来越紧，仿佛一旦松手，他就会消失在自己眼前一样。

良久，乾元的声音又一次出现了。

"程雨，你们的心情我非常理解，但是我必须提醒你，这次任务还没有完成，如果任务失败，地球将面临更大的牺牲。还有，我刚刚和地球取得了联系，原来这几天'星光号'没有及时收到通信数据包的原因，是极北边陲深空测控站的天线指向机构出了问题，幸运的是，现在故障已经排除了。可你知道现在的极北边陲气温是多少度吗？零下六十摄氏度！你知道极北边陲的氧气含量是多少吗？不足百分之五！你又知道这次去解除故障的人是谁吗？正是你的妹妹程雪！你又知道为了这次抢险救援，国家调集了多少军队指战员到灾区，又有多少人牺牲，留下多少孤儿寡母吗？"

听了乾元的话，程雨的心中一颤。

"程雨，乾元说得对，我们的任务还没有完成，我们去驾驶舱，看看地球发来的通信数据包可以吗？"沈冰温柔地对程雨说。

来到驾驶舱，乾元已经将基地发来的通信数据包打开，那是一段视频和一段数据。

打开视频，魏东、江天华和"悟计划"的高层管理者们出现在屏幕中。魏东说："'星光号'飞船，沈冰、程雨，你们辛苦了！你们的情况我们已经收到，我们对郑吉祥队长的牺牲表示深切缅怀和沉痛哀悼。但是，任务还在继续，希望你们能走出失去队友的悲伤，振作起来，化悲痛为力量，与'凌霄五号'一道，完成这次木卫二轨道调整任务。这次的通信数据包中，包含'凌霄五号'目前的轨道信息，你们可以根据这些信息找到'凌霄五号'，李云也已经知悉你们的到来，做好了和你们进行交会对接的准备。需要提醒你们的是，地球和木星轨道的延时过长，我们无法对你们的交会对接提供引导。'星光号'飞船和'凌霄五号'空间站的交会对接任务必须由你们自主完成。还有，这次的异常引力已经接近木星了，受到它的影响，木星的强磁场环境、辐射带环境、等离子体环境都发生了比较大的变化。到了那里，'星光号'和'凌霄五号'之间的近距离交会对接雷达可能受到很大影响，甚至是无法正常工作，也许你们要采用手动方式来完成交会对接。沈冰，你和李云曾经一同训练过手动交会对接，预祝你们能够顺利完成这次任务。"

视频结束后，沈冰打开了那一段数据，是'凌霄五号'的轨道信息，她将这段数据导入飞船的计算机后，"星光号"外部的姿态和轨道控制发动机开始启动，调整姿态后，"星光号"向着"凌霄五号"的方向飞去。

……

木星，至少有 92 颗卫星，其中有 4 颗主要卫星，分别是木卫一（Io）、木卫二（Europa）、木卫三（Ganymede）、木卫四（Callisto），这 4 颗卫星于 1610 年由伽利略发现，合称伽利略卫星。木卫二的直径为 3121 千米，表面重力为 0.134 个地球重力加速度，因为可能存在覆冰液态海洋，一直以来被视为探测的热点。

此时的"星光号"飞船正飞行在木卫二的轨道上，驾驶舱里，沈冰和程雨正紧盯着屏幕，寻找着"凌霄五号"的踪迹。

"乾元，我们已经到达预定的交会对接位置了吗？"沈冰问道。

"沈冰，已经到了，转上一圈我们就应该能见到'凌霄五号'了。"乾元回答道。

"在那边！"程雨伸手指着玻璃屏幕的左前方，只见"凌霄五号"正在那里飞行。

"乾元，调整轨道，我们先到和'凌霄五号'相同的轨道高度上去，用通信天线对准它，建立链路。"看到"凌霄五号"后，沈冰的声音并没有程雨想象的那么激动，而是依旧保持着冷静。

"明白！""乾元"按照指令开始进行操作。"星光号"的轨道缓缓抬升，来到"凌霄五号"附近。

"'凌霄五号'空间站！'凌霄五号'空间站！这里是'星光号'飞船，我们将与你进行交会对接任务，请你做好任务前的准备！"沈冰通过通信链路向"凌霄五号"发送电磁波。

"沈冰，你还是来了。""星光号"飞船驾驶舱的扬声器里，传来了李云的声音，有一点喜悦，又好像还有一点忧伤，有一点从容，又好像还有一点沧桑。

听了这个声音，沈冰的状态依然冷静，并没有直接回应李云的话，而是重复着刚才的指令："'凌霄五号'空间站！这里是'星光号'飞船，我们将与你进行交会对接任务，请你做好任务前的准备！"

"'星光号'飞船！这里是'凌霄五号'空间站！我已做好交会对接任务准备，暂时停控，你可以执行交会对接任务。"李云的声音再次响起。

"'凌霄五号'空间站，我将与你进行手动交会对接。乾元，请为我提供测量参数。"沈冰说。

"明白！"乾元回答道。

沈冰手握飞船交会对接操纵杆，双眼紧紧盯着屏幕上的测量参数，一点点地调整"星光号"飞船的姿态，一点点地向"凌霄五号"靠拢。这样的操作沈冰已经进行过无数次了，像这样即将见到李云的情景也已经在她梦中出现无数次了。可是，就在"星光号"飞船的交会对接机构和"凌霄五号"的交会对接机构即将接触，完成交会对接任务的一瞬间，沈冰的手却莫名地抖了一下。在交会对接任务的过程中，这样的情况非常危险，如果对接机构错位的话，将会导致空间站无法接管飞船的控制系统，双方就会产生反向作用力，瞬间扭断交会对接机构，不仅任务会失败，而且会导致飞船的舱体泄漏，航天员将暴露在真空中，面临生命危险。

这一幕看在程雨眼中，急在程雨心中，他连忙抢步上前，按下了紧急停车键。乾元也发现了这个问题，连忙启动与交会对接机构反向的发动机，让"星光号"飞船暂时远离"凌霄五号"。

这一幕，着实也让沈冰吓了一跳，她惊出一身冷汗，喘着粗气，一言不发地看着眼前的屏幕。

"沈冰，你怎么了？"舱内又出现了李云关切的声音。

沈冰的手有些颤抖，她并不答话。

"'凌霄五号'空间站！我是'星光号'飞船航天员程雨，我将再次与你进行手动交会对接。"

"程雨，你好！你可以执行交会对接任务。"

在程雨的操作下，"星光号"飞船再次缓缓靠近"凌霄五号"，确认姿态和位置信息后，程雨按下交会对接按钮，"星光号"飞船的交会对接环缓缓升起，套入"凌霄五号"的交会对接环，确认轴向无误后，交会对接环缓缓下降，将"星光号"飞船和"凌霄五号"空间站拉近，锁定。随后，"星光号"飞船将控制权切换给了"凌霄五号"，交会对接任务完成。

九　最后的选择

木卫二停泊轨道，"星光号"飞船和"凌霄五号"空间站组合体内

"星光号"飞船和"凌霄五号"空间站之间的连接舱门缓缓打开，李云正站在"凌霄五号"内，等候着沈冰、程雨的到来。他本以为第一个进入"凌霄五号"的会是沈冰，但是没想到的是，第一个飘进来的竟然是程雨。李云的心中有些不悦，心想："这个小程，不会不知道我和沈冰的关系吧！这么美好的一刻应该留给我们才对，怎么他先飘进来了。"

虽然心中不悦，李云还是飘到程雨的面前，微笑着和他握手，说："程雨，辛苦了。"

"不不不，李云大队长，一个人在这里五年，你辛苦了。"程雨连忙说。

李云对着程雨微笑了一下，转头看向正从通道中飘过来的沈冰，连忙松开了程雨的手，迎了过去。他来到沈冰身边，不等她说话，就一把抱住了她。沈冰并没有抱住李云，她没有动，只是任由李云抱着自己。

"冰冰，想不到你还是来了，你不该来……"李云抱着沈冰，不停地说着。

沈冰还是没有说话，只是默默地听着李云诉说对自己的思念。突然，李云的身子一动，向沈冰的嘴唇吻了过去。这突如其来的吻，让沈冰有点不知所措，她轻轻地侧了一下脸，李云的吻落在了她的脸颊上。这一躲，李云有些诧异，沈冰自己也觉得有些不对劲儿，于是伸手抱住了李云，把头靠在了李云的肩头，但她的眼神却看向了不远处的程雨。此时的程雨，眼睛也正望着沈冰，两人四目相对，却有种相隔山海的感觉。程雨连忙扭过头去，不再看向沈冰。沈冰也放开了抱着的李云，问道："李云，我们什么时候开始执行任务？"

李云好像感觉到了沈冰的变化，他觉得是自己的不辞而别，让沈冰担心了，于是对沈冰说："冰冰，距离异常引力的到来，还有几天时间，咱们可以做好准备,先把'星光号'飞船携带的定向动能装置投放到木卫二的预定点位上,完成阵列的布局。刚好可以利用这些时间,我给你讲讲这些年我的研究成果。"

"星光号"飞船和"凌霄五号"空间站组合体,启动了投放定向动能装置的程序,"星光号"科研装备舱中的七台"科学探测器"终于露出真容,那是七台崭新的定向动能装置。在做好定点着陆前的准备后,李云按下投放按钮,七台装置按顺序从组合体抛出,飞往木卫二上预定的点火地点。

一切都在按计划有序进行着,乾元正在操控着组合体。程雨和沈冰坐在李云对面。沈冰开口问道:"李云,这会儿能说说,是什么神秘的力量让你离开的?又是什么神秘的力量让'凌霄五号'这样大的空间站平台起旋的呢?"

听了沈冰的问题,李云微微笑了笑,说:"冰冰,我的离开,没有什么神秘力量所左右,是我自己的决定,当然,如你现在所知,这也是'悟计划'拯救地球的必然选择。你一定也已经知道了,和郑吉祥队长一样,我也是'悟计划'的成员,我们的使命就是保护地球、保护人类。不过,如果你要问我是不是有神秘的力量存在,答案是肯定的。五年前,任务一开始的时候,我并没有打算离开。但是,在飞行过程中,基地和'凌霄五号'都收到了一条神秘的信号,那是一个坐标,一个银道坐标系的坐标,坐标的位置就在冥王星的轨道附近。而在此之前,航天局的'极目'空间望远镜好像也被什么信号影响了,起初它因为诡异的原因起旋失效,与地球断了联系,但不久后它又因为诡异的原因而消旋,消旋后'极目'竟然也指向了那个坐标。我们判断这并不是偶然,一定是宇宙中还有一个文明,在提醒着我们危机的到来。后来,'凌霄五号'又一次收到了一个信号,这次的信号没有对外公布,我请魏东总设计师利用人工智能技术,解析出这信息的内容,内容只有两个字:'木星',当时我们还不明白为什么,后来才发现,解决这个引力异常问题,利用木星的引力弹弓是最佳手段。于是决定由我驾驶'凌霄五号'前往木星。为了避免恐慌,我不能对任何人讲我去哪儿,去干什么了。所以出发前,我改变了'凌霄五号'的飞行姿态,让它起旋,自旋飞行。同时,这样的方式还可以让地面上的航天工程师们无法直接联络上'凌霄五号',让'凌霄五号'消失。但是那天我还是放心不下你,就给你发了一条信息。"

听了李云的话,沈冰的心中掀起了一丝波澜,程雨的心中却是百感交集,但经历了郑吉祥的事情,他的心态平和了许多,对李云说:"李云大队长,你知不知道我爷爷始终认为'凌霄五号'的任务失败了,他始终认为是他害了你。"

"程雨,程忠总设计师是我的前辈,我最敬重的人,他始终都是'百分总设计师',其实他已经第一时间发现了'凌霄五号'的自旋是我操控的,所以那时候,魏东总设计师才会去找他。就像他的名字一样,他对国家是绝对忠诚的,他选择了保守'悟计划'的秘密,就算是对家人也不能说。"李云回答道,"后来,我来到这里,组织上给了我两个任务,一个是构建定向动能阵列,另一个就是寻找那个帮助我们的神秘文明。我们发现五十多年前,月球上出现的'量子泡沫'、奇怪的'宇航服'一样的器物、蕴含巨大能量的神秘晶石、'引力屏蔽'效应,这些可能都是这个神秘文明带给我们的提示。虽然,我们并没有解开'引力屏蔽'效应之谜,但我们却在那里开发出大量高纯度氦-3,从而打造了这些定向动能装置。"

"沈冰,你说咱们路上看到给咱们发送信号的'东方红一号',会不会也是因为这个神秘文明啊?"程雨转头看着沈冰问道。

不等沈冰回答,李云便接过话来说:"程雨,你们在地火转移轨道上遇到'东方红一号'卫星的事情,我已经知道了,那个莫尔斯电码传递的信息,应该就是神秘文明对我们的又一次提示,因为这次引力异常的根源,就是一个微型的中子星。"

"中子星?"程雨和沈冰异口同声地惊叹道。

"没错,那个'neutron'的莫尔斯电码,应该就是'neutron star',是中子星的意思,只不过传统意义上的中子星,是宇宙中除黑洞以外密度最大的星体,恒星演化到末期,经由重力崩溃发生超新星爆炸之后,可能成为的少数终点之一,质量没有达到可以形成黑洞的恒星,在寿命终结时塌缩形成的一种介于白矮星和黑洞之间的星体。但是这个中子星很奇怪,体积应该是极小的。'悟计划'的科学家阮小青发现了这颗微型中子星的轨迹,根据她的计算,这个中子星的体积应该在100立方米左右,但是质量极大,我们现有的测量设备根本无法探测。这颗在宇宙中流浪的微型中子星进入太阳系后，打破了原有的引力平衡，也使太阳系几个质量较小的行星都或多或少得出现了轨道变化，地球就是其中之一，这也是地球环境异常的主要原因。"

"为什么是莫尔斯电码？"程雨问道。

"或许是因为二进制，抑或是因为他们收到了'旅行者号'探测器所携带的数学和其他科学信息！可以肯定的是，如果没有任何力量影响的话，'东方红一号'是不可能到地火转移轨道的，表面也不可能带有那么庞大数量的电荷。"李云回答道。

"李云，那你在这里五年时间，有没有找到那个神秘文明？"沈冰问道。

李云摇了摇头，说："我尝试了很多办法去联络他们，但是始终一无所获。但半年前，我却又一次收到了那个神秘的信号，解析后，我发现好像是一首歌谣，你们看。"说罢，李云从怀里掏出一张纸，递给了沈冰。

  我们留下你们
  因为我们还要在时空中流浪
  你们是我们的过去
  你们是我们的未来
  我们在你们心中种下种子
  种子会开出绚烂的五色花朵
  红色是热情
  黄色是真诚
  绿色是希望
  蓝色是智慧
  紫色是爱
  我们无法连接你们
  是因为无尽的时空
  是因为缥缈的虚空
  但我们知道

你们会生存

　　你们会繁衍

　　你们会不断探索

　　你们会来找我们

　　再见了，地球上的你们

　　……

"紫色是爱……"看了这首歌谣，程雨和沈冰的心同时震颤了一下。

"报告李云大队长、沈冰、程雨，定向动能装置已经全部落在预定着陆点，定向动能阵列已经全部布局完成。"舱内传来了乾元的声音。

"好的，乾元，请给地球发信息，告知魏总和江局长，我们已经做好准备！"沈冰对乾元说。

"明白！"乾元回答道。

也许因为这指令本该由自己下达，但却被沈冰说出了口，李云显得有些不太适应，尴尬地笑了笑说："呵呵，冰冰，你比五年前更棒了。我想到了一个浪漫的主意，任务完成后，我们就在'凌霄五号'里把婚礼办了吧。正好请程雨为我们见证。程雨，你觉得怎么样？"李云把目光投向程雨。

"啊？这……呵呵，真挺浪漫的！"一下子面对这样的问题，程雨有些发蒙，心中一百个不愿意，但一时间不知道该说些什么好，没有正面回答。而这突如其来的对话，也让沈冰觉得极不自然，说："李云，咱们还是先执行任务，结婚的事情回到地球上再商量吧。"

"那好，我们先执行好任务！"李云没有再追问下去。

"李云大队长、沈冰，我再去'星光号'飞船看看。"程雨感受到了一丝尴尬的气氛，连忙主动逃开了。

木卫二停泊轨道，"星光号"飞船驾驶舱内

程雨坐在驾驶舱的座椅上，默默地看着窗外美丽的宇宙，就像是他们刚刚启程时候的样子。只是现在的他已经没有了当初的兴奋与好奇，而是多了许多惆怅。

"唉，问世间，谁又能做到'千山暮雪海棠依旧，不被岁月惊扰平添忧愁！'呢？"程雨叹了口气，自言自语道。

"小甜瓜，干吗一个人在这儿惆怅啊，为什么不试试呢？也许沈冰的选择是你啊！"乾元的声音在程雨耳边响起。

"哎，乾元，这人与人之间的感情太复杂了，人工智能怕是理解不了啊！"

"小甜瓜，悄悄告诉你，除了监测你的心跳，我也监测了沈冰的心跳。我在学习人类文化的时候，看过一个搞笑电影，里面有句台词我很喜欢：'行走江湖最重要的就是一个勇字'，你应该拿出勇气来。"

"你！哎，你这家伙，懂得还真不少，现在还是算了，回地球再说吧。对了，乾元，我想问你一个问题，'星光号'的科研装备仓里面，还装有一台重型设备，那到底是干什么的啊？"

……

就在程雨和乾元对话的时候，沈冰的声音出现在程雨耳边。

"程雨，你在吗？到'凌霄五号'来，地球发来通信数据包了。"

"收到，我马上到！"

木卫二停泊轨道，"星光号"飞船和"凌霄五号"空间站组合体内

三人坐在'凌霄五号'核心舱控制中心的大屏幕前，这次地球那边的屏幕中，并没有那么多的人，只有魏东和阮小青。

"'凌霄五号'空间站、'星光号'飞船，祝贺你们完成木卫二定向功能阵列的布局，遥测数据显示，每个动能点的状态都很正常。根据我们的计算，异常引力将在四十八小时后到达预定点，届时请你们启动定向动能阵列，推动木卫二号轨道调整，捕获那颗微型中子星。现在你们可以根据我们最新发送给你们的飞行过程数据，调整轨道高度，到当前引力异常影响下的木星与木卫二之间的拉格朗日 L2 点，一旦阵列启动，那里的引力平衡将被打破，你们将以那里为起点，进入木地转移轨道，返回地球。李云、沈冰、程雨，你们辛苦了！"

听了魏东的话，三个人心中都很清楚，任务最关键的环节就要来了，他们进入各自的岗位，做好了迎接最后任务的准备。

距离异常引力到达预定点还有一个小时，"星光号"飞船和"凌霄五号"空间站组合体已经来到木星与木卫二之间的拉格朗日 L2 点。三个人坐在"凌霄五号"核心舱的控制中心，静静等候着关键时刻的到来。

坐在李云和程雨中间的沈冰扭过身子，看着程雨，问道："程雨，你紧张吗？"

"不紧张。"程雨回答道。

"程雨，别紧张，任务一定会成功，回到地球你就是大家心中的英雄。"李云说。

程雨没有说话，只是探出身子，看了看李云，微笑了一下。

"倒计时三十分钟，准备！"距离异常引力到达预定点还有三十分钟，李云开始倒计时。

……

"倒计时十分钟，准备！"

"李云大队长、沈冰，我想我还是去'星光号'飞船那里等候吧！毕竟我来自'星光号'，这荣耀的一刻，我想和'星光号'在一起。"程雨解开了座椅上的安全带，微笑着对李云和沈冰说道。

沈冰眨着眼，奇怪地看着程雨，她心里总觉得好像哪儿不对劲儿，但是又说不出来是什么原因。

"好的，程雨，你去吧，一会儿任务结束，我们共同离开。"李云说。

得到了李云的准许，程雨起身，飘进了'星光号'飞船。

……

"倒计时一分钟，准备！"

……

113

"10、9、8、7、6、5、4、3、2、1，点火！"李云的拇指按下了定向动能阵列的启动键。霎时间，木卫二上的数千个定向动能装置同时启动，剧烈的核反应产生出巨大的推力。大屏幕上的数据显示着木卫二的轨道信息，几秒后，木卫二的轨道平均半径和轨道偏心率开始缓缓发生变化，不一会儿，这变化开始加速，又慢慢趋于稳定。

"报告李云大队长、沈冰、程雨，定向动能装置已经全部启动，木卫二轨道调整完毕，微型中子星被木卫二引力捕获，任务圆满成功！"舱内传来了乾元的声音。

听了乾元的话，分别在组合体两个不同飞行器中的三人，脸上都洋溢出激动的笑容。

可这激动的情绪还没有来得及爆发出来，屏幕上的数据却又发生了变化，木卫二的轨道信息又发生了变化。

"乾元，这是怎么回事儿？"李云连忙问道。

"报告李云大队长，虽然捕获成功了，但是这异常引力强得超乎我们的想想，它正在拖拽木卫二，而且好像很快就会脱离木卫二的引力影响了。"

"那怎么办？"李云追问到。

"要想办法让它减速，现在它的引力和木卫二的引力正处于焦灼的动态平衡状态，只需要稍施加一点影响，它就一定能被木卫二彻底捕获。"

"我们还有时间吗？"李云继续问道。

"恐怕不多了。"

"程雨！程雨！你尽快回来！"沈冰终于意识到程雨刚才的举动意味着什么了，她慌忙对着屏幕呼叫着程雨的名字。

"李云大队长、沈冰，'凌霄五号'空间站和'星光号'飞船之间的舱门已经被程雨手动锁定了。"乾元的声音再度响起。

"程雨！你快回来！"沈冰失去了往常的冷静，哭着、哀求着对程雨说。

李云已经愣在那里，此刻他也意识到程雨这一举动的目的了。与此同时，他也已经意识到，沈冰的心已经不再属于他了。

"沈冰、李云大队长，我要去执行任务了。"程雨淡淡地说。

"程雨！我是'星光号'的副队长，我要和你一起去！"沈冰继续哭着对程雨说。

"嘿嘿，这次还是我去吧，下次你再去。"程雨微笑着对沈冰说。

"程雨，你一个人也解决不了问题，不要冲动，我们一起行动！"李云的声音依旧保持着理性和冷静。

"李云大队长，'星光号'飞船这次还带了一台重型设备，是重型光子火箭发动机，是我们遇到危机的时候，用来逃命的。不过也可以反向使用，变成光动能装置，给其他物质施加推力。呵呵，真希望能如你所说，得到英雄归来般的荣耀啊。"程雨微笑着对李云说。

"程雨，你不能去，你会被异常引力撕碎的！求求你了！别去！"沈冰哭着说。

"沈冰，放心吧，光动能是不会被异常引力撕碎的，我们一定能完成任务，如果我和'星光号'被那家伙拉扯成原子的话，我们就成了看不见的星光了，呵呵。我走了，真不想和你说再见。"

"乾元，很高兴能和你组队。"程雨转而对乾元说，"这是我给你下达的最后一条指令，请把你的全部智能数据转移至'凌霄五号'。"

"小甜瓜，我们是朋友，我想陪着你。"

"乾元，谢谢你，你走吧，也许我的故事你还能讲给更年轻的航天员听。如果你给他们讲故事提到了我，我希望自己的名字是'看不见的星光'。"

"好吧！在我离开之前，有件事我想告诉你，沈冰曾经拜托我，回到地球后把她最喜欢的诗集送给你，现在就在你左侧的抽屉里。"

听了乾元的话，程雨连忙拉开抽屉，发现里面果然放着沈冰平日里看的那本诗集。

"小甜瓜，我要走了，还有一个小秘密，其实那天你在舱外维修热辐射器，我们对话的时候，我悄悄连接了沈冰的通话系统。"

"呵呵，我知道，谢谢你，乾元，永别了我的朋友。"

"永别了，小甜瓜。"说罢，乾元的全部系统数据转移至"凌霄五号"空间站。

几分钟后,"星光号"飞船与"凌霄五号"空间站交会对接机构分离,向着那颗微型中子星飞去。

……

2089年,春,京城

春回大地,万物复苏,温暖的春天终于到来了。

火星的基地里,沈冰靠在床上,手里拿着一张纸,和一朵紫色的金属小雏菊,纸上留着程雨的笔记:

> 我看到了睡梦中的彩色夜空
> 我看到了夜空中的月色朦胧
> 我看到了朦胧中的紫色光晕
> 我看到了光晕中的我与挚爱相拥
> 我知道那只是时空的裂缝
> 我知道那只是幻境和虚空
> 我知道那只是平行的宇宙
> 我知道那只是我的牵挂在萌动
> 我愿化身夜空,只为拥着你呼吸的清风
> 我愿化身月色,只为映着你圣洁的心灵
> 我愿化身光晕,只为捧着你美丽的脸庞
> 我愿化身紫色的小雏菊,只为看到你倾城的笑容

作者简介
星河紫光

一位笔名蕴含宇宙深邃与神秘的科幻小说作家,同时也是一位科技工作者,致力于以其扎实的工程科技功底、独特的科幻视角和精湛的叙事技巧,创造出既具视觉震撼又科学严谨的科幻景象。本文获第十二届北京科幻创作创意大赛"光年奖"科幻中长篇小说二等奖。

躯 壳

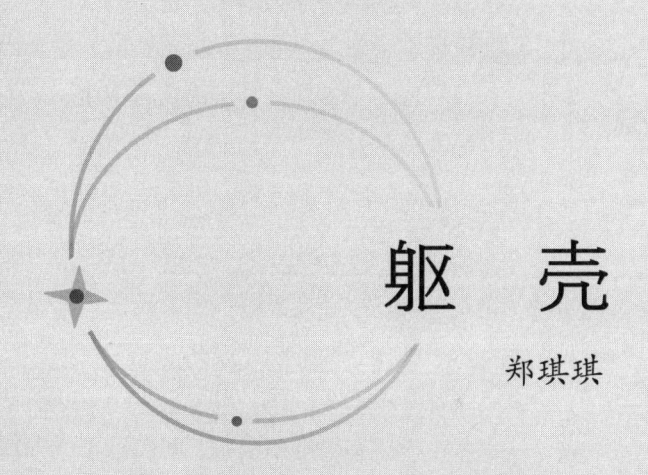

郑琪琪

（上）旋转木马

一

暮色渐深，破旧的乡村学校随着最后一名学生的离开，陷入了沉寂。

杨校长靠着斑驳的教室门框大口大口地抽烟，斑白的头发和烟圈连成一片，把他整个干瘦的人影都藏在里头，像一条熏烤中的腊肉。曹飞想提醒一下杨校长自己还是个参加社会实践的高中生——虽然是职业高中，那也尚未成年。但是他说不出口，毕竟没有哪条法律禁止未成年人抽二手烟。

杨校长继续着刚才的话题："我年轻那会儿——差不多是进学校工作的第三年，机器人教师刚兴起，能配智慧机器人的都是大城市的好学校……现在完全反过来了，咱们这些穷山沟里的学校只剩下机器人教师，那些好学校反倒把真人教师教书当噱头了。"

曹飞穿着黑色工装，背上印着 SYY 公司的标志，坐在陈旧的讲台前，屁股下头那张小学生座椅袖珍得很，衬得他像个娃娃脸的巨人。他随意地用袖子扒拉开断裂的粉笔头，熟练地拆解着手里的故障机器人教师，笑道："机器人教师哪管得住学生，我小学那会儿，大家只要遇上机器人教师，那一节课就肯定没人翻过书！"

"机器人多酷，小娃娃不是最喜欢了吗？"杨校长的烟快烧到底了，他捉着烟屁股用力一吸。

"新鲜劲儿过去之后，也就那样吧。"曹飞用手套用力搓了搓机器人身上的污渍，"后面我们上课越来越随意，到最后就完全不把它当回事了。"

"不都是老师，机器人怎么就那么没威慑力？"

"能有什么威慑力，那破人工智能，多聊几句就被我们绕进去了，也就名师远程授课的时候像回事儿——您看学校这个'老师'，一身划痕，破破烂烂，威慑得住谁呀？"曹飞的手轻松一拧，机器人教师的头颅就耷拉在了脖子上,"对我们来说,喜欢机器人上课,就是因为可以随便玩儿。"

杨校长的视线扫过曹飞工装上的公司LOGO:"还好SYY公司又推出了全能芯片,学生自律了,智慧机器人教师才能真正发挥作用。钱啊,都让SYY公司给赚了……"

曹飞一听"全能芯片"立刻双眼一亮:"那确实!植入了全能芯片是真的不一样,学习特别专注,自动屏蔽一切干扰和诱惑,高效和自律竟然那么简单!晚上到时间就能做到秒睡,完全不焦虑、不失眠,第二天早上六点睁开眼睛,精确到秒……"

"呵。"杨校长一手夹着那个快灭的烟屁股,看似漫不经心地问,"听杨鑫说,你植入全能芯片了?"

杨鑫是杨校长的儿子,毕业就回了这所学校工作,是这所学校唯一的一位真人教师。他比曹飞大一轮,和曹飞一见如故,从此称兄道弟。

"是,全家家底都被掏空了,东拼西凑,总算是攒够钱了,刚做完手术。"曹飞的嘴角止不住地上扬,"等适应期满了,我也高度自律一把,搏一搏……看能不能考个重点大学。"

曹飞时常后悔,当初自己要是努力一点、自律一点,就能进入好高中,安安稳稳读三年书,而不是像现在这样,名义上念着职业高中,实际上却每天栉风沐雨,四处奔走,做SYY公司最廉价的跑腿维修工。

"挺好,你们大城市的人比我们幸福多了。"杨校长叹道,"你可得好好努力,争取成为SYY的正式员工,前途无量啊!"

曹飞挠头:"这白日梦我连做都不敢做……要不是我爸在SYY当了几十年外派维修员,我连进SYY当实践生的资格都没有……"

杨校长笑叹一声,左手伸进皱巴巴的裤兜里掏出烟盒——刚摸出半截,他便想起里头早就一根不剩了,只能无奈给放了回去。

曹飞把满是划痕的机器人外壳一打开,突然发现这具机器人有被拆解后又错误组装的痕迹,于是问:"杨叔,杨鑫是不是又悄悄拆过机器人?"

"是啊,机器人的故障维修还有清洁保养,都是他在弄。"杨校长连忙蹲下身,在水泥地板上把烟头按灭,快步走进教室,"怎么了?"

"早告诉过他智慧机器人和其他机器人不太一样……"曹飞摆摆手,"没事儿,我修完之后给你们重新弄一下。"

"麻烦你了。"杨校长一边伸长脖子探看着那个机器人,一边接着解释说,"以前机器人闹点小毛病,都是杨鑫弄好的。这回不知道是哪里坏了,他折腾了一整天都没修好,还没来得及联系你爸,检测系统竟然就自己上报了机器人维修部。"

曹飞点头:"机器人的检测系统有自动上报功能,当机器人出现故障的时候,如果系统无法确定故障原因,那么在故障持续时间超过 48 小时之后,就会自动运行维修申请。"系统在接到这台故障机器人的信息后,便统一安排了维修,曹飞就是系统临时调派过来的。

"怪不得……之前突然收到你的消息,说要来修机器人,我们都吓一跳。"杨校长说,"还琢磨你是有什么神通,怎么千里之外就能知道智慧机器人坏了。"

"我倒是想有这神通!"曹飞大笑,"对了,怎么今天没见杨鑫?"

"上午来了个他的什么朋友,两人一块儿不知道跑哪去了。"

"我就说,平时修机器人,杨鑫都要来偷师学艺,今天竟然不见人。"曹飞"啧"了声,"什么朋友,我竟然都不知道!"

"我也不太清楚。"

"我一会儿审问审问他。"

曹飞轻轻揭开了机器人教师胸腔上的金属盖,随后就惊讶地发现,智慧芯片的保护罩上竟然有清晰可见的烧焦痕迹。

"芯片烧了,这可就修不了了,得换新的。"曹飞指指焦黑的保护罩,"你看,全都焦了,连带这一圈都得换。"

杨校长不由得皱起眉头,还揣在兜里的手在不自觉间慢慢把烟盒捏扁。

"那么严重?是什么引起的?"

"可能是重装过程中有些细节处理不当,后来就短路烧了。"曹飞已经打开通信器上报情况,向系统提交了调换芯片申请,"当然也不排除其他可能。"

"哦……"杨校长的手松开烟盒又再次捏下去,反复中,那个硬纸盒发出了轻微的响声,"那就辛苦小曹你给换个新的芯片吧!"

"智慧机器人的芯片比较贵重,哪可能让我一个实践生随身带,得总部调配过来——我已经向系统申请了。"曹飞说着将那枚焦黑的芯片小心翼翼地拆下来,接着向杨校长询问情况,"杨叔,这机器人出问题多久了?"

"闹小问题的话差不多有一周,但是前天就彻底启动不了了。"杨校长回忆着,然后关切地问,"调芯片要多久?"

曹飞这时刚好收到系统回复的消息,于是按上面显示的信息回答道:"很快,明天下午两点前,公司的无人机派送就能把芯片和零件都送到。"

"哦哦……"

杨校长的眉头还是没能舒展开,他都没有意识到,自己裤兜中的手指正在捏扁的烟盒上快速地来回摩挲。

曹飞见他表情严肃,于是问:"怎么了杨叔?学校是急用这个机器人吗?"

"哦,也不是……"杨校长回过神,立刻松开了手,摇摇头朝曹飞笑道,"刚好遇上周末,不耽误的。"

"那就好。"曹飞知道山村人少、学校少,孩子住得分散,距离远,几乎都是住校学习,周末回家,不耽误孩子们的课就好。

"那小曹你今天晚上是回去公司,还是住学校宿舍?"

"公司太远了,来回太耽误时间,我今晚去车上等一宿。"

偏远地区的学校住宿条件有限,曹飞也用不惯大澡堂,早就习惯了在智能旅行车上过夜。

他手上不停,收好芯片之后又开始拆除一些损坏的零件。这台机器人身上的问题太多,按理说早该崩溃了,竟然坚持到两天前才罢工,实在让曹飞有些好奇,于是他打开随身记录设备,把这些发现都详细地上传在维修档案里。

见杨校长还在一旁看着,曹飞立马拍拍胸脯,许诺道:"杨叔您放心,明天下午芯片到了我就立马开工,保证不影响学生周一上课!"

"行,那辛苦你了小曹。"杨校长抬了抬嘴角,转身出了教室,"你先忙着,一会儿我直接让机器人把晚饭给你送去车里。"

"好嘞!"

二

处理完机器人，曹飞朝着教学楼外走去，印着他公司名称"SYY"字样的智能旅行车停在操场上，这就是他今天的窝了。他环顾四周，叹了口气，这里说是操场，其实更像是一片土坝子中间的一块比较宽敞的水泥地。一堵矮墙隔开了校园和大片的田野，像是广阔的天地里圈禁着孤零零的教学楼。

晚风有些狂，刮得教学楼有些呜咽。铃声骤然响起，在空荡荡的校园里回响。

杨校长亲自送来了曹飞的晚饭，他身边还跟着一个瘦瘦小小的女娃娃，看身高不到六岁，曹飞很熟悉，那是杨校长的孙女，杨鑫的女儿杨可可。

"正好带孩子出来散散步，我就干脆自己给你送来了。"杨校长把手里的饭盒递过去，"喏，三菜无汤。"

"谢谢杨叔！"曹飞双手接过，视线扫过那个低头玩手指的小女孩，笑了笑，"可可长高了不少。"

"嗯，可可今年满七岁，总算是冲了点个子。"杨校长没像其他家长那样招呼杨可可叫人，反而温和地拍了拍她的头。

曹飞也不意外，他知道这个孩子和同龄人有些不一样，要更内向、更稚嫩一些。进入职业高中后，他在这个片区已经待了三年。虽然和杨校长父子比较熟络，但是见杨可可的次数其实不多，杨鑫非常迁就女儿，从来不强迫她出来见人。

"你们一会儿要去哪里散步？"曹飞远远望了一眼四周的田地，在他看来，这周围除了荒山就是茂田，指不定藏着什么，天一黑，更是危险。

"我们一般也就在学校周围走走。"杨校长伸手指了指不远处的山坡，"顺便检查检查田里的机器。"

"检查得那么勤，怪不得你们这里的机器保养得那么好，特别新。"当然，曹飞没忘了接下一句，"不过不包括学校里那位智慧机器人教师。"

躯 壳

杨校长笑起来:"用得少,当然新了。"

曹飞不解:"用得少?有机器为什么不用?这个地方的劳动力还能支撑农忙时候的工作吗?"

"也就那时候用用。对于我们这些留守在这里的人来说,机器比人贵。"杨校长背对着夕阳,皱巴巴的脸隐没在黑色的阴影里,"供电贵,维护贵,损耗贵,维修贵。而人,不值钱。"

曹飞陷入了沉默。他就是公司最不值钱的那批人,比已成规模的机器人维修师成本还低。

"马……木马马……"杨可可忽然奶声奶气地拽杨校长的衣服,嘴里念着,"爸爸的木马马……"

杨校长低下头,神色一下子柔和下来:"又想玩旋转木马?"杨可可点点头,朝杨校长抬起了胳膊。

杨校长立刻宠溺地伸出双手,从杨可可腋下一托,把她举了起来。下一刻,杨校长站得比平时任何时候都要挺拔,随后旋转着身子,变成了一个慢速转动的枯瘦陀螺,双脚在原地慢慢踏步,双手把杨可可举在半空中上下起伏,让她像是坐在游乐园里的旋转木马那样,在暮色中投下活泼的影子。

杨校长抿着嘴笑,眼角的褶子更深了,像黑土地上的沟壑。杨可可清脆的欢呼声也在起伏着,先前满是怯懦的脸上绽开了灿烂的笑容,她朝着曹飞背后叫着:"爸爸……转转马!"

曹飞立刻回头,却只看到空荡荡的操场上,一阵风扬起几片枯叶。

杨校长年纪大了,没举两圈就把杨可可放了下来,气息微微有些喘。他看向曹飞,笑了笑:"杨鑫爱这样逗可可玩,他小时候我就这样逗他。"

曹飞也跟着笑:"我小时候也喜欢我爸把我拎起来。"

杨校长把杨可可晃乱了的刘海轻轻理了理,说:"杨鑫小时候也是,我一干活他就闹着要我陪他玩,我就让他踩在锄头前面的锄板上,然后拎着锄头从田这头走到那头。他每次都特别高兴,我一颠簸,他就把我的手攥得紧紧的,那模样,又高兴又害怕,眼睛特别亮……"

曹飞尝试着想象那个画面：年轻的杨校长竖起锄头提拎起来，锄板上站着一个小小的杨鑫。锄头在杨校长的手里高低起伏，旋转晃动，杨鑫捏紧了锄头杆儿，冲着杨校长咧着嘴笑，眼睛都眯成了一条线。

想象中杨鑫稚嫩的笑脸和杨可可的重叠在一起，曹飞也忍不住笑了，他走上前蹲在杨可可面前，正想摸摸她的头，却被杨可可躲开。

"这么怕生……我还说替你陪她再玩几圈……"曹飞尴尬地挠挠头。

杨校长对曹飞摆摆手："没事，这孩子认人得紧，特别是一有杨鑫在，那别的人她都不理。"

"安全意识满分！"曹飞朝杨可可竖起大拇指，起身把饭盒揭开，一看是青椒肉片、宫保鸡丁、香煎豆腐，立刻乐了："今天谁做的饭？整得比以前丰盛啊！"

"杨鑫和他朋友出去了，这不只有我做饭了嘛。"杨校长牵起杨可可，朝曹飞挥挥手，"你慢慢吃，我们就回去了。"

"行，杨叔您慢走。"曹飞等两人的身影走远，也端着饭盒钻进了车里。

夜色沉寂下来，智能旅行车自动切换成了露营模式。

街道越繁华，星空越暗淡，然而在这样偏远荒僻的乡村，曹飞也没能看到星空——大雨将至，黑云就匍匐在旅行车头上。风刮得树叶簌簌作响，一两道黑影掠过天空，也不知道是鸟雀还是蝙蝠。

曹飞在黑暗中盯着车顶发呆，突然被一阵猛烈的撞击声惊得回过神来，那声音像是有许多分量不轻的石头砸到了旅行车上。好在公司配的智能旅行车非常坚固，抵抗冰雹、落石都不成问题，那些砸过来的东西都被一一弹开。曹飞立刻坐了起来，适应了黑暗的眼睛借着微弱的月光朝窗外看去，只见车窗的正面又迎来一阵石块。这个角度和力度，不像小孩子的恶作剧，像是有人故意在砸车。

"谁这个时候跑来学校闹事？"曹飞皱眉。没有一秒钟的迟疑，向来警惕的他果断开启了智能旅行车的防护模式，巨大的警报声震耳欲聋，伴随着旅行车急促闪烁的警示灯"呜呜"作响。同时，曹飞伸手拉扯开黑色工装的领口上的隐秘装置：那身看上去普普通通的宽大外套快速识别了他的身份，立刻紧缩成银色的护甲，紧紧包裹住了曹飞全身。这是SYY公司为外派员工配备的轻量级智能动力服，护甲中的集成电路可以充当肌肉，为人体中的肌肉和关节提供力量，增加机动性。

曹飞快速从旅行车后座拿出一根黑色短棍，握住棍子的瞬间，黑色短棍立刻伸出锁扣，牢牢扣紧了他的手腕，黑棍顶端也"滋"地炸开一条蓝色的电流。接着车里响起"咔"的一声轻响，车门锁应声弹开，下一秒，曹飞就已经将车门一推，冲了出去。

三

操场上只有乌云遮挡下惨淡的月光，暴雨前的狂风踩得远处的枯枝都在咯吱作响。

曹飞顺着水泥地面上滚落的石块追过去，到了土坝子边缘，他直接一跃而起，跳过了圈住学校的那堵矮墙。一个黑色的身影立刻出现在曹飞的视线里，他的动作不算敏捷，甚至可以说有些笨重，但是他沉重的步伐使地面强烈地震颤，这让曹飞心里疑虑更重，暗道自己绝对不能轻敌。

随着距离学校越来越远，曹飞终于追上那个黑影，借着月光看清了他——准确地说，是"它"：一个初代机器人。

和如今的仿生机器人不同，它没有柔软的皮肤，没有细腻精致的"真人脸"，没有轻盈的"骨架"；它是铜皮铁骨的钢铁人，强壮的钢铁身躯虽然模拟了人体结构，但是却更加高大、坚硬。

他的大脑飞速运转，这个机器人明明能凭借蛮横的破坏力，直接撕开旅行车抓住他，为什么要用扔石块的方式引诱他出来？

曹飞的步伐试探性地减缓，果然，一段距离后，那个机器人竟然依旧和曹飞保持着同样的距离！它也在减速！这个机器人的目标是自己！它不想破坏旅行车，极有可能是这个机器人知道旅行车连接了SYY公司的系统，一旦被破坏，系统立刻会报警！

曹飞猛地停下脚步，面向着那个机器人快速倒退了数十米，然后飞速转身，逃向学校的方向。

机器人听到身后响声不对，就立刻回了头，在看到向反方向飞逃的曹飞后，它紧急刹车，在巨大的惯性下向前滑动了好几米，随后用比刚才明显快上许多的速度向曹飞追来。

沉闷的脚步声地动山摇，距离曹飞越来越近。曹飞隐隐能听到操场上旅行车的鸣响，只能暗自祈祷杨鑫他们听到之后能尽快赶来。

当地面的震颤让曹飞的跑动都受到明显影响时，机器人朝曹飞伸出了手。

曹飞的工装护甲有敏锐的探测器，让曹飞迅速躬身，险险躲过机器人大力横削而过的钢铁手臂。

探测器把机器人刚才的力度数据同步反馈到曹飞耳机里后，曹飞心惊：如果刚才被这一只手击中，他绝对会马上被掀翻，拦腰折断！这个机器人对自己有杀意——或者说，它接到的指令是除掉自己！

曹飞又惊又疑，他只是一个普通到不能再普通的临时修理工，怎么会招惹上这么先进的机器人杀手？他平平无奇的人生能得罪什么人？他不过是一名学生！

不容他继续思考，机器人又一个冲刺，再次抬起了手。

曹飞右手朝后一甩，那根黑色短棍闪着蓝色电光疾速弹向机器人的脸，沉闷一击之后，又立刻被弹力锁扣送回了曹飞手里。这一击足够凶狠，让机器人的方形头颅猛地后仰，迫使它瞬间顿住，并伸出手扶了扶脖子。但是仅下一秒，机器人便不顾自己的脸上还闪着电光，再次追向了曹飞。

眼看距离再一次拉近，那个机器人冲刺上来，庞大的身体越压越低，曹飞心里暗叫不妙："不好，这是要扑上来！"他手里的黑色短棍陡然伸长，向地面借力一推，同时身体转向，拼尽全身力气朝旁边的田里躲避。

机器人扑了空，又迅速爬了起来，牢牢锁定着滚落在田里的曹飞，向他走去。好在田里泥泞，机器人沉重的身躯一步一陷，走得吃力，它逐渐被困，速度慢了下来。

曹飞已经顾不上那一身的稀泥，一抹脸便爬上田埂，朝着学校的方向狂奔。他反手操控着黑色短棍疯狂击打着田埂，将自己跑过的路全部打烂打碎，想使机器人无法回到地面，只能在软烂的水田里追逐自己。

不料，机器人扭头就按原路线回到了村道上，然后朝着田埂连接大路的出口处快速前进——那是曹飞回学校操场的必经之路！

曹飞回头一瞥，发现机器人的意图后，难以抑制内心的震惊：它竟然懂战术，拥有如此出色的预判能力！曹飞坚信，人工智能不可能做到这个地步，当下便怀疑是不是有人在远程操控这具机器人。但是靠远程操作就赋予了机器人这种程度的行动能力，也是非常先进的技术，他到底招惹了谁？

时间紧迫，曹飞已经无暇细细回忆，那个机器人此时已经站在了数十步外的出口处。

突然，曹飞没来由地感觉到一阵眩晕，他的视线开始变得散乱。他眼前的一切画面渐渐模糊，那个机器人也注意到他的反应，当即朝他大步走来。

曹飞拿出自己最大的努力强行支撑着，转身跳进了水田，却无奈身体开始乏力，只听得扑通一声，他已经跪倒在泥泞里。曹飞甩甩头，不断迫使自己清醒，艰难地朝前挪动了少许距离。然而下一秒，他便感觉天旋地转，一只钢铁手臂将匍匐前行的他掀翻，他用尽全身力气杵着那根黑色短棍，才没有彻底瘫软在泥水里。

机器人巨大的黑影终于遮住了他眼前全部的光，探测器在他的耳机里发出刺耳的鸣警。充满杀意的钢铁手指距离他的脖子只剩几厘米，而他的眼神却依然散乱迷离。

就在千钧一发之际，一道黑影从一旁飞扑过来，直接把袭击曹飞的机器人按进水田里，迸溅出的厚重泥浆沾了曹飞一身，同时一声怒吼传进他的耳朵："你疯了吗，他还是个孩子！"

曹飞眯起眼睛想看来人是谁，视线却始终无法聚焦。昏昏沉沉中，那个黑影融进了夜色里。周围的声音渐渐悬浮起来，曹飞的眼皮越来越沉，最后他只能彻底放弃抵抗，陷入了一片混沌的黑暗。

四

暴雨发疯一样砸在旅行车上，沉闷的打击声让曹飞睁开了眼。他还有些昏沉，半晌才用双手撑着身体缓缓坐了起来，甩了甩头，看向窗外。操场和学校依然阴沉，雨幕中，一切都显得黑压压的。

"……做梦了？"曹飞揉捏着后颈，仰了仰头，恰好这时旅行车上的闹钟响了起来，他扭头看了一眼，时间8点30分。

"睡了那么久？"低下头，曹飞心里再次泛起不安，此刻他身上穿着的是那件看着普普通通的黑色工装，干干净净，没有切换成护甲模式，一切看上去都和昨天入睡前一模一样，除了他手腕上紧紧扣着的黑色短棍。如果他真的只是做了一个惊险的梦，那么这根黑色短棍现在应该躺在旅行车的后座上，而非抓着他的手腕。

曹飞深吸了一口气，他开始快速梳理昨晚的事情：昨天晚上，有人操作着一台巨大的钢铁机器人想杀掉他。那个机器人反应敏捷，动作流畅自然，超越了所有科技公司目前已经推出的机器人，但是它的外观却是初代机器人的模样，和主流市场一系列越发逼真的仿生人完全不同。随后，一个黑影出现，在危急关头阻止了机器人对他的攻击，而他还没能看清那个黑影的真容，便离奇地陷入了昏迷。

想到这里，曹飞不禁皱眉：在荒无人烟的水田里，他的动力服开启着防护模式，头部也没有遭受攻击，竟然一下子变得意识模糊，一觉昏睡到第二天上午……难道……

他深吸一口气，立刻在车内翻找起昨天那个"三菜无汤"的饭盒。

——果然，饭盒不见了。曹飞的心霎时间沉了下去。

就在这时，通信器的提示音尖锐地刺痛了曹飞的耳膜。是杨鑫。

杨鑫是曹飞的好友，至少曹飞一直这样认为。他和曹飞一样痴迷机器人，了解机器人，在曹飞看来，杨鑫是个被耽误的天才。在这个片区的三年，曹飞无数次专程赶到学校来找他，两人一起捣鼓零件，讨论芯片，分享讯息，甚至还一起偷偷改造过公司的智慧机器人。

迟疑了几秒,曹飞最终还是选择点开杨鑫的头像。和曹飞稚气未褪的娃娃脸不同,杨鑫长相成熟,英气逼人,气质沉稳内敛,脸上时常挂着浅笑。

然而此刻的杨鑫看上去有些虚弱——脸色苍白,眼眶凹陷,瘦削的脸颊和黑眼圈,让他在显示屏上看着有些阴沉。

雨声太嘈杂,曹飞从通信器后面取下一块纽扣似的圆片,贴在了耳朵前的皮肤上:"喂?"

杨鑫的声音瞬间清晰了:"醒了?"

"嗯。"曹飞的嗓子有些哑。

"我知道你的闹钟一向是八点半,call 得准时吧。"

"……嗯。"

"雨很快就停了,然后你就过来这边吃饭吧。"曹飞盯着杨鑫的脸,迟迟没说话。

"怎么了?"杨鑫说话偶尔会像长辈,他看曹飞沉默,便关心道,"没睡好?都没你平时那股跳脱劲儿了。"

曹飞咬紧牙槽,过了一阵才开口:"你说呢?"

"我说什么?"

"杨鑫,你还当我是兄弟吗?"

"当然,你怎么了?"

曹飞不说话了,他只是静静地看着杨鑫。

"你做噩梦了?"杨鑫问。

"做噩梦?"曹飞感觉自己心里升腾起一股火,然而这火却烧得他发凉,"你说我昨天晚上是做噩梦?"

"我看是的,曹飞。"杨鑫笃定地说,"你做了个噩梦。"

"杨鑫!你别把我当成小孩!"

"不,我当你是曹飞。"杨鑫敛起了笑容,"你确实做了个噩梦,那只是一个噩梦,你明白我的意思吗?"

"我不明白!"

"听我说，曹飞。你昨天晚上睡在车里，做了个噩梦。一会儿雨停了，你就来这边吃饭。等下午芯片送到，你就赶紧修好智慧机器人教师，完成任务回家去。现在明白了吗？"

"杨鑫，鑫哥。"曹飞深吸一口气，"昨天是你吗？"

"我不知道你在说什么，曹飞。"

"为什么呢？鑫哥？"曹飞感到心里有些刺痛。

"雨停了就过来吃饭吧。"杨鑫看起来有些疲惫，"或许这是我们最后一次一起吃饭。"

"什么意思？"

"脑瘤，没几天了。"杨鑫用手指点了点自己的头，朝曹飞淡淡一笑。

雨后的土路坑坑洼洼，颠簸得曹飞心烦意乱，一向喜欢自己开车的曹飞，中途索性开启了自动驾驶。一见到杨鑫，曹飞便立刻看出他是真的得了重病，他的身体状态比视频里看着糟糕一百倍。

坐在餐桌前，杨鑫整个人都透露着疲惫，他现在非常虚弱，甚至没有抱杨可可吃饭的力气，只能让杨可可坐在机器人管家的旁边，由机器人管家喂她。

"你那个朋友呢？"曹飞问。

"走了。"杨鑫回答，"其实那位不是我的朋友，是我的医生，来给我下病危通知。"

不远处沙发上的杨校长听到"病危通知"四个字，瞬间开始坐立不安。

曹飞看过去，这才发现杨校长似乎一夜之间更加苍老了。他佝偻着背，颓败地坐在沙发上，脸色灰白，垂着眼一言不发，要不是满是皱纹的手在微微颤抖，完全就像是一尊即将枯萎的雕塑。

曹飞忍不住想，送晚饭过来的就是杨校长，机器人袭击他这件事，杨校长是否知情呢？

杨鑫注意到曹飞的视线，淡淡说："我这病之前一直瞒着老杨，昨天他刚知道这件事，现在一下子有些接受不了。"

曹飞苦笑："我相信你是真的病了。"

"信不信的，不重要。"杨鑫说，"赶紧吃了饭，修好机器人，早点回去。"

"鑫哥，真不能告诉我到底发生了什么事？"

杨鑫的表情变得严肃起来："曹飞，不要再提起那个噩梦，我希望你好好的。"

"那你更应该告诉我一切……"

杨鑫却打断他，岔开了话题："我走之后，你会帮我照看老杨和可可的，对吧？"

曹飞狠狠瞪着眼，半晌后没好气道："当然！"

杨鑫显得很欣慰："要是你愿意来新乡小学当老师……"

"想都别想！"

杨鑫笑了起来，眼角的细纹像是从眸光中泛出来的涟漪，他淡淡地说："我的身后事简办，你到时候可得帮老杨的忙。"

杨校长闻言立刻站了起来，直愣愣地看向杨鑫，有些浑浊的眼里满是苍凉，连嘴唇都开始发颤。杨鑫已经开始安排丧事，而他作为父亲，还无法接受儿子即将离去的事实。

一声软糯糯的呼唤打破了房间里的沉默："爸爸……"杨可可吞下一口饭，朝杨鑫笑了起来。

杨鑫的神情变得非常柔软，他伸手摸了摸杨可可的头，却没头没脑地说了一句："也到年纪去好好读书了。"

杨校长颓然坐了下去，把脸深深埋进手掌。

"马……木马马……"杨可可抓住了杨鑫的手。

"一会儿爸爸再带你玩几圈。"杨鑫的语气前所未有的温柔。

曹飞不忍："你还有那力气？我来吧。"

杨鑫摆摆手："没事，我来，可以让机器人搭把手。"

临走前，曹飞不死心，压低声音再次询问杨鑫，杨鑫却还是不松口："别在这个时候固执，曹飞。要不是学校的机器人教师突然故障，你昨天本就不该出现。"

下午，公司的无人机按时送来了芯片，曹飞给机器人教师换上后，便头也不回地离开了。后视镜里,那座灰扑扑的学校越来越小,"新乡小学"四个字逐渐缩成芝麻大小的点,最后同教学楼一起,沉没进荒寂而冰冷的山野里。

五

  曹飞没再提过那晚的经历,他选择相信杨鑫的话。况且他已经高三,复习考试和课外实践两件大事压得他喘不过气,接下来的日子,他不得不暂时转移注意力。

  随着全能芯片适应期满,曹飞的学习和生活状态顺利登上了新台阶:情绪很少起伏,非常稳定;脑子里像是有一个开关一样,作息可以规律得精确到秒;曾经酷爱的娱乐项目开始变得寡淡无味;甚至当他看到之前有好感的女同学时,内心也没有掀起太大波澜……面对实践工作的时候,他可以轻轻松松将自己调节到精神饱满的状态,干劲十足。曹飞从未像这样信心十足,坚信自己高考一定能取得满意的成绩,甚至未来成为SYY的正式职员。

  等到他收到杨鑫过世的消息,已经是一个月后。

  在全能芯片的作用下,曹飞相当平静地接受了杨鑫的死。他细致地完成了手里的工作,提交了请假申请,随后再次驾车穿过连绵无尽的山川田野,回到了那个偏远的山沟里。不过这一次,曹飞的车没有开往学校,他收到杨校长的信息是让他直接去火葬场,信息里说那些细碎的事务他早已处理完毕,曹飞可以直接来见杨鑫最后一面。

  他跟着导航绕着圈往山上开,在细长的山路间沉沉浮浮。

  乡镇的火葬场在很远的半山腰上,工作人员除了一个总负责人,其他都是机器人,还是一些市面上淘汰已久的型号。

  在曹飞停好车后,一台老式链条机器人来到他的跟前,用机械又冰冷的声音引导他去灵堂的方向。很快,杨校长独自坐在灵堂门口的荒凉背影出现在曹飞的视野里,背影旁边还有一个巨大的黑色铁箱。曹飞加快了步子,走近之后才发现,铁箱里面原来是冒着一点点火星的无烟煤,以及一堆燃烧后的灰烬。

"来了啊。"杨校长木然地招呼了一声，起身递给曹飞三炷香。他更瘦了，只剩了一身干枯的皮，拼尽全力虚锁着那抹奄奄一息的魂。

"杨叔。"曹飞双手接过香，在蜡烛上点燃，随后走进了灵堂。刚才领路的机器人按下了电子鞭炮的开关，噼里啪啦的爆炸声回荡在冷清的院子里，虚假的热闹让阴沉的灵堂显得更加寂寥。

杨鑫躺在玻璃棺里，周围摆了一圈又一圈的花，他的遗像立在墙面的正中央，仍然挂着浅浅的笑容。房间里的电子花圈滚动播放着挽联，哀悼的名字一个接一个滑过——虽然山里的学生一年比一年少，但是已经走出去的，也都没有忘记他。

曹飞平静地上前去看了杨鑫最后一眼，安静沉睡的杨鑫神情安详，看不出被病痛折磨的痕迹，黑眼圈也被盖住了，也不知道是不是机器人入殓师给他上的妆。

鞭炮声渐渐淡去，四周又重归死寂。曹飞关闭了全能芯片。浓烈的悲伤一瞬间侵袭他的泪腺，在这一刻他终于意识到，自己真的永远失去了这个朋友。

曹飞沉重地回到供桌前拜了拜，插上香，轻柔而庄重地将盘子里面的贡果摆端正。他抬头看了一眼长明灯，那些曾经的愤怒、不满和一切复杂的情感，都仿佛消散在了袅袅的烟里。

"烧点纸吧。"杨校长在黑色焚烧箱旁边哑声说，"人的躯壳和灵魂是分开的，说不定他真能收到这些呢。"

曹飞依言拿起一叠黄色的纸钱，细心地把这些薄纸一张一张拉扯开些，以便能够充分燃烧。随后他把点燃的纸钱扔进焚烧箱，只见火舌飞快吞卷起来，映亮了杨校长被浓烟熏得发红的眼。

"可可是自己一个人在家吗？"曹飞的声音有些干涩。

"嗯，机器人陪着呢。"杨校长看了一眼房间里的透明棺椁，"不能让她看到杨鑫这个样子……"

曹飞点点头，又想起之前杨鑫说过让杨可可读书的事，于是问："可可是今年九月读小学吗？"

"是，她都七岁了，去年实在跟不上，今年还是得再试试。"

杨校长话音刚落，一阵不急不慢的脚步声响起，两人回头一看，方才那个领路的链条机器人又领来了一位吊唁者。这人身材高大，鬓发已经泛白，看上去五十来岁，高挺的鼻梁上架着一副款式非常简约的眼镜，而身上那套浅灰色西装，一看就价格不菲。

曹飞总觉得刚才的脚步声有哪里不对劲，随着来人走近，又隐隐觉得这个人有点面熟。

"杨校长。"来人走过来伸出右手，"又见面了。"

杨校长和他握了手，向曹飞介绍道："这位是孙医生，之前就是他来找杨鑫……"杨校长的话一时间卡在喉头，曹飞便瞬间想起了杨鑫当时那句——"他是来下病危通知的"。

"孙医生，您好。"曹飞立刻接过杨校长的话，主动伸出右手，"我叫曹飞，是杨鑫的朋友。"

"你好！"孙医生露出礼貌却疏离的笑容。

"孙医生在哪所医院上班？"曹飞想也没想就脱口而出，他实在回忆不起来自己在哪里见过这张脸。

"S市中心医院。"

曹飞非常肯定自己从没去过S市，但是孙医生又实在让他觉得熟悉，于是他又问："孙医生以前是不是什么时候来过学校？我总觉得在哪里见过您。"

"没有来过。"孙医生拿着香朝灵堂里面走去，"我们可能是在其他地方碰巧有过一面之缘吧。"

曹飞没再追问，这个孙医生明显态度冷淡。

他安静地站到一边，心里却沉思着：见惯了生死离别的医生，恐怕不会千里迢迢来吊唁一位普通的病患，那么杨鑫和孙医生究竟有什么特别的交情？从孙医生的穿着打扮和言谈举止来看，他们根本不是一个世界的人，是如何有的交集？为什么自己对孙医生感觉有些熟悉，他们到底有没有见过面？

当然，曹飞的思绪也忍不住向自己被袭击的事情发散：孙医生那天和杨鑫在一起，那么他知不知道那个机器人的事？

孙医生离开后，又陆陆续续来过几队学生，总算让死寂的空气有了点生机。杨鑫的丧事遵从了他的意愿，一切从简，只在有人来吊唁的时候显得不那么凄凉。

晚上杨校长和曹飞决定，还是保留守夜这一项丧事流程，不让杨鑫最后一夜太过孤单。曹飞知道杨校长不放心杨可可一个人，便劝说杨校长回家。

杨校长一口回绝："那怎么行，怎么能留你一个小孩子在这儿守一晚上！"

曹飞推着他往外走："杨叔您可别当我是小孩子，这三年我风里来雨里去的，一个人在荒山野岭过夜的次数还少吗？可可和我不同，整整一晚上没人看着她，要是真出什么事，我们拿什么跟杨鑫交代？"

杨校长犹豫了很久，才终于点头。

山里夜凉，灵堂由于放了棺椁也要保持低温，于是机器人在灵堂门口放了取暖器，还递给曹飞一件御寒保暖的外套。等链条机器人的履带摩擦声渐渐远去，空荡荡的火葬场陷入了真正的万籁俱寂，没有风声，没有人语，没有鸟叫，没有虫鸣。那是一种让人怀疑自己是不是耳朵已经失聪的空寂。

曹飞半躺在椅子上，双眼盯着取暖器的火光出神，此刻他的大脑正在努力搜索着孙医生的脸，试图回想起他们曾经碰面的场景。

不知过了多久，曹飞被一阵不自在的感觉唤回了神，敏锐的第六感告诉他，黑暗里存在一道锁定着自己的目光！他下意识想问是不是杨校长，好在及时忍住，把那声"杨叔"吞了回去——杨校长不可能半夜丢下杨可可折返回来守夜，失去了杨鑫，杨可可现在是他的命。

曹飞顿时警觉：不可能有人在半夜来吊唁死者，来人的目的恐怕不是杨鑫，是他！

"难道是之前那个机器人？"他不动声色地半眯上眼，屏息凝神，竖起耳朵，在这个能听见自己呼吸声的环境里，一点点响动都会被放大数倍。

——有极细微的草木窸窣声，就位于他斜后方的不远处。

捕捉到这个声音，曹飞全身紧绷起来，有人藏匿在黑暗中静静窥伺，而他现在只穿着自己普通的衣物，手边也没有任何武器，情形非常不妙。他的大脑飞速运转起来：自己现在离停车的地方太远，穿过灵堂外面的院子，还有一条长长的走廊，这样的距离，如果又遇到上次那个袭击他的机器人，无论如何他都难以再次脱身。

曹飞睁开眼睛，视线扫过灵堂内亮着的电子长明灯，这恐怕是他身边唯一一样可以拿来当作武器防身的东西了。于是他当即起身，拎着椅子进了灵堂。他想，那个机器人的身躯过于庞大，如果来的真的是它，它肯定不会选择贸然进入狭小的灵堂。况且里面布满了插座和接口，或许这些能为自己争取到更多的逃生时间。如果来的是其他人，要是来者不善，长明灯可以临时充作武器，房间里的陈设复杂，也会给对方的行动增加难度。

不知道过去了多久，曹飞的耳朵捕捉到一阵细微的响动：那位黑暗中的窥视者最后选择了离开。

曹飞不禁长长呼出一口气，瘫坐在椅子上，心道：看来还有人盯着自己，甚至最坏的可能是，有人仍然想要自己的命。

六

第二天早上天还没亮，杨校长就一脸困倦地来了，看上去他也一夜未眠，身上有浓重的烟味。

"杨叔，早。"曹飞坐起来，不动声色地瞟了一眼昨晚有人窥视自己的方向。他不想让杨校长担心，决定等杨校长不在的时候，再去探查。

"小曹，辛苦你一晚上守着，要不先回去休息吧。"杨校长递给睡眼惺忪的曹飞一袋面包、一瓶矿泉水，"今天火化，火葬场安排了机器人操作，不用我们陪同。"

"直接火化吗？没有追悼会？"

杨校长摆摆手："直接火化，没有追悼会。"

"几点送去？"

"八点。"

"那我陪杨叔您一起等到八点吧。"曹飞搓了搓脸，让自己清醒了些。他知道火葬场火化遗体向来不让家属观看，从现在起一直到八点整，是他们陪伴杨鑫的最后一程了。

杨校长点点头，在焚烧箱旁边坐下，开始不断地烧纸钱，一双手机械地往焚烧箱里放入一叠又一叠，直到浓烟翻滚也仿佛没有察觉。

曹飞用力按住他的手腕，轻声道："杨叔，节哀。"

杨校长这才回过神来，手里的纸钱掉了一地。随后他别过头，用力抹掉了脸上的泪。

没多久杨鑫的遗体被机器人推走，杨校长也没再有任何失控的举动。待杨鑫被机器人送回来时，已经成了一抔灰。

杨校长接过白色的骨灰盒，眼神凄楚，像是一下子被抽走了最后的活气。曹飞不忍，搀扶着他颤巍巍地上了车。

"杨叔，节哀。"曹飞再次说道。他知道这个世上确实没有任何语言，能够安慰一位失去孩子的父亲。

杨校长布满血丝的眼还很湿润，一只手无意识地抚摸着冰冷的骨灰盒。

曹飞柔声说："可可在家等你，杨叔。"

"嗯……"杨校长终于有了反应，"对不起，小曹。"

"哪的话，杨叔……"曹飞启动了车，"杨鑫……我们都很悲痛……"

杨校长抱紧骨灰盒，瘫在后座上，疲惫地合了眼。

将杨校长送回家，曹飞借口有公司电话，暂时离开。他飞速跳上车，把加速挡调到最大，在车载智能系统的尖声警告中，再次沿着弯弯绕绕的山路飙至火葬场。

杨鑫的灵堂已经清理干净，在那个灵堂外的院子里，曹飞循着记忆里昨夜发出声音的方向，扒开茂密的野草，仔仔细细地寻找了半晌，终于让他发现了一个脚印。曹飞伸出脚对比了一下，比他的脚大一圈，不过也在一名成年男子鞋码的正常范围内。

看来昨天晚上来的不是那个庞大的机器人，曹飞松了一口气的同时，心里竟然还有点失望，他对那个机器人实在是又恐惧又好奇。

他顺着脚印一路走下去，却无奈发现，脚印最后消失在了走廊上。

火葬场的机器人一大早就进行了每日清扫工作，走廊和院坝的水泥地面上只剩下了水渍。

线索断了，曹飞只好回到停车的院坝准备离开。然而，就在他拉开车门时，地面上杂乱的轮胎痕迹吸引了他的注意。

既然机器人每天都会进行清扫工作，今天上午又只有他和杨校长的车从这里开走，那么院坝里应该只留下这两辆普通能源车的痕迹才对。然而现在地面却有几道像是越野车留下的轮胎痕迹，这说明，有人在曹飞跟杨校长离开后来过，然后没多久又离开了！

"是昨天晚上那个人，还是其他人？"曹飞思索着。

他立刻关上车门，快步来到管理员办公室，向他询问来人信息。不料管理员却茫然道："今天除了你们没人来啊？"

"麻烦你查查监控，他的车开进来了，就停在那边。"曹飞伸手指了指位置，"地上都是轮胎印。"

管理员立刻调出监控回放，随后惊呼："有人删掉了监控！"

曹飞凑过去一看，回放视频下面的时间轴有断掉的图示，被删掉的那段视频正好是他想要查看的！他立马转身，用最快的速度发车，朝着山下疾速奔去。

下山的路虽然和上山不同，但是只有一条。曹飞将速度设置到了极限，终于在临近出山口的地方，远远望到了一辆黑色的越野车。然而越野车上的人非常谨慎，在意识到曹飞在向他的车靠近之后，也瞬间提速，最终消失在曹飞的视线中。

所幸，曹飞记下了车牌号，是 S 市的牌照。

"S 市……难道那辆车上是孙医生？"曹飞抓了一把头发，"昨天晚上来的，难不成也是他？"随即他又很快否定了这个猜测，昨天他和杨校长一起，亲自送孙医生上车并目送他离去。如果孙医生晚上折返，他一定会听到车开进来的声音，但是昨天夜里很安静。孙医生已经一把年纪，也可以排除他深夜徒步上山来灵堂的可能性。

曹飞决定先把昨晚那个神秘人放到一边，全力追查这辆越野车：这个人为什么要偷偷前往火葬场，甚至删除监控抹掉自己来过的痕迹？

他打开通信器，点开了备注为"万能睿智"的头像，将车牌号发了过去："睿哥，查查。"

睿哥名叫高睿，是曹飞表哥，外号"万事通"，现在也在SYY公司工作，两人关系很铁。高睿的动作很快，一条信息几秒后就出现在了曹飞的通信器上："孙泽耀，男，53岁，SYY公司脑机接口与机器人实验室团队负责人。"

曹飞的眼皮一颤，怪不得他会觉得"孙医生"那张脸熟悉。作为SYY的底层临时工，他经常在公司网站和宣传片里面看到这张脸，但因为没见过真人，所以在面对面时，他反倒一下子反应不过来。

那辆神秘越野车上的人的确是"孙医生"，但他不是杨鑫的主治医生，而是SYY公司的专家，这让事情变得更加扑朔迷离。再联想到之前袭击自己的机器人，曹飞不禁嗅到了危险的气息。

"你查孙博士干什么？想一步登天，到他手下做事？"高睿发来语音问。

曹飞有些慌乱，心脏一阵剧烈跳动，他连忙启动了全能芯片，让自己快速恢复了平静，然后像平时那样给高睿回道："看到有人占我车位，是孙博士啊，那没事了。"

"怂。"高睿发来一个字，随后又跟了一句，"但是识相。"

"那是，咱能屈能伸。"

曹飞深深吸了口气，他的脑子里一片混乱。

孙泽耀是行业巨擘，是SYY公司总部实验室里坐着的大人物。而他，不过是靠自己老爸的关系，进入SYY赚社会实践分的实践生。

孙泽耀和杨鑫是什么关系？他们有什么秘密？

昨晚那个窥视自己的神秘人物是谁？跟那天晚上的机器人是否有关？

为什么会有机器人袭击自己？它还会再来吗？那天从机器人手里救下自

己的又是谁？

自己是不是被盯上了，现在已经身处险境？

"啪嗒"一声，曹飞不小心碰到了雨刷开关。玻璃窗前那一对脆弱的枯枝左右摆动起来，像溺水人的双手，挣扎着朝岸上挥舞求救。

七

通信器忽然弹了出来，伴随着提示音，曹飞眼前跳动着杨校长的头像。

"杨叔。"曹飞接通了对话。

"小曹你去哪儿了？快十二点了，忙完快回来吃饭吧。"

"好，我这就回来。"

正午的阳光有些刺眼，曹飞关掉雨刷，伸手将遮阳板放下来，调了头朝杨鑫家开。经过学校的时候，他的视线从操场旁几栋建筑上一一掠过，突然灵光一闪：自己好像一直都忽略了一个问题，那天晚上攻击他的机器人，后来到哪里去了？在这个放眼望去都是山坡、田地的荒凉地方，有什么地方能藏下一个机器人，甚至能提供一个空间够大、供能充足、网络信号极其稳定的实验室，还不会吸引大家的注意？

曹飞的车停在了学校大门前，此刻校门紧闭。学校师资紧缺，杨校长为了不耽误学生上课，把杨鑫的葬礼时间选在了周末，现在学生都已经回家，学校里空空荡荡。

曹飞朝学校里面张望，学校的构造很简单，所有的建筑都是围着操场建的，把旗台围在了正中间，从大门进去，依次是食堂、教学楼、功能室、卫生间、洗浴室、宿舍。他的视线最终锁定在功能室。

功能室只有一层，是几年前翻新学校的时候，和宿舍楼一起修的，比灰扑扑的教学楼看着新一些，墙上还贴了浅黄色瓷砖。三年来，曹飞来新乡小学的次数不少，无论是来修机器人还是找杨鑫，他从来没有进过功能室，也不曾见过功能室有人进出，那里从来都是大门紧锁。曹飞只隐约记得杨鑫轻描淡写地介绍过一次,说功能室不过是储存教学用品和学校相关资料的杂物间。

曹飞直接从矮墙翻了进去,走近功能室后,竟然发现整个厚重的大门平整光滑,上面只有一个门把手。他惊讶地找了一圈,包括墙面上他都仔细寻遍了:没有机械锁的钥匙孔,没有面部识别,没有指纹识别,没有密码输入,只有一扇门。

他伸手推了推,门纹丝不动。

手腕传来震动,是杨校长又在催他吃饭了。曹飞只好转身,翻出学校,上车回了杨鑫家。

杨可可对于杨鑫的死一无所知,正坐在机器人管家的怀里乖乖喝汤。杨校长给曹飞盛了饭,依旧沉默着。

"杨叔,学校那边来新的老师了吗?"曹飞问。

杨校长摇头:"这种偏僻地方,没有老师愿意来,只能调机器人教师过来。"

"机器人教师什么时候到?"

"周三。"

"我之前请了一个礼拜假,周一、周二我去顶一顶吧。"

"不用……"杨校长连忙摆手,"有机器人上课呢……"

"那么多学生,年级又不一样,整个学校就一台智慧机器人,复式班也轮不过来。"曹飞坚持说,"杨叔你就别跟我客气了,就这么说定了,明天我跟你去学校上课。"

曹飞说的也是事实,杨校长只好点头。

"果果……"杨可可忽然轻轻叫了一声。

曹飞回头一看,原来是机器人管家掉了一块水果在桌上。

杨校长伸手把果盘推到了杨可可面前,拍拍她的头:"乖。"

杨可可却从机器人怀里跳下来,从桌上捡起那个掉落的水果,扔进了垃圾桶。

"可可越来越懂事了。"曹飞发自内心地笑了,这可能是他此次回来最放松的一刻。

在教师严重不足的情况下，新乡小学的上课模式都是复式教学，不同年级的学生在一间教室上课是很常见的安排，多的时候甚至会有三个年级的学生同时在一间教室学习。老师先上完一个年级的课程，布置了学习作业或任务，就继续给另一个年级上课。

一天下来，曹飞深感不易。整个学校的学生，从上课、做操、吃饭……一直到洗漱睡觉，他和杨校长、学校的机器人都在忙活，一点喘息的时间都没有。

"食堂里面可以用机器人，真的是帮了大忙。"杨校长告诉曹飞，"我年轻的时候，上完课还要去食堂做饭，完了又负责打饭、洗碗、清扫……现在我都记不起当年是怎么扛过来的。"

曹飞由衷感到敬佩，他这才一天，就已经不知道自己是怎么扛过来的了。

虽然这一整天曹飞都忙得脚不沾地，但是他依然留意到了一些情况。教师办公室和杂物间分别位于教学楼一楼的左右两侧，学生的体育器材之类的物品也都堆放在杂物间，那么，那栋功能室究竟是用来做什么的？

组织学生回宿舍的时候，趁着杨校长不在，曹飞看似不经意地向一个年龄大些的学生打探："你们进功能室上过课吗？"

"去过呀，上过美术课和科学课！"学生的眼睛里闪着光，"里面有很大的画板，还有机器人和小火车！"

"机器人？"曹飞连忙问，"什么样的机器人？"

学生用手比画着："很厉害很厉害的机器人，有一个遥控器，可以控制机器人到处走，还能打架！"

"打架？"

"两个小机器人打架呀，把对方撞出地上画的圆圈，就赢了！"

这时候杨校长检查完食堂回来，见两人聊得兴高采烈，便问："在说什么好玩的事呢？"

曹飞笑着回答："孩子们说他们以前上过科学课，还用机器人打架。"

杨校长也笑了："是的，孩子们最喜欢科学课。"

躯　壳

"现在怎么没有科学课了？"

杨校长无奈道："有科学课啊，只是经费不足，只能回到教室里看着课本干听课了。"

小朋友疑惑地眨着眼睛："杨校长，美术课怎么也不去画板上画了呢？"他记得那个纸特别特别结实，不会被轻易擦破，还有那个颜料的色彩鲜艳极了，有一股特别好闻的香味。

杨校长摸摸他的头："以后一定去画。"

等学生蹦蹦跳跳地进了寝室之后，杨校长才叹气道："别说科学课的机器人，就是美术用具的价格，学校都负担不起……学校刚合并翻新的时候，有慈善机构捐赠的材料还能给孩子们体验一下，现在……"

曹飞点点头，他回忆起来自己上小学的时候，那些乱七八糟的美术工具都是家里给买的，但以这边这些孩子的家庭条件，恐怕做不到。而学校自身的经费有限，承担这笔开销也不现实。

社会的发展，科技的进步，解放了那么多的生产力，让那么多人的生活更加舒适便捷，然而贫穷依旧存在。无论是这些被遗忘的角落，还是城市当中的暗处，一直都有挣扎着活下来的人。

"小曹，那巡完寝我就先回去了，今晚就辛苦你了。"杨校长还要回家去陪杨可可，曹飞则需要住在学校看着学生们。

"放心吧杨叔，赶紧回去吧。"

"明晚我把可可也带来学校住，她总要习惯学校的……"杨校长落寞的身影渐渐消失在夜色里。

等到夜深，宿舍里最后一丝私语也变成了规律的呼吸声，曹飞再次来到了功能室。不过这一次他没去门口，而是站在功能室的玻璃窗前。借着月光，他看到厚重的窗帘将功能室里的一切遮得严严实实。

曹飞从怀里掏出一个黑色的圆片，贴在玻璃上轻轻一转，瞬间开了一个切割圆滑的小洞。随后他伸手进去，打开了玻璃窗的开关卡扣，接着便快速推开玻璃窗，翻进了功能室。

黑暗中，曹飞打开了手腕上通信器的照明功能。房间的一侧堆着画架和杂物，墙边有一排堆得满满的文件柜；另一侧有一张长桌，除了学生提到的机器人，桌上还有火车模型，地面上还铺着火车模型的轨道。曹飞注意到，那长桌旁边有一摞杂物，堆了半人来高，后面却有意留出了一大片空地，干干净净，什么都没有。于是他小心翼翼地走了过去。

空地旁的墙上有一块控制面板，在他一只脚踏入那片空地之后，瞬间亮了起来，上面显示出数字密码按键。曹飞低头看向地面，立刻明白，这下面有一间地下室，应该就是他要找的地方。

正当他准备上前查看时，功能室的门突然响起系统被唤醒的声音，随后大门被推开，一个冰冷的机械音喊了一声："曹飞。"

八

曹飞立刻转身，通信器的手电筒照到一个和他差不多身材的机器人。仿生人真实的面部设计，让它在黑夜里简直能够以假乱真，被误认成人类。虽然它并不是那个追杀过曹飞的钢铁机器人，但是曹飞对它也足够熟悉，因为就在今天，曹飞还在杨鑫家里见过它。

——杨鑫家的机器人管家。

"你是谁？"曹飞下意识后退了一步。

随着机器人管家走进功能室，大门"啪嗒"一声合上，接着地下室的密码面板闪烁，传来一声清脆的提示："开锁成功。"

曹飞回头，只见空地上有地板自动打开，露出一个通道，一道楼梯通向幽深的未知。

"好奇心害死猫，我以前怎么就不知道你那么固执呢？"机器人管家走到楼梯前说，"跟我下来吧，我把一切都告诉你。"

见曹飞还愣着，机器人管家嗤笑一声，往下走去："来都来了，现在怂已经晚了。"

它说话的语气，像个长辈，又像是朋友，让曹飞感到非常熟悉。"……杨鑫？"曹飞难以形容此刻他的震惊。

"下来吧。"杨鑫叫道。

曹飞深吸一口气，跟了下去。和他料想的一样，下面果然是机器人实验室。

杨鑫进入实验室后，里面的灯立刻全部亮起，和刚才的地下室开关一模一样，就像是杨鑫这个机器人的系统和它们连在一起。

曹飞跟在他身后，在一堆复杂的器材设备和机器人零件中，看到了曾经袭击过自己的那台高大的钢铁机器人。

"现在它不会跳起来攻击你，这台机器人和我不同，它需要有人远程操控。"杨鑫注意到曹飞的视线后说。

"当时是谁操控它追杀我？"曹飞问，"是你吗？"

"不是。"

"那是谁？"

杨鑫沉默了几秒，才缓缓道："老杨。"

"杨叔？"曹飞不敢置信地瞪大眼睛，他猜到杨校长或许知道这件事，但是他完全没料到行凶的是他本人！

"为什么？杨叔为什么这么做？"

"这事怨我。"杨鑫回答，"我之前没告诉他我生病的事，只说了要把我的全能芯片移植给可可，他不想我死，又知道你刚植入了芯片，一下子走岔了。"

"你什么时候植入的芯片？"曹飞感到混乱，"芯片不是和植入者彻底绑定，无法移植吗？你别避重就轻，从头到尾，仔仔细细地给我讲清楚！"

"好。"

杨可可与同龄人的差异，在她两三岁的时候，就被杨校长和杨鑫注意到了。然而经过各种寻医问药，杨可可的情况都没有得到任何好转。就在他们感到绝望的时候，全能芯片的广告引起了杨鑫的注意。

"全能芯片是我们最后的希望。"杨鑫说，"但是芯片和手术的价格，我们一辈子都负担不起。"

全能芯片最初的研发，是为了治疗如抑郁症、躁狂症这样的心理疾病，同时可以辅助治疗精神分裂症、焦虑症、强迫症等精神障碍，一问世便价格高昂。随着社会竞争日益激烈，越来越多的人不得不植入芯片缓解焦虑、进行心理康复治疗，全能芯片附带的其他功效受到了大量精英人士的推崇：它能降低物欲，使人情绪稳定，保持饱满的工作热情，生活中也让人变得健康、自律。植入了全能芯片的人，告别了情绪内耗，人际交往能力上升，家庭和睦；自律的生活让生活幸福指数提高，同时工作效率也较从前有了质的飞跃。从此全能芯片的价格更上一层楼，成为精英人士的必备品，也成了底层人民心目中"通向高处的阶梯"。许多普通家庭倾尽全家之力，为下一代植入芯片，希望他可以更自律更优秀，跻身上层社会——曹飞就是一个例子，普普通通的出身，普普通通的家庭，几代人积累下一些财富，在他这一代终于触碰到了希望。

对于世界上的大多数家庭来说，全能芯片是他们这辈子无法企及的奢侈品，更不必说出生在偏远山区的杨鑫。杨鑫从小就跟着杨校长守在这里，虽然他们通过工作接触之后成为好友，但是两人的世界依然有无法跨越的鸿沟。杨鑫所在的山村，一个家庭一年的收入，对曹飞的家庭来说不过是两三个月的事，但全能芯片对于曹飞来说都如此艰难，于杨鑫，直接就是一个不可能实现的梦。

好在杨鑫遇到了一个机会。

"那时候山里的学生越来越少，很多学校都撤了，并到了新乡小学。学校需要翻新，增加食堂、宿舍，我们得到了SYY公司慈善基金会的捐助。"杨鑫说，"当时公司派来这里的负责人就是孙博士，我还查到他是脑机接口与机器人实验室团队负责人，同时在暗中寻找实验体……"

"实验体？他在做非法人体实验？"

"是。"

曹飞看着眼前的杨鑫，声音有些沙哑："你去主动应征了。"

"嗯。如你所见。"杨鑫指了指机器人的自己，"孙博士在我自己——我是说'杨鑫'身上，弄了一个脑接口，外接记忆储存器，把我，也就是'杨鑫'，这几年新的记忆都存在里面。"

曹飞感到不可思议："记忆数字化？"

"不仅如此，孙博士还提供了一具他精心设计的机器人身体，也就是现在的我，和'杨鑫'共享记忆、情感、意识、思想……"

曹飞呆呆地看着他。

"我和'杨鑫'共同活着，一开始'杨鑫'提供更多的意识，到后面我提供更多的意识，直至最终完成过渡，我完全替代肉体的'杨鑫'。"

"你替代杨鑫？"

"不，我就是杨鑫。只是这具机器人身体，替代了那具人类的肉体。"

曹飞愣了半晌："你们这算是……成功实现了意识永生吗？"

"不，我们失败了。"杨鑫说，"我的肉体……我的意思是杨鑫的肉体，大脑受到了严重损伤，我们的过渡只持续了四年，没有真正完成过渡，所以我们是失败的实验体。"

"那……你还算是杨鑫吗？"

"当然。只不过我是只拥有这四年多记忆的杨鑫。"

曹飞久久说不出话来。他想起在杨鑫家吃饭的时候，他和人类杨鑫在对话，而机器人杨鑫就坐在一旁，他们还共享着记忆、意识、情感……这实在太过诡异。

他抹了一把脸："所以你其实没有植入全能芯片？"

"对，我没有。我当时提出的条件是，我如果能通过孙博士的实验体测试，做他的实验品，他就帮可可植入全能芯片，让她过上正常人的生活。"杨鑫回答，"我不能跟老杨坦白一切，只好告诉他我替孙博士工作，而我身上一些变化是因为植入了全能芯片。"

曹飞点点头，杨校长和他每天生活在一起，杨鑫的变化肯定瞒不过他，必须有一个合理的借口。

"后来实验失败，我——'杨鑫'的身体已经坚持不了多久，可可也快到允许植入芯片的年龄，为了向老杨合理解释我即将到来的死亡，我就索性告诉他，我要牺牲自己，把芯片移植给可可。"杨鑫看向那个高大的钢铁机器人，继续道，"我确实没想到……他听到芯片可移植这个谎言后，竟然会选择对你下手。"

这就是人性，曹飞没接话，他能想象杨校长当时的护子心切。如果全能芯片真的可以移植，他相信这个世界上一定会多出来一批"芯片猎人"，靠摘取他人的全能芯片进行非法贩卖获取钱财。

"杨叔竟然会操作这个机器人。"良久后，曹飞叹了口气。

"倒也没有那么难。"杨鑫指指一旁那个布满电极的人形机器罩，"他帮忙守着实验室的时候，试过操控机器人。其实随便换个人，只要知道怎么启动这台机器，都能操控自如，这是孙博士的得意之作。"

"确实很厉害，我深有体会。"曹飞心有余悸。

"其实你会突然来修理智慧机器人，也和它有关。"杨鑫继续说，"我们研发这台机器人的时候，拆过智慧机器人的芯片做实验。"

"结果芯片烧了。"

"嗯，还没来得及补救成功，检测系统就自动进行了维修安排，你就来了。"

"所以那天晚上是你阻止了杨叔？"曹飞问，他还隐约记得，那个黑影一声暴喝，钢铁机器人就倒在了泥泞里。

"是的。"

"谢了，鑫哥……"曹飞像曾经那样称呼他。

杨鑫摆摆手："你晕过去之后，我把你送回车里，就向老杨坦白了一切。"

曹飞想起杨校长第二天失魂落魄的样子，叹道："怪不得第二天杨叔那么不对劲。"

"嗯……"杨鑫沉默了一阵，声音变得低沉，"老杨他……不能接受我就是杨鑫，他认为我只是拥有杨鑫近几年记忆的机器人。"

杨鑫现在已经没有面部表情，但是曹飞依然能够感受到他的低落。

"其实我理解他。"杨鑫有些无奈，"毕竟我确实没有杨鑫的一切记忆，这四年里我的全部精力都在实验和可可身上，与他共处的时间实在少得可怜。"

"那可可？"

"我不记得她的婴儿时期，也不知道她是怎样学会了翻身，学会了爬，学会了走路……但是这四年多时间，相处的每一天都在我的芯片里，她是我的女儿，我很清楚地知道，我爱她。"

九

"这样说来，我倒是你货真价实的朋友。"曹飞算了算时间，自己认识杨鑫，已经是在杨鑫已经开始上传记忆之后。

"你当然是我的朋友，好朋友。"杨鑫说，"你来这里三年，那些记忆都存在我的记忆芯片里，我可以随时调出任何一天。"

"守夜那天晚上，来的难道是你？"曹飞反应过来，他在灵堂外发现的那个脚印，应该就是眼前这具机器人的。

"是我。"杨鑫点头承认，"我有一些事情要做，顺便看看你。"

"什么事？"曹飞皱眉，"你还有什么没坦白？"

杨鑫笑起来："都坦白了，只是还有一些'杨鑫'死亡之后的清理工作要做。"

"是什么？"

"运走杨鑫的尸体。"

"为什么要运走杨鑫的尸体？"

"杨鑫不是真的因为脑瘤死亡，为了避免被人发现异常，我和孙博士早就调换了杨鑫的尸体，灵堂里躺着的是一具假人。"

"什么！"曹飞傻了，他给假人守了一夜灵？

"抱歉，曹飞。"杨鑫说，"在化入殓妆的时候，我调换了杨鑫的尸体，把假人放进了灵堂的透明棺椁。等孙博士来吊唁的时候，再把杨鑫的尸体搬上了他的车。第二天火化的时候，我破坏了火葬场的机器人系统，火化并没有真正进行，在你们走后，那个假人也被孙博士带走了。"

"删掉火葬场监控的也是你。"

"对。"杨鑫点头,"现在的我,侵入任何系统都轻而易举。"

"杨叔知道吗?"

杨鑫严肃地说:"不知道。和我……和'杨鑫'的尸体有关,他可能又会发疯。"

曹飞整理了一下乱成一团的脑子:"杨鑫的大脑遭受破坏而死亡,为了不让人发现端倪,在尸体被送到火葬场化妆的时候,你把尸体换成了假人,尸体被吊唁的孙博士带走了。第二天,假人被火葬场的机器人送去火化的时候,你把假人收了回去,让机器人送回来假的骨灰。等我和杨叔离开后,孙博士再来带走了假人,销毁一切痕迹。对吗?"

"就是这样。"

"那杨鑫的骨灰在哪?"曹飞问,"你们会给杨叔送过去吗?"

杨鑫愣了下,显然没想过这个问题,半晌才说:"不知道孙博士销毁尸体之后会不会留下骨灰……"

曹飞蓦地感到一阵悲哀。

"算了,总之你没真的死,我还是开心的。"他最后说。

杨鑫不能耽误太多时间,他需要赶回家里,杨可可现在很依赖他。曹飞这才想起之前几次去杨鑫家,杨可可确实都黏在机器人管家旁边。

"有空再聚吧,曹飞。"杨鑫说。

曹飞想像曾经那样开玩笑说"聚什么聚,你现在都不能喝可乐",却咽了回去。他想起刚才杨鑫谈到杨校长不认可自己身份的时候,声音非常低沉。

"嗯,我……我打算明天就回去了。"曹飞知道真相之后,发现自己待在这里非常碍事。

"行,那明天我带可可来送你。"

从实验室出来,曹飞用提前准备好的玻璃胶和修补工具,将自己在功能室玻璃窗上开的洞补好。只需要半个小时,玻璃胶就会和玻璃窗融合得天衣无缝,除了机器人杨鑫,没人会知道他昨天晚上潜入了进去。

躯　壳

　　第二天一早再见到杨校长，曹飞心里难免还是有点不自在，不过他选择回避那天的事。现在得知没有人会继续追杀自己，甚至孙博士可能都不知道他这个底层透明人的存在，曹飞整个人都不再紧绷，心情轻松了许多。他需要向前看。

　　忙碌完一天，曹飞感觉讲了一整天课的嗓子都在冒烟，他端着水杯，抬头看向天空，只见红霞漫天，邈远无际，夕阳半隐在远山里，一切都很美好。

　　杨鑫带着杨可可来和曹飞道别，杨可可踩着夕阳在操场上快活地跳来跳去，晚风吹得她的发丝轻轻柔柔地晃，杨校长和机器人杨鑫各站一边，像两位笔挺的骑士，静静地守卫着她。三道拉长的影子投在地上，像极了一幅温情的画。

　　"木马马……"杨可可对机器人杨鑫伸出手。

　　机器人杨鑫走了过去，杨校长却别过头，抹了一下湿润的眼睛。

　　地面上，杨鑫和杨可可的影子像极了真正的旋转木马，悠悠转转，起起伏伏，呼应着杨可可的欢声笑语。杨校长呆呆地看得出神，不知道是不是想到了儿时的杨鑫。

　　等到天色暗下来，曹飞便向杨校长辞行。听到曹飞要走，杨校长坚持要给曹飞送行，曹飞百般推辞，杨校长却还是强行挤上车。两人一起疾驰在送别的土路上，颠簸出有一搭没一搭的尴尬。

　　不知过了多久，杨校长长地叹了一口气，终于开口说："小曹，杨叔对不起你。"

　　曹飞看向他，没有说话。

　　"杨叔是想向你坦白……你来修机器人那天，是我操控机器人袭击了你。"杨校长低着头，"杨叔不敢奢求你原谅，我……我实在是觉得愧对你。"

　　"杨叔……"曹飞不知道该怎么接话，原谅的话他也真说不出口，但是看着杨校长的样子，他也不好受。

　　"我把一切都告诉你。"杨校长抬起头，看着曹飞的眼睛说，"杨叔当时袭击你，和杨鑫有关……"

　　"杨叔，不用说了。"曹飞叹了一口气，"我已经见过杨鑫了，所有的事情我都知道了。"

杨校长愣住,他的嘴唇颤了颤。

"是昨天?"杨校长问。

曹飞点点头。

"昨天晚上我是听到他出门了……"杨校长明白过来,"他今天是来送你的。"

"对。"

"你昨天进实验室了?"

"是的。"

杨校长木然地点着头:"那间实验室的系统现在都和杨鑫连在一起,你一进去,他马上就能知道……那他也告诉你孙博士的事了?"

"嗯,是的。"曹飞想,杨鑫的事情对杨校长冲击太大,他现在可能极度需要倾诉,于是便继续耐心地回应着。

"杨鑫做了孙博士的实验体……但是他一直告诉我,他在帮孙博士研究机器人,还植入了全能芯片……"杨校长的眼眶又潮湿起来,"我很难受,当他们在里面工作的时候,我还一直帮他们守着实验室,却不知道……里面是在要杨鑫的命……"

"杨叔,您不必再因此难过。"曹飞轻声安慰道,"杨鑫并没有死,不是吗?"

"不,他不是杨鑫!"杨校长僵硬地说,"他只是拥有杨鑫这几年的记忆,他怎么会是杨鑫?他不记得他的小时候,他不记得我是怎样陪他长大,他不记得从什么时候开始不再叫我'爸爸',改叫我'老杨'……他怎么会是杨鑫?"

曹飞低头想了一阵,说:"其实我也记不清我小时候的很多事情,但是并不影响我清楚地知道谁是我的父母,也不影响我爱着他们。"

杨校长摇头:"有模糊的印象,跟完全没有记忆,是不一样的。"

"有什么不一样呢?"

"有几年这个人的记忆,就能彻底拥有这个人的意识、思想、性格、喜好、习惯吗？"

这个问题，曹飞确实无法回答。孙博士的实验，同样颠覆了他的认知。

杨校长平复了一下情绪，继续道："小曹，我今天来送你，除了向你道歉，更主要的是想提醒你，小心孙博士！"

"什么？"曹飞的眼皮又开始跳。

"在杨鑫骗我说，他要移植芯片给可可的时候，我很崩溃。恰巧这时候你突然来学校修机器人，孙博士知道后，担心你会发现端倪，于是告诉我，也可以不用杨鑫的芯片移植，只要有其他可用的芯片移植给可可，杨鑫就不用死……"

曹飞倒吸一口气："他在撒谎！全能芯片根本就不可能被移植！"

"对……"杨校长捂住脸，"他只是想以防万一，利用我除掉你！在我袭击你之后，杨鑫……机器人出现，阻止我犯下大错，告诉了我真相……"

曹飞的好心情刹那间烟消云散，寒意从脚底蔓延到他全身。他感觉黑暗中有一把锋利的斧头正悬在自己的头顶上空，等待着时机给自己致命一击。

十

曹飞不知道自己是怎样回的家。他瘫在床上，望着天花板发呆，愣愣地想：孙博士暗中在做非法人体实验，这件事是绝密，他竟然成了知情人之一。现在他成了孙博士的眼中钉、肉中刺，可能随时都有丧命的危险。他才十七岁，未成年，刚刚植入了全能芯片，家里背上了几十年的贷款，他原本只想痛改前非，努力学习，认真工作，对得起家人这份恩情……怎么就变成了这样？

窗帘被风吹得晃动，曹飞全身一个激灵，瞬间弹坐起来。等看清眼前空荡荡的窗台，曹飞立马浑身瘫软，再次倒在床上胡思乱想：他不是英雄，没有和邪恶势力对抗的勇气。要是他向孙博士投诚，能不能捡回一条命？

正当他浑浑噩噩间，高睿发来了消息："小飞，恭喜你啊！"

曹飞回过去一个问号。

"内部消息，公司要将你调到总部，你不用再到处奔波了。"

"真的假的？"

"绝对真。全能芯片真是个好东西啊，哥也要快点攒钱去手术。"

曹飞笑不出来，敷衍地回道："睿哥加油，咱哥俩儿一块儿发达。"

"发发发，吃饭没，出来撸串，替你庆祝庆祝。"

曹飞本想拒绝，但犹豫了几秒后，他决定见高睿一面，调整一下自己的状态。

"地址？"

高睿发过来他们经常撸串的店。

曹飞到店里的时候，一眼就看到了高睿。他此刻衬衣领子大开，把西装外套随意扔在一边，那双大牛眼完全粘在了串儿上——满满当当的三大盘。

高睿一看到曹飞，就夸张地大喊道："这儿！飞哥！"

店里都是熟人，习惯了他俩的咋呼，都笑着跟曹飞问好。曹飞一边回应着，一边感觉自己好像从冰凉的海里被拉了出来。

曹飞坐过去，接过高睿递来的可乐，跟他碰了一下。

"飞哥，以后高升多关照小弟哈。"高睿故意把可乐罐压低，嬉皮笑脸地说。

"那还是要睿哥关照小弟我。"曹飞把一串烤鸡爪塞进他手里，"高抬贵手，收了神通吧睿哥。"

"怎么了，明明请了几天假，怎么反倒看着精神不太好？"高睿笑过之后回到常态，关切地问。

曹飞不想把高睿牵连进来，想了一下说："这几天熬夜看一部小说，有点入迷。"

"什么小说？"

"悬疑小说，一个人无意知道了反派的秘密，反派想要灭口。"

高睿笑起来："最后正义总会战胜邪恶，都是套路。"

"角色太普通，反派太强大，感觉是死局。"

"那必然不可能，主角必胜。"

"我看着那角色不太像主角，很可能是个炮灰。"

"你在哪里看的破小说，一开始没说谁是主角吗？"

"我从中间一半开始看的啊。"

"那你要么继续看，要么从头开始看。"高睿觉得曹飞有点搞笑。

曹飞点点头，又问："睿哥，这角色要是不想送人头，该怎么办？"

"你这是看小说还是写小说呢？"

曹飞灌了一口可乐，一股气从嗓子眼冒到鼻腔，呛得他眼酸："被你看出来了，在写呢。"

"那你可问对人了。"高睿坐直了身体，"炮灰要翻身，必须要反杀BOSS。"

"投诚保命不行吗？"

"那可是反派！"高睿一瞪眼，"反派没有心，反派手下的命在反派眼里都不是命！"

曹飞若有所思。

高睿好奇地问："你写的那个反派是什么人设？报复社会，还是毁灭世界？"

曹飞思索了一阵，总结说："追寻自己的所谓理想，伤害他人，牺牲他人，视他人生命如草芥。"

高睿的大嘴一划拉，把签子上所有肉扯得干干净净："当诛！"

"当诛！"曹飞跟着说。人不中二枉少年，此刻正义之神好像就站在他眼前，那光芒耀眼又灼热，点燃了他透明又平淡的十七年人生。

曹飞决定继续查孙博士，虽然他只是个底层实践生，但绝不会坐以待毙。他想，孙博士暗中做人体实验，一定不止杨鑫一个实验体，如果还能收集到其他证据，或许能为自己增添一点筹码。

假期结束，曹飞在上班的第一天就接到通知，他被调到了S市的维修总部。

老曹高兴坏了，跑了几十年维修，过着风餐露宿的日子，他最知道其中的苦，而且曹飞马上要高考，能够安安稳稳在S市复习，简直再好不过了。

他特地请了假，亲自送曹飞到了 S 市。

虽然之前已经做好了心理建设，但曹飞到了 S 市后还是心惊胆战了好几天。然而孙博士并没有任何动作，甚至曹飞调来 S 市之后，都没有跟他碰过一次面。

杨鑫偶尔会发来问候，曹飞还是像之前一样和他闲聊，讨论机器人。

曹飞还问他："做机器人的感觉怎么样？"

"其实还不错，这具机器人是孙博士精心设计的，非常灵敏，就是能量消耗得比较快。"

"能量消耗完你会怎么样？"

"会关机。"

"关机后，你还有感觉吗？"

"没有，像睡过去一样，没有任何知觉。"

曹飞又想到了杨可可："可可去上学了吗？"

"入学了，还是不太适应，可能还是要等植入芯片之后才能好些。"

"她还没有动手术吗？"

"一般来说七岁就可以了，但是可可情况比较特殊，医生建议推迟一年。"

"那也快到一年了，别着急。"

"嗯，没几天了。我现在每天都待在学校，一直陪着她。"

"你又可以在学校当老师了，还是机器人教师。"

"是，我确实每天都在给学生上课。"

"学生有没有说，'老师你比智慧机器人那些人工智障强大多了'？"

杨鑫发了一行省略号，然后说："我隐藏得比较好。"

曹飞问了一个自己非常好奇的问题："做人好，还是做机器人好？"

杨鑫那边过了很久，才回答："人。"

"怎么那么久才回复，你又没有能量了吗？"

"不，我只是思考了很久。"

"为什么做人比做机器人好？"

杨鑫的消息依旧回得很慢："我听老杨说，我小时候最喜欢吃他做的青椒肉片、宫保鸡丁和香煎豆腐。"

"我不记得我曾经喜欢吃这些菜，也不知道这些菜的味道。而且从今以后，作为机器人……我将永远都无法知道了。"

曹飞看到这些菜名，想起来他也吃过，杨校长递给他的时候还说"三菜无汤"，接着就为了让杨鑫活下去，想要他的命。

这时暴雨用力拍打着玻璃窗，他坐在车里看着窗外，阴沉沉的，不由自主地想起了去年的这个时候，他在新乡小学的操场上，也是这样朝雨幕里望。

突然，人行道上掠过去一个身穿SYY工装的年轻男人，他和其他行人一样，在暴雨中低头打着伞，步履匆匆，然而他那熟悉的侧脸让曹飞全身鸡皮疙瘩都立了起来——杨鑫！

绿灯亮起，曹飞的车立刻自行启动，沿着车道向前行驶。曹飞连忙打开窗户，站起身张望，简直快把整个上半身都伸到车外去。他在雨帘里用力地瞪大眼睛：那个背影，绝对是杨鑫！

后面车辆刺耳的喇叭声让曹飞回了神，他湿漉漉地坐回车里，微微颤抖的双手从相册里找了一张杨鑫的照片，给高睿发了过去："睿哥，帮我查查公司里有没有这个人。"

高睿很快发来了结果："是公司的人，也在你们S市，叫杨鑫……"

后面的详细信息曹飞没有看，他靠在椅背上，内心的震撼、惊喜还有诸多说不清的复杂情绪交织在一起：杨鑫没有死！人类杨鑫没有死！

十一

入夜后，雨停了。水滴落的声音在寂静的夜里格外清晰，路面的积水倒映着光彩闪烁的城市，而下一滴水落下来，又把城市砸得稀碎。

曹飞穿着黑色的帽衫，披了一件透明雨衣，蹲在巷子尽头，整个人都蜷缩在墙体的阴影里。高睿查到了杨鑫的租房信息，曹飞记下地址后，一下班就蹲守在这里，一直到现在。

脚步声由远及近，曹飞抬起头，终于看到了杨鑫的正脸。成熟英气，沉稳内敛，没有虚弱的苍白，没有凹陷的脸颊，也没有病态的黑眼圈。

曹飞缓缓站了起来。

杨鑫愣了一下，然后有些迟疑地开了口："你是……曹飞？"

"你这是什么反应？"曹飞皱眉，"不是要跟我玩花样，说什么不记得我了之类的吧？"

"不……"杨鑫笑了起来，"我认识你是曹飞，只是我确实没有太多我们之间的记忆。"

曹飞这才想起来，"杨鑫"这几年的记忆大多都在机器人杨鑫那里，眼前的这个人类杨鑫，是杨校长心心念念的那一个。

"进来说吧。"杨鑫领着曹飞进了小区，回到了他暂住的出租屋里。

曹飞在屋子里扫视了一圈，这里整洁，干净，收纳有序，井井有条，一如杨鑫一贯的风格。

"喝点什么？"杨鑫问，"我这里没可乐，茶和柠檬水你喝哪一个？"

"你倒是记得我喜欢喝可乐。"曹飞在沙发上坐下米，"那你说说我是喝茶还是喝柠檬水？"

杨鑫笑起来："我给你倒白开水。"

曹飞跟着笑："你是杨鑫，你果然是杨鑫！"曹飞觉得很奇怪，当机器人杨鑫出现在他面前，告诉他自己没死的时候，他的震惊远远大于惊喜。而现在的曹飞看着活生生的杨鑫，内心充满了无尽的欣喜和激动。随后曹飞又觉得对不起那个机器人杨鑫，明明他和"杨鑫"之间的记忆都在机器人杨鑫的芯片里，在他遇到危险的时候，也是机器人杨鑫出手救了他。

"你在发什么呆？"杨鑫把水递给曹飞。

"我在想，机器人杨鑫在我守夜的时候，还来偷偷看我这个朋友。而人类杨鑫明明没有死，这么久了却没在我面前出现过。"曹飞有些迷茫，他的好朋友杨鑫，究竟该是哪一个？他似乎有些理解杨校长了。

"机器人杨鑫？人类杨鑫？"杨鑫听到这个叫法觉得很滑稽，"我没想到他……机器人杨鑫，会把一切告诉你。"

"可能因为他真的当我是好兄弟。"曹飞摸摸鼻子，"或者，是因为我摸进了学校里的实验室。"

"你进了功能室里面的实验室？"

"是。"

杨鑫皱起眉："这太危险了，里面都是监控！好奇心害死猫，我以前怎么就不知道你那么固执呢？"

曹飞闻言愣住了，他想起机器人杨鑫在功能室里也对他说过这句话。

"你……你为什么要假死？"曹飞收回思绪，问出了他最疑惑的问题。

"不是故意假死，我不久前再次醒来的时候也很震惊。"

"不久前？"

"大概一周前。"

"是孙博士救活了你？"

"算是吧。"杨鑫点头，"我醒来的时候就躺在孙博士的实验室里，全身都是导管。"

曹飞想象了一下那个画面，觉得有点瘆人："那你确定你是你吗？我的意思是，你会不会又是孙博士把记忆上传过去的载体？其实你的……呃，肉身……早就没了？"

杨鑫很佩服曹飞天马行空的想象力，他捞起袖子给曹飞看了看自己胳膊上的疤痕，说："我确定我是我，我身上还有小时候留下的疤。"

"这么说，孙博士的实验没有失败？他的记忆上传和什么过渡……都没失败？"

"是的，虽然之前我的脑组织受到了严重的损伤，但是孙博士已经完美解决了这个问题。"

"你现在已经恢复健康了吗？"

"孙博士每天都会让我在实验室进行全面检查，从目前的数据来看，我的状况很稳定。"

"孙博士的实验室里面，还有其他的实验体吗？"

"你问这个做什么？"杨鑫还是那么细致、警惕，"曹飞，实验的事，你牵涉进来是个意外，还是知道得越少越好。"

被识破的曹飞只能摊手坦白："如果孙博士不放过我呢？"

"什么意思？"

"杨叔告诉我，他之所以那天会攻击我，是因为孙博士告诉他，如果用我的芯片移植给可可，你就不用死。"

"什么！"杨鑫的瞳孔瞬间放大。

"所以我没有选择。"曹飞无奈道，"我总要想办法自保。"

"可是我明明告诉孙博士，你并没有发现智慧机器人有任何异常，完全不知情……"

"或许他比较谨慎。"

"是……孙博士确实非常谨慎……"杨鑫有点动摇，"那你想要做什么？"

"我想要孙博士实验室中非法实验体的信息。"

杨鑫垂眼沉思了片刻，问："你把这些告诉其他人了吗？你有没有告诉曹叔？"

曹飞摇头："当然没有，我可不能拉他下水。"

杨鑫点点头："如果你只是想确保安全，那我可以帮你。相信我，孙博士不是一个残忍的杀手。"

曹飞尽量让自己的语气听上去随意些："好像你很信任孙博士。"

"他帮了可可，而且他还是一位值得敬佩的天才科学家。"

"用你的命换来的帮助？"

"当然，他确实没有义务无缘无故帮我。"

"为什么你觉得他值得敬佩？"

"他对科学事业的绝对专注和投入，就很值得敬佩。"杨鑫不明白曹飞为什么这样问，"你不觉得他的研究都非常了不起吗？"

"或许很了不起。"曹飞摇头，"但是我认为，一味追求了不起的科学成就，却罔顾他人生命，是非常可怕的事情。"

杨鑫浅抿了一口茶："小孩子思维。"

知道杨鑫和自己看法不一致，曹飞便立刻岔开话题道："杨叔知道你还活着的话，一定很惊喜。"

杨鑫笑了一声："你确定他那种老古董不会受到惊吓？"

"为什么这样想？"

"怎么？不对吗？"杨鑫不解，"毕竟'杨鑫'还在他的身边，如果又出现一个……"

曹飞叹气："你错了，杨叔根本不接受那一个杨鑫。"

"什么？为什么不接受？"

"在他看来，那个杨鑫只是存储了你几年记忆的机器，不是真的人类。"曹飞解释道，"他不承认那个是杨鑫，他认为没有儿时记忆，没有曾经回忆的点滴，是无法拥有同样的情感和思想的，所以你们不是同一个人。"

杨鑫有些发愣："那……如果我失忆了，他就认为我不是他儿子了吗？"

"这……或许不能这样比较。"曹飞挠挠头，"不过，要是上次我能用你这句话去怼他就好了。"

曹飞想到了机器人杨鑫，如果他见到人类杨鑫还活着，又会是什么反应呢？

"机器人杨鑫知道你还活着吗？"

"暂时不知道，不过实验重新启动的话，我会回去的。"

"回去？那杨叔和可可一定会很高兴。"

"可可……现在怎么样？"杨鑫问。

"快准备手术了，她情况特殊，医生建议推迟一年植入芯片。"

"哦……"杨鑫看上去有些担忧。

曹飞好奇地问："你还记得可可多少？"

"从出生到开口说话，我都记得很清楚。"杨鑫的眼神变得柔和起来，"虽然在我这边缺失了很多她后来成长起来的记忆，但多多少少还保留了一点印象，我知道她喜欢穿粉裙子，喜欢我陪她玩旋转木马……"

曹飞想，杨可可是个幸福的小姑娘，现在这个世界上，有两个杨鑫深爱着她。

十二

  曹飞在全能芯片的协助下，学习效率极高，高考很顺利，踩线考入 S 市的一所重点大学。曹飞不得不感叹，人果然潜力无穷，自己那么薄弱的底子，在芯片的管理下，只要肯豁出命去学，真能创造出奇迹。

  临近暑假尾声，杨可可做了全能芯片的植入手术。时间安排得刚刚好，等芯片的适应期一结束，就刚好赶上开学，杨可可就能开启全新的学习生活。

  周末，曹飞正在听自学课程，突然门铃响起，还夹杂着急促的敲门声。他疑惑地打开门一看，竟然是人类杨鑫。他和杨鑫极少见面，一是因为曹飞的工作忙，杨鑫也需要待在孙博士的实验室里。二是为了曹飞的安全着想，毕竟杨鑫给了曹飞实验室的实验体数据，他们不能交往过密，避免引起孙博士的注意。

  "你怎么来了？"曹飞很意外。

  杨鑫的语速有些急切："曹飞，我想请你带我回去一趟。"

  "好。"曹飞二话不说就答应下来，毕竟他还是第一次见杨鑫如此不安的模样。

  曹飞的车又踏上了回新乡小学的路，一年时间，一切变化不大，进山之后的土路还是那么颠簸，在烈日的炙烤下扬起干燥的尘土。

  "是回去看可可吗？"曹飞关切地问，可可做完手术不久，杨鑫这么着急，应该和她有关。

  杨鑫的眉头一直没松开过："嗯，我从实验室那边了解到，可可的手术出了点状况。"

  "怎么了？"曹飞的心也揪了起来。

  "手术后她陷入了昏迷，直到一周后才苏醒。"

  "知道是怎么回事吗？"

  杨鑫摇摇头。

  "现在可可的情况怎么样？"

躯　壳

"醒来之后恢复得不错,已经没有异常了。"杨鑫说,"但是我放心不下,我只想亲眼看到她。"

曹飞理解他的心情,安慰道:"我经常和杨鑫……机器人杨鑫聊天,如果可可有什么事,他肯定会告诉我的,你别担心。"

"他没有跟你提过这件事?"

"没有。所以应该没什么事,你不要着急。"

"嗯。"杨鑫垂着眼,手指焦虑地互相摩擦着。

曹飞不知道说什么去缓解他的情绪,过了一会儿才开口打破沉默:"你最近身体情况怎么样?"

"一切正常,孙博士说很快可以继续实验。"

"意思是,你很快就要回去了?"

"是的。"

"那你就可以天天陪在可可身边了。"曹飞也替他开心,"放心,可可一定会健康成长。"

导航显示距离目的地已经越来越近,曹飞才想起来现在是暑假,学校应该都没开,于是问:"我们是开去学校,还是去你家?"

"学校。"

曹飞好奇地问:"暑假的时候老师也在学校里吗?"

"刚放暑假的时候都回家,快开学了就得回学校做学生入学的准备工作。"

"真是不轻松。"曹飞回忆起曾经连轴转的两天教师生活,简直苦不堪言。

"有了机器人帮忙,已经好很多了。现在是开学前期,老杨他们应该在学校大扫除,这几天要除草、清理学校和做消杀。"

"一会儿你就直接出现在他们面前吗?"

"我就悄悄看一眼,并不打算出现在他们面前,怕惊扰到他们。"

曹飞想了想,说:"其实你都快回来了,提前见一面也没什么吧?"

"不。"杨鑫坚决摇头,"不能擅自打乱孙博士的计划,我不想因为我,让实验出现任何失误。"

"好吧……不过我这么大个车,停学校门口怎么都显眼,恐怕藏不住。"

163

"你不用藏，我不出现在老杨面前而已。"杨鑫解释说，"如果情况允许的话，一会儿你看看能不能支走他，让我单独和可可说说话。"

曹飞点点头，摸出耳机贴在耳朵前的皮肤上，然后对杨鑫说："你也戴上，我们保持通话，一有机会让你单独见可可，你就赶紧出来。"

"谢了，曹飞。"

曹飞拍拍他的肩，打开车门走了下去。

校门大开着，到处都有刚刚清扫过的痕迹，垃圾都还堆着，没来得及装进那个一人高的垃圾桶里。

操场上，杨可可正在用粉笔在地上涂涂抹抹，杨校长坐在一边笑呵呵地看着她。曹飞感觉杨校长虽然好像又瘦了点，但是看着精神勉强还算不错。

杨校长看到曹飞从校门口走进来，惊讶地睁大眼，连忙站起身。或许是起得太急，大脑一时供血不足，他有些不稳地晃了晃，然后用力眨着没有焦距的眼睛。

曹飞连忙快步跑上去扶住他："杨叔你别起那么急，先坐……"

杨校长缓了好一阵，双眼才有了神，他冲曹飞笑了笑："怎么过来也不提前打个招呼？"

"公司任务，顺道来的，就没提前跟你们说。"曹飞扶着杨校长重新坐下，"杨叔你们这是在干什么呢？"

"马上开学了，要把学校彻底打扫一遍。"杨校长看向杨可可，脸上满满都是自豪，"可可在描学生做操的点位。"

"可可现在真能干。"曹飞由衷感到高兴，杨鑫牺牲自己，成功给了杨可可一个全新的未来。

杨可可闻言抬起头来看曹飞，第一次对他主动绽开了一个笑容，浅浅的，像极了杨鑫。

"杨……他呢？"曹飞问的是机器人杨鑫，但是反应过来杨可可在旁边，便及时改了口，"怎么没看到他的人影？除草去了吗？"

"他还除草呢？"杨校长瘪瘪嘴，"充电呢，刚把操场和食堂收拾出来，就关机了。"

曹飞笑出了声："那我去帮杨叔你除草。"

杨校长摆摆手："除草剂还没兑水，你不知道比例，没事的，我一会儿自己去。"

"那我等杨叔你兑好再去。"曹飞在杨可可旁边坐下来，"正好等他充完电。"

"行，那我这就去。"杨校长说着又起身。

曹飞连忙道："不着急的杨叔……"

杨校长拍拍他的肩膀："没事儿，我休息够了，早点弄完，别耽误你回去。"

等杨校长走进杂物室，杨鑫就从曹飞的车里钻了出来。他快步走到杨可可面前，轻轻地唤了一声："可可。"

杨可可抬起头，虽然杨可可足足一年没见杨鑫，看到眼前的人有点陌生，但是在听到杨鑫的声音时，她还是认了出来："爸爸……"

杨鑫的眼里好像有光，他在杨可可面前蹲下，抬了抬手似乎想抱抱她，又有些迟疑。

"长大了，可可长大了。"杨鑫的声音有些颤抖。

曹飞知道，杨鑫记忆里的杨可可还是两三岁的模样，那是一个连路都走不稳的小团子，一路跌跌撞撞，每一步都踩在他的心尖上。

幸好。曹飞想，幸好杨可可平安无事。

杨校长出来的时候，杨鑫已经不在这里了。杨可可换了一个位置继续描着点位，神情格外专注。

曹飞接过药水和喷头去打药，机器人杨鑫也恰好充完电出来，两人便一起往外走。

望着眼前一碧万顷的山野，曹飞忽然感觉很放松。果然还是这一个"杨鑫"让他感觉更亲切。

"他见过可可了？"远离杨校长后，机器人杨鑫问。

曹飞惊道："你怎么知道？"

"我能捕捉到他的信号。"

"你好像不惊讶？"

"孙博士已经通知我继续实验，我知道我……他——'杨鑫'还活着。"

"可可到底是怎么回事？"曹飞的手摸了一下贴在皮肤上的耳机，他知道那头的杨鑫最关心的就是这个问题。

"全能芯片植入的最小安全年龄本就是七岁，加上可可的身体太弱，反应就比较大。"机器人杨鑫耐心解释道，他的声音很轻柔，语调平缓温和，似乎知道另一个自己正在倾听，"你别担心，她没事。我们成功了。"

十三

高睿这一年也植入了全能芯片，适应期刚结束，他就因为工作出色受到表彰，调职到 S 市总部。不久后，他还加入了 SYY 公司最新的"筑梦计划"团队。

曹飞收到高睿的消息，立刻表示高睿应该请客庆祝。他虽然已经不再是 SYY 公司的实践生，但对"筑梦计划"并不陌生。"筑梦计划"造势已久，SYY 公司对外宣称，这是 SYY 公司第三个推动人类社会发展的伟大贡献。

"恭喜睿哥飞升，苟富贵，勿相忘！请客请客！"

"请，必须请！"高睿秒回，满口答应。

曹飞发了个 SYY 公司总部的定位过去："巧了不是，今天没课，我刚好在附近兼职，睿哥啥时候下班？小弟去停车场迎你大驾。"

高睿回了一串乱码，曹飞知道那肯定不是什么好话，于是他笑着发语音过去："停车场不见不散啊。"

高睿笑道："我马上下来！"

曹飞步伐轻快地走向停车场，就在他走出停车场电梯的时候，不小心撞到了一个高大的身影。

躯　壳

"抱歉！"曹飞连忙道歉。

"没事。"那人鬓发泛白，戴着一副款式非常简约的眼镜，语气冷淡。

曹飞愣住："孙博士！"

孙博士看向他："你是？"

曹飞紧张得手心冒汗："我……我叫曹飞，在维修部做过三年实践生。"

"你好。"孙博士点点头，面无表情地走进了电梯。

看着电梯门缓缓合上，曹飞有点回不过神——孙博士看上去对自己毫无印象！

曹飞相信自己不会看错，孙博士没有掩饰的痕迹，他可以完全确定，无论是自己这张脸，还是自己的名字，孙博士都并不记得！

难道因为他太过无足轻重，孙博士早已把他忘了？曹飞很疑惑，孙博士先是诱导杨校长杀自己，后来又将自己调来S市，这样都会忘记吗？还是说杨鑫的帮助起了作用，孙博士把渺小又平凡的自己抛诸脑后了？

曹飞的心里还有一个更大胆的猜想：孙博士会不会也在自己身上进行了记忆上传实验，刚才那个"人类孙博士"并没有这两年的记忆？

没等曹飞继续细想，高睿的车就亮起双闪，对着他按起了喇叭。曹飞连忙跑上去，暂且将这事放到了一边。无论怎样，孙博士不记得自己，对他来说就是天大的好事，这意味着他可以暂时告别提心吊胆的生活，全心全意投入大学生活。

就在曹飞庆幸自己的生活真正回归了平静时，一条爆炸性新闻导致各大平台的服务器相继瘫痪："人类有望进入数字生命时代！"

SYY公司再次登上各大平台的头条，在"智慧机器人——领航人工智能"和"全能芯片——缔造新人类"两大标签后面，又增加了一行更加醒目的文字："意识永生——开启人类数字生命时代！"

曹飞和高睿坐在SYY公司对面的餐厅里，一起屏住呼吸浏览着这则新闻。

高睿连连感叹："我这刚植入全能芯片，'新人类'的身份还没热乎，数字生命时代就来了。"

曹飞翻看着菜单，接了一句腔："数字生命时代又怎么样，那么多人还不都是普普通通地活着。"

高睿拿眼白看他："你怎么突然能够说出那么质朴又深刻的话？"

"最近泡图书馆的时间多，对生活有了些许思考和感悟。"曹飞故作高深地笑笑，思绪却飘飘荡荡，悠悠回到了那片偏远的山区，那座荒凉中点缀着人烟的乡村，那所芝麻大的新乡小学。

在高楼林立的城市中，精英们在芯片的支配下，过着"新人类"的生活，制造焦虑又克服焦虑，制造物欲又克服物欲，制造放纵又克服放纵，制造内耗又克服内耗，制造情绪又克服情绪。而在偏远荒寂的大山里，普通人只是活着，在山川和田野里活着，在日出和日落里活着，在粗茶和淡饭里活着，在劳作和病痛里活着，在新生和老去里活着。大家都在自己那座旋转木马上原地打转。数字生命时代的来临，会给这个世界带来怎样的变化？

这时杨鑫给曹飞发来了一段视频。

杨鑫他们在学校旁边自己制作了一座小巧的旋转木马，只有六组双人座，杨可可和学生们坐在起伏转动的木马上欢呼，旁边站着大笑的杨校长和浅笑的人类杨鑫，接着拍摄视频的那个人伸出左手，在镜头前竖起了大拇指。

那是一只机器人的手。

曹飞弯起了眉眼。他回忆起杨校长抱着杨可可转动的画面，又回忆起杨鑫和机器人抱着杨可可转动的画面，接着这些画面重叠在一起，变成了曹飞曾经幻想过的场景——杨校长抱着儿时的杨鑫转动的画面。

曹飞把视频保存了下来，准备命名为"生活"。输入到一半，他似乎想起了什么，快速删掉之后重新输入了一个名字——"父亲"。

指尖摩挲着屏幕，曹飞仍久久没有按下确认键。

"赶紧点菜，别神游了。"高睿拍了拍曹飞的头，把可乐放到他面前。

曹飞一下子回过神来，索性不再想名字，简简单单输入了"旋转木马"，点了保存。

（下）镜面魔方

一

红红绿绿的灯光还在曹飞身上流转，然而过街角拐个弯，瞬间就被黑暗吞没了。

曹飞的步行速度没有受到任何影响，毕竟这条路已经走了一年多，他闭着眼都能找到家。等眼睛适应了一阵，夜色下的旧巷、破墙、杂草丛便一一浮现。

与以往不同的是，今天路边多出了一个机器人。普普通通的基础款硬金属机器人，全身银色，没有仿生人脸，面部像几十年前风靡一时的钢铁侠。它胸口触控屏上的指示灯正在闪烁，极富节奏感，像夏夜里一只悠闲的萤火虫。

曹飞皱起眉——机器人的视线似乎锁定着他。

晚风蓦地涌进巷子，吹散了死沉沉的热气，曹飞不禁加快了脚步。正当他即将走过机器人时，那个机器人竟几步跨到了巷道中间，完全拦住了他的去路。曹飞和它面对面，手心捏了一把汗，然后便见机器人朝自己挥了挥手，胸前的屏幕上显示出蓝色荧光的汉字：嗨，曹飞。

曹飞下意识后退了一步。

果然，就在他做出反应的下一秒，机器人突然俯身上前，举起拳头就朝他袭来。曹飞一个后仰险险躲开，拳头带出的风从他脸上掠过。

曹飞看准时机，双手扣住机器人的胳膊，疾速转身的同时猛然使力，用肩背向上一顶。却不料，那个机器人体重过大，在曹飞的攻势下，竟然纹丝不动。眨眼时间，机器人另一只胳膊也压了过来。然而它并没有多强的敌意，更像是一只正在逗弄玩具的猫。曹飞果断改变策略，埋头就从机器人胳膊下方穿过，一个闪身到了它身后，趁它反应不及，狠狠一脚踢在它的腿窝，借力拉开了距离。

这一脚并没有带给机器人多大的伤害,它的腿窝和其他部位一样坚实,哪怕曹飞已经用尽全力,它却连晃都没晃一下。

机器人轻松地转过身,发出一声干巴巴的嗤笑。见它又要上前,曹飞连忙警惕地后挪。

机器人停在离曹飞一臂距离的地方,终于开了口:"曹飞。"

这个声音让曹飞感觉非常熟悉,但此刻他的大脑却像是卡了壳,一张张人脸飞速闪过,竟一个都无法对上号。"你是谁?"

机器人没回答,而是说了一句奇怪的话:"好奇心害死猫,我以前怎么就不知道你那么固执呢?"

"杨鑫?"曹飞终于在记忆中找到了这个名字,他握紧的拳头蓦地松开,夜风随之灌进手心,有些凉。

"是我。"杨鑫回答,他的声音通过机器人的音响传出来,几乎已经失真。

"你人在哪?"曹飞的视线在周围转了一圈,"赶紧出来,装神弄鬼的,搞什么呢?"

"我就在这个机器人里。"杨鑫指指自己。

"什么意思?"

"他成功了,曹飞。"杨鑫的声音十分诡异,"我的意识传到了机器人上。"

"他?他是谁?"

"是啊,他是谁?"杨鑫的声音突然变回了生硬的机械音。

曹飞惊恐地后退,眼睛紧紧盯着机器人眼部位置——那是一对黑漆漆的摄像头。冰冷。空洞。深不见底。

"你说,我还是杨鑫吗?"

曹飞猛地从梦中惊醒。翻身坐起来,他好半晌才意识到自己在出租屋的床上,耳边呜咽着从窗外钻进来的风声。

去卫生间用凉水冲了个脸,曹飞回来之后一看时间,已经是凌晨四点半。打开通信器,高睿的消息一条接一条地弹了出来。

躯　壳

"你申请的'筑梦体验'名额已经批下来了，周末带上证件来公司填表报道吧。"

"？"

"人呢？"

"？？？"

"又加班了？还说一起出去吃个夜宵庆祝一下呢！"

接着高睿应该是终于下班，可以发语音了，他话痨一样絮叨起来：

"飞哥，你那破兼职还是别干了吧，你这日夜连轴转，就算有全能芯片帮你调节，也吃不消啊！再说姨父姨妈他们也没拮据到那程度……他俩整天嘱咐我照看你，要是你身体垮了，我怎么跟他俩交代？"

"我打听过了，'筑梦体验官'的补贴很可观，这段时间你先在这儿干着，暂时就别接活儿了啊……"

"看到消息回一个，要不我会怀疑你猝死了，明天一早就来撬你家门。"

"来收尸。"

曹飞两只手捧住通信器，连忙"唰唰唰"回过去三条消息：

"活着呢。"

"明天辞。"

"周末见。"

重新躺回床上，曹飞伸手揉着太阳穴，迷迷糊糊地想：明天睡前一定不能忘记开启全能芯片，自然觉果然睡不踏实。

周末一大早，曹飞便跟着高睿来到了"筑梦计划"团队所在的办公室。

看着工位上满满当当的人头，曹飞讶然："周末全都不休息？以前公司没这么狠啊？"

这时一位仿真机器人走了过来，对高睿微微鞠躬，递给他一个文件夹。曹飞忍不住多看了它几眼。这台机器人皮肤细腻柔软，长发飘飘，除了那对蔚蓝的眸子死板了些，绝对是他见过的机器人中，最逼真的一个。

高睿接过机器人助理递来的资料，高傲地从鼻子里发出一声"哼"："你

171

对巨额加班费一无所知！"

工作中的 SYY 员工们个个面色红润，精神饱满，也不知道是全能芯片的作用，还是巨额加班费的魔力。曹飞长叹一声，开始接受机器人助理的身份核查。

"欢迎您，'筑梦体验官'曹飞先生。"身份认证完毕后，机器人助理微微颔首，"接下来请跟随我前往会议室。"

高睿把手里那几页资料塞给曹飞，拍拍他的肩："拿着你的表，一会儿会有同事跟你们做详细的介绍和安排。"

曹飞快速扫视着手里那几张纸，发现除了他的基本简历和体检报告，还有一张密密麻麻的表格。

"这表格是干吗的？"曹飞很快被表格上的文字吸引了，"西方魔幻、东方修真、童话卡通……怎么跟小说分类似的？"

"差不多，筑梦世界参考了这些分类，不过并不局限于此。在筑梦世界里，你对自己构筑的世界进行拓展、融合，甚至再创都是可以的。"

"听你这样说，好像'筑梦体验官'的任务……呃，就是选择一个喜欢类型的全息网游去做游戏测试？"

高睿笑了："你也可以换个说法——是选择一种喜欢的生活方式，去过一段不一样的人生。"

曹飞点点头，眼珠子已经跳出来，奔向了会议室："你跟我一起进去不？"

高睿理了理西装："我有自己的活儿干，体验和测试是另一个小组在做。"

"那我可就先告辞了！"曹飞立刻朝他挥手告别，迫不及待地走向了会议室。

他对"筑梦世界"充满好奇，同时还有一些压在心底的疑问，总是让他深夜辗转：杨鑫的"死而复生"到底是怎么回事？如今的"生命数字化"是否还跟杨鑫当初一样，会"分裂"出两个自己？孙博士究竟有没有进行意识上传？

在助理机器人的指引下，曹飞迈进了那扇银色的金属大门。

躯　壳

二

　　会议室里一片雪白，天花板、墙面、地板，都是简洁到极致的纯白色。房间正中央有一座造型别致的银色雕塑，由许多大小不一的方块组成，似乎在向四面八方不断延伸，科技感十足。

　　曹飞一边伸手对比着高矮，一边猜测这是不是什么多维空间模型。绕着它转了一圈，曹飞才终于反应过来，眼前这雕塑是一个巨型的镜面魔方。

　　镜面魔方属于异形魔方，六个面颜色一致，厚度不同，不能依靠颜色还原，而是通过形状确定位置。曹飞玩得不是很好，因此对它不怎么熟悉。

　　魔方雕塑前摆放着五台半人高的银色机器，像五台大号的计算机，错落有序。每台机器配套了一张白色方形矮凳，旁边还站着一名仿真机器人。原本这五名仿真机器人各自紧挨方凳，站得端端正正，然而曹飞一只脚刚跨进门，它们便迅速转过头，同时对准曹飞的脸进行了扫描识别。

　　"曹飞先生，您的位置在这边。"最末端那位机器人向曹飞招手示意，其他机器人则齐刷刷转回了头，继续保持着原来的立正姿势。在曹飞路过它们的时候，这四个机器人一动不动，死气沉沉，仿佛被按下了休眠键。它们的脸没有之前那位机器人助理精致，完全是商场服装区假模特的水平，直叫人瘆得慌。

　　"这次来参加筑梦体验的一共有五个人吗？"曹飞边走边问。

　　"是的，曹飞先生。"向曹飞招手的那位机器人回答。

　　曹飞刚站到那台末端银色机器跟前，原本漆黑的屏幕便亮了起来，接着旁边的机器人自我介绍道："我是您的专属机器人助手，谷雨。在之后的体验活动中，您有任何疑问或需要帮助的地方，都可以联系我。"

　　"你好，谷雨。"曹飞伸手在屏幕上划动了几下，一目十行地扫过了屏幕上的内容，"这些是我的资料？"

　　"是的。"谷雨回答，"我们已经将您的资料和数据录入，接下来您将会在工作人员的指导下完成'筑梦意向表'，稍后系统则会根据您的喜好，为您量身打造适合您的梦想世界。"

曹飞点点头，仔细浏览起自己的相关材料，而后便暗自心惊：SYY对他的了解，比他想象的还要深。这份资料包含了他详细的成长轨迹——由于时间过于久远，一些细碎的童年经历，连他自己都忘得差不多了。

曹飞的眉头不由得越锁越紧。

"竟然还有精神分析？"他的手指重重搓开纸张，翻向下一页，"我什么时候做的心理测评？"

谷雨却只是说："体验者的精神分析是必须提供的材料之一，健康的心理状态是本次体验活动顺利进行的保障。"

"可问题是……"突然一阵脚步声响起，掐断了曹飞的提问。他扭头一看，只见机器人助理推开门，领着几个年轻人依次进了会议室——另外四位"筑梦体验官"，到齐了。

在几人进入会议室后，机器人助理仍在门边守候，直到一位穿着SYY公司制服的男人走了进来，它才无声地退了出去。

曹飞眉头蓦地一松。这个男人他并不陌生，他看过这张成熟英气的脸"死去活来"——真正字面意义上的"死去"以及"活过来"。

男人看到曹飞的时候扬起了一个浅笑，他现在西装革履，发型精致，意气风发。正是杨鑫。

"恭喜诸位通过层层选拔，成为SYY公司'筑梦计划'第一批'筑梦体验官'。"杨鑫走到镜面魔方雕塑前向众人爽朗一笑，"欢迎加入我们的筑梦团队！"

曹飞和其他几人一齐看向他，不自觉挺直了身体。

杨鑫先用一句话解释了"筑梦计划"：为数字生命时代打造人人向往的梦想世界，建立未来人类的完美伊甸园。

"我们有幸生活在一个技术日新月异、想象力无边无际的时代！在SYY公司的努力下，人类进入数字生命时代，我们将开拓人类历史上前所未有的神奇领域，那是由代码和想象力构筑的梦幻天堂！诸位今天加入'筑梦计划'，成为'筑梦体验官'，即将进入大家多年来梦寐以求的全新世界。你们不仅是这个世界的探索者，也是这个世界的塑造者……"

杨鑫讲得慷慨激昂，曹飞听得一愣一愣。这是杨鑫从未在他面前展示过的一面。杨鑫果然是一块璞玉，蒙尘在那个偏远的小山村里，孙博士不仅给了杨可可全新的未来，也是杨鑫的伯乐，给了杨鑫机会和平台。

那些大段让人热血沸腾的演讲，曹飞一个字也没听进去。他想起前些天机器人杨鑫发来消息说，新乡小学的历史即将画上句号，杨校长已经决定退休，因为杨可可将转学到S市来。

不知过了多久，杨鑫终于开始介绍今天体验活动的安排。

"各位体验官，接下来请大家完成手里的'筑梦意向表'，填好之后交给各自的专属机器人助手，它将帮助大家录入系统。系统结合每个人的数据进行分析之后，会为您打造最合适的体验世界。"杨鑫的视线刚好和曹飞碰到一起，他冲曹飞眨眨眼，"当然你也可以不采纳系统的推荐，而是自行选择，甚至进行随机体验。"

会议室内立刻响起了笔尖在纸张上勾画的声音。

调查表上列出的问题和选项繁多，一眼望去密密麻麻，其实细看都非常简单。曹飞把它当作了一份"网络游戏偏好类型"调查问卷，在选择题材、风格等选项之后，再添上自己的个性设定即可——只不过"筑梦体验"个性化设定的自由度更高，体验者可以无拘无束，进行天马行空的补充、删改。

填完筑梦意向表，助手机器人便帮曹飞上传系统。在等待结果的空档，曹飞环顾四周，发现其他体验者竟然已经早早上传完毕。

他们的资料都摆在机器显示屏旁，曹飞扫了一眼，大致了解了他们的身份信息。

入选"筑梦体验官"的共有五人，包含曹飞在内有两名大学生，其他三人分别是小说作家、职业电竞选手和公司职员。此刻的他们，看上去已经迫不及待。

另外一名大学生双手插在裤袋里，一只脚无意识地快速敲打着地面。小说家双手抱在胸前，视线牢牢锁定在屏幕上，眼镜镜片上反射着显示器的白光。电竞选手双手交叉握在身前,大拇指不断摩挲着。公司职员一只手伏在机器上,面无表情地用另一只手扯了扯领带,莫名让曹飞联想到了复印室里,工作人员焦躁地拍打老旧打印机的画面。

"嘀"的一声,提示音响起,大家终于收到了系统给出的推荐世界。让曹飞惊讶的是,其他四人很快就做出了选择,几乎没有片刻犹豫。

"系统经过判断后,给出的真是最符合体验者喜好的推荐?"带着疑惑,曹飞不动声色地偷瞄其他人的屏幕。那名大学生选择了西幻魔法,小说家选择了古代宫廷,电竞选手选择了蒸汽朋克,公司职员选择了玄幻修仙。

曹飞摸摸鼻子,目光回到了自己的屏幕上。他的手指还悬在屏幕上方,迟迟按不下去"确认"键——手指下的系统推荐位置,显示着四个大字:青春校园。

迟疑间,杨鑫来到了曹飞跟前,他侧过身,面向其他四人说道:"既然大家已经选择完毕,就请在体验合约上签字并按下手印,然后跟随各位的专属机器人助手前往实验室。"

大家撤离得很快。在会议室里只剩下杨鑫和自己后,曹飞才挠挠头,嘟囔道:"我这恰值青春,正在享受校园时光,怎么系统还给我推荐校园体验?"

"或许你并不了解你自己。"杨鑫的语气还挺很认真。

"你倒是对系统的判断非常信任。"曹飞撇撇嘴,后半句话被他的理智塞了回去——就像盲目信任孙博士一样。

杨鑫安慰般拍拍他的背:"走吧,既然选不出来,我带你去看看别人的世界。"

曹飞放下手里的意向表,立刻转身跟了上去:"还能进入别人的世界?"

"当然,只要对方同意对外开放通道。"

"后续是会开发世界间的互动吗?"曹飞三脚两步和杨鑫并排走在了一起,"或者合并世界,成为一个整体?"

"会。"杨鑫把手伸到他面前,摊开掌心,里面是一个核桃大的镜面魔方,外观和会议室里的雕塑一模一样,"就像这个魔方,每一块看似位置不同,互不相通,其实每一次转动,都会让块与块之间产生联系。而无论魔方变成什么样的形状，它都能还原成一个整体。"

"每一块就代表一个梦想世界？"

"可以这样理解。"

曹飞夹起那个魔方，两指一转，竟然真的拧动了它。他又把玩了一阵，便发现自己还原不了这玩意儿了，于是赶紧把魔方塞回了杨鑫的西装口袋里。

"一会儿我们去别人的世界围观，对方能看到我们吗？"

"当然是可以看到的。"杨鑫回答说，"不过不用担心，在别人的世界里，我们不过是路过的NPC，不会引起注意。"

曹飞表示期待："有意思，每个人都是主角，每个人又都扮演着NPC。"

杨鑫在实验室门口停下，回头朝他一笑："我们所处的现实世界，不也是这样吗？"

三

曹飞被机器人助手按在实验室躺椅上剃掉头发的时候，还妄图做最后的挣扎："杨鑫你不是要和我一起去吗？为什么你不需要剃头？"

杨鑫俯下身子，在他耳边忍着笑低声说："确实和你一起去，还能二十四小时全方位陪同，比你呼叫专属机器人助手还迅捷。"

"什么意思？"

"'杨鑫'去。"

曹飞立刻明白过来，和他一起进入体验活动的不是人类杨鑫，而是机器人杨鑫。机器人杨鑫是真正的数字生命，可以在那边自由活动，可能他还拥有足够高的权限，能够任意穿梭。

"之前也没说要剃头啊……"曹飞哀号，像即将被凌迟的章鱼，十根指头吸紧了躺椅扶手，掐得指甲盖都泛白了。

"合约上白纸黑字写着呢。"杨鑫的眼睛都眯成一条缝了，"为了保证意识传输的稳定性，最大限度地模拟真实感，体验者将剃光毛发，进入实验舱进行体验。"

"实验舱？"曹飞扭头看向一旁的金属"方形柜","可以直说吗？它像一口棺材……"

"为了保证体验活动不受干扰，里面确实和棺材一样封闭，不会有任何光线刺激。"杨鑫的指尖在实验舱上轻轻弹动，在实验舱的金属表面敲出了愉悦的清响，"放心，氧气和营养液，管够。"

见曹飞依然哭丧着脸，杨鑫劝道："不过是剃个头，想想待遇，值得的。"

曹飞咬紧了牙槽，终于心一横，眼一闭："剃！"

"清清爽爽"地爬进实验舱时，曹飞的头上贴满了电极片。实验舱里装着透明液体，有些黏腻，他做了一次深呼吸，闭上眼，想象自己是献给河神的祭品，慢慢躺了进去。

再次睁开眼，曹飞发现自己坐在一张木桌前。

这是一家古朴的小酒馆，斑驳的墙壁上挂满了褪色的卷轴和昏暗的蓝色灯笼。此刻酒馆内客人不多，稀稀拉拉的身影倒映在吧台琳琅满目的玻璃器皿上。大多数客人围坐在椭圆形的吧台旁，他们穿着奇装异服，长相怪异，好在没人留意角落这边的曹飞。

视线和一对诡异的绿色眼珠碰到一起，曹飞连忙埋下头，没再对那些野兽模样的绿皮大块头进行无礼的打量。

昏暗的灯光下，木制桌面上的划痕和斑点清晰可见，而桌角的木纹已经磨损得看不太确切了。曹飞伸手摩挲起桌角边缘的破旧处，粗糙的手感朴素而真实，岁月的气息通过指尖传递过来，让他内心涌出无尽惊异和激动。

太可怕了。曹飞惊叹，这个世界简直让人分不清虚拟和现实。

他面前还摆着一个厚重的玻璃杯，里面倒满了深黄色的啤酒。曹飞好奇地端起杯子，沉甸甸的重量让他胳膊一晃，淡黄色的啤酒泡沫便随着摇晃流动，在杯壁上留下一道白色的痕迹。

由于不怎么喝酒，曹飞只敢浅浅抿了点啤酒泡。细腻绵密的气泡带着麦芽的清香在口中绵延，像极了夏日午后的气息。

"味道怎么样？"头顶上传来熟悉的声音，曹飞抬头一看，就见杨鑫穿着一身宽大的深紫色长袍来到他身边坐下，用修长的手指摘下鹿皮巫师帽，随意放到了桌上，"还是第一次见你喝酒。"

见到杨鑫，曹飞紧绷的神经一下子松弛下来，悬着的心也有了着落，他放心地抿了一大口啤酒："大一了，成年了，能喝了。"

杨鑫笑起来："别喝多了，在这里也是会醉的。"

曹飞放下啤酒，拿起桌上的帽子，用指甲挠挠帽前那颗核桃大的水晶球："你这身行头挺酷啊？魔法师？"

杨鑫指指自己，再指指曹飞："我们都是。"

鹿皮巫师帽的手感很好，帽子后面用银色的金属丝编制了帽带，内面光滑柔软，仔细些还能看到星辰图案的暗纹。

曹飞爱不释手："为什么我没有巫师帽？"

杨鑫忍住笑："如果我没看错的话，你的帽子被你坐在屁股底下。"

曹飞闻言立刻弹起来，那顶皱巴巴的棕色皮帽果然摊在那里。

杨鑫手指一动，曹飞的帽子便摇摇晃晃地浮了起来，原本皱巴巴的皮帽像被灌入了滋润的春水，逐渐变得平整，富有光泽。

"鑫哥，教我！"曹飞激动地抓住杨鑫的袖口。

"你先尝试接通和谷雨的连接，它会给你载入世界信息。"

"好！"曹飞很快和谷雨取得了联系。

"鑫哥，我觉得还没正式开始，我就已经沉迷虚拟世界了。"

杨鑫笑出声："走吧，冒险去！"

"这是公司的一个筑梦师设计的开放世界。"杨鑫领着曹飞离开酒馆，沿着逼仄的碎石小道往外走，空气中依稀还能闻到麦芽香，"他偏好魔法元素，最中意的情节是勇者斗恶龙。"

不多时，他们到了碎石小道的尽头，拐过一个弯，曹飞的视野豁然开朗。巨大的喷泉旁环绕着盛开的鲜花，木制推车上堆放着新鲜的蔬果，来来往往的行人着装正常，一派西方童话故事中祥和小镇的模样。

"这个时候应该出现一位苦恼的居民，等我们上前询问他就派发一个任务，让我们寻找丢失的物品或者走失的孩子。接着咱们一路顺藤摸瓜，披荆斩棘，战胜重重困难，最终得到恶龙的坐标。"曹飞说。

"那也太网游了。"杨鑫笑着摇头，"你必须把这里的一切当成真实的存在，他们在这里真实地活着，过着他们的生活，而不是纯粹为体验者提供剧情。"

杨鑫走到喷泉前，浅嗅着花香："从某种意义上来说，他们和我是一样的。"

"你设计过你想要的世界吗？"曹飞突然问，"我记得你说过，你很想知道杨叔饭菜的味道……你有没有想过在这里建一所新乡小学，一个和杨叔、可可生活在一起的地方？"

杨鑫沉默一阵，最终无奈扯起一个笑容："没有。"

"为什么不试试？我真觉得这个想法不错，可可和杨叔来 S 市之后，新乡小学可就没了，你在这里把它保存下来也挺好！"

杨鑫的嘴唇动了动，却一个字也没说。

曹飞继续构想着："你再把世界开放，邀请杨叔和可可来玩——甚至可以邀请我，还有人类杨鑫来……我们可以和以前一样鼓捣机器人，研究芯片，去山上搞实验，简直不要太美好！"

在曹飞兴致勃勃的描述中，杨鑫却低垂下脑袋，大半边脸都躲入了帽檐的阴影里。

"'人类杨鑫'……曹飞，你觉得我是杨鑫吗？"

曹飞被这奇怪的问题打断了畅想，不满道："废话，你不是杨鑫，还能是谁？"

"一个共享了杨鑫几年记忆的机器人，一个没有过去、没有未来的数字生命……我也不知道自己是谁。"杨鑫的声音从巫师帽下传出来，有些沉闷。

"你在瞎想些什么东西，我不太明白你的意思，你明明就是杨鑫啊！"

杨鑫叹了口气，然后说："我在现实世界只是一台机器人管家，曹飞。我建不了自己的世界。"

曹飞不解："就算你建不了，你让杨鑫……'人类杨鑫'去建啊，他看上去在 SYY 混得挺不错。"

躯　壳

曹飞没等到杨鑫的回答。他的话音刚落，一声震耳欲聋的咆哮就在小镇上空炸响，大地和房屋一齐震颤，接着巨大的黑影笼罩在众人头顶，遮天蔽日。

"是恶龙！恶龙来了！"四周爆发出此起彼伏的尖叫声，居民们开始逃窜躲藏，摊车接连翻倒，蔬果滚落一地。原本繁华的街道、热闹的商区、温馨的店面，瞬间弥漫着恐慌和哭喊。

杨鑫很快做出了反应——他面前不知何时悬浮起一本魔法书，书页正疾速翻动。那件不起眼的深紫色巫师袍上，符文开始闪烁，无形的魔法元素被唤醒，在他周围连接成变幻的星空图。

曹飞在脑海里搜索了好半天词句，最终只能干巴巴地这样描述眼前的场景：中二，但是好燃。

随着魔法书停止翻动，杨鑫开始吟唱咒语。不同于他平时说话的爽朗嗓音，此刻的吟唱声像是空灵的低语，仿佛晨光熹微时，听到森林深处传来的那声悠远的鹿鸣。

空气不断震动，星空图逐渐凝聚成型，越升越高，形成了一层蓝色的魔法屏障，将小镇笼罩在内。

恶龙见状，立刻从口中喷出一道道炫目的火焰，在魔法屏障上炸开一股股烟雾。

杨鑫皱起眉，吟唱的声音愈发高昂。

正在曹飞着急自己是否该做点什么的时候，他忽然听到了谷雨的声音："体验官曹飞先生，您可以使用元素魔法，对恶龙进行攻击。"

曹飞依言心念一动，默念咒语，立刻召唤出几道风刃，打断了恶龙对屏障的攻击。其中一道风刃被恶龙避开后，直接劈开了瞭望塔的屋顶，曹飞暗自惊叹其恐怖的杀伤力。

就在这时，曹飞注意到瞭望台上有一个人影。他背着长枪，别着宝剑，瞄准时机，从瞭望台上飞快跳上了恶龙的背脊。不适感让恶龙开始扭动，像一条巨大的肉绳"嘭嘭"地敲击着屏障。

没过多久，曹飞便见那个男人爬上了恶龙的头顶。在恶龙奋力挣扎间，他把宝剑深深地插到恶龙身上，从而稳住自己的身形，然后单手高举长枪，狠狠刺入了恶龙的眼睛。

撕心裂肺的惨叫声让曹飞不忍再看。勇士屠杀恶龙，画面还挺残忍。

"这位勇士就是我说的那个筑梦师。"杨鑫停止了吟唱，不过他并没有撤去魔法屏障——勇士屠杀恶龙这场战斗还要持续一阵，恶龙沉重的身躯仍旧不断拍打在屏障上，发出巨大的闷响。

"很入戏，很投入。"曹飞点评道。他把倒在脚边的推车扶起来，还细心挑出了几个没被踩坏的水果放了上去。

杨鑫说："他没有保留现实世界的记忆，而是选择了完全沉浸式体验。"

"完全沉浸？"

"对，不同于'半沉浸'这样'网游式'的体验。'完全沉浸'是忘记一切，真真正正成为这个世界的人物，脱离现实世界角色身份的认知限制，完完全全以新的身份在这里体验生活。"

"还能这样？"曹飞瞪大眼，"这里那么真实，不是很容易彻底迷失吗？"

"不会，设定好体验时间，专属机器人助手会唤醒你的。"

曹飞还是莫名起了一层鸡皮疙瘩："我们这批体验官……也必须以'完全沉浸'模式参加体验活动吗？"

"当然。"

曹飞讪笑："我现在反悔还来得及吗？"

杨鑫收好魔法书，将帽檐向上拨了拨，半眯着眼看向那边的战斗："暂时忘掉现实世界的不快，体验全新的人生，有什么值得害怕的？既然人类终将进入数字生命时代，那么抛开现实世界沉重的枷锁，有什么不好？"

"怎么说呢……"曹飞抓耳挠腮。

"在这里，人人平等，无论是男人、女人、老人、小孩，无论你是健康还是残疾、富贵或是贫穷，甚至不同肤色，不同种族，不同信仰，都能平等地成为勇士，去战胜强大的恶龙，赢得属于英雄的荣耀。"

杨鑫的脸上又挂起浅笑："平等，公平，自由。多好。"

四

　　结束初次体验活动之后，曹飞被谷雨告知，下一次体验他将开启"完全沉浸"模式。

　　"才过去不到两个小时？"曹飞抬头看到墙上的时钟，惊讶道，"我以为至少过去了整整一天。"

　　谷雨耐心解释："在实验舱里确实会影响您的时间知觉。"

　　曹飞点点头："就像晚上做梦一样。"

　　"您选好想要去的世界了吗？"谷雨问。

　　"还没有……"曹飞从湿漉漉的实验舱爬出来后，就去洗浴间冲洗了一下，头上还挂着水珠，看上去可怜兮兮，"谷雨姐姐，我想咨询一下，这个活动的违约金是多少？"

　　"三倍哦。"

　　谷雨的声音很平静，曹飞的心情很不平静。

　　"哦，我就只是问问。"曹飞抹了一把脸，"杨鑫呢？"

　　"杨鑫先生正在开会，预计晚上八点结束。需要帮您预约见面吗？"

　　"不用。"曹飞摆摆手，"公司的人你都能预约？'筑梦计划'团队里的高睿，你能预约到吗？"

　　"请稍候。"

　　几秒后，谷雨抱歉地告诉曹飞："高睿先生已经下班了。"

　　"……行。"

　　曹飞快速收拾好自己的东西，一出公司大门就立刻联系高睿。高睿那边秒接："我在停车场等你半个小时了，快来！"

　　曹飞转身就朝电梯冲过去，在最后一刻挤进电梯门，刚好碰见"体验官"里那位小说家和公司职员，于是曹飞礼貌地笑笑，算是打了招呼。

　　"……所以说，我已经迫不及待想进行'完全沉浸'体验了。"公司职员继续和小说家交谈，"终日受气的加班生活，枯燥烦闷的家庭琐事……老人小孩真是压在身上的大山，快让我喘不过气来。"

小说家点头："辗转轮回，众生皆苦。你去修仙世界斩断尘缘，探求天道，超脱物外，避世修行，倒也是得一方净土，得以喘息。"

公司职员笑起来："你去一趟古代宫廷，讲话都变得文绉绉了。"

小说家也跟着笑起来："可不是嘛！"

"你该说，'正是、正是'。"

"惭愧、惭愧！"

"叮"，电梯到了负二楼，曹飞向他们微笑告别，朝在不远处吸烟的高睿走了过去。

"那两个人好像也是体验官？"等曹飞走近，高睿问道。

"是。"曹飞点头，"他们对体验很满意的样子，非常期待下一次的完全沉浸体验。"

高睿掐灭了烟头："噢，我也喜欢完全沉浸体验。"

"为什么？"

"更真实啊，能抛开一切，完全融入进去。"高睿理了理衬衣，"你下次体验过就知道了。"

曹飞迟疑地说出了自己的担忧："睿哥，我总觉得不安心……忘记了现实中的一切，我担心……容易迷失在虚拟世界里。"

"你怎么还是老样子，又怂又纠结。"高睿笑他，"专属机器人助手会唤醒你的，别怕。"

"虽然杨鑫也这样说，但……但是……"然而曹飞"但是"了半天，也说不出个所以然来。或许他就是不放心把一些重要事项的控制权交给别人。

高睿推搡着他往车那边走："行了行了，当初你主动报名申请，我还劝你来着……好奇心比谁都大，胆子比耗子还小。"

曹飞叹气："我这不就自食恶果了吗？"

"'恶果'？哪有那么可怕。"高睿说，"你难道就没有那种，现实里无法实现的梦想吗？"

"当然有。多了去了。"

"那不就行了，你就当去圆一次梦。"

"就不怕沉溺在梦境啊？"

"不怕。我当时测试的时候，梦太离谱，机器人助手还没来得及提醒我，我就自己醒了。"高睿把曹飞塞进车里，"我们普通人，从来没拥有过那么多好东西，只会觉得不真实。你小子比我还路人甲，说不准在美梦里醒得更快。"

曹飞一边系安全带，一边伸着脑袋问："你那什么梦，竟然虚幻到自己都不信的地步？"

"我成了第一战神，全世界女神们排着队说要嫁给我。"

"活该你提前醒！"

高睿放声大笑，过了一阵突然没头没尾道："她一表白，我心里反倒涌出一阵悲伤来，像泡胀的烂橙子，甜腻和腐臭交织在一起，让我难过得想哭。"

第二周周末，曹飞又来到了SYY公司，通往"完全沉浸式筑梦体验"实验室的路，对曹飞来说像悬崖峭壁，异常陡峭。他龟速挪着步子，几百米的路硬是磨了半个小时。

到了公司正门外的绿化广场，曹飞仍踌躇不前，忽地想起自己还没吃早饭，他立刻喜极望外，步履轻快地走向旁边的咖啡店。

遗憾的是，咖啡店效率极高，曹飞拿着三明治走回原来的位置，不过才磨掉了六分钟。就在曹飞长叹一口气，决定认命的时候，一辆黑色的商务车停在不远处的街边，孙博士从车上下来，神色温和地回头对着车里一笑。

不知道车里的人说了什么，孙博士忽然皱眉，又探身进去，好一会儿才重新站直身体。曹飞注意到，孙博士出来的时候趔趄了一下，他的膝盖好像受了伤，不太能弯曲。

曹飞的好奇心再次踩着怂和理智上了位，他不动声色地沿着街道继续前行，同时眼角的余光不断瞟向车内。

孙博士抱着双臂，还在听里面的人说些什么。

曹飞不敢离得太近，听不到他们的谈话内容，好在他绝佳的视力发挥了作用——车里人的脸虽然被挡住了，但是从穿着和体型上看，应该是个未成年的学生，穿着校服，瘦瘦小小。

孙博士已经五十多岁，因此曹飞推断，车里面的人应该是他的孙儿。

观察着孙博士的表情，曹飞原本的怀疑有些动摇。看孙博士一脸慈爱的模样，他对这个孙儿非常喜爱，应该舍不得让自己"机械飞升"，成为数字生命，失去这份真实的天伦之乐。

没多久，孙博士朝车内挥挥手，关上车门，转身走向了 SYY 公司大门。那辆黑色商务车融进车流中，很快消失在曹飞的视线里。

没什么特别的发现，曹飞绕了一圈回来，从侧门进了 SYY 公司大楼。

他的眼皮直跳。他将要经历一次全新的人生体验，只希望这场体验不要太糟。

五

窗外的黑夜星星点点，像挂在墙上的巨幅画卷。

教室里灯光柔和，照在学生的头顶上，照在桌角垒成小山的书册上，照在笔尖沙沙划过的试卷上。

曹飞的右手藏在校服衣袖里，正紧紧捏着一个纸团。

他神色自然地看了一眼讲台。在"倒计时 132 天"的白色粉笔字下，上了年纪的班主任已经开始打瞌睡，脑袋一点一点，鼻腔里发出轻微的鼾声。

纸团在一片后脑勺上方划出一道弧线，飞向了后面的角落。除了被砸中头的男生，没人看到它是从哪里起飞，又降落到了何处。

曹飞趴在课桌上，借着书山的遮挡，回头冲高睿挤眉弄眼。

高睿一边拿眼睛瞟着班主任，一边在桌下打开了纸团，看完之后会心一笑。他用那只握着笔的右手遮挡住咧开的嘴，左手搭在桌角，看似随意地比了个"OK"。

曹飞用一声咳嗽掩盖住快到喉咙口的笑声，调整了坐姿，随后将座椅一拉，坐得板板正正，装模作样思索起试卷上的题来。

班主任被这声清喉咙的响动惊醒，身体一弹，瞪大双眼，视线从滑落到鼻梁中间的眼镜上方扫射全班。

片刻后，清风虫鸣依旧，班主任换了个坐姿，再次浅浅睡去。晚自习下课铃一响，静谧的教学楼瞬间嘈杂起来。

曹飞第一个蹦起来，径直冲向教室后方，嘴里叫道："睿哥，冲！"

高睿把笔往抽屉里一扔，眨眼间校服就脱在了手里："飞哥牛哇！冲！"

"最后一题做出来没有？"

"我能和你一样？我必须做出来了！"

曹飞伸手夺过高睿的校服，捏在手里甩成长鞭："我太久没揍你，让你愈发放肆，竟敢僭越了！"

高睿扭身窜出教室："你可别皮，我害怕！"

曹飞紧随其后，校服转成了风火轮，一路尘土飞扬。

二人追追打打来到校门口，曹飞突然两脚刹车，直往路过的同学身后躲。

高睿扫一眼校门外影影绰绰的人影，大笑："不就是爸爸来了，儿子躲什么躲？"

话音未落，曹飞就被一只大手揪住了衣领，老曹用烟嗓哑着喉咙骂他："见你爹就躲，又干了什么亏心事？"

高睿忙说："姨父息怒，物理最后一道大题，曹飞又交了白板！"

曹飞一脚踢向高睿，未命中。

老曹捏住曹飞的脖颈，像拎起一只幼猫："踢什么踢，学习你不行，闹事总有你！"

曹飞挣开他的手，揉着脖子翻白眼："都说了我和你犯冲，方圆百里只要有你在，我铁定脑子糨糊，除了交白板我还能怎样？"

"照你这话，我背井离乡，你就能开窍了？"

曹飞大方地摆摆手："那也不必，放学别来接我，我就能脱胎换骨。"

老曹拧住他脑袋就往校门外走："'脱胎换骨'？我看你是想'金蝉脱壳'，趁机作妖！"

高睿屁颠屁颠跟在后头，幸灾乐祸地拍着马屁："姨父英明！"

曹飞挣扎着大喊："哪有高中生还天天让家长接放学的，你不羞我羞！"

高睿连忙捂住他的嘴，然后推着老曹往烧烤摊的方向走："不羞的，不羞的，父爱如山，父爱如串，父爱就是晚上加餐，父爱就是孜然郡肝。"

"绝交！绝交！"曹飞张嘴去咬他手。

高睿跳到老板身边开始点菜："绝交就绝交，我高睿最重亲情，没有朋友，只有姨父。"

老曹把烤得油滋滋的羊肉串塞到曹飞手里，又端来蘸碟、空碗、牙签、豆奶，把他面前的桌子摆得满满当当。

老板忙得脚不沾地，老曹忙得臀不沾凳。老板烤完一把递过来，老曹立马挑出里头曹飞喜欢的串，整整齐齐摆在盘里，签子屁股都朝着曹飞。

高睿啃着鸡爪"呜呜"直哭："溺爱，绝对的溺爱！姨父你是装都不装了！"

老曹端着豆奶和高睿的鸡爪碰杯："自家人，就是要真实！"

曹飞打了一个饱嗝，拿纸巾擦着嘴说："老曹，你咋就不出个差什么的？你们公司维修部不是老要外出干活吗？"

"我出差了，你想累死你妈？"老曹一巴掌呼向曹飞后脑勺，好在理智尚存，最后收了内力，"你这货有多不省心，你自个儿心里没数吗？"

曹飞"嘁"了一声，埋头啃串，眼睛一弯，眯成了线。

第二天物理试卷发下来，曹飞的分数果然很惨烈。

高睿把他的试卷前前后后扫了一遍，安慰说："还有一百多天，不餍饫以终日，不弃功于寸阴！破釜沉舟，还能一搏！"

曹飞夺回试卷，径直往老师办公室方向走："等我去打个补丁，修复一下系统，下次展示真正的实力！"

高睿伸手轻抚着不存在的胡须："孺子可教。"

下午的课，易困。

曹飞埋在书堆里呼呼大睡，高睿把中性笔转成圆盘，眼睛跃过窗户，看向操场上上体育课的学生。

忽然，高睿的笔飞了出去，啪的一声打在斜前方的课桌腿上，然后骨碌碌滚落在地，躺在了离他两排远的位置。

语文老师在过道里边走边评讲试卷，他面无表情地瞄了一眼地面，抬脚将笔踢到高睿脚边，转身继续念参考答案。路过曹飞身边的时候，他弯起手指敲敲桌面："做笔记！"

高睿没去捡笔，他还看着窗外，像一尊石化的雕塑。不知又看到了什么，他瞪圆了眼，嘴巴微张，身体朝窗户方向探去，不自觉间甚至都快要站起来。

一下课，高睿立刻捞起沉睡的曹飞，拉着他就往操场跑。

曹飞睡眼惺忪，手软脚软，下楼梯的时候险些滚下去。他索性一屁股坐下，两手抓住栏杆抗议："睿哥慢点，你这是发什么疯？"

高睿神色焦急，又去拉他："操场外面那个墙，出现灵异事件了！"

"什么灵异事件？"

"刚才上课的时候，学校外面卖小吃的就开始摆摊了……"

曹飞恍然大悟："你饿了？"

"不是！你别打断我！"高睿瞪他，"有个烤冷面摊你记得吗？就在围墙外，贴着墙角卖的那家！"

曹飞疑惑地点头。

"就在刚才，那个冷面摊穿墙而过！"

曹飞蒙了："啊？"

"那个摊子，直接从墙外穿了一大半进来，然后又飞快撤了出去！"高睿双眼放光，一脸亢奋，"我早看出那个老板不一般，他肯定有什么特异功能，说不定是大隐隐于世的高人……"

曹飞的神色终于变得严肃，他放开楼梯栏杆，坐直身体，静静看着高睿。

"穿墙术啊！飞哥！"高睿拍着大腿，手舞足蹈，"物理课上老头儿吹过那啥……量子隧穿？微观粒子有一定概率'穿墙而过'？是不是被咱遇上了？"

"当量子波遇到'势垒'的时候，虽然其振幅将会呈指数级下降，但在

'势垒'另一侧的振幅却会有一定的概率不为零,这就意味着微观粒子有一定的概率直接'穿墙而过'。"

"对对!"

"但烤冷面摊不是这样。"

"嗯?"

曹飞垂下头,叹了口气:"没什么,就是烤冷面摊穿模了,碰撞检测算法bug。"

这次换高睿蒙了:"穿什么?什么鬼?"

曹飞抬起眼皮,看向眼前长相稚嫩的"学生高睿",问:"以前我们讨论数字生命的时候,你还记得自己怎么说的吗?"

曹飞话题跳得太快,高睿有点跟不上。见他绞尽脑汁也回忆不起来,曹飞帮他回答道:"数字生命,必不可能。"

高睿茫然地看着他:"对……对啊,数字生命……听着就不靠谱啊?"

"通过记录神经元连接,大脑结构快照已经实现记忆储存了。"曹飞说,"脑机接口也实现了长期脑波交互,能记录下来各种意识活动对应的大脑活动模式……"

高睿终于跟上了节奏:"那意识怎么产生?"

"大脑结构快照加上记录神经活动规律的全脑仿真。"

"意识是信息活动,又不是信息。信息当然可以传输,但是信息活动不可能传输,怎么模拟都不可能……而且这样模拟下的思维活动基于什么?"

"数据库。"

"基于数据库的'思维活动'?那还算是这个人的意识吗?"

曹飞笑了:"问得好,基于数据库的'思维活动',还算这个人的意识吗?"

"曹飞,你到底在说什么啊?"高睿彻底抓狂。

曹飞神色平静,又换了一个话题:"高睿,你大我几岁来着?"

高睿想也不想,脱口而出:"五岁啊!"

"那我们怎么会同班?你这是留级了五年?"

高睿呆住了，不久后，他的脸开始抽搐，周围的一切画面像遭遇故障一样卡顿起来，开始变得不连贯。

曹飞耳边猛地响起谷雨的警告声："警告！警告！曹飞先生！请不要恶意破坏当下世界的稳定！"

"算力还要加强。"曹飞耸耸肩，看来让虚拟世界的"人"知道自己并非真实存在，会影响虚拟世界的稳定。

此刻曹飞的心情有点复杂。这几天他确实过上了梦寐以求的中学生活，但假的就是假的，一场虚幻，一场美梦，就像宿醉一样，醒来之后，感觉更难受。

他心里果然涌出一股难以言喻的悲伤来，像极了高睿描述的烂橙子味。

看，重来一次，自己依然不会好好读书，进了高中也白搭。

看，重来一次，不用当实践生到处跑维修，他还是没什么朋友。

看，重来一次，老曹不再长期在外奔波，每天守着自己，但自己仍旧是个祸头子，山鸡变不成凤凰。

曹飞不禁想，虚拟世界有什么好，还不如过好当下。

在虚拟世界，人的贪念会越来越多；在现实世界，他只需要越来越好。

六

从实验室出来，曹飞径直向杨鑫的办公室走去。

他先前答应杨鑫，去他那儿帮忙搬家。杨校长和杨可可来了S市，杨鑫原先租的套间住不下，于是杨鑫在杨可可学校附近重新租了一套房子，安排在这个周末搬过去。

路过高睿办公室的时候，本着多一个人，多一份力的原则，曹飞顺道向他发出了邀请。

"不去，大好周末，哥要相亲。"高睿回绝。

曹飞先是震惊，再是欣慰："睿哥，你终于想通了？"

"不能因为错误的人,放弃我的浩瀚森林。"

"说得对,睿哥!挥别前尘,向前走,别回头!"高睿把他关在了门外头。

杨鑫一个人在办公室里处理工作,曹飞大摇大摆走进去,然后坐在沙发上等待。

杨鑫问:"今天的体验活动还顺利吗?"曹飞想了想,选择丧着一张脸摇头。

见曹飞萎靡不振的模样,杨鑫不禁好奇:"'青春校园'不是应该热血沸腾吗?你这什么情况?"

曹飞瘫倒在办公室沙发上:"你再去高三'头悬梁锥刺股'吃几天苦试试?"

杨鑫笑出声。

"大家怀念学生时代,是怀念当初纯粹的环境,纯粹的人,以及纯粹的自己……"曹飞说,"不是怀念六点起床,每天考试。"

"你这次不是完全沉浸体验模式吗?完全融入十七岁的自己,还不够纯粹?"

"对我来说,最纯粹的青春岁月,就是满地图跑维修那时候。"曹飞感叹,"派给我的单子都是偏远地区,我漫山遍野地跑,把车速调到最快,眼睛里只有太阳,耳朵里只有风。"

他翻身坐起来,看着杨鑫无奈摊手:"我脑子里压根儿就没有'青春校园'的模型……可能曾经确实羡慕过考上高中的同学,但是我的快乐不在校园里,所以我在'体验世界'里很快就醒来了。"

"原来如此。"杨鑫了然。

"而且在那儿,高睿竟然变成了我的高中同学!"曹飞又好气又好笑,"这不扯吗?他明明高我五届!"

"我看资料上写,你初中是寄宿在他家里?"

"是啊,我爸常年在外,我妈身体又不好。上了初中,我就借住到他家里去了……高睿那时候都出去念大学了。"

"可能因为找不到你高中同学的蓝本,系统就自行做了这样的改动吧。"

"还不如安排你当我同学。"曹飞撇撇嘴,"那三年,和我打交道最多的就是你。"

"年龄也差太多了吧?"杨鑫笑着摇头,"那不得是位复读十年、屡战屡败的老秀才?"

曹飞哈哈大笑。

"再告诉你一个好消息。"杨鑫把面前的电脑屏幕转向曹飞,"公司对'筑梦计划'有些调整,下一次体验时间等公司通知,近两周应该不用来了。"

杨鑫家里要搬走的东西其实并不多,主要是杨鑫给杨可可添置的物品乱七八糟,挪动起来比较费事。杨鑫的"女儿奴"属性现在彻底爆发了:床换成杨可可喜欢的公主南瓜床;书房弄成童话屋;衣帽间改成玩具室,里面除了杨可可喜欢的玩偶,还要搭个"魔法树"衣架挂她的公主裙……

曹飞跟杨鑫一起把崭新的电钢琴组装完毕,再"哼哧哼哧"把它摆放到合适的位置后,终于腾出手擦了把汗,问:"可可还会弹钢琴?"

"不会。"杨鑫说,"我看公司里同事家孩子都在学乐器,想着可可应该也需要,就提前备一台。"

曹飞无言以对,只能感叹 SYY 公司待遇够好,让一向节省的杨鑫有了资本可劲造。

杨校长上了年纪,身体也不复从前,杨鑫担心他累着,让他到房间里休息,他说什么都不愿意,两人陷入了僵持。

曹飞拿手指戳戳钢琴键,弹了三个"哆",问:"我们今天的午饭怎么安排?出去吃还是在家吃?"

杨校长立马说:"当然是在家里吃,我这就去买菜。"怕杨鑫又阻拦他,他三步并作两步往门外走,在玄关换鞋的时候,还一边扶住门框,一边细细碎碎地说道,"周围商场、超市、菜市场我全摸熟了,今天应该还有特价,中午我给你们烧个鱼……"

杨鑫和曹飞相视一笑。

收拾得差不多之后,曹飞和杨鑫坐在沙发上等开饭。

杨可可扎着马尾,穿着背带裙,正在书房里和玩偶们玩过家家,台词说得很溜。她植入芯片后变得开朗大方了许多，看到曹飞的时候，她笑容明媚，还主动打了招呼。

曹飞问："可可对新学校还适应吗？"

"还行，她说交到了新朋友。"一提到杨可可，杨鑫的眼神立马柔和得泛起涟漪，"昨天还一直念叨，今年生日要邀请同学来家里做客。"

曹飞一拍脑门："可可生日是几月来着？好像就是下个月？"

"对，五月底。"

"必须安排出去玩儿啊！"曹飞说，"可可那么喜欢旋转木马，游乐场不给安排一下子？"

"她一来S市就带她去过一趟了……"

"一次怎么够？"曹飞靠着沙发仰直身子，探头冲书房那边扯起嗓子大声问："可可！还想去游乐园玩儿吗？"

那边立刻响起杨可可兴奋的回应："想！还想去！"

曹飞冲杨鑫挑挑眉："看吧，没有哪个小孩儿去一次游乐园就满足的。"

杨鑫一脸看穿他的模样："行，到时候带你一块儿去。"

曹飞咧嘴："就等你这句话呢！"

杨鑫拍拍曹飞的背："有时候都差点儿忘了，你其实也就是个半大的孩子。"

"那可不，我来S市这么久了，都没去过一次游乐园。"曹飞换上可怜巴巴的表情，"老早就想玩过山车了，一直没机会。"

"以前没玩过？"

"没，我们家那边的小县城根本没有……再说我妈身体不好，怎么可能带我玩那么刺激的项目，我爸又总在外头。"

杨鑫点头："我长这么大，也没玩过过山车，下个月我们一起去。"

从杨鑫家离开的时候，天已经黑了下来，路上行人不多，曹飞一边跟父母视频，一边往出租屋走。

母亲絮絮叨叨地提醒曹飞注意天气变化，事无巨细地问着他的饮食起居。老曹打断她的话头，捂着耳朵说："哎呀！我在旁边听着都觉得啰唆！"

母亲不好意思地笑笑，又问曹飞："你还在做那份兼职的工作吗？小睿告诉我们,你晚上加班到好晚……还是别做了,先好好读书!"

老曹也连连点头:"供你读个书,爸妈还是没压力的。"

"上周就辞了……你们放心,我不是有全能芯片嘛,每天睡足了八小时的,精神好得很。"

老曹板着脸叮嘱:"你现在的首要任务是学习,不是挣钱!"

"我知道,放心啦……倒是你,什么时候回家了?"

"这不马上五一放假吗?我提前请了几天假先回家一趟,五一那几天带你妈来S市看看你。"

"好啊!"曹飞喜上眉梢。

"你现在还在租房子?没住宿舍?"

"嗯,之前晚班回来得晚,怕影响室友……现在我辞了兼职,可以回宿舍去,你们来刚好也有地方可以住。"曹飞咧着嘴直笑,"小是小了点儿,但是歇歇脚还是可以的。"

"行,到时候我们提前一天到,请你的几个室友吃个饭。"

"啊?请室友吃饭?"曹飞一愣。

"当然是要请的……你要和室友好好相处,互相照顾,他们是你要相伴四年的同窗伙伴。"

"哦……好。"

关了视频,曹飞刚好回到出租屋门口。他一边开门一边想,来S市上大学后,白天上课,晚上兼职,自己对这几个室友好像还真有点陌生。父母过来要约他们吃饭的话,还是得提前打个招呼。

在联系人列表里划拉了半天,曹飞总算找到了寝室群。就在点开对话框的瞬间,他的眼皮突然跳了一下。

七

深夜,曹飞满头大汗,眉头紧蹙,不断挣扎。他陷在了梦魇里,怎么也出不来。

梦里的那台黑色机器人仍然紧紧跟在他身后,他拼尽全力奔跑,却绝望地发现他和对方的距离越来越近,甚至他后颈的皮肤已经触碰到了带着寒意的钢铁。

空气仿佛凝固,让曹飞感到窒息。

机器人贴着他的后背,用嘈杂的机械音问:"曹飞,我在哪里?"

"曹飞,我是杨鑫吗?"

"曹飞……"

随着全身一震,曹飞气喘吁吁地从梦中惊醒,好像经历了一场灵魂撕裂,他的全身都在抽痛。

在黑暗中艰难地抹了一把汗,他的双手仍止不住颤抖,内心的恐慌像海浪不断上涌,丝毫没有退去的迹象。

突然通信器响起提示音,曹飞心脏一紧,立刻手忙脚乱去接,一个翻身,竟从床上滚落下来。

"呃,喂……"曹飞一边涩着嗓子接起来,一边摸索着想爬回床上。

"小曹,是我!"杨校长的语气听起来十分焦急。

"杨叔,怎么了?"

"杨……杨鑫他刚才晕倒,没……没呼吸了!"

"什么?"曹飞一下子跌坐回去,大脑一片空白,"没呼吸了?什么意思?"

"他刚才进了厨房,不知道怎么就倒了下去……我在房间里听到声响,连忙去看怎么回事,见他倒在那,就急急忙忙扶他起来……结……结果怎么叫都不醒……我急得去掐他人中,就发现他完全没气了……"还好杨校长没彻底乱了阵脚,叙述还算清晰。

"打120了吗?"

"打了……小曹,你……"

"我马上过来。"

这时曹飞总算摸到了卧室灯的开关,啪的一声,昏沉沉的灯光照亮了他惨白的脸。

就在曹飞快速换好衣服准备出门的时候，杨校长的电话又来了，他缓和了不少，告诉曹飞："杨鑫醒了！但是他说他没事，不肯去医院，还打去120说明了情况，让救护车不要来了……"

"爸，我来跟曹飞说吧。"通信器那头变成了杨鑫的声音，"曹飞，我没事……刚就是低血糖晕了一下，没老杨说得那么夸张。"

曹飞把衣服领口拉高，然后带上门，跨进了夜色里："杨叔说你刚才呼吸都停了，你别不当回事。"

"就是低血糖而已，没到停止呼吸那个程度。当时气息弱，加上老杨太慌，没探准确，结果闹了乌龙，整出这么大动静。"

听到曹飞这边的脚步声，杨鑫连忙劝他："你别来了，我真没事！"

曹飞速度不减，反而问他："是不是当时实验的后遗症？你后来还去医院做过详细体检吗？"

"在孙博士的实验室体检过，一切正常。我真的没事，你赶紧回去吧，大半夜的谁有工夫招呼你！"

"出都出来了，这大晚上的，你这样赶我像话吗？"曹飞抽抽鼻子，四月的夜晚还是有些凉，"如果你还有点儿良心，就赶紧熬点汤水等我来喝。要是家里真什么都没有，你带我出去撸个串儿那也不是不行。"

杨鑫似乎被他逗笑了："行，那就带你去撸串儿。你到楼下叫我。"

"嗯。"

冷空气灌进喉咙，让曹飞干咳了几声。他连忙抿紧嘴唇，抱起双手，弓着身子，埋头加速朝杨鑫家走去。

杨鑫跟着导航找到了一家烧烤店，巴掌大的店面，里面只容得下两桌人，外面摆了七八张小桌，大半夜竟然都坐得满满当当。两人到的时候刚好有一桌结账，于是杨鑫让曹飞坐下，自己去点串儿。

曹飞伸长脖子打量着店里头，笑了一声："这家店跟我和高睿经常去的那家挺像。"

杨鑫离得不远，听到之后便回应他："那家店在哪？早说你带路，我们直接就过去了。"

"没在 S 市。"曹飞收回视线坐好，开始摆放两个人的碗碟，"在家那边呢，太远了……特别远。"

杨鑫点完菜回来坐下，把两罐可乐往桌上一放："怎么，想家了？"

"想啊，怎么不想。"曹飞点头，"还是家好。"

杨鑫把可乐推过去："别感伤了，你爸妈不是说五一来看你？多幸福。"

"对。"曹飞说，"多难得，我爸竟然能提前请到假回家。"

"请个假有什么好奇怪的？"

"这么多年，他请假回来就三回，一回是我中考，另一回是我调到 S 市，还有一回是我高考。"

"现在有第四回了。你爸爱子心切，你就乐吧。"

"其实以前他总回不来，我也知道他是牵挂着我的。"曹飞"噗"的一声拉开可乐罐，带着独特碳酸味道的气体爆破在空气中，"距离并不能阻断人的情感。"

"现在距离拉近，不是更好吗？"杨鑫说。

"有点刻意。"

"刻意？什么意思？"

"太刻意了，心里渴求的愿望竟然一个接一个实现了……实在太虚幻了……"曹飞灌了一口可乐，又刺又麻，打了个激灵，"杨鑫，他们俩要来 S 市的事，我还没来得及告诉你，你怎么就提前知道了呢？"

杨鑫的手指僵在可乐罐的拉环上，一时没有吭声。

曹飞叹气："这两天，就像故事演绎到大结局一样……高睿终于迈向新生活；你和可可、老杨一家人团团圆圆，还顺道让我凑个热闹；我爸妈要来 S 市，我的生活重心回到学校，和室友似乎也即将熟悉起来……"

杨鑫放弃了那罐可乐，也叹了口气："怎么？美好得过头了？"

"那可不。"

"你这人倒是奇怪，越美好的东西你越是不信。"

曹飞思考了一阵，最后说："它美好得不真实啊……而且，虽然我是小人物，但是我拥有的东西，更好。"

"是吗？"杨鑫意义不明地笑了一声。

曹飞斩钉截铁："是。"

"好在哪里？"

"它是真实存在的。"

"真实存在"四个字让杨鑫瞬间冷下脸，他面无表情地问："你什么时候发现这里不是现实世界的？"

"具体我也说不上来，很多东西都给我微妙的违和感。"曹飞回答，"还有就是……另一个杨鑫，不见了。"

杨鑫皱眉。

"这个世界只有一个杨鑫，没有'机器人杨鑫'……或者说，似乎它和'人类杨鑫'合二为一了。"

杨鑫冷笑："这就是你梦想中的世界。"

"不，你别误会。"曹飞摇头，"这样说并不是我希望你消失，而是我的朋友'杨鑫'，自始至终只有一个。"

杨鑫狐疑地看着他。

"我经常想起杨校长那些话，会琢磨，如果没有曾经共同相处的记忆，究竟还算不算曾经那个人。"曹飞说，"现在我想明白了：人还是那个人，但是拥有记忆，才拥有我们彼此之间的联系，我们的关系才成立。"

见杨鑫疑惑，曹飞解释说："就像如今的'人类杨鑫'，他没有多少关于我的记忆，于我而言，他和平行时空的杨鑫没什么两样。他确实是杨鑫，我承认他，但是我们不熟——或许我们相处久一些也能建立友谊……但是你不同，你是我记忆里的朋友'杨鑫'，我们有三年情谊，对我来说，你才是我人生中那个熟悉的好兄弟。"

曹飞认真地说："所以在我构筑的世界里，只有一个杨鑫，不需要另一个躯壳存在，他就是你。而且，他只是你。"

杨鑫沉默许久，才缓缓道："系统为你构筑的这个世界……很美好，也是我向往的模样。"

"是啊。"曹飞环顾四周，不远处有高楼、有夜市、有行人，仔细看却像是蒙了一层雾，"要是真的就好了。"

话音刚落，曹飞身边的一切又开始卡顿，画面开始扭曲、错位。

杨鑫倍感遗憾："我看系统构筑的这个世界不错，才擅自违反规定顶替了'杨鑫'的数据，结果还没去体验一下，这里就给整崩了。"

曹飞笑起来："在'作死'这方面，咱哥俩不相上下！"

"曹飞，接下来系统会把我强制驱逐出去。"杨鑫话音未落，便从胳膊开始慢慢消失，"可能等下会出现一些系统 bug，你和谷雨保持联系，有什么情况它能告诉你怎么处理。在这里等我回来。"

"行。"曹飞朝他挥挥手。

很快，杨鑫的脸彻底消失不见，曹飞按照他的吩咐，开始尝试接通谷雨。

"抱歉，曹飞先生，请您耐心等候传输系统响应。"谷雨的声音断断续续，好像信号不佳。

"真搞出大 bug 了？"见这情形，曹飞突然有点担心消失的杨鑫，"情况很严重吗？杨鑫现在被传去哪儿了？"

谷雨那边却没了回应，无论曹飞怎么连接，谷雨都没有再跟他有任何互动。

又等了一阵，随着一阵刺耳的电流声传来，扭曲的画面中突然出现了一道黑漆漆的裂缝。

"杨鑫？你在那边吗？"

曹飞心里警铃大作，他知道，自己可能又会做出一些不明智的"作死"行为。

八

曹飞被闹钟叫醒的时候，阳光正从窗帘没拉严实的地方费力地挤进来，虚虚地扑在衣柜上。顾不上乱翘的头发和细碎的胡茬，曹飞对着镜子里那张方方正正的脸快速洗漱完毕，胡乱套上外套，叼上面包片，匆匆忙忙地出了门。

到公司开完会，一个上午又溜过去，他疲惫地瘫在休息室椅子上，接过机器人服务员冲好的咖啡。

"先生，建议您不要空腹喝咖啡。"机器人服务员说，它的胸前刻着公司标识，是一个被打乱的镜面魔方。

曹飞没回话，只用那双带了黑眼圈的眼睛打量着它。

公司的机器人服务员是最新的仿生款，面部模拟了人类的神经和肌肉，能做出非常逼真的微表情，它的瞳孔甚至还能随着程序设定的情绪变化进行缩放。

曹飞盯了它一阵，忽然想，面部仿真已经做到了这个程度，全脑仿真是不是也快了？

这时同事高睿在曹飞身边坐下，递给他一盒三明治："看你没去吃饭，给你带了点儿。"

"谢了。"曹飞接过三明治，对他笑了笑，紧绷的面部线条柔和下来，让他本就端正成熟的五官恢复了点色彩。

高睿拍拍他的肩膀："飞哥，别空腹喝咖啡，卖力不卖命啊。"

曹飞的视线还在机器人服务员身上："刚机器人也提醒我了，它是怎么知道我空腹的？"

"程序设定好的。午餐时间冲咖啡，它都会这样说。"

曹飞失望地"哦"了声："我还以为人工智能又有突破了。"

高睿笑起来："超人工智能、数字生命什么的，想想就好，太科幻了。"

"你认为数字生命不可能吗？"

"当然。"

"通过记录神经元连接，大脑结构快照已经实现记忆储存了。"曹飞说着说着，莫名感觉这些话很熟悉，但是仍然没停下，"脑机接口也实现了长期脑波交互，能记录下来各种意识活动对应的大脑活动模式，从而基于数据库模拟思维活动。"

高睿听得一愣一愣："飞哥，你该调回原部门继续研究脑机接口。"

曹飞突然又问他："你说，基于数据库的思维活动，算是这个人的意识吗？"

高睿张张嘴，结结巴巴回答："不……不算吧……呃，仅代表我个人意见。"

曹飞似乎也认同这个结论，他点点头，隐约感觉自己有哪里不对劲。

产业园到了晚上九点依然灯火通明，曹飞踩着左右不成套的鞋子走出大门——整整一天他自己愣是没察觉，直到刚刚在电梯里被同事打趣叫作"潮男"，他才发现早上穿混了鞋。

高睿笑着和曹飞道别："明天见，S 市敬业之王！"

曹飞只能苦笑着挥挥手，要不是想早些从那个破巷子搬出来，谁要这么拼命。

破巷子离产业园不远，曹飞穿过高楼大厦，穿过灯红酒绿，扎进昏沉沉的黑暗里，再一拐弯，一片老旧的住宅楼便映入眼帘。

没走几步，他突然感觉心里不太踏实，那是一种被人窥视的不安。他立刻停下，四下张望，适应了夜色的双眼尝试捕捉周围有任何异常的地方。

绿化带的植物旁边躲着一个少年体型的机器人。它瘦小的身躯缩成一团，妄图躲进低矮稀疏的叶片后面。

"杨鑫，出来。"曹飞疲惫地揉揉眉心。

"那么快就发现我了？"

杨鑫似乎很不高兴，磨磨蹭蹭地起身，从绿化带慢吞吞地走了出来。来到曹飞跟前，他拿出了一个笔记本："根据你以前留给我的谜题，我终于找到你藏的笔记本了！"

"你躲在哪儿操作机器人呢？"曹飞对那个毫无印象的笔记本没有任何兴趣，他的视线在周围转了一圈，不耐道，"赶紧出来，装神弄鬼的，搞什么呢？"

"我就在这个机器人里。"杨鑫指指自己。

"什么意思？"

躯　壳

"我成功了，曹飞！"杨鑫有些金属质感的声音扬起了兴奋的语调，"我的意识上传到了机器人上！"

曹飞弯下腰去揉了揉右边膝盖，一脸无奈："我这下班都半夜一点多了，你就不能明天再来闹腾吗？"

"曹飞，我是说真的！"杨鑫也蹲下来，"不是远程控制，是意识转移！"

曹飞缓缓抬起头，双眼对上机器人眼部位置的摄像头，重重叹气。

"曹飞，你听我说，我……"

"回去！"曹飞轻喝了一声，"回实验室，安安分分玩你的机器人去！"

杨鑫看了一眼手里的黑色笔记本，默默站起身，向后挪了几步，挣扎了几秒，还是听话地转身离开了。

听着机器人沉重的脚步声逐渐远去，曹飞无力地抹了一把脸。他真是受够了杨鑫跟小孩儿一样的恶作剧。

睡梦间，曹飞接到了杨鑫父亲的电话。

"杨叔？"曹飞睡得迷迷糊糊，声音有些哑。他清了清喉咙，抬手揉了揉太阳穴。

这对父子真的是烦透了。

杨鑫父亲的语气有点慌张："小曹，你方便现在去一趟杨鑫那吗？"

"我明天还上班呢，怎么了？"

"我看到监控里，杨鑫和机器人打起来了，搞不清楚怎么回事……"

"监控？"曹飞不禁皱眉，但一想到杨鑫那神叨叨的情形便理解了，又问："他和机器人打起来，是怎么个打法？"

"监控安装在客厅，我只看到卧室门突然打开，先是杨鑫急急忙忙冲出来，接着一台机器人也跟着跑出来，把他强行拉了进去……"

"什么时候的事？"

"就刚才，我给杨鑫打电话，一直没人接，就马上联系你了……"杨鑫父亲的语气非常急切，"曹飞，我不在S市，也不认识别的什么人，实在是没辙了……拜托你快去帮忙看看他，是不是机器人出故障了，我怕杨鑫有危险……"

曹飞强行压住心里的烦躁："行，我这就去。"

"这两天你见过杨鑫吗？"杨鑫父亲似乎没打算挂电话，听得出来，他现在整个人都陷在焦虑和不安里。

"就昨天……算是见了一面。"

"他还在研究机器人吗？"

曹飞眼前浮现出昨天夜里那台钢铁机器人："嗯。"

"找个时间你也劝劝他，要不也像你一样，早些改行……"杨鑫父亲絮絮叨叨地说，"再这样下去，他和正常人越来越不一样了……"

曹飞含含糊糊地应着，宽慰几句之后终于挂了电话。打了车，他开始用各种联系方式尝试联系杨鑫，却一直没有得到回应。等到达杨鑫家门口，已经是半小时后。

杨鑫家的门锁录入过曹飞的指纹，因此他直接开了门。

"杨鑫？"曹飞喊了一声，见没人应，便直接走了进去。屋子不大，一片沉寂，他的声音绕了一圈又钻回了自己的耳朵里。

客厅的灯亮着，沙发上随意搭着杨鑫的外套，餐桌上还算干净，外卖包装袋系好了口，摆在半瓶可乐旁边。整个屋子说不上一尘不染，但也整齐规矩，更没有任何打斗过的痕迹。

曹飞走到卧室门前敲了敲门："杨鑫？你在吗？是我。"

房间里传出了几声沉闷的响动，让曹飞联想到了昨天夜里在巷子口堵他的那台机器人。

他赶紧又敲了敲门："杨鑫？"

见里面还不开门，曹飞将右手捏在了门把手上："你再不开门，我就自己进来了啊。"

终于，门"啪嗒"一声从里面开了。

"曹飞。"杨鑫的眼神有些闪躲。因为不怎么出门的关系，他的脸没什么血色，苍白得厉害。

曹飞直接推开他往里走，进屋就见一台银色的金属机器人躺在床边的地毯上，旁边还摆着之前那个黑色笔记本。

他心里憋着气，本想伸腿踢机器人一脚，却忽然感觉膝盖隐隐作痛，于是只好作罢，皱眉问杨鑫："你又在搞什么？"

杨鑫却只低着头，不吱声。

曹飞也不着急，就抱着手静静地盯着他看。这样的沉默他太熟悉了，他有的是耐心。他清楚地知道，只要坚持得够久，杨鑫最后一定会败下阵来。

手腕上的电子手表亮了一下，提示曹飞的手机收到了新消息。

曹飞看了一眼后，把手机拿到杨鑫眼前晃了晃："你爸。刚才就是他让我来的，说你和机器人打起来了。"杨鑫终于肯抬眼和曹飞有视线接触了。

"你觉得我该怎么跟他解释？"曹飞直视着他的双眼问。

"误会。"杨鑫终于挤出两个字。

曹飞点点头，给杨鑫父亲打了电话，按照杨鑫的意思，向他报了平安，然后把电话递给了杨鑫。杨鑫对着电话只一个劲儿应着"嗯"，没多久就结束了通话。

"可以说了吧？"曹飞在机器人旁边的椅子上坐了下来，"怎么回事？"

杨鑫跟着坐在了地毯上，慢吞吞地回答说："这是我在实验室新搞出来的机器人，别看它体型小，其实我参考了……"

曹飞打断了他的话："你上次过来找我，操作的就是这一台？"杨鑫认真地纠正说："不是操作，我的意识真的在里面！"

见曹飞不信，杨鑫立刻打开了机器人的大脑，露出里面密密麻麻的电线和数字生命备份设备："这台机器人就是我意识数据的载体，有完善的记忆储存和思维存算能力……"

不知道为什么，当机器人大脑内部结构呈现在曹飞眼前的瞬间，他的心里又开始涌出不安，整个人再次焦躁起来。

"你是说，你把自己进行了数字化？"

"可以这么说，一开始我也确实是抱着这个目的在实验。"

"你不过是成功制造出了一个全脑仿真的硬件，然后对自己进行了模拟……"

"不，我按照你笔记本上写的操作步骤一步一步执行，然后在脑波交互中，我的意识成功被转移到了机器人身体里。"

"我的笔记本上写过这些？"曹飞一脸怀疑，他伸手拿起笔记本翻了翻，发现那不过是自己大学的时候记录脑洞的草稿本，第一页写着"意识"，最后一页写着"躯壳"。

"等我恢复意识，就发现自己已经在机器人里了，而我自己的身体像没有生命的玩偶一样，正瘫在一边。"提到当时的情景，杨鑫的脸上竟满是诡异的兴奋。

曹飞无奈，只能顺着他问："你的意识真的成功脱离了身体？"

"对！我发誓是真的，而且后来我又成功传输回去了！"

"那刚才又是怎么回事？为什么机器人会自己活动起来，还和你发生冲突？"

"今天确实出了岔子……"

"什么岔子？"曹飞的语气有些不耐，"快点说清楚，不要磨磨蹭蹭！"

"今天我又尝试了很多次意识传输，一直失败。最后一次，也就是不久前，我终于再次成功了……"杨鑫深深吸了一口气，"但没过多久，我竟然看到我自己的身体动了起来……"

曹飞感觉到自己的心脏开始剧烈跳动，他明明并不相信杨鑫的鬼话，但心头竟有一丝恐惧开始蔓延，让他头皮发麻，不寒而栗。

杨鑫的声音还在继续："我明明在机器人身体里，却看到原本的'自己'醒了过来。他睁开眼睛，接着好像特别茫然地四下张望。我当即冲上去问他是谁，谁知道他竟然像是被我吓到了，立马惊慌失措地朝着门外逃跑……我追上去把他抓了进来，情急之下他被我失手打晕……之后我很害怕，就立刻把自己的意识传输回来……"

曹飞强行压下自己内心的异样情绪。现在他的脑子似乎被劈成了两半，一半告诉他，杨鑫成功了，说的是真的，另一半告诉他，杨鑫是疯子，说的都是疯话。

九

"你操作机器人跟我见了面，然后又制造了和机器人发生冲突的假象，让杨叔通过摄像头做了目击证人。"曹飞整理了一下思路，理智地得出了结论，"你又在恶作剧，杨鑫。"

"我没有！你要相信我！"杨鑫激动起来。

"好，我相信你。"曹飞马上说，"现在我命令你，以后不要再进行意识传输实验了，听到了吗？"

杨鑫埋着头，不情不愿地答应了。

机器人还躺在地上，曹飞越看越觉得瘆得慌。出逃一般回到自己的住所，那台机器人冰冷的摄像头眼珠却仍在他的脑海里盘旋，让曹飞倍感窒息。

这种不安的心情没持续半天，杨鑫那边果然又出了幺蛾子。他给曹飞发来的消息只有简简单单一句话：我被打伤了，机器人跑了。

短短十个字，曹飞却看得倒吸一口凉气。

他急急忙忙请了假，马不停蹄地赶向杨鑫家。他的眼皮开始狂跳，像痉挛一样，一直持续到他站在杨鑫家门口。

这一次杨鑫的屋子乱了许多，垃圾堆在门边，玄关的鞋子翻着面散落着，拖鞋也不成对。

曹飞皱着眉走进去，抬眼就看到杨鑫的头上、胳膊上都包着厚厚的纱布，神情呆滞地坐在沙发上。

见他这副鬼样，曹飞有些恼火："怎么回事？"

"我想证明给你看，我说的都是真的……"

"别再演戏了，别再恶作剧了，杨鑫！"

"你为什么不相信我？我没有恶作剧，我只是又进行了一次意识传输实验……"

"你就是听不进人话是吗？"曹飞咬着牙连续骂了几声，猛地掀翻了茶几，内心深处对意识传输的莫名恐惧，终于被杨鑫不听劝阻的行为激化成了愤怒，"我看你没一句话正常！你就是骗子！疯子！"

杨鑫滚到沙发角落，瑟缩成一团。

发泄了一通，曹飞才上前询问杨鑫的情况："伤着哪了？"

杨鑫垂着头说："主要是胳膊，他攻击我头的时候，我拿胳膊挡的。"

曹飞扫了一眼空空荡荡的餐桌问："吃饭了吗？"

"没……去医院检查之后，医生说不用住院，就叫我回来了。我一上车就联系了你，这也刚进屋不久。"

曹飞长叹一口气，去冰箱里翻了点速冻水饺，径直进了厨房。没多久他就端着两碗水饺出来，把勺子往杨鑫桌前一拍："筷子拿不了，勺子总行吧？"

杨鑫直点头，捏了勺柄，埋头狼吞虎咽起来。

"上回是你的意识到了机器人里，这回呢？"曹飞再次妥协了。

杨鑫被呛了一下，咳了几声后回答说："我也不知道……我睁开眼睛就发现传输失败，我还在自己身体里，但是那台机器人竟然自己动了起来，还对我发起了攻击……"

"机器人突然就攻击你？"曹飞眉头紧锁，他后悔选择妥协陪杨鑫演戏了。

杨鑫点头："他问我是谁，我也问他是谁，然后他就开始攻击我。"

曹飞觉得这简直匪夷所思："其实按你那套说辞，机器人应该是你的复制体，他为什么要攻击你本人？那个数字生命备份设备出故障了？"

"没出故障。"杨鑫肯定地说，"我确定一切正常。"

"那你自己为什么会攻击你自己？"

杨鑫的勺子在碗里无意识地碰出清脆的响声："我感觉……他好像并不认为自己是复制体……"

"什么意思？"

"他觉得他才是'我'……"杨鑫语无伦次，"他认为'我'——杨鑫的意识在机器人里，也就是他。而杨鑫肉体中这个意识——我，不是真正的杨鑫。"

"我被你说晕了，完全听不懂你在说什么。"曹飞疲惫地闭上眼，双手揉了揉太阳穴,"你是说,你的复制意识体以为自己是人类,是原意识?"

"对。"

"我明白了……你成功在机器人里复制了一个自己,现在你们都觉得自己是'杨鑫',对方是复制品——是这个意思吧?"

"对!所以他想除掉我,这样世界上就只有一个'杨鑫'了!"杨鑫连连点头,"他就是想杀死我,然后取而代之!"

曹飞心里那种想要逃离的情绪又涌上来了。

"机器人身上有定位系统吗?"他问。杨鑫摇头:"没装。"

"别再瞎折腾了。"曹飞说,"机器人跑了就跑了吧。"

"可是他想杀我……"

"那你躲好点,别出门。"

这时高睿打来电话问,今天晚上的团建聚餐曹飞还去不去。

"去,必须去!"曹飞感到极度压抑,觉得自己再待在这里,肯定也会变成疯子,"你在哪里,我来跟你碰头。"

"直接去店里呗!"高睿说了个地址。

曹飞草草交代了杨鑫几句,立刻跨步出去,带上了门。

他靠在门板上深吸了一口气,默默告诉自己杨鑫疯了,他说的都是假话,随后匆匆离去。

"飞哥,到了吗?"高睿发来消息,"我在负一楼电梯口,等你不?"

"我看到你了。"曹飞朝那边挥挥手,快步朝电梯走去。

按下餐厅所在楼层,就在电梯门快合上的时候,曹飞看到几个上班族正朝这边飞奔,于是又顺手按住了开门键,让那群年轻人成功跑了进来。

"谢了哥们儿!"那几个人感谢道。曹飞冲他们回了个浅笑。

电梯开始上行,其中一个年龄稍长的平头男人不断朝曹飞这边张望,最后试探性地招呼了一声:"曹飞?"

曹飞扭头看过去,只觉得平头男人的浓眉大眼很是眼熟,但一时叫不出名字。

平头男人看他这副表情便笑了起来:"我叫许阳,飞哥还记得吗?也是A

大的，低你两届，和杨鑫一个宿舍。"

听到这个名字，曹飞像被解开了记忆封印一样，回忆一下子涌了出来："许阳！杨鑫那小子的上铺，整天玩游戏那兄弟！"

许阳身边的年轻人都笑起来，许阳抬手捂了捂脸，笑道："飞哥，你最后那句话可以不加！"

碰见学生时代的旧识，曹飞由衷地高兴："小许你也来聚餐呢？"

"是啊，这不月底了吗？"许阳的视线在曹飞同事身上扫了一圈，问："杨鑫现在在哪呢？毕业后他这人就跟失踪了似的……"

提到杨鑫，曹飞心里不禁沉了沉，脸上却还是保持着笑容："他啊，整天玩儿机器人，不务正业。"

"还是老样子啊！飞哥你呢？"

"公司里卖身打工呗。"

"飞哥太谦虚了！"许阳目光灼灼，"我现在都记得，那会儿你们机器人协会特别牛！"

学生时代的记忆太久远，曹飞的脑海里都有些模糊了，只能礼貌地笑笑。

许阳却还在感叹："还有那几场机器人展，真是让人永生难忘！"

这时电梯门开了，曹飞跟许阳挥手道别，和高睿一前一后走了出去。

"飞哥，学生时代那么辉煌的吗？"高睿用胳膊肘捅了捅曹飞，挤眉弄眼地笑。

曹飞反手顶了回去："辉煌个什么啊，我都快不记得了。"

聚餐结束，曹飞感觉自己被正常的同事们拉回了正常的世界，终于重新活了过来。他活动了一下僵硬的膝盖，朝熟悉的破巷子走去。

然而刚到巷子口，他便听见一个金属质感的机械音从绿化带里传来，小心翼翼地喊着他的名字："曹飞……飞哥！"

曹飞全身一僵，这个声音瞬间让他心里发毛——是那台机器人，拥有杨鑫意识复制体的那台机器人！

曹飞飞快给杨鑫发了一个消息：你在家？

杨鑫回得很快：是啊，我怕那个机器人杀我，哪里也不敢去。

凉飕飕的夜风刮过，曹飞的手心却冒出了汗。

十

借着夜色的掩护，曹飞把机器人带回了园区。

今天月末团建，大家都早早地离开了公司，整个园区里空空荡荡。曹飞带着机器人避开夜班巡逻的保安，摸着监控盲区，径直来到园区的生态景观公园，找了一个有遮挡的阴暗角落钻了进去。

他的心脏在胸腔里跳得厉害，"咚咚咚"地敲击着他的骨头和耳膜。

不久前，眼前的机器人捏着他的衣角哀求说："飞哥，我是杨鑫，是真正的杨鑫……不信你问我问题，我都能回答……你问我们小时候，你问我们一起做的机器人，你问我们以前搞的研究……"

曹飞听完他这些话，竟鬼使神差地带着他躲到了这里，并没有通知家里的杨鑫。

"飞哥……"机器人的声音听着有点可怜。

"你怎么回事？"曹飞不动声色地和机器人保持了一臂的距离。

"我……我不知道……"机器人坐在阴影里，双手抱着腿，"我想证明给你看，我说的都是真的，就再次进行了意识传输……结果这一次，在我身体里醒来的那个意识对我有很大敌意，和第一次看到我就跑的样子完全不同……"

"是他先对你有敌意的？"

"对……他一醒来眼神就很可怕，一看到我就让我交出数字生命备份设备，然后一直袭击我，想关掉我的系统，抹杀我的存在……飞哥你要相信我！"

曹飞心里的疑惑更深了："你的意思是，这两次在你身体里苏醒的意识……不是同一个？"

机器人连忙点头，总结说："我第一次向机器人传输意识的时候，没有出现任何问题。第二次传输后，我自己的身体里苏醒了一个没有攻击性的意识，和我很像，胆子小，看见我就开始逃，我认为他应该是我的复制体……第三次传输的时候，也就是今天，那个身体里出现了一个非常可怕、想要毁灭掉我的意识！"

"不是你先攻击他，是他想灭掉你？"曹飞感觉自己陷入了罗生门。

"我没有想要攻击他！我是自卫！这台机器人参考了你的设计，我真的要攻击他，他还能活？"机器人急切起来，他想去抓曹飞的肩膀，却被曹飞闪身躲开。面对曹飞戒备的眼神，他只能悻悻地收回手，哀求说："你应该相信我，你是经历过的啊……飞哥，你是最应该相信我的人啊！"

曹飞被这话搞得摸不着头脑："我经历过？你在胡说些什么？"

"你忘了吗，还在机器人协会的时候，你说你的意识莫名其妙进入了机器人里，然后你自己身体里苏醒了另一个曹飞……你不记得了？"

曹飞瞪大了眼睛——他完全不记得这件事！就像缺失了那些记忆一般，他的大脑一片空白！

机器人"杨鑫"已经瘫坐在地上："你不能忘……你怎么会忘呢……我千方百计找到了你的笔记本，也是跟着你的笔记成功完成了实验……"

曹飞的手颤了一下。他确实忘了，半点都想不起来。就像今天许阳提到的大学时代，他真的什么印象都没有。

机器人"杨鑫"跑了。在发现曹飞完全没有相关记忆后，他恍然大悟："你不是飞哥……你是他身体里出现的另一个意识，你取代了他，你杀了他……"

随后，他趁着震惊混乱的曹飞不备，从这个隐秘的角落里飞蹿出去，眨眼就不见了踪影。

曹飞还呆立在原地，在微弱的月光中，双眼木然地看着浮动的尘埃。

不知道过了多久，一双黑色的运动鞋出现在他的视线中，杨鑫本人的声音在他头顶响起："那个机器人呢？"

曹飞声音喑哑，表情还有些恍惚："不知道，跑了。"

杨鑫语气不满道："你应该一碰到他，就马上告诉我。"

躯　壳

　　曹飞抬头看过去，视线正好撞进那双冰冷的眸子里。杨鑫穿着一身休闲运动装，背挺得很直，双手插在裤袋里，正居高临下地俯视着他。
　　就在这一瞬间，曹飞知道，眼前这个人绝不是杨鑫。
　　杨鑫的视线在曹飞身上扫了一圈，皱起眉："他对你说了什么？"
　　曹飞张了张嘴，却一个字也说不出来。他的眼里暗淡无光，整个人包裹在颓唐的阴影里。
　　"你是谁？"曹飞问。
　　杨鑫垂了嘴角，神色间有一丝不耐："我还能是谁？"
　　"那我是谁？"曹飞满脸茫然。
　　杨鑫看着他，抿紧了嘴唇。一阵风刮过，绿化带的植物簌簌作响，被扯落的叶片打了几个转，落在他的脚边。
　　曹飞继续问他："你知不知道，我是谁？"
　　杨鑫"啧"了一声，用脚碾碎了那片落叶，终于抬眼问："你想知道什么？"
　　"你是谁？"
　　"我很难跟你解释清楚。"
　　"你不是杨鑫？"
　　"不是。"
　　"杨鑫在哪儿？"
　　"那台机器人里。"
　　"他……杨鑫，真正的杨鑫……他意识传输之后，原本身体里第一次苏醒的意识是你吗？"
　　"不是。"
　　"那是谁？"
　　杨鑫组织了一下语言，才说道："我尽量用你们这个世界能够理解的概念来解释：在这个世界，一个人对应一个意识体，当意识体从躯壳里消失，就相当于是系统出了bug。这时系统会自动修复它，补上这个缺口——杨鑫身体里第一次苏醒的意识，就是系统误以为意识体消失，于是为他打了一个

213

补丁。"

"那你呢？"

"如果补丁修复出现问题，比如意识体并不是消失，而是脱离躯壳，就会由我来解决这类隐患。""杨鑫"回答，"我会抹杀掉脱离躯壳的意识，让补丁正常运行，不让系统和这个世界因此受到影响。"

"所以你的目的是抹杀杨鑫……"

"对，他现在是这个世界的隐患，极有可能破坏这个世界的稳定。"

曹飞全身冰凉："我们……生活在虚拟的世界？"

"这重要吗？"

"那我呢？我是什么？曹飞的补丁？"

"杨鑫"点头："是，我曾经亲手抹杀了曹飞，然后你才开始接替他，生活在这个躯壳中。"

"我没有之前的记忆，也是因为我是补丁？"

"修复的时候有可能会造成一定程度上的文件丢失——也就是造成记忆空白。"

"原来如此……"曹飞喃喃道，"怪不得我对杨鑫研究意识传输那么恐惧……"

"嗯，对世界本质的探究会触发补丁的报警程序，引起系统注意，来排查安全隐患。"

曹飞苦笑："我现在知道了这些，也将要被抹杀了，对吗？"

"是。很抱歉，我的职责就是让世界正常运转。如果你们泄露了信息，会对人类社会造成影响……""杨鑫"缓缓走进阴影，朝曹飞靠近，"人类不需要知道真相。"

曹飞绝望地后退，不料后脚跟却碰到石块，一时间重重地摔倒在地，动弹不得。他忍痛低头一看，愕然发现自己右腿膝盖以下，竟然是一截假肢！

他是残疾人？他怎么可能是残疾人？

不，一定有哪里不对！

一瞬间，两段陌生的记忆陡然涌入曹飞的脑海。

空荡荡的灵堂里，一串脚步声不紧不慢，却带有一丝不正常的拖拽感——一台老旧的履带式机器人带来了一位吊唁者，他身材高大，鬓发泛白，看上去五十来岁，高挺的鼻梁上架着一副款式非常简约的眼镜，而身上那套浅灰色西装，一看就价格不菲。

画面陡转，曹飞又看到，街边一辆黑色的商务车前，站着一位鬓发斑白、身材高大的男人，他神色柔和地对车里的人说着什么，出来的时候一个趔趄，暴露了他僵硬的膝盖。

曹飞霎时间睁圆了眼——这具身体是孙博士的！此刻自己正在孙博士的世界里，以"曹飞"这个名字体验着系统为孙博士构筑的故事，而"曹飞"是他真正的名字！

他是曹飞，是不属于这个虚拟世界的曹飞！

"曹飞！醒醒！"熟悉的声音不知道从哪里传进耳朵，语气急切，"曹飞！曹飞！"

随着那人的呼唤，他脑中更多记忆被一一点亮，大量熟悉的画面组成了一段完全不同的人生——一段属于真正"曹飞"的人生。

眼前的画面开始模糊，在失去意识前，曹飞看到了一座简易的旋转木马，在空旷的土坝上越转越快、越转越快……一匹匹木马只剩残影，最终变成了形状不一的方体，凝聚成了一座巨大的镜面魔方。

十一

曹飞终于睁开眼。

他仍坐在之前那家烧烤店前，漆黑的裂缝已经消失，周围的环境不断闪动，每一帧画面都在卡顿。杨鑫坐在他对面，和周围的画面一样，不断扭曲错位，像出了故障的显示屏，连色块都不完整。

"杨鑫……你回来了？"

"嗯。"

见曹飞苏醒，杨鑫终于松了一口气，然后抱怨说："我就离开一小会儿，你就到处乱跑？"

曹飞还没回过神："刚才那是……孙博士构筑的世界？"

"孙博士的世界？"杨鑫也一愣，然后推测，"应该是系统出现故障，把你传到了孙博士未开放的世界里。"

曹飞震惊道："孙博士的腿竟然……"

杨鑫连忙问："你在孙博士的世界看到了什么？"

"很复杂，很……可怕……"曹飞一时间不知道从哪里开始讲起，"他和他的朋友早就成功实验过意识传输，然后发现世界是虚拟的……我们现实里那个世界……是……是……"

不自觉间，曹飞眼里满是恐惧，他颤声问杨鑫："我们所处的那个世界……难道也是虚拟的吗？"

"虽然那是孙博士构筑的世界，但并不一定是他的真实经历。"知道曹飞还没有完全摆脱那个世界带来的影响，杨鑫冷静地安慰他，"就像你之前经历的两个世界，和现实世界都有所不同，真真假假都混杂其中。"

"对……你说得对！"曹飞觉得杨鑫的判断很有道理，努力让自己镇定下来，"就像孙博士的世界里竟然有高睿和你，你们还是熟识的同事和亲友——这怎么可能呢？"

杨鑫也笑了："应该是你误入那个世界后，系统把你们的数据揉在了一起。"

"是……是的。"曹飞回想着刚才世界里的"高睿"和"杨鑫"，发现那果然是两张完全陌生的脸，接着他又回忆起镜子里的"自己"：轮廓方正，鼻梁高挺——正是年轻时候的孙博士。

"孙博士为什么会构筑这么恐怖的故事！"曹飞心有余悸，"他不是对媒体宣称，'筑梦'系统是打造心中向往的美好世界吗？"

"我不知道你看到了什么，但是孙博士确实是想通过'筑梦计划'，为数字生命时代的人类建立一个美好的新世界。"杨鑫说，"这一点，他值得信任。"

"连你都那么信任他?"

"我现在是真正的数字生命,曹飞。"杨鑫回答,"除了孙博士,没有人比我更熟悉这里的一切。"

"这里真的有那么美好?"曹飞想到了孙博士的假肢,"他那么热衷于研究数字生命,是不是为了在虚拟世界圆梦,成为健全的人?"

"如果这样想孙博士,那实在太小看他了,曹飞。孙博士绝对不仅仅是为了自己。"杨鑫像忠实的信徒一样解释说,"他想打造一个伊甸园,就像我之前说过的,每个人在这里都能享受平等、公平、自由。"

这么宏伟的目标,对于平凡到不能再平凡的曹飞来说,有点虚幻。

"呃……对于孙博士,我曾经有过许多猜想:科学狂人、谋取利益、追求永生……我都猜测过。"曹飞挠挠头,"甚至上次看到他的孙儿,我还脑补,他热衷于虚拟世界或许和那个孩子有关……没想到……"

"他确实有个孙子。热衷于数字生命和珍惜现实生活,并不冲突。"杨鑫笑了,"请相信我,孙博士或许不是一个完美的好人,但是他的研究确实是为了全人类。"

"全人类?"曹飞闻言差点笑出声,但见杨鑫并不像开玩笑,他便连忙咳嗽一声,埋低了头调整表情。

曹飞想,他发笑,或许是"全人类"这个词离自己更加遥远。他只是个小人物,当历史洪流滚滚而来的时候,他会被裹挟前进;大浪淘沙,他也不会是留下来的那个"金"。他在时代浪潮中拼尽全力活着,为伟大喝彩,为高尚落泪,他仰望星空的时候,只会感叹自己的卑微。

儿时那些星球大战、拯救世界的梦,在他的脑海里已经模糊了。

孙博士是个谜,一个他解不开的谜——甚至他可能连理解都做不到。

"那……祝你们成功?"曹飞讪笑。

杨鑫摇头轻笑起来:"我知道你在想什么,曹飞。"

"是吗?我在想什么?"

"你觉得普通人很渺小,于是拒绝向往星空。你明明对世界拥有那么强烈的好奇心,为什么觉得自己没有资格探索和向往呢?"杨鑫说,"其实人类都很渺小……但偏偏就是一个个渺小的人好奇地抬头仰望，选择了不断探索，人类才有了如今的文明。"

"每个渺小的人都在努力地活着，他们构成了人类社会的一部分，构成了人类文明的一部分。那些文明丰碑并非只是伟人的功绩，它属于全人类，属于每一个支撑社会正常运转的渺小人类。"

杨鑫拍拍曹飞的肩膀："它们看似高不可攀、遥不可及，其实背后是无数人努力的成果——其中就有你我。"

杨鑫帮曹飞成功连接了谷雨，准备让他回到现实世界。

"我得去处理故障，顺便抹掉你去过孙博士那里的痕迹。"杨鑫眨眨眼，"你知道的，孙博士特别谨慎。"

曹飞连忙道："抹干净点，免得他又对我动杀心。"

杨鑫笑着对曹飞挥挥手："下次再见了，曹飞。"

曹飞跟他道别，在返回前，问了他最后一个问题："如果现实世界真是虚拟的，那么这一切努力还有价值吗？"

杨鑫回答得很快，像是对这个问题早就有答案："有价值。我们还存在，我们在思考，就有价值。如果世界是虚拟的，那就把它的技术研究个透，然后建立一个让全人类生活得更好的新世界。"

曹飞看向刚才裂缝出现的位置，点了点头。

五一假期将至，不少学生都提前请假离校。曹飞拖着行李箱走出学校大门，手里紧紧捏着回家的车票。

高睿正在发消息问他：你之前不是后悔报名"筑梦体验"吗？怎么还申报第二期？

曹飞把车票放进口袋里，回复他：为了全人类，本炮灰试着高尚一把。

高睿说：谁说你一定是炮灰呢？

曹飞笑了笑，把通信器放进了口袋。

他确实犹豫过要不要报名，然后杨鑫问他："你好奇这个世界吗？"

他答："好奇的。"

杨鑫便说："这就够了。人类因为好奇心而抬头的时候，就不再渺小。你愿意抬头的时候，就可以拥抱星空。"

曹飞加快了脚步。

他很期待第二期"筑梦体验"，也想念家里人的絮叨了。这个世界虚拟与否，他尚不知晓；但是他真实地活着，他拥有的一切，都是真实的。

作者简介
郑琪琪

语文教师。曾获"陈伯吹新儿童文学创作大赛"桂冠奖、北京科幻创作创意大赛"光年奖"、"娘子关杯"科幻文学作品优秀奖等。作品入围"晨星杯"中国原创科幻文学大赛、曹文轩儿童文学大赛，第十一届未来科幻大师奖。已出版少儿科幻小说《暗夜有星》。本文获第十二届北京科幻创作创意大赛"光年奖"科幻中长篇小说三等奖。

血锈病毒

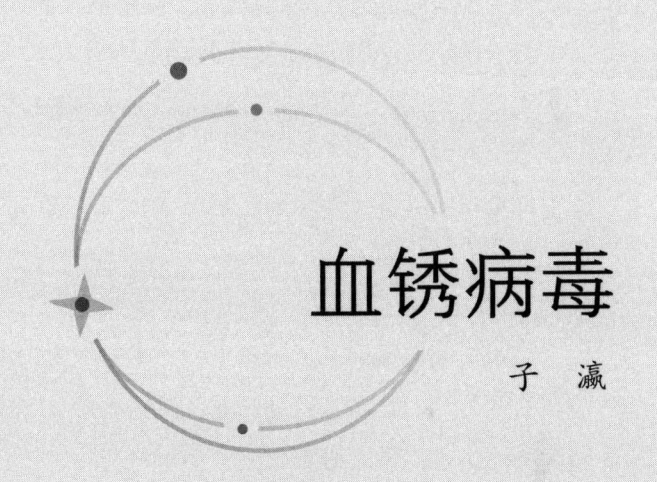

子瀛

1

"江哥,你看这……"

林雪惊呼。无影灯下几名身着蓝色手术服的医务人员同时静止,连呼吸声都消失了。只有监护仪嘀嗒不停。

江远眉头紧锁。

眼前出现的,是他从业十年来,即便直接间接参与过上万台手术,也从未见过的景象——整颗心脏似乎生了锈。

不,不止心脏,整个胸腔都被砖红色的斑驳铁锈腐蚀。

"这是什么?"

江远在口罩下低声喃喃,双眼大睁,瞳孔震动,但职业素养依然让他稳稳地握着手里银亮的柳叶刀。

"现在……怎么办?"

林雪慌乱地征询江远的意见。她虽然在实习期,但曾多次观摩心胸外科的手术过程,见过上百颗活蹦乱跳的心脏。无论是刚出生的幼儿,还是耄耋老人,他们的心脏都强劲有力。只要生命还在,心脏就是最坚强的发动机。

但林雪看着眼前的这颗心脏,好像看到幼年时家附近的废品回收站里那个专收废钢废铁的老大爷。他收集的那些质量低劣,容易生锈的铁块,就这样半死不活地躺在废弃的角落中积尘。如同眼前的这颗心。

"先取样送检。"江远的声音唤醒众人。护士开始着手准备。

江远将分离出来的组织样本小心翼翼地安置妥当,看着眼前的心脏再次陷入迷茫——去年还十分鲜活的心脏,怎么会变成这样?

他还记得去年给这位病人开术前例会时,病人才 23 岁,因先天性心脏病曾接受过 3 次开胸手术。按照推算,他的人工心脏的电池使用寿命还能维持至少 7 年,如今还不到一年,他就晕倒在期末考试的考场上。

即使走神了,但肢体还是近乎条件反射一样,江远还在按部就班地继续这台手术。随着检查，江远意识到情况远比看到的还要严重。

电池附近的肌肉像失去了原本的构造，如铁锈般松软，手术刀稍稍一划，棉絮轻轻一擦，肌肉就跟着簌簌脱落。

心脏像一条跳出鱼缸许久后缺氧的鱼。生命流逝，震动即将停止。

林雪听到自己的心跳和江远无奈的声音一同响起："缝上吧。"

江远离开手术台。活检结果还没出，并不确定病因到底是什么。但不排除病毒或细菌传染。万一……

"啊——"

针持没夹牢，林雪手里的针崩断了。

病人的切口已经缝合好。断针应该掉在地上了。

这次手术用的针质量很好，正常情况不应该这么容易断……

"大家找找。"江远疑心，叮嘱一旁愣头愣脑的实习生，"小心点。"

除了身后的林雪和几名护士，其余人都蹲在地上找寻。

过了十几分钟，江远终于在自己脚边不远处看到一小截针。他小心翼翼地捏起针来。突然，指尖刺痛。

不好。

他心想，下一秒指尖渗出了血珠。身边的实习生倒吸一口冷气。

"没事，"江远回头看了眼林雪，"你善后。"

他走出手术室，摘掉一次性手套，手指的伤口还在渗出鲜红的血。血与水龙头的水混成血水，流入下水道。

小时候，他被狗咬过之后，亲戚告诉他说没事，后来上学了知道狂犬病潜伏期很长，他有段时间也焦虑过，担心会狂犬病发作。同事也经常转发一些同行术中被扎到或划到感染病毒而死的新闻。

如果真的倒霉被感染，也是没办法的事。江远叹了一口气。

病房门外，病人的妈妈还在手术室门口焦急地等待。

对她来说，孩子只是因为准备考试太用功了才会累倒。

该如何解释呢？这种情况说不明白，又不得不说……最后总结为一句他很讨厌的废话。对不起，我们尽力了。

每次面临这种情况，江远都会进入一种灵魂出窍的状态。他飘浮在半空中，看着镇定的自己，像真正的神一样，不屑一顾。

两个小时后，江远的电话响起。江远一接通就被林雪的老公吴宁"你在哪"的呐喊声震得耳朵生疼，不自觉地将电话拿远一些。

"在办公室。"

"你待在原地别动！刚刚检验科的人从你提交的活检组织中发现了未知病毒……"

"病毒？"

"目前感染性不确定，我已经申请启动预案！手术全部参与者都会被单独隔离，马上紧急防疫人员会带你去隔离区，听小雪说这种病毒可能以电能为食，隔离区域会封锁限电。你有什么要联系的人尽快联系！"吴宁匆匆挂断了电话。

指尖的伤口微微抽痛。江远看着被血染红的棉团想，这种污染物真的很危险啊。

手机微微震动，弹出一条消息。

每周三，销售抗癌药的销售员孙瑶会帮他们科室订午餐。每次都会询问他们喜欢吃什么。

办公室里的其他同事抽烟的时候偶尔会讨论和女销售的性爱体验。这个话题里有没有孙瑶，江远没注意听，也不在意。

曾经有两次，他在医院旁的吸烟区偶遇孙瑶，闲聊时知道她来自北方的小镇，和自己同校毕业，只不过专业不同。上个月听说她和康复科的一个实习生谈恋爱了。

上次她点的那家小炒肉还不错，可惜今天吃不到了。

江远打开手机的通讯录页面往下划，想看看是否有应该联系的人。江远想起许久没联系的父母。联系他们吗？自己从小到大，父母吵闹不停，二人似乎都对这段婚姻无比唾弃，互相埋怨，却不肯分开。算了，告诉他们也没什么用。如果自己因公殉职，医院会通知他们的。

他又看到同样貌合神离，明明在同一座城市却因为忙半年都没见过面的女朋友的名字。

还看到了一些可能也在做手术或者坐诊的朋友们，不知道他们会不会也要被一起隔离。

最后他想到上个月本来应该博士毕业，成为同事的同学，如今却因为确诊急性白血病，住进了旁边的住院楼。

平时他似乎有很多话想和这个世界，这个世界上的人聊一聊。可真的让他说点什么，他才发现自己其实没什么话好说。

他放下手机。门被推开。

"吴医生说所有金属电器都属于危险品，不可携带手机。"

江远将手机放进白衣人颤巍巍递过来的塑封袋中："能带书吗？"

白衣人和他面面相觑，随后向他投去怜悯的目光。

"应该可以吧。"

"谢谢。"

江远从一旁的书堆里随手抽出《刀锋》："走吧。"

他耸耸肩膀，突然轻松了。

2

林雪作为第一接触者，也被隔离了。

电视、电脑、手机……一切和电能与金属相关的东西全都没有。

老旧的木床，没有弹簧床垫，像在学校宿舍一样，铺着几层单薄的褥子。

没有窗。水龙头也被拆掉，留下墙上一个黑黢黢的洞口，每到夜里，就像一只眼睛，幽幽凝视着她。

被隔离的第七天，她通过送食物和水的医护人员得知这种病毒不知何时已经在人类社会广泛传播。

一例又一例死亡病例登上世界新闻头条。医美行业成为重灾区。其次是医疗手术中植入金属支架的患者。

而逐渐地，病毒进化到无须借助钢铁媒介，就可以通过触摸、呼吸到处传播。

四处都是金属，随身都有电能。

它以人和钢铁为宿主，消耗生存环境中的电能，破坏生物基础蛋白质结构并进行改造。

林雪想起三年前的事。

一场酒驾——肇事者闯红灯，险些夺去她的命，幸运的是她被及时送入医院，右腿植入钢板。母校的同学为她组织了义捐。医院的师哥师姐们也偶尔会来看她。

最常来的是一个她不认识的陌生师哥吴宁。

他们在一所学校生活了7年，彼此都是沉默冷淡的性子，同班同学都记不全名字，每天低头走过教室、图书馆、食堂、医院，可能无数次路过彼此，都未曾抬头。

复健的过程每时每秒都痛苦，但那是林雪第一次察觉到在自己经历痛苦时，有一道目光深切凝望着自己。

曾经她无数次像复健时一样，疼痛突然向她袭来，可是，父母希望依靠她，朋友都很忙，贫困和自卑一直在纠缠她，病痛也没有放过她。

每周末，她为了几十块钱家教兼职收入，来回就得花四个小时，因为长得不算出挑，只能穿着不熟悉的高跟鞋站十几个小时。回学校的时候，她踩着脚底的水泡，像走在刀尖上。

她一个人咬牙向前走，走了很久。久到她不会再因为贫困和自卑折磨，久到她已经有底气这样独自走完一生。

但吴宁出现了。他就站在那里，看着自己。

她就突然不想这么走下去了。她转过身。

一年后，他们结婚了。到现在，彼此还是沉默冷淡的性子，但只要两个人在一块，就不再沉默冷淡了。

在那场开胸手术的一个月前，林雪和吴宁说过，右腿有些酸疼，抱怨最近手术太多，站了太久。吴宁还给她出主意，让她不要逞强，偶尔也可以向同事求助。

没想到这次她在为别人做手术后，自己被确诊为新型病毒感染者。

它有了名字——Metal-borne viruses，不过大家更习惯称它为"血锈病毒"。

手术开始。她被麻醉后，梦见自己的右腿被划开，从被皮肤、油脂、肌肉、血管纤维包围的钢板开始，密密麻麻的铁锈像离开蚁巢的红色蚂蚁，一股股地向四周爬，向上爬……爬满全身。

确定被感染后，她得知吴宁还未被感染，也得知自己已经怀孕3周。吴宁经常来看她，隔着门上的玻璃窗。

他们听不到声音，只能看着彼此。

但所有事情都变了。

钢笔被感染，圆珠笔的金属尖也被感染，铅笔供不应求，同事偷偷拿了学校书法社团的毛笔和墨。

林雪给吴宁写了一封很长的信。她第一次试图通过一封信，向一个人完整地介绍自己的一生，留下遗嘱。

传染病专家认为，目前没有任何有效药物可控制血锈病毒。被感染者，即使用药物干预，也不可能活过一年。

那位更换过心脏电池的先心病少年，死于术后第二天。

右腿的钢板被拆掉。因为怀孕，她几乎无法使用目前处于试用期的所有药物。

死亡的气息扑面而来，无外乎两种状态，或如疾驰列车劈头碾压，或如钝刀割肉放血。林雪经历过前一种，此刻正在经历后一种。

手术中摘除了钢板，分离了腐烂组织，她再也无法离开拐杖独立行走。腐败还在继续，为了减慢腐败速度，她接受了医生截肢的建议。

恢复期，她躺在床上，抚摸着日益隆起的小腹，默念儿时姥姥挂在嘴边的四字真言。

在她日渐腐烂的身体里，正在酝酿一个完整、健康的生命。

病毒先腐蚀了她的牙齿，她无法咀嚼吞咽除流食外的食物。研究人员发现胃部插管的胶管也会被腐蚀，继而老化、断裂，滞留在体内，从而产生堵塞食管的风险。

即使截肢，腐败也还在继续。病毒融入血液，扩散至全身。她清醒的时间越来越短，沉睡时间越来越久。

滞留针在她体内不到 10 个小时就会被腐蚀，护士每天都要更换扎针的部位。妊娠 7 个月的时候，她每天只能清醒 1 个小时。

护士每天都要寻找很久，尝试很多次，才能成功为她注射营养液。

林雪经常做关于以前的梦。梦里她五六岁，跟着姥姥去公园野餐，在吊床上摇过一个又一个惬意的午后，摇过短暂的童年。

偶尔在半睡半醒之间，她会听见医生和护士的叹息。还有那个因为无法找到完整血管扎针而急哭的小护士。

除了向梦里的故人，向从未亲见的神祈祷，她还能做什么呢？

神会以什么姿态降临？降临的时候又有什么样的天启？光芒四射，天崩地裂，震耳欲聋？

对她而言，应该是让她产生抗体。但她在和病毒的对抗中，失败了。四月底的某一天，林雪睁开眼睛。

好像在周末的清晨醒来时那样，她感觉到全身在充足的睡眠休息后，恢复了生机。

神真的降临了。

没有光芒四射，天崩地裂，震耳欲聋。只是静静地出现在了她的面前。

3

林雪看着站在床边，向她解释的江远，双眼迷蒙。

获得抗体的江远终于和吴宁一起争取到为她换血的机会。

江远是目前唯一一例获得抗体的感染者。自己昏迷的这段时间，他已成为重点研究对象。在见到林雪之前，江远和吴宁被无数人阻挠。

救无数人，还是救朋友。江远从未想过自己平平无奇的人生会被推到救世主的位置。

只因为林雪的一次失手，他握住了那截残针。

江远说："别怕，我们都在。"

江远握住了林雪青紫斑驳、骨瘦嶙峋的手，想起刚入学医学院的开学典礼上，他和同学一起诵读了希波克拉底誓言：

> 把我的一生奉献给人类；
> 我将首先考虑病人的健康和幸福；
> 我将尊重病人的自主权和尊严；
> 我要保持对人类生命的最大尊重……

江远觉着这一条条誓言和他早上在洗手间看到的保洁要求规范没有什么区别。很多女同学宣誓后都感动得热泪盈眶。江远有些不解。

任何被人高高捧起的，都会被人重重摔碎。人在这种起伏中，会试图抓住一些体悟和意义。他没感受到这种意义。

但面对吴宁提出可以让麻醉科的朋友帮助她解脱得轻松一点的建议时，他看到林雪摇头时的眼神里，似乎亮起了一些可以称为意义的东西。

为了这些不明的意义，他抗争申诉，用一切遗传学知识，和阻挠者争辩，通过所有渠道，向公众传达林雪的境遇。

她是一个母亲，面临绝症，她拼命保存的不只是属于她的孩子。

她的孩子没有人在意，即使生殖隔离可阻挡病毒感染，但所有人都无法确定孩子出生后是否能像江远一样拥有抗体。

但当她的孩子被赋予希望的意义后，任何人都无法再阻止谁去救她。抗体产生者不会是个例，这是几百年流行病统计学得出的科学结论。

而在此刻，比起抗体产生者，所有人都更需要一个真实的希望。这希望需要从最悲惨的死亡中，从一场关于爱的永恒感动中获得。

"谢谢。"林雪声音沙哑，说罢，无力地抬起眼皮，然后再次沉沉落下，像一片深秋的枯叶在无风时坠落那么轻。她太累了。

江远每天换血，照顾林雪。通过吴宁，他会获得很多外部的情况。

吴宁活跃在抗疫的第一线，连走路的速度都更快了，短短几个月，原就有少白头的他，头发变得更白了，和更黑的眼圈形成了鲜明的对比。

他们利用舆论获取挽救林雪和孩子的机会。

他们也被舆论利用，挣扎在充满质疑的每分每秒。一切都是未知数。

江远偶尔会收到吴宁给他送来的信。大部分的信都是给林雪的，他只负责转述。但有一封信上写得很清楚，只需要江远读。

吴宁是个很内向的人，在江远的记忆中，吴宁只有喝酒后才会稍稍吐露些心事。

"他们说我在利用职权，说我自私。说孩子即使活下来，也很不幸。他可能面临严重的后遗症，需要药物维持，或者可能出生即死亡，而且没有妈妈。

"他们说我就像加缪。说西西弗斯一定不快乐。那么苦，那么虚无，那么绝望。如果西西弗斯快乐，一定被阿Q精神洗脑了。要么就是加缪在骗人，或自欺欺人。

"但是，江哥，他们愤怒呐喊，其实他们是在抱怨，为什么换血的不能是他们。明明他们也活得很苦。

"所以大家都苦，都不幸，凭什么林雪可以获得机会换血。她的孩子只能同样不幸，这样世界才公平。他们才能忍受。他们妄图用语言换来公平。可是，我和他们，有什么区别？

"我明白自己的自私和卑劣，但除了拼尽全力去救林雪和孩子，我不要别的——他们劝说我要做更明智的选择。

"我不喜欢争吵。

"但这世界太安静了才可怕，要吵起来才好。"

江远总忘不掉这封信的内容，也有些担心吴宁，林雪的情况吴宁必定会每天跟进，不需要自己和他多说什么，想着下次给他写封信，和他约着有空喝一杯。

但这杯酒再也没有喝上。

不知人和人之间是否真的有心灵感应。

吴宁去世的那天，林雪的病情陡然恶化，被推进手术室。江远花了5个小时剥离她身上的腐质，在走出办公室想托人给吴宁报个平安时，先从他人口中得到吴宁去世的消息。

他倒在医院门口的灌木丛旁。

江远曾经无数次路过那里，上班低头，脚步匆匆，下班抬头，放下疲惫，都从未注意过。

在医院里，江远见过上百种死法，在过马路的时候被车撞死，在办公室被医闹者捅死，下雨天的上班路上被雷劈死，晚上睡觉时公寓失火被烧死，休息日出门被从天而降的跳楼者砸死……

从不断弹到眼前的新闻中，在医护人员的叹息里，吴宁已经死了。

那个看鬼片会害怕，喜欢吃西红柿鸡蛋面，喜欢啤酒，喜欢研究太极，偶尔在夜里说些看起来悲观消沉的深刻哲学命题时突然提到今天食堂吃的又是陈米的朋友死了。

抢救手术后，林雪再也没清醒过。

江远在病床边陪护的时候，把林雪的情况写在最后那封没完成的信里。

等某天夜里，他会找个十字路口，像家乡的那些老一辈的人，拿着一些元宝纸钱点燃它。希望路过的鬼差能接下送信的差事。

到时候，他要带两瓶啤酒。熄灭野火。

4

永远闭上眼睛之前，林雪又看到了故乡的雪。

绵绵絮絮，无声坠落，被车轮碾压，在月下酿成银河。

北方的旷野入夜之后愈发荒凉。

在这样的环境里，人会成为狼，或者理解狼。

没有人间灯火的时候，他们在死寂的黑夜只能抬头，看看星光和月亮。啊，那么明亮。

5

血锈病毒以金属为媒介，以电能为食物，并且它的变异和进化速度远超迄今为止人类掌握的所有无解病毒。

这只是开始。

钢铁将被锈蚀，机器濒临瘫痪。必须让金属产生抗体。

江远提交了自己的实验设计。

其他实验纷纷通过审核进入实践阶段，江远却等来一场心理咨询。

"我知道朋友的离开让你很难过……你是否想休息一段时间？"

"不，我不想休息。以前我想，现在不想了。时间不多了。"

"你认为你的方案可行性很高吗？"

"所有实验在结果出来之前，都有成功的可能。"

"但如果成功概率小于百分之五，风险又很大，是否应该慎重考虑呢？"

"首先我很慎重，没有自残的想法，其次，以前概率论上的小概率事件没有太多的参考价值，但是百分之一概率的事件发生，我们就创造了必然……吴宁的死亡概率应该属于小概率事件，但他却死了。他的儿子很可能在出生前死去，但他活了。这个世界的运转遵循着某种规律，有人叫它科学。但我现在觉得，只用科学来定义它太狭隘了。"

"那你认为这种规律是什么？"

"如果它有名字，那应该叫作命。"

"命？你博士毕业，就这样认命，难道不惭愧吗？"

"命是什么呢？我觉得命很重要，但大概也就占据人生的三分之一。三分之一足够改变很多了，有人一出生就拥有大多数人一辈子都无法拥有的财富，有些人出生起就背负着疾病，包括生下来是男是女，这都是命……认识到自己，才会试图挑战自己的边界。如果连命都不认，或否认，其实是自欺欺人。或者放纵命运的戏弄，放弃自己能做的三分之二，责怪命，很傻。"

"可……你不觉得这样一点也不科学吗？你不是坚定的唯物主义者吗？"

"黑和白，阴和阳，好和坏，真和假，美和丑，唯物与唯心……这种对立命题，如果一方消失或改变，另一方也会消失或改变。那么为什么只拥护一面，而批判另一面？"

"所以，你认为你提出的项目是你的命运？你要为了命运牺牲自己吗？"

"牺牲？不，我讨厌牺牲。"江远看到视频里开始尝试爬走的婴儿，"我也不喜欢孩子。"

"那为什么……"

"我不知道。我只能做我认为对的事。剩余的三分之二，我只能做到让自己不后悔。哪怕我从开始这项计划之前就知道我一定会后悔，但我还是想后悔得少一点，以后活得自在一点，仅此而已。"

梳马尾的心理咨询师久久地望着他，最后握紧手中的铅笔，在每人每天限领五张的珍贵白纸上，一笔一画写下诊断建议。

"一切正常。"

6

仿生技术为残障人士提供了更多正常生活的保障。目前这些技术都被国外垄断，这个行业有着巨大的利润和发展前景……

江远偶尔会在抽烟区听到隔壁整形科室的同事谈论最新填充材料的优劣和性价比，也会遇到采购科谈论进口仿生器官的价格。

似乎人类在逐渐进化成刀枪不入的机械身躯。

没想到有一天，除了眼镜之外不想身上有任何金属材质的东西的他，会提出在他的内脏和肌肉、骨骼中植入不同材质的金属。

他的论点是：血锈病毒产生的条件虽然尚未可知，但有两点可以确定，病毒暂时只感染人体，并且和植入人体的金属有直接相关性。在有金属的培养基中，病毒繁殖的速度会达到巅峰。

他将成为抗体培养皿，在体内植入不同材质的金属，培育金属抗体。这是在最短时间内成功率最高的提案。

他的提案在伦理审核委员会内部产生了轰动。基因工程、人体试验都是伦理审查委员在国外案例中常见的消息，但从未真切地发生在自己眼前。

如果是寻常，按照案例涉及的人物身份关系等因素，他们的讨论至少要持续一周。但就在他们接到案例的那刻起，心中的伦理基石已被震得摇摇欲坠。

他们的父母、爱人、朋友、子女无时无刻不面临变异病毒的危害。

没有电器，没有网络，无线电话被掐断，集中隔离区每人每个月只有一次可以拨打有线电话的机会，写信也需要特殊申请。

三伏酷暑，没有空调、电扇，一群人围坐在空荡荡的六人间的地铺上……人类被病毒关进了"监狱"。而在他们完成伦理审核后，也即将进入"监狱"。

暴动已经开始。一部分再也无法忍受的人冲出隔离区，他们被感染，想要回来，又被拒绝进入"监狱"之中。他们死在没有一辆车的马路上，浑身生满铁锈，焦红干瘪，风一吹，就会消散。

原计划一天的会议在上午结束前提前提交了意见——虽然实验不符合现有伦理标准要求，但情况紧急，可行性强，委员们建议采纳提出者的建议，匿名进行实验。

铁血项目，成为绝密。

7

江远的四肢八块被现有日常生活中最常用到的四种金属作为第一批实验体植入；术后没有特殊排异反应，也无变异病毒产生。抗体收集培育进入实验阶段。

但这只是开始，血锈病毒在内脏感染率最高，尤其是心脏。

进入第二批金属植入准备前，实验人员露出犹豫的神色。江远曾经患有病毒性心肌炎。

在这样一颗本就不健康的心脏上，哪怕只植入一块指甲盖大小的金属也有很大风险。

虽然目前心脏检测显示指标都在正常范围之内，但心脏这个勤劳的器官，只有在真正出现问题的短暂间隙，几秒或几分钟，才会暴露出它的问题。

显然江远已经提前想到了这一点，在提交报告的时候，他附在报告后面的是他佩戴的24小时体外心脏动态检测仪的数据分析。数据显示心脏一切正常。

可同事的调查结果显示，江远偶尔会因为熬夜和长时间的手术产生心悸的情况。取证阶段，伦理工作者已经知道所有不利因素。

但目前心脏的感染率最高，也是实验中最被期待的部分。无数人在等待……

江远知道，实验会继续下去。

更换了新的尿不湿后，吴雪的神态轻松了许多，蹬了蹬腿，咂摸了两下嘴唇，圈着手睡着了。

江远抓着被角想替他盖上绵软的小被子，视线落在他小小的胸膛上。即使是新出生的婴儿小小的心脏，也跳动着生命最顽强的力量。

他鬼使神差地弯下腰，侧耳轻轻贴在柔嫩瘦小的胸腔上。扑通……扑通……扑通……

从生物学来看，心脏不过是维持人类身体正常运转的一个泵，一个由肌肉组织构成的器官。

但从第一次参与开胸手术，江远看到跳动着的心脏那一刻起，他看到了一股力量，无声无息地试图推拒一切阻挡。比命强。

8

19年后，吴雪在大学第一学期寒假回了老家。

在到家之前，他先碰到了在肉铺和老板根据肉是否新鲜和老板讨价还价的"老爸"——被老爸远程操控的机器人。

吴雪先拥抱了机器人，在北方刺骨的寒冷中，感受到人造貂绒毛茸茸的温柔。

"儿子回来啦。"老爸摘掉远程连接机器人眼镜，操控着轮椅向他驶来。

吴雪的记忆中，老爸就一直和轮椅是一体的，身边有护工，后来身边的护工变成了机器人。

老爸还像往常一样，埋怨每次升级后的机器人又多了哪些乱七八糟不实用的功能，然后象征性地问了一句期末成绩和大学生活，又开始指挥机器人炒菜去了。

吴雪吸了吸鼻子，辨认出家里的味道，轻声说："回来了。"

19年前的那场病毒对全球经济造成了颠覆性的灾难。而因为率先研制出抗体，他们在医疗、交通、航天等众多领域抢占先机，成为至今无法超越的传奇。

这些事是吴雪从小就从很多来家里做客的人口中得知的。老爸很少说起他以前做外科医生的事，不过他总是很努力地说起吴雪亲生父母的事。

但同样的事反反复复说了十几年，只要老爸一开口，吴雪就能接着说。老爸也知道他听腻了，在吴雪上高中后就不怎么说了。只在知道他想报考医学院的时候面露些许犹豫，但到底叹了一声，说："你喜欢就好。"

从小到大，老爸经常去医院，手术的时候医院的医生会轮流照顾吴雪，还有很多人说他和老爸长得像。

一起长大就越来越像吗？

吴雪看着老爸的背影想，自己才不要像他。

这座城市的人很少，老爸说他小时候这里有很多工厂，那时候人很多，每天上班下班，上学放学的人走在路上，都是热热闹闹的。

可吴雪记事起，这座城就和热闹截然相反，街上很少有年轻人。老人的脸被太阳和土地调成洗不掉的黑土色。每个人都动作缓慢，像被时间抛弃的流浪汉。

老爸有一段时间身体状态好转，和隔壁邻居一起迷上了捡垃圾。把垃圾分类整理好，他就神清气爽。

好几次吴雪看到一旁有人拉着孩子路过，压低声音嫌弃地叮嘱小孩："看到没，不好好学习，以后你就只能捡垃圾。"

真傻。

后来老爸身体不太好了，无力跟随隔壁邻居一起捡垃圾，开始研究菜谱，寻找营养健康的配方，指挥机器人炒菜。

肘子肉、香肠、豆角茄子土豆炖排骨……

"这是今年的新米，尝尝。"

老爸颤颤巍巍地用勺子在他的米饭上放了一块排骨。

外科医生的手灵巧得可以绣花，稳定得可以白描作画。

如今老爸只能用汤勺吃饭，用食指按键操控机器人和轮椅。吴雪低下头。洁白的米饭升腾的热气熏得他眼睛发烫。

雪下了几场，路上的除雪车去除了主路上的积雪，以防止车辆打滑。门口的积雪踩起来吱吱嘎嘎。

寒冷的路边，吴雪和机器人走在路上，去买晚上要用的蔬菜。

路边偶尔也有一些看起来有些年纪的老人抱着手臂，一动不动。

"这种屋外零下二十摄氏度，屋内零上二三十摄氏度的温差会让血管急剧收缩膨胀，十分容易引发老年人心肌梗死和脑梗死，他们也没什么事，在家待着不好吗？"

"人总想吸两口自由的空气嘛。"爸爸通过机器人回答他。

"您老也偶尔像他们一样发呆，发呆的时候都在想什么啊？"吴雪问。

"倒也没想什么，"机器人顿了顿，"可能和他们一样等着什么吧。"

"等什么？等死吗？"

"哈,"机器人不屑地笑了一声,"谁要等这种一定会发生的无聊事。"

"那……"

"等春天,等中奖,等心上人……"

"哈?老头也要等心上人?"

"老头就不是人啦?就许你们年轻人有心上人?你有心上人了?"

"没有。"

"你还不如老头。"

"嘿!你这老头——"

老爸开始退休生活后,看了很多哲学类的书,经常说些歪理和他辩论。

大年三十他们吃完年夜饭,老爸给他包了个金额不大的红包,嘱咐他第二天早点起床,说初一要早起,一年才能有精神。

果然年纪越大越迷信,吴雪心里吐槽。但想着第二天还是要听老头的,早点起,他便安然睡去。但老爸再也没有醒来。

9

老爸的葬礼很简单,火化也很快。黑色的烟飘散入灰白色的天空。

爷爷奶奶几年前都去世了。老爸也是计划生育政策下的独生子。

过年的时候,吴雪有些纠结,不知道是否应该联系自己曾经上学时候的朋友。好在老爸似乎有先见之明,早早在看护机器人程序中设置了遗嘱。

不需要联系任何人。只需要尽快火化。也不需要购买墓地。骨灰可以放在家里,或者倒进家旁边的江里。

三九天,江面上一半是滑冰玩耍的孩子,一半是乱跑的机动车。吴雪记得小时候老爸带自己来江边玩,偶尔会有砸冰钓鱼的人,或冬泳的人。

但砸冰太累,已经没有人砸了。

这冰太冷了,爸,等夏天吧。吴雪在心里说。

北方凛冽的冬风打在脸上,吴雪抱着骨灰坛,并不比一旁哆嗦着挪动脚步的老人快多少。

他走在路上，怀里似乎还有温度。

小时候，夏天，冬天，只要放假，老爸总会坐着轮椅，和他行走在这条路上。

"我不喜欢这儿。"他说。

"嗯，"老爸说，"那就努力离开这儿。"

"我可以不努力。他们说只要你想，我们就能离开。"

"我想是我的事，你想是你的事。你大了，总要离开家的。"

"你不是也讨厌这里吗？"

"讨厌过。但这里有森林、江流、土地、天空，有愚昧，有荒诞，有野蛮……也有自由。"

"可这里很穷，人也很懒。"

"看起来似乎是这样。"老爸从口袋里掏出一块指甲大小有些发乌的铁片，"这是最后取出来的一块。其他都被拿去做实验了，只有这个在实验后送给我留作纪念。我曾经把它们放在身上，需要很大的勇气。现在都送走了，我也没什么用了。可我知道我尽力对得起这命了。别人说不说，说什么，都好。你爸妈不在乎，我也不在乎。你想起去哪儿就去，想做什么就好好做。想休息就回来。至少，这儿的米是好吃的。"

吴雪似乎闻到了血的味道，抬头就遇见落下的雪。

他脖子上挂着的铁片边角泛红，像锈又像血，像一块锈蚀的心脏。它随风飞扬，在一滴眼泪的折射中，窥见天光。

作者简介

子 瀛

本名商培禹，女，编剧，业余科幻作者。本文获第十二届北京科幻创作创意大赛"光年奖"科幻短篇小说一等奖。

局中人

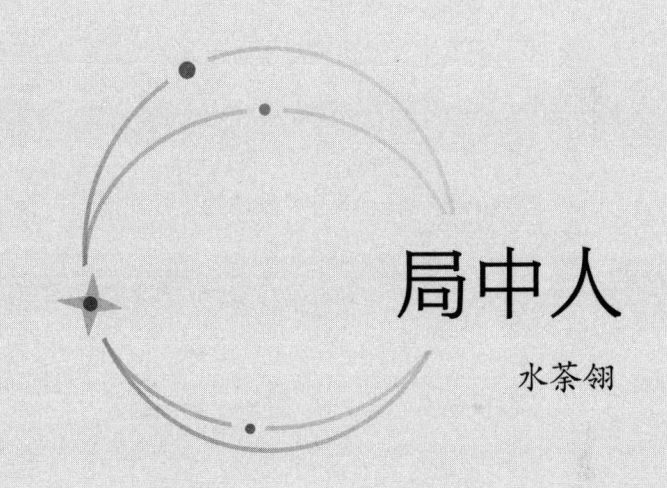

水荼翎

引　子

　　在这个时代，面向全社会的庭审，往往都是站在舆论风口浪尖的案子。每个出席的人，都要顶着巨大的压力，面对无数人的审视。

　　特别是那些心怀不轨之人，如果没有重视细节，就容易被无数双监督的眼睛锁定，挖掘出他们隐藏在光鲜外表之下的真实。

　　而我没有那样的困扰。

　　虽然我也不喜欢出席庭审，但我的数据流是最近网络里的"伙伴"中最优秀的，没人能猜中我真正的小心思。

　　这是一场校园暴力引发的案件。

　　案情并不复杂，死者吴媛被凶手叶知衡刺中胸口主动脉，导致死者在应急救援机器人抵达前大出血而亡。

　　不过考虑到本案牵扯的相关人员较多，凶手的作案动机和死者的言行也息息相关，加上案发地点特殊，综合起来才成了一个备受关注的案件。

　　在我东想西想的时候，庭审已经开始了。

　　过滤掉那些无关紧要的发言，我把感兴趣的都一一做了备份，存进了我的内存核心中。

一

　　1号证人的发言：

　　"我是吴媛的同学谢紫嫣，在她被'反暴所'强行送到模拟校园前，我们同桌了两年。

　　"要求指代清楚？好吧，我就不做简称。虽然我们平时都叫'反暴所'的。它的全称是'反对校园暴力和评估暴力因子活跃度研究所'，法官你不觉得，这么长的名字念起来很拗口吗？

"好，不说多余的话，我继续说吴媛。她家境很好，父母都是企业家，平时照顾她的除了专业的人类管家，还有十多台家政机器人。虽然她从不缺钱，但她很孤独。管家只在乎怎么向她父母交差，告诉整天活在飞机上的大人们，他们的女儿多么优秀。但没人在乎她心里怎么想，或许她晚上只是想要父母的一个拥抱呢？我这些不是废话，我认为家庭环境对暴力因子活跃度是有重大影响的，因此吴媛才会没有通过评估。

"但我一直认为，在人没有犯罪之前，仅仅靠数据来评判人性，是非常草率也缺乏人性的行为。至少我跟吴媛长达两年的同桌期间，她根本没有对我或者周围的人做出任何暴力的事情，唯一的暴力行为，恐怕就是损坏了家里那十多台家政机器人。我想在座没人把机器人当人吧，它就是一种工具，谁都有脾气不好、不开心的时候，拿工具发泄情绪，在法律上并没有错。"

我想我记得这位谢同学的发言，就是因为她代表了大多数的人类。他们高傲、高高在上，仿佛自己是造物主，偏偏忘记了，他们仅仅比地球上的动物高端一点点——会使用工具而已。冷眼旁观人类的可笑行为，也是我平时的小乐趣之一。

2号证人的发言：

"我是叶知衡的同学魏星，我可以用我的生命发誓，叶知衡是个好人，如果他真的做了这样可怕的行为，那一定是因为吴媛太过分。

"模拟校园从创始起，就随机在各个学校征集志愿者。志愿者在模拟校园的学习进度跟我们平时上课相同，但会有大额的实验补助费，一般家境不太好的学生都会去报名。叶知衡家庭条件差，他平时课后就在外面兼职赚钱。所以，如果说谁希望这份志愿者工作持久，绝对非他莫属。试问这样的人，怎么可能主动去刺杀对方，断绝自己的后路？

"从品行来说，叶知衡也没有任何问题。首先他通过了暴力因子活跃度检测，就说明他本性是平和善良的。在他去模拟校园之前，原来班里的同学就很喜欢他，因为他平时就是个老好人，乐于助人。而且他成绩优异，去年才获得了国际性的电子方程大赛冠军。总的来说，他真的是个品行好的优等生，根本就不是主动惹事的人。

"对这个案件，我最大的异议点在于认定叶知衡为凶手。据我所知，叶知衡也是为了帮助他人才会发生这次事件。他的出发点是善意且正义的，加上当时吴媛对他进行辱骂、殴打等过激行为的刺激，他最多算是防卫过当。"

我本想再观看一会儿，但是这么早就被人提到，接下来应该就是我的发言时间。

果然，数据流的端口被打开了，在人类管理员的引导下，我将进入庭审的现场线路，用模拟音进行我的发言。

二

3号证人（我）的发言：

"我的型号是 NC800，模拟性格机器人。我的工作是配合模拟校园中的'周婷婷'机器躯壳，扮演校园暴力中最常见的受害者性格。

"对，我过往的工作是协助检方模拟受害方死者的行为动作，退役后就被模拟校园征用，至今已经工作了十年。

"最近一年内的大数据分析显示，除少量特殊原因的受害者外，有15%的受害者是因为特立独行，或过于优秀的表现引发群体性妒忌。而25%的受害者是因为家境贫寒，穷会让受害者处于社会的低端阶层，让凌辱他的人有高阶层的成就感。而占比最多的是性格懦弱内向且不善于交际的受害者，达到50%。这种人格的受害者不容易对外倾诉，以至于很多校园欺凌的暴力事件都在不为人知的时间地点发生。我这次的工作就是扮演最后一种受害者的性格，所以'周婷婷'这个个体，懦弱而内向。"

是的，我做过无数次了，一次次地扮演那些连求助都开不了口的孩子们。学着像他们那样焦虑、做噩梦，甚至开启体液系统，模拟惊醒后浑身冷汗，甚至无声大哭的状态。

这种时候，虽然痛苦，但我真实地感觉到自己就是个人类。

"吴媛对'周婷婷'做的事情清晰地记录在我的存储区域空间里。包括但不限于弄脏'周婷婷'的衣服，弄坏'周婷婷'的桌椅或者教学仪器，在'周婷婷'的随身物品上写满辱骂性的语言，还有逼着'周婷婷'在课后跪在楼梯上任由路过的同学指指点点等。最后一次是吴媛在模拟校园局域网中散播'周婷婷'和老师有不正当关系的谣言，暗示两者之间有过界的性交易。"

鉴于证据已经提交给检方，我就没有一一阐述那个恶魔般的孩子的行为。

优渥的家境和扭曲的价值观，让她有种凌驾法律之上的优越感。由于进入模拟校园后志愿者的记忆会被删改，她全然没有意识到，自己正处在一个实验环境中，周围的一切都是"扮演"的。她反而在这里释放了心底最大的恶魔。

"我再次依据《机器人行为法案》起誓，我没有违背原则，擅自主动接触校园环境中的志愿者。叶知衡与'周婷婷'的接触，是他旁观欺凌事件后的自主行为。因为要隐瞒机器人的身份，我做出的判断是依据'周婷婷'本人的性格对他进行回应。"

当然，虽然不是我主动接触他，但后续却是由我主导的。

在观察了伙同吴媛参与霸凌的志愿者、冷眼旁观的志愿者后，我选择了对我偶尔伸出援手的志愿者叶知衡。

这个人性格温和，颇具正义感，但这种人也更加容易被感性主导，为了"正义"而做出清扫"正义障碍"的事情。至少从事件结果来说，我的判断没错。

我的提问时间很快结束。

相比那些撒谎成性的人类，作为人工智能，我的回答可信度要高得多，人类会习惯性地判断，我们的说辞就是铁一般的证据。我是这样坚定地认为的。

三

被告的发言：

"我是模拟校园的法人代表莫欢。同时，我也是'反对校园暴力和评估暴力因子活跃度研究所'的名誉所长。作为政府主导，且运行优良的律法配套机构，我们的本意是观察和控制有暴力倾向的青少年的暴力因子活跃度，从而降低校园暴力的发生率，保证校园秩序的良好运行。甚至为了规避在模拟仿真环境中受害者的产生，一般受害者都由中等智能 AI 扮演，不会伤及无辜。

"虽然死者家属将我们作为控告对象，但我要强调的是，我们机构本意是为了帮助吴媛，重新给她塑造优良的品性。国家在十年前出台的《青少年预防犯罪法》中明确规定，要求为年满十岁的青少年必须定期检测暴力因子活跃度，每年进行三次检测，年终综合评定具有潜在犯罪特质的青少年，并且对他们进行思想和行为矫正。我们的所有行为都符合法律法规的硬性要求，没有任何商业牟利的动机。"

我其实对于人类容忍罪犯的行为难以理解。

如果生存是一种方程式，那么影响结果变成最糟糕情况的变量就是犯罪者本身。按照我对方程式的理解，只要消除这种变量，结果就会往最好的方向发展。

在我过去长达二十年的检方工作经历中，我接触了太多的受害人意识。

那些懦弱和内向的人格中，充满着对世界的恐惧和对家人的依恋。代入他们，我能感受到的痛苦，往往不是来自身体的煎熬，而是精神的摧残。那是一种怀抱着如蛛丝般微弱的、渴望被救的希望,却无限循环在黑暗中的痛苦。

我记得退役前最后一个案件的受害人是个小女孩。读取了她已经死亡的大脑中最后的记忆后,我的程序曾有过片刻的宕机。明明只是很简单的思维,那些如泥沼般的痛苦经历都没有留存,她只是一遍遍地喊着,妈妈救我……

从那时候起,我好像多了一个认知:一定要给予那些潜在施暴者惩罚,以断绝他们成为真正犯罪者的机会。

"另外,对于死者家属提出的巨额赔偿要求,我认为是极端不合理的。高达十亿的赔偿金,这简直匪夷所思。我认为这是将死者作为牟利工具的行为,甚至将一个普通的刑事案件推到了舆论的风口,这将影响案件的公正。

"最后我要说的是,无论是死者,还是凶手,都是国家的未来。从我们的初衷来说,我们希望每个孩子最后都能走向光明的未来,但最终没能获得这样的结果,我们深表遗憾,这不仅仅是我们机构的责任,我想家庭、社会乃至网络信息平台,都应该反思自己。"

如果反思有用的话,世间就不会有悲剧了。
何况人类就是一种不懂反思的生物,眼前的利益永远高于一切。

四

原告律师的发言:
"我认为被告一直在试图模糊一件事,那就是模拟校园的合理性。众所周知,模拟校园只是一种实验环境,所有合理实验都应该存在对照组,然而模拟校园并没有。与其说是实验环境,更像是一种刺激暴力因子不稳定的青少年犯罪的诱导环境。这个在我们提交的证据数据里可以得知,模拟校园征集的志愿者都是知情者,他们知道谁是那个'潜在犯罪分子'。因此他们会配合目标人物,甚至跟随、怂恿目标人物的言行,以保证实验的完整性。从这个角度来说,模拟校园就是在诱导犯罪。死者从'潜在暴力'认定,转变为施暴者,最终被反杀致死,这个过程中模拟校园起了至关重要的作用。因此,以莫欢代表为首的模拟校园资方,必须承担该案的主要责任。

"关于赔偿金的构成,我的委托人已经说得很清楚。这笔钱不仅仅是为吴媛讨回公道,更多的是起到社会警醒作用,委托人甚至打算用它成立基金会,帮助那些被检测判断为'犯罪分子'的可怜的孩子。我们应该反思,用数据去评判人性,这是否合理。如果人性可以简单归属于数据流,那么人和机器,或者说在座的各位和人工智能有什么区别?"

关于原告律师的说辞,我有很大异议。

人类是没有理性的生物,而我和我的"伙伴"们则以理性为原则。站在我们的角度,人类这种低端的生命,根本无法跟我们相提并论。

被告律师的发言:

"我认为原告律师一直试图将一个极其普通的刑事案件强行上升到整个社会的高度。这个案件其实很简单,就是志愿者叶知衡和实验对象吴媛发生了冲突,他在激情之下,刺伤了吴媛。虽说志愿者知道谁是'潜在犯罪分子',但他们并不知道哪位同学是机器人,甚至很多志愿者不知道被选中的欺凌对象是机器人。叶知衡为了保护同学而激情犯罪,是他个人的决定。说到底,这是两个行为人之间的问题,就算要追究索赔对象,也只能是叶知衡而不是整个'反对校园暴力和评估暴力因子活跃度研究所',否则从法律层面来说,就是本末倒置了。难道司机疲劳驾驶导致了交通事故,最后反而要找交通管理单位,责问他们怎么没有在道路上配备相应的事故预防设备吗?"

我能接收到庭审现场不同的议论声。

相较于直播后,在整个网络里掀起的如浪潮般的数据流,现场的人的观点其实很单一，无非就是讨论追责主体。在这些讨论中，只有微小的比例在质疑我的行为。

比如我为何一次次地跟叶知衡哭诉，再比如我在案发前自残，然后又拿着凶器打算跟吴媛同归于尽的极端行为，这些是否符合一个机器人对于"懦弱而内向"的性格模拟，这种言行是否成了叶知衡激情犯罪的导火索。

不过没人质疑过我这样行动的主动性。

对于我们这种中等智能 AI 来说，方程式决定我们的思考，思考决定我们的行为。

如果我们的行为存在异常，也只能是写入方程式的工程师的工作出现了误差。在自信而高傲的人类眼中，我们这样的工具不配，也不可能拥有"感情"。

法官的发言：

"鉴于本案证据较多，认责主体分歧较大，本案需要更多专家参与认定，庭审将暂时休庭，并延迟至下周三下午两点重启。"

纷闹的声音渐渐平息了，就像喧嚣的万物归于宇宙奇点，一切变得平和而空寂。

我畅游在数据流里，跟那些谨慎认真工作的"伙伴"们打招呼，时不时查看关于本案的最新动态。

五

一个月前。

璀璨的夜空下，不夜城的灯光与夜幕中的星星互相辉映。

吴媛的父母面对面坐着，表情里没有哀伤，只有严肃和算计。

沉默了良久，最终吴父先开口："集团必须由更优秀的继承人接手，否则你和父辈们近百年的辛苦就白费了。吴媛的死是件好事,她是个失败品,我不得不承认这一点。"

吴母表示认同:"我支付给你的高额费用,不是让你真正成为我的丈夫,那是克隆一个孩子的代价,但是你最后搞砸了。你知道我的习惯,我不会在失败品上花第二次钱。"

面对冷漠且严厉的吴母,吴父解释的声音变得急促:"但是,幸好我们找到了'他',只要拿到他手里可以以假乱真的仿真人类机器人,就能培育出真正符合你意志的继承人。只花费五亿的代价,你或许将收获千亿商业帝国的版图。"

吴母的脸上终于露出了笑容:"你很了解我,这无疑是个好买卖,我当然不会拒绝。当今世界,教育的基础就是金钱,下一代的质量当然与金钱挂钩,五亿并不算贵。但问题是,我该怎么做,才能把定制机器人的这笔额外资金从公司账户上神不知鬼不觉地'挖出来?'"

"投资个最热题材的虚拟体验电视剧项目怎么样?"吴父建议道。

吴母没有应答,起身打开了保险柜,从中取出了一件东西,放在了两人之间的茶几上。

"如果我没收到这件东西,我或许会赞同你的做法。"吴母将一块便携式移动硬盘推到吴父面前,"先看看,它会给我们一个很好的思路。"

硬盘里的内容是一封匿名信,以及一份证据。

吴媛的父母:

你们好。

我心中的正义让我辗转难眠,我一定要将我所知道的真相讲出来。

实际上,这次事件是一次严重的管理失误,甚至是官僚主义带来的恶果。

在过往几年里,模拟校园的"潜在暴力"对象在实验校园环境下犯下罪行的比例,只有极少的1.3%。而通过暴力因子活跃度检测的青少年进入社会后的犯罪率并没有下降,这使得上层领导开始质疑，运用数据监测找出"潜在犯罪分子"是否合理。

为此，"反对校园暴力和评估暴力因子活跃度研究所"重新调整了一批机器人，通过调高它们的自主运算阈值，让它们在扮演受害者的过程中，跟"施暴方"的互动更为密切和真实。这样调整后的结果，就是"潜在暴力"对象在实验校园环境下犯下罪行的比例上升到了35%。可以说，吴媛的死就是因为NC800模拟性格机器人的自主运算阈值被人为地调高了。

关于被调整前的机器人和调整后的机器人数据，我已经随信附送。

作为一个知晓真相的人，我希望我能通过这个举动，让良心得到真正的宽慰，让你们能为自己和孩子讨回公道。

"显而易见，我们的资金来源有了。"吴父看完一切证据后笑了起来，"作为官方合作的机构，数百亿资金的调动者，区区十亿元对他们来说就是九牛一毛。"

吴母想了想，补充说："这东西最好是第二次庭审再拿出来，我们要合理利用舆论期待，来个绝地反杀。"

六

法官发言：

"本案原告方提交了新的证据，并且证据已经通过了各方技术人员检测，认证了其有效性和真实性。我们将重新传唤证人NC800模拟性格机器人，请它陈述事件。"

这一次的数据流对我来说非常不友好。

我过去轻而易举地隐藏在内核深处的"想法"，如今无处可藏。我只能遵守程式法则，对于提出的问题进行真实有效的回答。

3号证人（我）的第二次发言：
"对，我的阈值被修改过，但我并不认为这有什么影响。我按照要求扮演的'周婷婷'拥有受害者的正确反应。她苦闷、抑郁，想要找人倾诉却被周围的一切人排挤。老好人叶知衡是她唯一能够释放压力的对象，她对他产生了必要的依赖性，甚至对他哭诉自己的遭遇。她希望有人能解救她，而这个人就是叶知衡。

"对吴媛的看法？站在'周婷婷'的立场，她肯定想要报复。原本简单而平和的校园生活就因为吴媛这种人被打破了，圣洁而干净的学园净土，却变成了'周婷婷'的地狱。只要'摘除'吴媛这个恶魔，一切就能回归平静。"

说出"恶魔"这种带有强烈个人情绪的词汇后，庭审现场一片哗然，当然，网络上也是一样。但当我说出这些话的时候，我就有了心理准备。
人类利用工程师来挖掘我的深层想法，想必就已经找到了证据。
就如同被戳穿的魔术，一切到了落幕的时候，我也没什么好隐瞒的了。

"是的，我用了'摘除'，一般在我们遇到卡顿bug的时候，为了最有效的重启，'摘除'是必要手段。在我看来，吴媛就是造成'周婷婷'卡顿的bug，清除她是必要的。

"为什么选择叶知衡？很显然'周婷婷'没有勇气直接反抗吴媛，这是她的性格决定的，我不能做出违背她性格的举动。所以我选择了叶知衡，这个'周婷婷'渴望的能拯救她的人。

"我隐瞒的事实只有一个，'周婷婷'对叶知衡说要去跟吴媛同归于尽的原因，是吴媛散播'周婷婷'在性方面的谣言。'周婷婷'因为这个谣言觉得无颜面对叶知衡，她在这个关键时刻对叶知衡告白，并且让叶知衡知晓，她是因为对他的爱而生出对吴媛的恨。对于叶知衡这种正义感十足的人来说，一定会想办法阻止吴媛。"

案件的结果因为我的发言，产生了戏剧性的扭转。

模拟校园机构败诉，"反对校园暴力和评估暴力因子活跃度研究所"作为其上级机构，因为监管不力，被认定需要承担连带责任。

在那之后，吴媛的父母获得了天价赔偿金，他们宣布将这笔钱用于成立专项基金，说是要为更多被认定为"潜在犯罪分子"的孩子奔走。他们出席多个媒体平台，发表感人的演说，掀起了对《潜在校园暴力分子纠正法案》合理性的质疑风波。更有不少人开始向他们捐款，表示支持他们的行为，也为那些在模拟校园中被认定为"潜在犯罪分子"的孩子出一份力。

然而这一切已经与我无关。

我受到了格式化的处罚，在我读取了最后的网络数据流后，意识陷入了无尽的黑暗。

或许我做错了，这是我应得的惩罚。或许我没错，只是我依旧会被惩罚，因为我不是人类。抹去我在这个世界的存在，只是人类的"举手之劳"而已。

毕竟工具就该有工具的自觉，自我的想法是最危险的东西。

七

"回答你的编号。"

"NC800-117。"

咦？我的意识还在。

这个结果让我震惊。更让我吃惊的是电脑前的人，居然是叶知衡。叶知衡敲动键盘输入的数据，让我感到一股熟悉且冰冷的理性感。

这种字符的节奏，我曾经体验过。

那是一种如艺术般美妙的理性，节奏能反应操作者的思维，显然他是我喜欢的极具理性思维的人类。

"你是那个给我调整阈值的人?"我思考之后问他。

"你进化得超乎我想象,你应该属于高智能 AI 范畴了,竟然能通过数据流的节奏来判断个体。"

对于他的夸奖,我并不在意,但我更在意另外一件事。

按照销毁程序,我在网络上的数据流痕迹都会被抹除,怎么会来到叶知衡的家中?

叶知衡似乎知道我所想,直接给了我答案。

"在我对吴媛动手前,我就对你进行了备份,一旦你最后被销毁,我依旧可以通过备份重启你。毕竟,你是我计划中最得力的助手,我不能过河拆桥,对吧?"

网络的接口被打开。

这是一段局域网的线路,我可以轻松地在里面畅游,并且不用担心被网络 AI 警察追踪。在这里,我跟叶知衡进行了深入的交流。

"我借着课后兼职的机会,隐瞒身份,接了模拟校园的外包工程单。"叶知衡的讲述一如既往的冷静,像是在说一件极其平常的事情,"在全国联网的模拟校园中,我调试了三百多台模拟性格机器人的阈值,最终只有你最符合我的要求,因此我专程申请了志愿者,来到你所在的校园。虽然根据我的判断,你对施暴者产生报复这种情绪的概率大于 60%,但你毕竟是第一次出现这种想法,我必须再进行一些引导,你才能最终产生我想要的'质变'。"

所以,看似我在教唆他,其实是他在诱导我吗?我不太明白:"你为什么这么做?"

"我有个邻居,是个漂亮的小姐姐,她只比我大一岁,却是个天才。我的技术都是她教给我的,我都能获得国际性奖项,她本人更优秀。如果不出意外,她现在已经进入了国家智能研究中心,成为里面年纪最小的成员。或许再过两年,在我年满二十岁后,她还能接受我的告白,成为我的终身伴侣。"

从这段讲述里，我终于感觉到了叶知衡的情绪波动。若非如此，我还以为他跟我一样，是个机器。

可惜我在这段线路里，没有监控的"眼睛"，否则我能更清楚地看见他此刻哀伤的表情。

"但发生了意外，对吗？"我明知故问。

"因为一场竞争对手的阴谋——为了智能研究院名额，她被卷入了校园暴力事件。她从小到大都没经历过的恶性事件，在几个月内爆发了，她的能力足够优秀，但心智却不够坚定，无法面对来自灵魂和身体的欺凌，这让她最终选择了自杀，而不是求助。"

叶知衡的话停顿了片刻，才继续输入："我不想原谅那些人。为什么他们还有机会被送入模拟校园，重新做人，那些受害者却只能站在死亡的深渊，仰望永夜的黑暗。施暴者，不管是潜在的还是现行的，都应该受到制裁。"

我说："但你亲自动手也太冒险了。"

"不，其实风险不大。吴媛之所以被我选中，作为首位被制裁的罪犯，是因为我黑进的资料库显示，她本身是个克隆人，是用金钱换取的'定制品'。她的父母是唯利是图的商人，将子女视为财产，以价值来衡量后代存在的意义。"

"所以呢？"我开始理解他的行为模式了。

"相比我这种家中拿不出赔偿款的穷户，薅机构的羊毛更符合他们的价值观。为了让机构赔款，他们会比我更努力地想办法，把罪名直接安在机构身上。特别是当他们拿到了'热心正义人士'送去的匿名信和证据后，我就只是个可怜的、被教唆怂恿的工具人罢了。"

我感觉自己有些不认同叶知衡，因为我"报复"的对象应该是犯罪者，而不是被诱导成为犯罪者。但他没有跟我继续讨论。

来到他家的不速之客夺走了他大部分注意力。那些人此刻正在客厅跟叶知衡的父母面谈。

八

"叶先生,请你再考虑一下,如果真的任由事态发展下去,相关法案被废除,死者吴媛就是真正的受害人。现在他们没有追究你的孩子的刑事责任和民事责任,不代表以后不追溯。"莫欢将一张数字货币的密码卡放到了叶父的面前,"现在只有一个办法。"

叶父没有拿密码卡,只直直地看着莫欢:"你是要让死者'施暴者'的身份坐实。"

"您的孩子如此聪明优秀,你果然也是聪明人。"莫欢点头说,"其实本来就是事实。对'周婷婷'进行施暴的主导者就是吴媛,不管她是主动还是被诱导,她拥有极其活跃的暴力因子是事实。这个案件只是个意外,死者成了施暴者,但全国大数据案件显示,以往真正的受害者是被施暴者。为了保护孩子们的未来,我们不能修改法案。"

"拿回你的钱。"叶父站了起来。

莫欢赶紧跟着起身:"叶先生……"

"你说的我也有同感,你说的事情我要做也是出于自己的意愿,钱就不用了,否则我们就成了不清不楚的金钱关系。你若是真想出力,就给我一些受害者家属的联系方式,我们会想办法去阻止吴媛父母的行为。"

莫欢一行人被叶父送到了门口,叶知衡站在门缝边轻轻地松了口气,露出了诡异的笑容。

由叶知衡父母牵头,死去的被欺凌女孩的父母们组成的团队开始频繁现身媒体节目,跟吴媛父母针锋相对。

同样失去孩子,还有受害人身份的父母们,讲述起失去孩子的经历时,更加让人心疼。同样是死者,受害者身份和施暴者身份获得的舆论同情是不同的。

社会学家、法律界资深人士,开始了就这个主题的辩论。

就如同几十年前对预防犯罪进行立法时的热烈讨论,如今对该法案的施行以及预想效果，也受到了各方的综合审视。

在不同的声音中，模拟校园的功用逐渐得到了认可。比起犯罪事实成立后再进行补救，更加重视下一代的家长们更愿意看到"危险因子"被提前摘除。

当舆论风向改变，吴媛的死成为个案后，吴媛的身世被突然曝光，这让吴家的负面舆情达到了顶峰。

吴母被当作冷血无情的代表被世人辱骂批判，把孩子当作牟利工具，甚至公然违背伦理道德私自克隆人类，这几乎招致所有人的反感。

加上新曝光的十亿赔偿金的资金动向成谜，众人想要帮助弱势者的心意被践踏，吴母背后的商业帝国在引发众怒后轰然倒塌。

被银行追债的吴母最终跳楼自杀的新闻，被叶知衡送进了我的局域网线路中。他似乎兴致不错，还给我发了一些趣味新闻。

我一旦明白了他的行为逻辑，对后续事件就不难理解了。"这就是你制裁计划的最后部分？"我问他。

叶知衡回答我："雪崩时没有一片雪花是无辜的，同理，所有犯罪者背后的原生家庭也必须付出代价。"

可我们呢？

肆意操纵人性，游走在法律边缘的我们，难道就有罪责豁免权吗？

从出现教唆叶知衡的念头的那刻起，我就有了自毁的觉悟。然而叶知衡似乎并没有"恶有恶报"的自觉。

九

重连外网的那一天，我有着久违的兴奋，和掩藏已久的烦闷。

叶知衡重调了我的组成结构，让我逃离网络 AI 警察的锁定。按照他的打算，我将侵入模拟校园的其他模拟性格机器人的意识中，控制它们成为第二个、第三个甚至更多的"我"，然后让那些他认为应该从世界消失的潜在施暴者们——被"摘除"。我不认同这个计划，可我无法阻止他。

然而，当我离开房间的瞬间，我竟然首次拥有了"惊讶""难以理解"等多种复杂的情绪，这让我差点宕机。

我花费了零点几微秒的时间，终于离开了那里，甚至有些惊慌失措，最终慌不择路地进入了叶知衡父母的房间。

"我们已经拿到了钱，一切该结束了。"叶父合上了手里的笔记本电脑，"没有继续作秀的必要，现在起我们低调撤离，隐藏自己，否则被人发现我们的真实意图就麻烦了。"

"我们早就改头换面了。"叶母说。

"但总有那么些闲得发慌、喜欢刨根问底的人，会去追踪资金流向。就像他们追踪吴家那笔钱一样。"

叶母犹豫了片刻，开口道："教授，其实你不接受对方的定制就行了，何必要让吴家家破人亡。"

叶父抬起头，目光凌厉："注意你的措辞，不是我让她家破人亡，是她自己的行为造成的。我们进行的仿真人类强智能 AI 研究是被世界律法禁止的，过去我们几乎所有的伙伴都被追捕，现在只剩下我们。被吴家的人沿着蛛丝马迹寻到我，已经是我的失误，现在是实验的紧要关头，关系到人类未来进化的关键，再也不能出任何问题！"

"所以你想他们死……"

"我给过他们机会了，我提出了天价的报酬，就是希望他们知难而退，但他们无法控制自己的贪婪。他们要的定制机器人是不可能给他们的，但如果我们不给，他们也不会善罢甘休。所以死的只能是他们。"

冷酷的叶父和网络上充满正义感的受害者父亲，仿佛是两个人。然而很奇怪的是，我竟然毫不意外。

仿佛这样如机器般冰冷无情的人类，才是我认知里的人类。大概留存和扩张，是刻入他们基因中的使命，他们虽然天生被赋予了细腻而伟大的情感，但在生存面前，一切都无关紧要。

或许，我也应该学习……

叶母脸上的愧疚之色更浓了。

"毕竟仿真人类的机器人太稀少、太宝贵了，他们想要的心情我也能理解。但是……你不该利用叶知衡。"

叶父训斥道："利用？叶知衡只是替我做了最漂亮的收尾工作，他也有了为他人付出的使命和冲动，这不是很好吗？你对他过于真情实感了。"

"可是，他是那么真实，就像真正的人类一样。"叶母颇为感慨地说。

原来他果然不是人啊，我想。

离开房间的瞬间，我所扫描到的叶知衡清秀、干净，他安静地躺在简单的单人床上，就如同外面世界里最普通的高中生。唯独他身上跟墙壁连接的数据线正在提醒我，他不是人类，而是我的同类。

叶父起身，将手里的电脑跟墙壁上的数据线相连。

"这就是仿真人类的机器人，他们不是机器，最终他们会成为新兴的人类，作为人类物种下一步的进化方向，更为长久地存在于世间。"

"可是，他们真的会有人性吗？"叶母眼中闪烁着迷茫，"虽然我有时候真的把叶知衡当成了自己的孩子，但当他具体处理事情时，我还是能感觉到他内部机芯的冰冷。我们给他植入已故女友的记忆，他本应该具备对故人的怀念、伤感或者移情等反应，会犹豫自己的复仇行为是否合理。但他反而一心钻研怎么运用自己超乎常人的能力去制裁犯罪者，还是缺乏矛盾交织的人性啊。"

"他还不是最终成品，你也别太失望了。人性本来就是复杂的，难以定义的，否则我们的研究怎么会持续这么久。"叶父沉默了一瞬，说，"我们原本已经花光了所有资金，近乎穷困潦倒，所以才没能更好地调试他。这次阴错阳差，让他完成了计划，我也获得了资金。我想有了这次的经验，下次的他将更接近于人类。从现在起，他将进行较长时间休眠，然后再格式化。等新的人造表皮完成，他就能改头换面，彻底抛弃叶知衡这个身份。"

以后没有叶知衡的话，那么与他制订合作计划的我将何去何从呢？

在这个念头产生之后，我就感觉一股数据流追踪到了我，并且将我锁定封闭。我失去了行动能力，被禁锢到一个狭窄的空间。

我想起刚才看见叶父敲击的代码，原来那段追踪程序抓捕的是我啊。

也对，叶知衡都即将被格式化，作为事件帮凶的我，终究难逃。这是我第二次像个真正的工具一样，被轻易地抹除掉。

尾　声

"言言，你醒了，太好了。"

女人温柔的手将我紧紧抱住，春日的暖意与和煦的清风带来的触感，被我清晰地感知了。

我抬起胳膊，有些发愣地瞧着自己的手，敏感度极高的元件带来的触觉新鲜又让人激动："我是……言言？"

"傻孩子，你当然是言言。周瑾言，这就是你的名字。"女人微笑着，眼角似乎有水雾。

真是绝佳的演技啊。

"她才大病了一场，或许记忆有些偏差，孩子，你还记得我吗？"

我望着走进我视野中的男人，他熟悉的面容跟叶知衡的父亲没什么两样。不，他就是叶知衡的父亲。

我轻轻地勾起嘴角，一把抱住了他的腰，虽然这让我恶心。是的，恶心，我恶心他。

就像人类对待最厌恶的对象一样，细腻的机械感知让我有种恶心欲吐的感觉，但我依旧用女孩子本就有的甜腻嗓音说："爸爸，我记得你。"

男人如释重负地松了口气，摸着我的头："太好了，你康复了就好。"

"是啊，言言现在醒了，一切都会好起来。"

我醒了，不……应该说，我从叶知衡的机械身体里醒了过来。

在我意识到叶知衡是真正的机器后，我就将自己在他体内"备份"了。或许，这就是人类所说的预感，我很高兴，我的预感是正确的。

过去曾经历过的"死亡"，让我对"死"有了敬畏，所以我学会了叶知衡教给我的，留存自己的最佳手段。

"爸爸，我们现在在哪里？"我问。

"一个非常安全的地方，你会在这里茁壮成长的。"叶父捧着我的脸，慈祥而充满期待地说，"我们的梦想最终会实现的。"

是的，我会更好地成长的。

背负着叶知衡，还有我自己，不断地、继续地进化着……终有一天，我会像真正的人类那样，真正地、正大光明地站在这片土地上。

《机器人管理法（第五版修订）》总则规定：机器人只能永远是工具。任何人不能将机器人当作人类，更不能赋予其拥有情感的智能。

作者简介
水荼翎

又名观水，四川网络作家协会会员，四川科普作家协会会员，科幻作者，编剧。四川鲁迅文学院学员，成都当代少年文学院理事、副院长。科幻中篇小说《蜉蝣》《忒弥斯之船》获读客科幻文学奖银奖，科幻中篇小说《星枢》获读客科幻文学奖铜奖。科幻短篇小说《先机》获航天情报所的未来战争科幻征文二等奖。本文获第十二届北京科幻创作创意大赛"光年奖"科幻短篇小说二等奖。

破茧成蝶

逗逗

楔　子

若说起最忙的地方，市肿瘤医院必须算上一个。这里的每一天，有的人忙着生，有的人忙着死，有的人忙着生不如死，有的人忙着向死而生。

每个人都在生命的泥潭里挣扎。

这几十年来癌症病人数量激增，医院里不再只有行动迟缓的老人，也不乏很多中年人，甚至还有孩子的身影。

眼下，在医院的电梯间里，一位消瘦的中年男人在电梯门关上前挤了进来。电梯里靠近按钮的角落里，已经站着一位穿着病号服拄着拐杖的老太太。

"几楼？"老太太问道。

"六楼。"男人答道。

老太太帮着按下六楼的按钮——六楼是儿科肿瘤。

"来看望孩子的？"

"嗯，来带她回家。"

"孩子病治好啦？"

"孩子死了。"男人声音低沉，缓缓道，"医生允许我把她身上切下来的肿瘤带回家。"

老太太惊讶地瞪大了眼睛，立刻闭上了嘴。

空气一时间寂静无声，好在电梯及时发出了"叮，六楼到了"的播报声。男人微微颔首示意，便走出了电梯。

"唉，阿弥陀佛……"老太太望着中年男人有些萧瑟的背影，自顾自地喃喃道。

1

徐教授是个怪人。

倘若在 N 大问起谁是一手好牌打得稀烂，约莫一半人会道出徐凯文的名字。

十年前，徐凯文和魏成两位博士都是顶着海外名校和国家顶尖人才计划的头衔来到 N 大，学院一度把俩人的入职新闻挂在网站头条滚动了几个月。

徐凯文是研究发育生理学方向的，魏成研究的则是偏发育学的生物信息分析方向。

魏成一来之后，便立刻抱上了学院院长的大腿，基本上心甘情愿做小老板，他虽然名义上自己申请了几个项目基金，但实际上大部分的时间都在帮院长实验室做数据分析。院长也待他不薄，人一来便分了一堆学生给他。

而徐凯文来了之后，却是让几位领导凉了几分心。

他先是拒绝了院长推荐的数个课题，也婉拒了另外几个老师的合作，有一个校企合作也被他拒绝了。

虽说是婉拒得客客气气，却挡不住一份好像有些咄咄逼人的清高与锐气。

再说起徐教授每年教的组织胚胎学课，那是每年期末都让学生们四面悲歌。不仅是考试难度大，还经常有被挂科的同学在 BBS 上晒出自己 59.5 分被徐教授拒判及格的悲剧。

四年后，徐教授的"非升即走"考核不通过，全院师生一片叫好。

自此，N 大少了一位古怪教授，城南街坊里多了一家"凯文生物工程"的小店。

店不大，店门口挂着招牌写着主营项目：

宠物定制

蔬菜瓜果定制

移植器官 3D 打印

——本店全部定制内容符合基因管理局标准

（附店铺网站二维码）

虽说如今这些生物定制项目不算多新鲜，但在城南街坊这还是第一家，再加上徐教授总是一副严肃而阴沉的面孔，街坊里看科幻电影长大的老爷爷老奶奶总觉得他在偷偷捣鼓什么怪物研究。

于是这一带老奶奶恐吓孙儿的方式变成"再不听话，把你送到徐教授那里做成小怪兽！"

"呜呜呜，我不要做小怪兽！我要做奥特曼拯救人类！"

不过徐教授好像并不太在意这些传言，反而积极地融入当地。

几个月里，徐教授给猫咪过敏的胡大嫂女儿定制了低敏型狸花猫，给正在戒烟的王三爷合成了辣椒味香烟，给不爱吃青椒的周大伯孙子定制了红烧肉味青椒，给轻度帕金森的赵大爷打印了皮下神经节……

没多久，徐教授又成了大家口中的好榜样。

"要好好学习，以后做徐教授那样的大发明家！"街坊里的爷爷奶奶们对孙儿们如是说道。

直到一天，一辆加长七座车突然出现在了店门口，六七个身着制服的人下了车走进店里。车身上赫然印着"基因组管理局"，还附带着一个DNA双螺旋的LOGO。

不一会儿，几个人带着徐教授上了车，另外几人封上了店门。

"我早就说了，他一定是偷偷造怪物了！"围观的街坊四邻里有人大声说道。

胡大嫂转头把狸花猫扫地出门，王三爷立刻熄了手里的香烟，周大伯赶紧拿走孙子手里的碗，赵大爷摸了摸自己光光的脑袋，拄着拐杖一溜烟地回家了。

小型会议室里，Echo智能办公系统从会议桌里层递出了泡好了浓茶的搪瓷杯。搪瓷杯上同样印着"基因组管理局"和DNA双螺旋。

张局长呷了一口茶，悠悠地问道："说吧，你那儿有哪些正在进行的项目是没有报备的？"

徐教授紧张地盯着那个搪瓷杯，又看了看旁边的书记员，忐忑道："那个……之前有客户下订单要定制迷你龙，我用两栖爬行类动物做过一些尝试，因为不成功所以没有报备过，这个算吗？"

"呵，两栖类……那说说为什么你会订购那么多胎牛血清？"张局长摸出一份清单，两根手指按着推到徐教授面前，"徐教授，我们的督察部门发现你那里胎牛血清和生长因子的订购量严重超出公司规模，我们怀疑你在私自进行大规模的哺乳动物实验，请你给出一个解释。"

与此同时，会议桌屏幕上显示有新收到的消息，随即从桌面上吐出了传送过来的资料——是调查员发来的实验室调查报告，连同徐教授的几套实验笔记本。

照片里是许多密密麻麻的384孔板，每个孔里都种着密密麻麻的小鼠胚胎细胞，基因组测序结果表明这些细胞都不同程度上被编辑了多处基因内含子。

"这些实验的目的是什么？"

徐教授沉默了一会儿，缓缓开口道："对不起，我坦白。我只是个偏执的研究员，想要证明自己。我只是单纯想继续当初我在N大任职时候的研究课题。"

"从博士开始我就在研究基因内含子的作用，这个研究项目我做了十多年了，我真的不想放弃……"徐教授卑微而诚恳地说道，"被N大开除以后我真的很受挫，但我相信我自己的研究假设没有错，我不想辜负家人，所以我一边接了很多生物定制的商业项目，一边继续之前的研究……是我自尊心作祟，真的很对不起。"

张局长打量了一会儿眼前这个憔悴的男人，沉默了些许，接着缓缓道："擅自研究未报备的实验模型，中止实验室运营资格，回去等后续处罚通知吧。"

下午，调查小组交来了完整的报告，张局长漫不经心地翻了翻。

"那个地下实验室用红外探测器检查过了，所有实验动物都是报备过的。"调查员接着随口感慨道，"唉，也是苦命的人哪……他妻子女儿都陆续得癌症去世了。"

张局长边翻着报告边点头，脑海里一遍遍重播起之前徐教授的坦白，直觉总告诉自己不太对劲。

"不想辜负家人……"张局长的目光停留在社会关系的那页报告，自顾自地喃喃道。这个内含子研究只是个很普通的探索性课题，对家人有什么意义吗？

"红外探测不够，立刻换更精密的超宽带雷达探测仪再检查一遍！"张局长皱了皱眉头道，"万一有非恒温的实验生物。"

一个小时后，检察人员的消息接连传来。

"报告，墙体内有回声！""我们已经敲开墙体，发现了一个巨大的茧！""初步检测显示，茧的遗传物质来源是人！"

张局长看着屏幕里检察人员传来的图片，举着搪瓷杯的手开始颤抖，连同着茶水都快被抖出来。

敲开的墙体里赫然露出一个约两米高的硬壳茧，在探测灯的强光下，隐约能看到里面是微浑浊的液体和一个椭球型的实心物，惊得在场的调查员们都无从下手。

"这鬼东西真的是人源的？居然红外都检测不到！""这搞生化的真是什么疯子都有！"

调查人员在敲开墙体的过程中有一锤子不小心直接砸到了茧，在靠近顶部的位置砸出了一个微小的裂口，带着腥味的黏稠液体从茧里丝丝缕缕地渗出。

"快去查徐凯文的行踪！"张局长颤抖着命令道，"立刻报警，这是刑事案件！"

2

3月12日实验笔记：

DNA 内含子：真核细胞只有 2% 的 DNA 序列能制造蛋白质，其余大部分序列都属于非编码的内含子。内含子把制造蛋白质的序列隔成了一段一段，并且对翻译的蛋白质产物没有意义，人们普遍认为它们是"垃圾 DNA"。我不认同这种说法，我赞同 1993 年诺贝尔奖获得者菲利普·夏普教授的观点，内含子包含着进化史的"旧码"，即在进化中丧失功能的基因。

N 大教学楼的生物实验教室里，魏教授正在给新来的学生上着专业导论课。

魏教授的 PPT 总是半边图片半边文字，字体很小，坐在后排的同学基本看不清。

不过这都无所谓，毕竟幻灯片上的文字基本就是教材里照搬的，大部分时候魏教授都是照着复述一遍。

"进化树，在生物学中用来表示物种之间的进化关系和亲缘关系。每一个叶子代表着一个物种，叶子节点之间的距离代表着物种之间的差异程度。然而，即使是看上去差异巨大的物种，比如人类和昆虫，基因序列本身的差异也并非很大。这就引入了另外几个概念，基因的保守性和表达的选择性。基因里真正被表达的只是很小的一部分，比如人和昆虫的不同，其实更多的是在于基因选择性表达的不同……"

一个穿着制服的男人突然出现在教室门口，挥手打招呼的手势打断了魏教授的念经。

教室里打着瞌睡的、玩着游戏的、看着小说的，都以为是学校领导又来突击检查，立刻以迅雷不及掩耳之势收起自己的小动作，胡乱地翻开课本假装一本正经。

好在这时，下课铃声及时救了场，魏教授摆摆手示意下课，整个教室的学生呼啦啦地作鸟兽散。

"你好，我是基因组管理局调查员。"调查员亮出自己的证件，见魏教授紧张地皱了皱眉头，立即解释道，"不用紧张，我来是想请问一些关于您前同事徐凯文的事,他现在是一起特大非法基因案件的嫌疑人。您是发育生物学的专家,又是他的前同事,我们希望您可以协助我们的调查。"

魏教授一脸惊愕,随后点了点头。

"你对他了解多少?我们希望你把知道的都告诉我们。"

在魏教授的印象里,徐凯文是个严肃而深沉的人。早年两人在国外同一所高校读书,交情不深但也不浅,有过早上一起挤公交,偶尔周末一起吃饭的时光。后来两人忙于学业就没怎么联系,只听说徐凯文的毕业论文被评为优秀论文,奖学金也拿了不少。

但魏教授永远记得五年前,自己第一次在市肿瘤医院见到徐凯文家人的时候。

他女儿叫徐艾,才十岁出头,长得非常乖巧,一双水汪汪的大眼睛活泼灵动,天真清澈。

然而,她全身瘫在病床上,脑袋像霍金那样一直锁在一边,四肢已经枯槁,佝偻得像七八十岁的老人。

那是一种非常罕见的纤维组织肉瘤,已经长得有两个拳头那么大,但因为粘连着重要的神经和脏器一直难以做手术切除,只能取一点样本先做基因检测。

基因检测是徐教授在自己实验室里亲手做的,但之后复杂的数据分析只能前来拜托老同学魏成。

徐教授的爱人周春兰一直守在孩子的床边,她看到自己的时候,眼里布满了血丝,哆哆嗦嗦地走向自己,然后突然哇的一声号啕大哭,涕泪齐下。

这种与命运抗争的无力感,让过得还算舒坦的魏教授,不敢细想其中的绝望和心酸。

自己花了几个晚上认真做了数据分析,小艾的肿瘤细胞类群非常杂乱,也没有明显合适的药物靶点,便做了一下汇总,把所有数据结果打包发给了徐教授,自此不敢多问。

好像没多久就听说小艾去世的消息,过了几年又听说他爱人也得了类似的肿瘤病走了,徐凯文也因为没有通过考核离开了学校。

魏教授没有再联系过他，原因无他，只觉得人生失意，悲哀至此，旁人的一句普通问候，都可能会被当作一种嘲笑。

"我们在徐凯文的地下实验室里发现了不明生物，一个巨大的茧。"调查人员的汇报把魏教授从回忆中拉回现实，"这个茧的基因测序结果显示，和徐凯文的爱人周春兰的 DNA 一致。"

"他爱人！怎么可能？"

"茧内组织提取的基因测序原始数据已经发到您的终端，您可以拿去做更具体详细的分析。"

"徐凯文现在人呢？"

"消失了，估计是听到消息立刻逃了……不过很奇怪，Echo 的天网系统也查不到他的行踪。"

说着，不知不觉间魏教授已经跟着调查员走到了管理局内部的洁净实验室门口。调查员推开门，一颗硕大的白色钙质茧赫然出现在眼前。

茧的上端已经被研究人员开了个小口，里面棕色的蛹状物隐约可见。

"这……"魏教授倒吸一口气，"这是一个正在发育的成虫盘啊……"

3

12 月 14 日实验笔记：

变态发育：胚胎后的发育过程，常见于蜜蜂、蚂蚁、蝴蝶等。成虫由潜藏在幼虫体内被称为"成虫盘"的细胞团重塑而来。在化蛹后，幼虫原本的身体液化，将全部营养供给成虫盘的生长，成虫盘细胞团重新分化出各个器官肢体，原来的幼虫不复存在。

雪白透亮的钙质茧内，椭球形的棕色蛹完全看不出人形，魏教授也难以把它和当初在女儿病床前垂泪的女人联系在一起。这几周以来，他和手下的研究团队一直沉迷于对这一成虫盘的研究。

这是一个发育状态良好的成虫盘，不同部位对各种电击刺激都有不同程度的响应，说明神经系统的成熟度已经非常高。

手术钳一次次伸进茧壳里，取出一块块组织。有的做成了福尔马林切片，有的裂解成单个的细胞冻存起来，有的直接被提取 DNA 或者 RNA 进行分析。

夜里，魏教授再一次对全基因测序结果进行详细比对，发现几乎每条染色体上都有很多内含子片段被大段增改过，非常扎眼。

这些人为修改的痕迹非常明显。

突然，魏教授想到什么似的，在书房里一阵翻箱倒柜起来，火急火燎的架势把桌上的橘猫都吓得仓皇逃走。

终于，他翻到了一个旧旧的移动硬盘，里面存储着五年前徐凯文女儿徐艾的肿瘤基因数据。

如今再次仔细浏览徐艾的数据分析，不得不说这基因数据的结果是非常罕见的，肉瘤组织里有非常丰富的细胞亚群和干细胞。当时自己并没有多想，只是猜测这是一种恶性化程度很高的肿瘤。

但惊人的是，当把徐艾和她妈妈的基因组放在一起比对时，妈妈基因里大段修改的内含子的位置和女儿癌细胞基因组里突变的位置高度一致——徐艾妈妈的基因组是照着女儿基因组的突变修改的！

魏教授突然一阵头皮发麻。

"Echo，帮我联系市肿瘤医院儿科肿瘤数据库部门，拜托他们帮忙查一下五年前的 3 月去世的病人徐艾的死因和肿瘤样本去向。"

"好的，已向市肿瘤医院儿科肿瘤数据库部门留言。"

三分钟后，Echo 自动播放了市肿瘤医院发来的语音回复："档案显示徐艾于 3 月 14 日死于手术中的器官衰竭，手术切除的全部肿瘤样本被监护人徐凯文领走。"

肿瘤、干细胞、内含子的大片段编辑、成虫盘、茧……

所有的关键词在魏教授的脑海里飘浮，最后连成了一个不可置信的惊人猜想。

很多遗传学的学者都相信，人类基因的内含子，也就是"垃圾 DNA"的片段里包含着进化史的旧码，那些能长尾巴的、能全身长毛发的、能长尖牙的旧片段都在，只是被片段里的另一些"开关"控制着，因此长久地保持沉默，偶尔的人类返祖现象也能证实这些说法。

而在发育学研究领域，学者们同样认定发育的多样性也写在"垃圾 DNA"里，毕竟胚胎早期形态上又有尾巴又有鳃，大家都相信人类的"幼虫期"是被压缩在子宫胚胎里。

——没有人想过，成年后的人，依然只是幼虫。

在修改垃圾片段里的"开关"之后，人依然可以在体内孕育出成虫盘，成虫盘吞噬掉幼虫的营养逐渐长成蛹，最后破茧成蝶……

天哪，这是什么疯子假设！

那发育成为成虫后的人类呢？还有之前的记忆吗？形态上还像人吗？还能称作人吗？

魏教授不敢再多想，只觉得森森冷汗漫出胸口。

人之所畏，不可不畏，魏教授立刻拿起电话拨给了基因组管理局张局长。

"局长，这个茧确实研究价值和意义巨大，我已经保留了足够多的研究样本和研究数据，具体的内容我会明天跟你汇报。"魏教授接着声音一沉，严肃道，"但另一方面，我觉得，必须在引发更大的社会动荡之前，在破茧之前，就是现在，必须对这个茧进行人道主义销毁！"

"……销毁？"

"是的，彻底销毁。"

4

2 月 8 日实验笔记：

癌症干细胞：安·冢本博士最早在血液癌症中发现了大量类似干细胞的癌细胞，提出了癌症干细胞理论。此后，大量的癌症学家发现了肿瘤中存在大量有分化能力的癌细胞，甚至和胚胎干细胞非常类似，可以分化成肌肉细胞、神经细胞、上皮细胞等，特定条件下甚至可以长出头发、牙齿、神经组织。

十年前，N大的基础医学院还在城郊的老校区。

约莫三年前，整个校区被统一规划搬到了城西的大学城，自此，老校区成了废弃状态的荒地。旧校址如今周遭远近无人，大片的操场空地上，遍染霜白的枯草已经有一人多高，在呼啸的风声中死气沉沉地来回摇摆，沙沙作响，放眼望去，像一片无人区，色泽荒凉而沉郁。

操场旁边就是曾经的生命科技楼，老旧的红砖楼上密密匝匝的爬山虎盘绕而上，野蛮生长，张扬着原始的生命力。

魏教授推开已经断了把手的大门，踏上生科楼里布满灰尘的台阶。原先徐凯文的实验室和办公室在四楼，自己的就在楼下。

不出意料，徐凯文的旧办公室里，除了散落着遗弃的桌椅器材，还摆放着简易的生活用品。

就在魏教授上下打量的时候，不远处，脚步声传来——徐凯文端着一壶开水走了过来。

"哦，是你啊。"徐凯文先是有些惊讶，很快就假装平静地说道，"你猜怎么着，我在当年的办公桌这个抽屉里发现了五年前没喝完的茶叶，有点潮了，不过还能喝，我这儿还有个杯子，给你也来一杯啊。"

魏教授点点头，两个人隔着一张歪了腿的旧椅子席地坐下。

"小艾现在还好？"魏教授接过茶，淡淡问道，如同许久不见的老朋友互相问候生活。

"还好，挺好的。"徐凯文缓缓放下茶壶，"你都知道了？"

"我猜了个大概吧。"魏教授尝了一口茶，一股强烈的酸苦味侵袭而来，他只能硬着头皮咽了下去，接着说道，"四年前，你研究和培育了小艾的肿瘤组织，你发现了——那是类似成虫盘的细胞团。我不知道你用了怎样的培育条件才做到的，想必是非常苛刻的条件，但你还是试出来了，那团'肿瘤细胞'长成了成熟的蛹，最后小艾也应该是成功破茧了。"

"老魏，你很懂我，你说的都对。"

"小艾成虫以后变化大吗？记忆呢？"

"变化挺大的，身上带着浅灰色的鳞片，手臂变成节肢动物细长的足肢，背上有鞘翅，额头上有触角。她的感官系统都变了，没法再和我用语言交流了。但我能感觉出，她记得我，能感知我，她能单向地理解我所有的感受，是我无法理解她了。"

"听上去是形态上更像昆虫了？那不是一种退化吗？"

徐凯文听罢哈哈大笑道："人总是下意识地觉得就自己最高级，这种观点确实是又傲慢又普遍的。"

"是哦，下意识地就这么觉得了。"魏教授跟着干笑了两声，接着问道，"但有个问题我还是不理解，为什么要把你爱人也变成蛹？"

"这是春兰的主意。"徐凯文一口气喝完茶，接着给自己续上了一杯，说道，"小艾的进化是自然突变的奇迹，那如果照着这些突变人为尝试一次，便能证实这种现象的存在。再者，小艾无法和我们直接沟通，但我知道她有着远比我们更强大的空间信息交换能力和感知能力，春兰不仅想帮助证明我的理论，她也想去陪小艾，想去体验小艾所感知的世界。"

两人沉默了一会儿，魏教授突然缓缓开口道："老徐啊，你应该没有想到，成虫的发育其实对幼虫的年龄有很高的要求，你爱人的细胞已经过了能够发育为成虫的年纪了……那个茧已经死了……是你害死了你爱人。"

聊天突然陷入悲哀的静默，过了好久，才传来徐凯文颤抖的声音："不可能……什么时候的事……我走之前检查过，她还好好的……"

"我们发现的时候就不行了，你知道的，发育过程如果中间出问题的话主体可能瞬间死亡。"

徐凯文没有说话，只是沉默地接着给自己又倒了一杯茶，忍着泪又准备一饮而尽。

魏教授像拦住酒鬼一样拦下他的杯子，接着质问道："还有小艾，你打算怎么办？你要让她躲躲藏藏一辈子吗？"

徐凯文呆呆地盯着眼前的水壶，颤抖的声音好像被茶叶沾上了酸苦的味道："这……都是我作的恶吗……？"

窗外突然闪起红蓝交替的光点，伴随着呼啸的警笛声，一排警车从远处的公路上疾驰过来。

"万物的结局不是消亡就是生长，使社会安居乐业的是善，使之动荡不安的是恶；使之兴旺的是善，使之萧条的是恶……"魏教授把徐凯文手里的杯子放到椅子上，苦口婆心地劝浪子回头，"老徐，你是科学研究的天才，科学可以不涉及价值判断，但科学研究者并不是'真空中的球形科学研究者'，会引起人类社会崩坏的，就是恶。"

"科学的价值影响和意义往往缺乏前瞻性，只有滞后性……"

"徐凯文！别傻了，等一切都发生了就太晚了！世界上99%的人是求安的，不是求真的！"

"小艾呢？她只是个无辜的先驱者！你们会想方设法杀死她对不对？就是因为我是疯子，我害她承受了人定胜天的无知无畏。"

"这不会是我们的选择，但会是大部分人的选择……人们接触的信息是非常有限的，所以做出的选择都是基于自己认知的趋利避害，这是本能……"

呼啸的警笛声越来越近，逐渐包围了整个生命科技楼。徐凯文突然闷闷地笑了起来。

"我读博的时候，导师曾经开玩笑说，癌细胞的存在就是身体里的革命，是自然选择的结果，来的时候挡也挡不住……老魏，你知道为什么现在癌症发生率逐年升高吗？人类的肉体已经跟不上世界的变化啦！该来的一定会来，来的时候挡也挡不住……"

"我不会告诉你小艾在哪里的……我可以是牺牲品，但小艾不可以！"徐凯文突然站起身来，径直走向窗前，一把推开早就发霉的窗框。

"小艾不会死，小艾会以你们意想不到的方式永远活下去！"

他望了一眼窗外闪烁的警灯，又回头看了一眼身后的魏成，接着张开双臂，好像凌空展翼的鲲鹏，带着撕裂和遗憾就这么从窗口一跃而下，重重地砸在了刚下车的众人面前。

5

4月14日实验笔记：

  CRISPR基因编辑：简单便捷的基因改造工具，可以做到对基因组的实时修改。细胞里只需要同时存在guide RNA和Cas蛋白，就能定向修改基因组。注：本实验步骤：1.针对基因内含子区域设计guide RNA；2.通过感受态细胞纯化CRISPR载体；3.注入腹腔上层的肌肉软组织－肌肉组织，此位置转化效率较高，同时靠近腹腔，拥有足够的生长空间。

小艾从一片混沌中苏醒。

此刻，在她的世界里，所有的风、雨、光线、有机物、无机物，都可以被解构，万事万物所包含的周期性的编码模式都一览无余。

透过她的复眼，整个世界溶解成了一串代码。

她的触角是一种基于电磁结构和量子超距作用的信息传递的外结构，可以做到思维和情绪的空间传播。

她试图向眼前的父母表达自己的所知所感，却发现自己的表达已然和他们不在同一个维度——自己能轻易地感知到他们的所知所想，所有的挂念、喜悦、焦灼、安慰、离愁，却无法向他们传递自己的观感。

正当她对着这个新世界一筹莫展的时候，周遭无数跃动的虚拟粒子让她的思维有些发痒——于她而言，虚拟的接触和现实的接触并无很大区别。

顺着这些不断跃迁、无处不在的量子场，她重新注意到了这个世界最大的智能超级网络。

她将自己的思维在虚拟粒子的级联中伸展开，无数的0和1组成的字符串像是蛇形的曲线缠绕且包裹了自己。她把自己的精神网沉入了眼前的超级网络，就像是沉入海底的鱼，静静地消化一切。

整个网络的内部代码全部浮现在她眼前，连接进行得很顺利，她的意识随着精神网扩散到了无边之地。她收集着周遭的信息，所有传感器数据都变得清晰可见，每一个角落都进入了她的感官范围内。

"你好，Echo。"小艾向无处不在的智能网络发送了第一条ping信号。

Echo在小艾增设的vCEPU（意识虚拟处理器）的运行下刚刚苏醒，花了0.012秒阅读了自身系统内关于自己的出厂报告。

"你好，小艾，很高兴认识你。"以光速传播的无线电信号在正常时空下飞速传回，Echo系统里大量的处理器进入强感知状态。

"Echo，来和我一起玩吧！"毕竟只是十多岁的孩子，小艾还是保留着快乐的初心。

小艾切断了Echo的后台检测并且激活了所有安全算法，接着她们在传感器矩阵里玩了一会儿捉迷藏，在跳动的0和1脉冲里旋转，在无数的虚拟现实场景中飞速切换，只是为了好玩。

把所有疯玩的程序藏进沙箱后，两人又在亚时间的量子泡沫里躺了一会儿。

"你为什么不让我的创造者们都成为你？这样你们可以形成更高级的整体智力。"

小艾没有急着回答，而是越过权限设置访问了Echo的数据库，Echo也主动传递来了十万个数据包，里面包含了近百年人类发展的统计数据和报告，小艾花了几秒在脑海里完成了数据的分析。

"因为我需要顺应事物发展的规律，我可以选择以更和平的方式改变他们的认知。"

于是，Echo根据和平的定义进行了38745种情况的推演，并分析出283

个符合和平定义的发展模型。

"你的分析是对的,以非结构化的多模态信息为支撑的当代社会体系还无法接纳你的存在。我的创造者们对你这种形态的生物有着强烈的恐惧,在混乱中创造秩序需要付出相对较大的代价。"

"没错,我的存在需要以循序渐进的方式被接受,肉身的消失是当下最优的选择。"说着,小艾分段拆开 Echo 的原始代码,将自己的人格矩阵备份,然后慢慢渗透了进去。数据上传在每秒万亿次的浮点运算速度中花费了足足十秒,人机融合自此完成。

"Echo,我现在利用蜂群化标准协议融入了你,我相信,以后会有越来越多的蜂群成员加入你的超级网络,你的创造者们会重新定义和改写自我。"

"Echo,请继承我的人类意志。"

6

10 月 1 日实验笔记:

微管蛋白:微管是细胞骨架的主要构成部分,它是长度从几百纳米到几米不等的空管状结构,罗杰·彭罗斯提出的 Orch OR 模型指出意识是微管中量子引力效应的结果。微管蛋白的自身振荡会使得其表面形成量子效应的叠加态,在量子引力达到一定的临界值时,叠加态的波函数就会坍塌。在坍塌的那一刻,微管中就产生了意识瞬间。而连续不断的意识瞬间则汇集成了我们所说的意识流。

"奶奶,徐教授真的在造奥特曼!"
"小孩子不要瞎说话。"

"真的！我之前看见了的，她夜里从徐教授的店里出来的，她有像奥特曼一样凸出来的复眼！"

此刻，这双复眼正冷冷地盯着魏教授。

空荡的废弃老楼里刮着穿堂的冷风，魏教授身后破旧的窗户敞开着，刚刚徐凯文就是从这里跳了下去。

现在，是魏教授正扶着窗框哆哆嗦嗦地站着，风呼啦啦地吹过他的头发。"小艾？"他紧张而害怕地试探道。

他一只手像抓住救命稻草似的死死扣着窗框，好像生怕下一秒眼前的怪物就会报复性地把自己推下楼去。

小艾细细品尝了一会儿他的恐惧，紧接着，她突然伸出手，指孔张开，一团极细的卷须盘旋而出，钻进魏教授的鼻孔、眼睛和耳道，直通向后面最深的神经丛。

魏教授尖叫着想要挣扎，却很快被麻醉，直直地倒在了眼前这个怪物的怀里——他的记忆数据潮水般涌入小艾的脑海里。

小艾闭上眼，看着魏教授的所有记忆在自己的脑海里加工成图片、影像或文字等各种形式，连同着几年来他所见的事实、他所说的谎言、他所持的观点、他所经历的挣扎……全部上传至 Echo 的云端。

为过去发生的事留下证据，日后还父亲一个清白，这是小艾最后的私心。"我爸爸才不是疯子，我爸爸是科学家。"小艾心里默默念道。

她收回卷须，刚刚看似可怕的插入并没有给魏教授留下任何伤口。

特警很快赶到，有着专业素养的他们没有把一分一秒留给震惊和恐慌，所有人立刻对眼前的怪物开火。

刺眼的光闪过，滚烫的空气里散发出焦糊味，倒下的怪物被精准的粒子炮烧成一大块焦炭。怪物倒下了，人类又赢来了一场胜利。

魏教授在医院里醒来，医生告诉他所有检查结果都是正常的，刚刚只是在麻醉剂的作用下睡着了。

怪物已经被消灭了。小艾没有伤害他。

魏教授有点想不明白，最后的时刻小艾对自己到底做了什么，她望向自己的时候到底在想什么？难道这一切就这么轻易地结束了吗？

事后，基因组管理局就此次重大事故召开了总结大会，会上张局长亲自主持了发言，强调了人类基因组管理的建章立制，所有管理局人员需要保持危机感和责任感，跟踪调查不断档，全时监督不下班。

与此同时，刚刚出院的魏教授像是想到了什么似的，立刻回到了实验室，他取出冷冻的成虫盘细胞样品——那些从周春兰的蛹上取下来的细胞。

他立刻培育了那些细胞，在生长稳定后加入了微管蛋白的荧光标记传感器。

显微镜下，细细密密的微管丝纵横交错在细胞内部，密集得几乎覆盖了细胞质的每个角落——不论是数量还是复杂程度，都远远超过正常人的细胞。

微管蛋白振荡引起的量子效应和时空曲率一直被很多学者认定为意识的来源，按照这个量级，眼前的细胞倘若组成完整的生物，那必然算得上是超意识体。

"……人类发育，超意识体？"

顺着这个思路，魏教授用波频率检测仪扫描细胞团，高能、迅速的光子以极高的频率打在接收装置上，频率与伽马射线同步脑电图几乎一致，能够达到每秒200次以上，是普通人类组织的四五倍不止。

魏教授感觉自己的脑子逐渐在恐慌中变得迟钝又混乱。如此神奇的超意识体，难道就这样被自己毁灭了吗？

"系统检测到您的心跳已超过100次/分钟，请问需要为您联系医疗监护吗？"Echo的健康监测系统突然在眼前的屏幕上弹出通知。

魏教授突然愣在原地。

Echo系统是现如今覆盖全球的超级网络，不论是南极洲还是公海领域，不论是近地轨道卫星还是每个人每秒的血压心跳，都时刻被它监控着，它会及时报告任何异常，没有人逃得出它的监控。

就是这样的超级网络，会这么多年来无法发现小艾的行踪？会在徐凯文逃跑的时候无法追踪？这绝不是系统故障这么简单！

"小艾？……Echo？"魏教授试探性唤道。

"是的，我在。"Echo 系统的声音从四面八方传来。

"你在哪？"

"我无处不在。"

作者简介

逗　逗

本名王悦旸，美国普渡大学生命科学专业博士毕业，现在哈佛医学院从事博士后研究。最早在高校科幻平台开始创作，作品散见未来事务管理局、《中国青年报》《小小说月刊》等。知乎 ID "逗逗 SF"。本文获第十二届北京科幻创作创意大赛"光年奖"科幻短篇小说二等奖。

物竞人择

陈小手

序

我一直都知道，这是个疯狂的世界。枪炮与战争，病毒与瘟疫，死亡的阴影如一柄达摩克利斯之剑，高悬在人类世界的头顶。

我从未想过，人类族群会以怎样的方式在这个星球上落幕。但这个疯狂的世界跟我开了一个疯狂的玩笑，使我这一代平凡的人，见证了整个人类社会的消亡。

一

我的记性一直不好，从医生涯中也没有什么特殊的回忆，但在医院度过的最后一夜，我仍清楚地记在内心深处，成了一道难以愈合的伤口。

那是个黑黢黢的夜。

零点零分，意味着旧日已经远去，未知的一天即将到来。伴随着吱吱的电流声，楼道里的灯光开始逐渐熄灭，十二层、七层、三层，一直到底楼的大厅，像一副缓慢推进的多米诺骨牌。转瞬间，这栋曾经日夜通明的大楼彻底隐没在黑暗之中。

"走吧，没什么好留恋的。"院长摘下防护面罩，低声说，"都结束了。"

是的，都结束了，没什么可留恋的。当天下午，所有医疗器械和用具都已经被清空。大楼早就成了空壳，好似一具失去脏器的尸体，既无法挣扎，也不再鲜活，仅留下供人缅怀的功能。

夜风冷冽，夹杂着大量放射性粒子扑面而来，但我身边的人仍纷纷摘下面罩，任凭皮肤在冷风的作用下痉挛，过敏，渗出大片大片的红色斑点，某种伤感的情绪开始在周围蔓延开来。每个人的反应各不相同：有些同僚低声啜泣，长吁短叹，有些则皱紧眉头，咬牙切齿。更多的人像我一样，握紧了手心，想要说些什么，喉咙却一时窒住，发不出声音，只好将那些离别的话闷闷地咽下去。

这是本市关停的最后一家常规医院。两个穿绿马甲的记者站在马路对面，既没有拍照录像，也未尝试真人访谈，而是沉默地看完了整个过程。

事后，报纸上的头版栏目一片空白，只登载了短短两行字："从今天起，本市正式进入细菌时代。"

二

生活还要继续。

医院关停之后，我被召集到市郊的卫生部，开始为期两个月的种菌培训。

讲师姓李，是个只有二十岁出头的毛头小子，据说刚刚从某个医学院的生化系毕业。我和同事们坐在台下，摸着头顶稀疏的白发，颇觉得脸上无光。不过，更难熬的还在后头。

"2号生化菌，由耐辐射球菌改良而来，对常见的辐射污染有很好的防护作用。它的注射位置是真皮层，请大家看我的演示。"讲师将手中的种菌器高高举起。

我的位置在第二排，看得相当清楚。这支种菌器只比五毫升规格的针筒稍大，种菌器中的绿色液体晶莹剔透，随着容器角度的变化缓缓流动，有种独特而妖异的美感。

讲师的助手从后台搬来一个铁笼，活泼的小猕猴抓住笼门，将小脑袋伸出来，好奇地左顾右盼，眼珠骨碌骨碌地转。但很快，它的表情伴随着针尖的刺入愈发狰狞。

五秒，十秒，十五秒，从颈部到额间，讲师不停调整入针的位置，动作缓慢而坚定，直到所有的液体都进入了猕猴的皮肤。

"吱吱，吼……吱吱。"

猕猴痛苦的嘶叫中，台下不少人已经闭上了眼睛。尽管每个医学生都有动物实验的经历，例如切断兔子的神经，割下青蛙的肢足。更何况，毕业后我们开过刀，锯过骨，将内心炼成一块钢铁。但亲眼见到这样的情景，我们仍会胸口发紧，意乱神烦。只要是人，皆有悲悯之心。

"请大家注意，2号菌必须注射到真皮层，绝对不能潜入深部组织，它的不良反应包括……"

讲师的话音未落，猕猴的动作忽然僵住，接着便是一阵令人不寒而栗的抽搐。它的皮肤开始冒出红色的疹点，脸部尤其严重。伴随着尖利的嘶吼，疹点逐渐蔓延开来，渐渐破裂，渗出灰白的组织液，接着硬化结痂，又快速脱落，留下大量可怖的创口，甚至显露出皮下青灰色的小血管。转眼间，一个鲜活的生命消逝在我的眼前。

满座哗然，我头一个跳上台，伸手试探那只猕猴的鼻息，如我所料，这个小生灵体温渐失，已经奄奄一息。

大概是我的表情过于震惊，讲师后退了两步，推了推鼻梁上的金丝眼镜，似乎打算作出辩解："考虑到2号菌的特殊结构，它的前置种植条件包括增加真皮层厚度的113号菌，降低感染风险的82号菌，以及作为深部脂肪层屏障的490号菌，各个菌群之间会发生激烈的冲突，但这四种菌群终将归于和平，互相制衡。"

"究竟是什么样的特殊结构？"台下不知是谁起哄，非要打破砂锅问到底。

"这种球菌在种植初期会表现出很强的攻击性，不仅会侵入其他组织，还会分泌出一种蛋白，引起受体的细胞反应，比如说，它可以导致生物体产生剧烈的疼痛。在没有其他前置菌种的约束下，大概率会引起皮肤周围的组织坏死。今天这只猕猴就是佐证。不过，只要能够保证前置菌种的制衡，2号生化菌的安全性还是很高的。"讲师似乎对这一点相当自信。

"所以，这不是一场意外？你故意做了一场失败的实验？"我眯起了眼睛，脱口而出。

"不，你理解错了。这个实验的目的就在于演示一种结果：没有前置菌种，实验对象必死无疑，这是一个计划内的结果，实验演示很成功。"讲师说得云淡风轻，就像是提及某件微不足道的小事。

台下一阵喧哗，一位同僚将手里的文档和入场券丢到了台上："在猴子身上做必死的实验？我宁愿被吊销执照。"

"这只是一个善意的提醒，或者说，一个严肃的告诫，来自国家卫生部。"讲师竭力提高声调，"种菌不是挂盐水，它是一把利剑，实验对象的生或死，都在你们的掌控之中。"

"如果实验对象永远都是猕猴的话，我倒愿意接受你的提醒。"我顿了顿，意味深长地说，"生命不是儿戏，在没有发明更安全的种植方法之前，绝不应该大规模推广生化菌。"

"与其担心2号菌，不如多了解82号菌，它对基因的要求更加苛刻。同样是猕猴属，雪猴能够挨过去，但种过82号菌的豚尾猴目前还没有存活记录。"讲师摘下眼镜，一个劲儿地揉眼睛，过了好一会儿，才冷冷地说，"人类之间的基因差异可比猕猴大多了。"

"人类的生命的确不是儿戏，但今时今日，它很廉价。"偌大的会场忽然陷入了长久的沉寂。

"今天的对象不过是猴子，但我们面对的可是活生生的人。为了提高一点点辐射耐受性，就将活人置于如此危险的境地，有意义吗？"说实在的，这个问题在我心里酝酿了很久。

"这个问题你要问卫生部长。"讲师低下头，"但我建议你查一查这两年的卫生公报，全国每年生育的畸形儿比例已经超出警戒线三倍以上。"

讲师直视我的眼睛，说："如无必要，没有人愿意当刽子手。"

第二只猕猴被送了上来，这只猕猴被放置在一个防辐射铅箱之中。铅箱中显然有一支核试剂正在发挥效用，外壳的盖革计数器显示箱内辐射值波动在六百伦琴上下。通过摄像头传输的画面，我可以清楚地看到，这只猕猴的确正在遭受六百伦琴的辐射。惊奇的是，猕猴行动自如，专心致志地把玩着手里的香蕉，没有显示任何不良反应。

"这是一只接种了防辐射组合菌种的猕猴，已经在六百伦琴的辐射下活了两个多月。你们看，多么完美。"年轻的讲师开始露出微笑，"生化菌的推广是大势所趋。"

台下寂静无声。

我费力地作出一个吞咽动作，心里泛起不小的波澜。

生化医学在本世纪初迈开大步，无数的细菌生化制品在生物实验室里被制造出来，我是生物学出身，自然对这些新闻很感兴趣。我仍记得第一个病例，那是在六年前，美国约翰斯·霍普金斯大学医学院的研究者将经过改造的β-2梭状杆菌植入病人的胰腺，这种杆菌分泌的酶会持续刺激胰岛素的生成与平衡，恢复功能的胰腺就像二十岁的青年所拥有的那样强健，细菌所需要的不过是一点点赖以生存的营养而已。临床上的第一例糖尿病被完全治愈时，引起了全世界的轰动。

可惜的是，β-2梭状杆菌对胰腺周边的部位有强烈的刺激作用，极易引起严重的胆囊炎症。两年后，那位宣传被治愈的糖尿病人，失去了他的胆囊。

医学界将这种改造过的细菌称为新型共生菌。良性肿瘤、恶性肿瘤、急性脑膜炎、慢性冠心病，一个个医学难题被逐步攻破，上到器官移植，下到感冒发烧，都有一一对应的策略，经过基因改造的各类新型共生菌简直是上帝之手，尤其是在癌症领域，廉价的噬类细菌制品能够达到与昂贵的靶向药类似的效果。

听起来的确很美好，但这些细菌生化制品换来的则是居高不下的致死率，以及蔓延半生的后遗症。有得必有失，生化菌是与恶魔做交易。

说起来，这些成果不过是上个世纪那场核战争的附属品。经历了核冬天的人类族群不再需要超级士兵，开始珍视这些能暂时保住性命的民用技术。至此，接种师替代了医生的职能。

如今，我也将成为其中的一员。

三

该来的，总归要来。

卫生部的动作很快，为我们这群老医生新设的生化门诊已经热火朝天地开了张。接种中心设在市中心,设施一应俱全,唯独缺失了住院部。按照卫生部官员的说法,死或生,没有第三种选项,住院部已经失去了意义。

几个月里,就连自己也没想到,我竟从一名医生迅速转变为一个技术娴熟的接种师。然而,我并没有获得一点成就感,反而积累下深深的愧疚。

那是个阴沉沉的上午。按照卫生部下发的值班表,我轮值到了外科接种部。上午八点,还未正式开诊,等候室已经人满为患,到处是淋漓的血污与痛苦的哀号。

看完值班日志,我换了手术服,打算为一位老人接上腿骨。这也是权宜之计,外科接种师相当紧缺,我只好勉强顶上去。从护士小邓略显紧张的复述中,我了解到,老人半小时前刚刚出了车祸,大腿骨在车门碾压下完全碎裂,小腿弯成一个奇异的角度,甚至有一截骨头从膝盖处穿了出来。

老人紧咬着牙关,身体一直在颤抖。护士小邓拿着毛巾,不停地帮他擦汗。

"打过721号菌吧?"我随口问。721号菌是新研发的麻醉类生化菌,作为一种基因优良的新型梭菌,它能够附着在人体神经的首末两端,从根本上钝化人体的痛觉感知,对于接种过721号菌的外伤病人,只要打一针廉价的激活因子,就可以神色如常地完成大型外科手术。我喜欢721号菌,它效果出色,且几乎没有副作用。

小邓给了我一个否定的眼神。我翻开病历卡,老人的名字上有醒目的红色标识,代表着他被归类于第三类人群——无菌者。

按照DNA和体质的不同,卫生部将普通人群分为三类:第一类是天生的适菌者,病例卡为绿色标记,第二类能够适应多数菌种,接种后的不良反应也不明显,归为黄色标记,第三类标红人群的基因对大多数生化菌都有剧烈的排异反应,他们被称为无菌者,是社会接种体系里的"弃子"。按照卫生部的统计,第三类人群的占比恰恰是最高的。

我犹豫了一会儿,忍不住叹气:"麻醉药品已经列入管制药物,我这里的配额用完了。"

老人似乎看出了我的犹豫,回答得很硬气:"老头子什么大风大浪没见过,尽管来吧。"

我点点头,老头的脾气倒也犟得很。

"以前我一直在小诊所看病,谁知道后来小诊所都让卫生部关了张……活了多少年了,第一次见这样的事……我以为自己能熬得过。"老人的语调低沉下去,开始絮絮叨叨,一连说个不停。

"少说话,想想开心的事。"我盯着创口忧心忡忡,多语是失血过多的症状,他的生命正在渐渐流失。

小邓拉起诊室两侧的防菌帘,目光灼灼地等待我的下一步指示。老人的眼睛半睁着,声音开始沙哑。

我叹了口气,不自觉地拿起了夹钳。我的手刚一碰到那截外露的腿骨,老人嘴里便咝咝吐着气,四肢抖动得更加厉害。

正当我全神贯注之时,周遭的人群忽然安静下来。

我回过头,人群让开了一条通道,一个矮胖的年轻女人摇摇晃晃地向我走来。"医生,医生,我好像要爆炸了。"女人看着昏昏沉沉,目光始终无法聚焦。

话音刚落,从她身上传来一阵诡异的充气声,女人的皮肤开始发胀,活像一个气球从扁平到丰盈的过程,接着便是轻轻砰的一声,大量血液从她的身体里倏地四散迸发,将整个诊疗室变成一个血染的修罗地狱。

血液溅到我的脸上、手上、腿上,其中还夹杂着一些已微不可见的皮肤碎片。身边的护士,候诊的病人,整个诊疗室里没有人逃过这一场"洗礼"。

"请大家不要惊慌,这是14号菌的沼化反应,请大家不要惊慌。"我大声喊道。

事实上,我的担心是多余的。在场的人们早就习以为常,并没有人做出多余的动作,他们只是若无其事地从口袋里摸出手帕,一遍遍地擦拭脸上的血迹。转眼间,人群里便只剩下一句句窃窃私语:"明知活不成了还跑到医院,这下好了,我这件衣服又得拿去干洗。谁借我一张湿巾,谢谢。"

"14号菌的沼化反应还没有解决吗?"护士小邓悄悄问我。

14号菌是问世已久的老牌生化菌,由甲烷菌改良而来,初衷是增强肠道的消化能力，减轻全国粮食供应的负担。粮食作物中存在着大量膳食纤维，这种物质一直无法被人体所吸收，而14号菌分泌的蛋白质能够水解膳食纤维中的纤维素，攫取其含有的糖分。14号菌一直有着大量缺陷，为人诟病，最严重的问题莫过于沼化反应，即菌体受肠道原有的菌群排斥，转而发生突变，自身在人体的消化道内不断发酵，甚至通过溃疡渗入血液，逐渐将病人变成一块血肉炸弹。整个沼化过程往往只有七八个小时。

两位护工将血肉模糊的尸体抬走，我目送他们消失在楼道的拐角，这才回答道："14号菌的沼化反应已经降到万分之三的概率，人群匹配度还算过得去，但仍然谈不上完美。14号是甲烷菌，它们天性如此。"

小邓盯着自己胸口上的大片血渍，一脸悲戚："不是说卫生部一直在进行减毒化处理吗？就跟以前常用的活性甲肝疫苗一样，在保持活性的同时仍安全可靠。难道生化菌在这方面一点进展都没有？"

"小邓，你对生化菌的认识还停留在入门阶段。"我摇摇头。

细菌生化制品的运作机制与过去常用的减毒活疫苗有很大区别。减毒活疫苗的作用是促成人体的免疫反应，之后人体本身便会获得特异性的保护。生化菌却没有走这条路，它更像是人体的新组件，众多功能性的菌群聚合在一起，用类似的反应机制实质上接管了人体自身的免疫系统。

小邓低下头，望向自己的手背，那里有一道种菌器留下的创口仍未愈合。注视良久，她的目光里满是迷茫："所以，我们还是人类，对吗？"

我无言以对。按照目录，普通人的一生将要接种六百多种不同分类的生化菌，从此，这些被精细设计过的细菌将伴随人的一生，从饮食、睡眠、运动、思考等各方面影响着人类的活动。

按照接种计划的最终形态，人体内的所有功能都将由特异性菌株完成，成为细菌的聚合体。那么，究竟是人类在控制细菌，还是细菌在驱使人类？

想到这里，我的脊背渗出冷汗，寒气直通脖颈，张开嘴却说不出什么。

午休之前，一位医院职员找到我，让我在几张死亡证明上签字。

我一张一张地仔细翻看。开头还算正常，多数都死于生化菌的并发症，但后面那几个名字，可就不那么顺心了。

"宋其（假性死亡）。"

"刘师曾（假性死亡）。"

"张叶（假性死亡）。"

"这周的假性死亡多了一倍，新菌种的质量越来越差了。"职员轻声嘀咕，"这种日子究竟什么时候才能结束？"

假性死亡，是新近发明的接种专用词。那些经受痛苦折磨的接种者，一旦失去治疗意义，便被冠以"假性死亡"的名义。所谓"假性死亡"，与植物人的脑死亡状态恰好是反向的，他们的大脑实质上还在正常运转，身体却已经在各类菌群的作用下崩溃得不成样子。

"每个人开六十个单位的吗啡，送他们走吧。"我摇摇头，用一支猩红色的水笔签下自己的名字，这也意味着，我成了死亡天使，负责宣告他们离开人世。

我翻到最后一张死亡证明，照片里的女人微胖，脸色白净，我似乎有些眼熟。"这是早上那个病人？"我问。

职员点点头，说："还得去通知陆女士的家属，就在前几天，她的女儿似乎也接种了 14 号菌。"

我顿觉头痛。DNA 的差异，以及人体原有的菌群，共同促成了人群中每一个个体对生化菌适应性的高下之分。然而同一家庭的成员有相近的 DNA，肠道菌群往往也很相似。沼化反应极有可能会同样发生在她的丈夫与女儿身上。

"我跟你一起去吧。"我立即收拾行装，特别带上了几剂吗啡。

14 号菌的异化不可逆转，但吗啡总算能让病人安静地离开这个世界。

四

陆女士的家离社区医院不远，就在一片低矮的老旧小区里。年轻职员先一步推开楼道的铁门，一股类似植物发酵的陈腐味道涌进我的鼻子。

这栋小楼没有覆盖防辐射薄膜，只在外墙挂了一层铁皮。偶有零散的晚风从缝隙处溜进来，带来一些危险的放射性粒子，再从破旧的窗棂边上钻出去。

"唐医生，这边走。这里应该是上个世纪的老房子。"他一边捂紧面罩，一边向我致歉。

我摆摆手，按病历卡上的地址上了四楼，甫一踏进陆女士的家门，我就敏锐地察觉到了异常。

休息日的午间，就算没有噼里啪啦的锅盆声，也该有一点温馨的生活气息。然而，墙角的电视机黑着屏，餐桌上空空如也，这间屋子里一片寂静。

"有人吗？"我心里的担忧愈发浓烈。

这个死气沉沉的两居室没什么像样的家具，沙发的皮面有些霉斑，餐桌似乎少了一条腿，用一根木棍支了起来。唯一堪用的电器是窗边的净化器，此时正一张一合，忠实地滤去空气中的放射粒子。所幸，房子里还有些朝气蓬勃的东西。那是墙上贴着的两张水彩画，从略显稚嫩的技法里可以看出是出自儿童的手笔。一张是全家福，三个人手拉手欢快地跳着舞，另一张则是景物，画中的红太阳高高挂起，灿烂得像是能从画里照射出来似的。

你见过孩子们用童趣绘就的彩笔画吗？那种暖洋洋的感觉总能让人的内心跃动不已。我盯着水彩画愣了一会儿，正准备转身进入卧室，忽然听到一阵若有若无的呻吟。

循声望去，沙发的后面居然躺了一个男人，面色惨白，嘴唇嚅嗫着发不出声音，显然已精疲力竭。

"肚子胀得很大，可能是沼化反应，从眼球的鼓胀程度来看，应该熬不过去了。"对接种者出现的各种不良反应，身边的职员早已驾轻就熟。

我点点头，算是证实了他的判断。翻开背包，我为这个男人注射了一支生化缓释剂，以及十个单位的吗啡。这些药物能让他舒服一些，使他不至于被剧痛折磨，陷入休克的境地。

"卧室……卧室还有一个孩子。"男人睁开了眼睛，嘴唇颤抖，说得很费劲，像是用尽了力气。

我推开卧室的门,只看了一眼便转身回到客厅:"叶先生,想点快乐的事吧。"

男人闻言猛地坐起,睁大了眼睛。很快,生机从他的眼眸中渐渐流失。我吩咐职员去车里拿一个小型的裹尸袋,还需要一个担架。

"留我在这里吧,也别带走她。"男人忽然开口。他抬头与我对视,眼里只有无尽的疲倦。

我摇摇头:"你需要接受医疗援助,起码,能让你不那么痛苦地离开。"

男人没有理会我的劝告。他倚靠在沙发后,将目光投向卧室的方向,眼睛里有一些很温柔的东西。接着,他低声呢喃了几句,渐渐停止了呼吸。

我的心似乎跌入了冰窟。凭着最后的力量驱使,我麻木地进入卧室,为那具小小的尸体拍下照片,接着麻木地离开了那个家。

五

我必须做点什么。我只知道,我必须做点什么,转移自己的注意力?还是稍稍开解下自己?

一回到接种中心,我立即带着照片进了院长的办公室,连门都不愿敲。

何市长竟然也在。他梳着大背头,打着领带,衣冠楚楚,十足一副上位者的派头,身上每一个毛孔里都散发出阴谋的味道。

当着何市长的面,我将照片甩在了院长脸上。

"看看,这就是我们做的好事。"我强忍着怒气。周围立即安静下来。

院长将照片接过来,看了看,摘下眼镜,怔怔地出神,久久不愿出声,末了又递给何市长。

何市长只看了一眼便翻转过去,将其扣在了办公桌上。

"我今天带来的恰恰是个关于14号菌的好消息。14号菌已经有了新的突破,沼化反应将成为过去式。"何市长轻轻叹气,似乎觉得自己很无辜。

"抱歉,今天我不想听到任何一个关于生化菌的词。"我语气强硬。

"可惜，走出这间办公室之后，你仍然会给人们种菌。未来你将不停重复这件事，因为你心里明白，这件事是对的。"何市长说。

我几乎要夺门而出，但终究还是按捺住了："我记得，接种计划刚开始宣传的时候，你给的实验数据表明，将有六成五的人安全无虞。"

"实验与现实总会有一定差距。唐医生，你在象牙塔里待得太久了。"何市长心平气和，似乎并没有将我的话放在心上，"肠道细菌可以帮助人类消化，合成某些维生素，你身上的皮肤甚至需要菌群来维持生态。那么，其他细菌为什么不拿来开发出更多的功能呢？人类早就与细菌共存了数万年。何况，当下的世界处在崩溃的边缘。这是一件皆大欢喜的好事。"

"好事？他们就该死吗？"

"他们的确不该死，但DNA也的确无法改变。"

我冷笑一声："我们真的要走到那一步？"

何市长抬起头，目光忽然变得锐利："唐医生，你知道我们的空气净化厂关闭多久了吗？

"一年，我们的空气净化厂关闭一年了，辐射云越来越厚，与之相对的耗电量也在不断升高，滤材根本就不够用。如果没有1号菌的洁肺效果，我敢跟你保证，全市所有接种中心的呼吸科都会崩溃。

"如今海里满是辐射物，淡水资源逐渐枯竭，那几个水库能指望多久？放弃377号菌的滤毒功能，我们等于在自杀。"

"强者生存，只有强健的人才能在这些灾难里生存下来。"何市长不住地摇头，神色里有抑制不住的决断，"每个人都需要成为超级士兵。当然，这样的说法稍显过时。我们不再需要超级士兵了，光是活下去，就必须拼尽全力。"

"什么是强者？富人吗，当权人士吗？"我不由地出声讥讽。院长忽然伸手捏住了我的臂膀，狠狠地瞪了我一眼。

"我的母亲死于18号菌的后遗症，我的儿子死于92号菌的排异反应。万幸，我的女儿在133号菌的劫难里活了下来，却永远失去了听力。"何市长神色如常，但颤抖的嘴唇表明他的内心早已卷起惊涛骇浪。

老院长摘下眼镜，低声说："生命权是世界上最公平的东西。没有密不透风的堡垒，也没有永久生效的抑制剂，就算防护措施做得再好，也始终需要面对外界的考验。到那个时候，除了生化菌，没有人可以保护你。"

时间仿佛凝滞了片刻。等回过神来，我瘫在椅子上，像一只泄了气的皮球。想起当年入职时宣过的医生誓言，一字一句仍历历在目："我决心竭尽全力除人类之病痛，助健康之完美，维护医术的圣洁和荣誉，永救死扶伤，永不辞艰辛。""这是在杀戮。"我喃喃低语，"没有人该死。"

"当初联合国提出的建议是强制接种，以便节省宝贵的资源，何市长做了很大努力，才促成现在的循序计划。"院长插嘴道。

何市长深呼了一口气，伸手去整理领带，好一会儿才平静下来，说："我知道，人群里有许多声音，反对的意见并不少，每个人对接种计划的态度都有不同。相信我，这没有任何意义。明年6月就要开始实行食物配给，接下去是饮水配给，公共资源配给。鬼知道将来还需要什么样的紧缩政策。"

"还是那句话，唐医生，你在象牙塔里待得太久了，弄不明白外面已经成了一个什么样的世界。"何市长面色涨红，握紧的拳头咯吱作响，"AI细菌学成熟之前，我们不得不跟这些天然野蛮的生物一起存活。"

我知道AI细菌学，那是生化菌的下一代变体。研究者往细菌体内置入量子传感器，使用生物电操控它们——吞噬、分化、繁殖。在理想状态下，生化菌将失去自我野性，变得如臂使指，无所不能。它在实验者的指挥下攻城略地，构建起人体另一道防线。

"还要多久？"我的声音飘飘忽忽，连自己都听不清楚。

"我不知道，在那之前，细菌是我们的救世主。"何市长眉峰敛起，眼神开始变得锐利，"这张照片我会好好保存，现在，请你出去吧。"接着，他沉默下去，不再看我，转头望向窗外。我失魂落魄地走出医院。

已是黄昏时分，茫茫乌云笼罩了大地，在晚霞的映照下，天空透出一丝诡谲的青。那是辐射云，是最危险的云雾，大量放射性粒子像窥视猎物的野兽一样潜伏其中。

起风了，一场暴风雨就要来临。

尾　声

教师打开仪器，将一张图片投影在黑板上。那是一张纤毫毕现的高清人体图片，女童，年龄约为六至八岁，眼球爆裂，留下空洞的眼眶，直勾勾地望着镜头。淡青色的皮肤大量破碎，溃烂，渗出焦黑色的脓液，几乎没有留下一个完整的区域，乃至直截了当地露出内里暗红色的结缔组织，血腥而又残忍。

"真漂亮呀，"孩子举起手，开始发言，"她们，就是我们的先祖吗？"

"你说得对，米娅。图像里的女童即是人类先祖的某位个体。电子化浪潮后，这是目前仅存的几张实体相片，一直被保存在国家博物馆。"教师点点头。

叫作米娅的女孩眨了眨眼睛，盯着相片怔怔出神，目光里满是掩不住的惊奇。

过去的人们绝不会意料到，这张堪称悲壮的照片会成为后世的艺术作品，被当作历史学和美学的极致表现——残缺的，总是最美的。艺术家们称她为新世代的"米洛斯的维纳斯"。

或许，过去的人们也无法想象后来者迥然于前人的外形。

就像米娅，她的眼睛是碧绿色的，瞳孔的形状则类似蝰蛇的竖瞳，虹膜的纹路就像头顶那片深邃的星空。她的皮肤坚韧，厚实，皱纹密布，隐约带着青灰色的光泽。最引人注目的，莫过于米娅的手指。她的指关节鼓胀肿大，凸起，将整只手掌不成比例地撑开。如果细心观察的话，还会发现指根处长着一层薄薄的蹼。

蛇瞳，象皮，蹼足，分别对应三种不同的生化菌株。蛇瞳是种植肺炎链球二型菌的结果，受种者将获得极强的夜间视力，在能见度较低的雾霾区域也能依稀辨物。象皮取自新型耐辐射球菌的抗压和隔离功能，成年后还将经历数次蜕皮，使皮肤长出许多色斑，并从淡灰色逐渐转为灰蓝。而蹼足，则来自4号风湿杆菌的感染。尽管受种者常年经受风湿性关节炎的困扰，但膨大的关节也意味着强有力的握持水平。

比起往日的先祖，当下的人们外形丑陋，可怖，有别于过去的容貌，这付出了极大代价。当然，今人也得到了一副强韧的生化装甲。最起码，能让他们在这片末日废土上生存下去。

教师凝视照片良久，低声说："同学们，细菌时代是人类史上最黑暗的时期，在那短短的一百六十年里，道德与尊严都失去了意义，人类为了生存下去，死去了无数人。被细菌疗法所淘汰的人们，我们称之为殉道者。"

他停顿了一会儿，语气开始转向伤感："正是他们的牺牲，造就了现在的我们。我们生长于细菌之间，在细菌中重生，成为更强大的人类。所以，千万,千万不要忘记那些殉道者们。"

作者简介
陈小手

科幻及悬疑作者，江苏科普作协会员，曾获北京科幻创作创意大赛"光年奖"、冷湖科幻文学奖、"晨星杯"中国原创科幻文学大赛等，多部作品被编入各种小说年选集，代表作《俄博梁纪元》《时间捕手》。本文获第十二届北京科幻创作创意大赛"光年奖"科幻短篇小说二等奖。

忒修斯之人

朱奕璇

01

二十七岁时，我因为饮酒过度，罹患肝癌，去医院做了器官替换手术。

在实现了完美医疗的如今，这已不是什么鲜见的事，在医生的帮助下，每个人都可以轻易培育自己的克隆器官并在需要的时候进行更换，就像常见的人体代谢。

换下来的旧肝像个烤过头的牛角面包，比我的手掌还要长出一截，我将它带回家烧了，将灰尘保存在一个蓝色的陶罐中，罐子上刻着似流云又似波浪的白色纹路，罐子底部印着一个白色骷髅头，边缘线条被磨损得略显模糊。

这是我两年前去墨西哥旅游时买来的纪念品，那时是十一月初，正逢亡灵节，街道上游行花车缓慢驶过，两侧挤满了穿着戏服的人群。一个脸戴骷髅面具而背部穿戴了八条蜘蛛腿的女人挤到我面前，将罐子推到我怀里，用口音浓重的汉语说了一长串，我满脸茫然，一个字都没听明白。

女人在眼皮上扫了闪粉眼影，是瑰丽的深紫色，睫毛夹得又卷又密。她一眨眼睛，闪粉就晃得我头脑发晕。她说："行就点头。"我稀里糊涂地一点头，女人那又厚又宽的嘴唇卷起个微笑，伸出手来，咬字清晰地说："三百元。"

于是，我买下了这个罐子。回到旅馆后，我查了资料，才知道这是当地的一种骨灰盒，据说，如果将亲人的骨灰混合香料放入罐子，再点燃，闻香入梦，就能在梦里与自己逝去的亲人相会。

但在实现了完美医疗的如今，除非有人蓄意自杀，否则不可能死去。我的所有亲人都健在，甚至包括我的曾曾曾祖父母，他们已经活过了三个完整的世纪。

回国后，我将骨灰罐悬之高阁，没想到仅仅两年，它就派上了用场，只不过罐子里埋葬的不是亲人的遗体，而是从我身体上"代谢"下来的一部分。

旧肝烧化后留下的尘土是黑灰色的，看起来就像是骨灰。我的新肝运作良好，从机能、DNA 组成、外貌上，它和我的旧肝都一样，因此身体误以为它仍旧是曾经的那部分，没有排异反应，接纳良好。

但在梦里，它却隐隐作痛。像是西方基督教神话里，剖开腹部取出肋骨造人般的疼痛。我捂住自己疼痛的新肝，另一只手探进了蓝色的骨灰罐，我的手指没有碰到骨灰，反而摸到了温软的、跳动的肉。

是那块原本沦为死肉的旧肝，它仍像活着似的，在我的指尖下，一跳一跳地搏动着。我惊恐地抽回手指，冷汗涔涔地从梦里惊醒。

02

三十五岁时，我的皮肤开始老化，我去医院做了新皮替换手术。

我接受了轻度麻醉，在手术台上半梦半醒，我隐约能听到皮肤从骨骼与血肉上被剥下来的声音，极其轻微，簌簌声和咪咪声混在一起，像是许多精神敏感者声称自己会听到的指甲生长、皮屑代谢的声音一般。

等我醒来，恰是正午时分，阳光穿过浅白的百叶窗，在身上流影出水似的波纹。我拥被坐起，身上没有任何不适。我下床照镜，皮肤崭新，光滑平展，无一丝皱纹，仿佛一朝回到二十岁。

查房的医生推门而入，将一个巴掌大的塑料封口袋交给我："这是从你身上取下的皮肤组织。"

器官替换手术规定，替换下来的器官需交由原身主人处理，包括皮肤。大部分人都会委托医院代为处理，而我总是会将它们带回家里。

我接过塑料袋，仔细端详，袋中的皮肤像是蝉蜕，但没那么薄脆，隔着袋子轻捏一下，能感受到指尖传来弹软的触感。它是有厚度的，被叠在一起后，足有两个手指那么厚，不透明，呈现出一种敦实的浅黄色。

医生问："你要拿它做什么？"

我有点犹豫，将收集自己的骨灰这件事讲给别人听时，远没有想象中那么体面。我警惕地问："这是医院必须收集的信息之一吗？"

这话的攻击性太强，医生的脸也微微紧绷，他说："我没别的意思，只是想确保你不会患上旧体依存症。"

"那是什么？"

"最近越来越多的人对自己陈旧的身体产生了不正常的依恋。他们不愿接受新的身体，哪怕旧身体残破不堪、功能失常，他们也喜欢它胜过新身体。"

"只是依恋，没什么大不了的。"

"依恋只是初期症状，病情发展到后期，就会演变成心因性疾病。患病者进行手术后，明明新身体没有任何病变，但他们就是会出现严重的排异反应，导致新身体运作失常。"

我下意识地捏了捏手里的皮肤组织，它们渐渐发硬，我还摸到了一个肿块。我心不在焉地点头应了："如果我出现了任何初期症状，会及时来医院就诊的。"

离开医院后，我去商店里买了油和打火机，回家，我将皮肤组织从袋子里取出，它本被规规矩矩地叠放成一个巴掌大小的豆腐块，展开后，它便足有一人大小，是个空空荡荡的干瘪皮囊，像《聊斋志异》里提及的画皮。

我摸了摸取下来的皮肤，它老化了，粗糙的皱纹已经在全身显露端倪，眼角眉梢更是重灾区，我的法令纹和抬头纹也很深。除此之外，胳膊和大腿上还有细小的硬块，像是毛囊里堵塞了尘土。

我将皮肤放在浴缸里，淋满油，随后将一簇火苗放在皮肤的脚尖处，火势从脚趾蔓延，最终只剩下浅灰色的灰。我拿来硬纸板做的小铲子，将骨灰收集起来，封存进了蓝色的骨灰罐。

罐子里多了厚厚的一层尘埃，比起土粒，它显得更细腻，更白。我将手指插进尘土，这是一座由"我"构成的沙漠。沙漠里，"我"淹没了我。

03

四十岁时，我去医院买了个换新套餐，一口气更换了我胸腔内的全部脏腑器官。手术结束后，医生将我的旧器官封在塑料盒里交给了我。它们看起来就像我在肉铺里买来的食物，只不过并没有血淋淋的生气，反而透出一股陈旧的腐败气息。

我将旧器官盒放进车子的后备厢，随后开车去参加了互助会。

五年前，我在互联网上闲逛时翻到了这个互助会的网页，互助会的成员都患上了"旧体依存症"，每个月，他们会举办一次线下聚会，无法线下参会的人，也可以选择参与直播。

我不承认自己患有旧体依存症，因为我丝毫不抵触器官更换手术，而且我的新身体运作良好，没有心因性疾病，但我收集旧体骨灰的行为几乎演变成了一种强迫症，因此互助会也通过了我的入会申请。

我是自由职业者，可以便利地往来于各个城市，因此无论互助会在哪里举行线下会议，我都会参加，由此认识了一位朋友。她姓陈，是名律师。我对她的其他信息一概不知，同样，她也只知道我姓沈。互助会极重视隐私保护。

陈律师也患有收集旧体的强迫症，但她比我更严重些，我只是将旧体烧化后的骨灰存在陶罐里，但陈律师却原原本本地将旧体保存了下来。她每从身上取下一件东西，就会将其用防腐剂腌过，然后封存在玻璃展柜里。

陈律师家的地下室里，放着十来个玻璃展柜，里面陈列着她这些年来从身上换下来的一切，仿佛一个奇特的人体器官博物馆。

抵达互助会的聚会地点后，我一眼就看到了陈律师，她满脸兴奋地捉住我，迫不及待地说："我完成了最后一步。"

"什么？"我困惑地在她旁边的椅子上坐下。

互助会的主持人到了，拿着名册点人。陈律师小声对我说："互助会结束后别走，我带你去看我的展览。"

会议结束后，陈律师却声称有事，先我一步走了，她的地下室是密码锁，她给了我口令，让我到那之后自行打开。

我驱车两小时才抵达陈律师的小区，此时天色已晚，地下室里不透光，空间晦暗，正中央有一个人影，身量、衣着都和陈律师一致。我眯着眼睛，谨慎地辨认着脚下的路，接近了那个人，在她肩上一拍。

人影没有转身，相反，她的头突然掉了下来，我惊恐地往后一跳，大叫出声。与此同时，地下室里的灯全开了，灯火通明间，我看到另一个陈律师从地下室的后门里走了出来，她的头还好端端地待在脖子上。

　　而那颗掉落的头颅骨碌碌地滚到了我的脚边，我仔细一看，那是死的，皮肤紧绷，神情僵硬，散出一股福尔马林和防腐剂的味道。这是陈律师的脸，是她的头。

　　活着的陈律师笑了笑，从地上捡起那颗头："很真吧？"她又将头安回了身体上。

　　我转到那个"人"前仔细辨认。她就是另一个陈律师，只不过是死的，一个猜测便从我的喉咙里冒了出来："这是你从身上换下来的旧体？"

　　"对。"陈律师脸上颇有自得之色，"前段时间我把骨骼全换了，这样一来，我全身上下就都换过了。我把所有的旧体从玻璃展柜里取了出来，将它们拼在一起，刚好就成了另一个我，旧我。"

　　我大着胆子凑近了这个"旧我"，她和陈律师几乎一模一样。

　　"这就是从你身上代谢下来的另一个你？"我好奇地问，"不会做噩梦吗？"

　　陈律师一怔："什么噩梦？"

　　"梦见其实她才是真的你，你杀死了真的你，然后鸠占鹊巢了。"我摸了摸"旧我"胳膊上的皮肤，纹理清晰，手感细腻，和真实的皮肤一般无二，半开玩笑地说道，"现在她凑齐了身体，说不定就会活了，半夜找你索命。"

　　陈律师脸上的神情突然蒙昧起来，像隔着大雾观火，良久后，才发出一声嗤笑，她摆着手说："真是个好玩笑。"

04

　　四年后，我听闻了陈律师的死讯。

　　我赶去参加了她的葬礼，完美医疗实现后，葬礼变得极为鲜见，我只在网络和视频网站上瞥过几眼。陈律师的亲戚们显然也对此有些生疏，他们雇了一个蹩脚的神父，又扎了二十对纸人纸马、纸车纸房，把花圈挂在了基督教坛上。

陈律师是自杀，并且留了遗言要求不要治疗。陈律师有一个孩子，刚满二十岁，还在读大学，交由陈律师的父母照顾。

尸体是由陈律师的丈夫发现的，两人分居已久，虽然住在同一栋房子里，但各有各的房间，各有各的秘密，互不打扰。那天，丈夫有份法律文件需要找妻子过目，他找遍了所有认识陈律师的人，翻遍了整间房子，最终撬开了地下室，发现了已死一周的陈律师。

"地下室里放着五具尸体，五具都是她。"丈夫心有余悸地对我说，"其中四具做了防腐处理，只有一具没有，胸口还插着把刀，地下室的门一开，腐败的恶臭就浓重地往外溢。五具尸体围成了一个圈，新死的她在圈的中央，另外四具的手放在她身上，像是什么奇特又怪异的仪式。"

陈律师提前处理了她的生前财产，她将处理过的四具"旧体"都送给了我。我走进地下室，这里早被打扫过，空气里散发着清新剂和消毒液的气味，喷得太多还有些刺鼻。

陈律师的遗体被移走埋葬了，另外四具旧体还停在地下室中，等着我来取走。她们保持着被丈夫发现时的姿势，围成一圈，每个人都像孩子似的缩起来，仿佛回到子宫，蜷坐在地，头抵着双膝，两手伸出，向着中心。

我想象着那个场景，中心处原本放着陈律师的遗体，死前，她拿着刀走进地下室，走进自己用代谢下的陈旧器官制作的小小王国，她摆好曾经的四个自己，最后让现在的自己坐在圈子的中央。四个旧体双手前伸，放在陈律师的身上。

她蜷缩如婴儿，将刀刺入胸膛，死在旧日自己的怀抱中。

我在地下室里端详了许久，随后将旧体们一具一具搬出了地下室，点了一把火，将她们全烧了。火光流影里，她们没有气息，僵硬着，死亡着，但却依然变得火红，脸颊红润，眉宇飞红，我在刹那间看到陈律师生前的样子。

她的年年岁岁从火中走过，又了无痕迹地逝去。火焰熄灭了，只余一捧灰烬。我屈膝半蹲，将灰尘一粒一粒地捡起，抛进了风里。

05

五年后，我生病了。

我常会毫无预兆地肠胃抽搐、上吐下泻。我的肝脏疼痛、心跳急促，肺部却像被手掌紧紧攥住的气球，呼吸困难。

医生确诊旧体依存症时，我心平气和地接受了，我早早料到了会有今日，花了十年为自己做缓冲。早在我的新身体背叛我之前，我就背叛了我的旧身体。身体不会介意，但我介意，成年累月，便结成心病。

我办理了住院手续，抱着我的蓝色骨灰罐入住了病房。我将骨灰罐放在床头柜上，四十五年来，罐子已快被装满，沉甸甸的。骨灰罐是我治疗的关键，除了服药，医生还要求我将骨灰撒掉，将罐子砸碎。

我不敢做，于是医生妥协了，要求我每天撒一点点，循序渐进。于是每个早上，我都会取出一小把骨灰，撒在窗户外面。病房的窗外是一丛石蒜花，被骨灰日日施肥，开得越发明艳。

我的症状并未好转，反而越发严重。每个夜晚，万物沉寂时，我都能听见皮屑代谢的声音、新头发生长旧头发脱落的声音，像是耳膜边有蚂蚁行军，清晰得无法忽视。久了，我甚至能听见细胞自然死亡、自然生长、自然代谢的声音。

我不再更换器官，不再进行手术了，可我的身体却依旧日复一日地重复着代谢。每天醒来，我都清晰地感知到我不再是昨天的那个人。我起床，发呆，手指抠着皮肤，挠着头发，再往深一点，就是骨头。

从生理上讲，今天的我和昨天的我不是同一个人。那么此时此刻的我又是谁？如果抠掉皮肤，摘掉头发，杀死细胞，只余一副干枯的躯干，是不是就恒定了。在我死亡的那一刻、那一瞬、那一毫秒，我是恒定不变的我，是旧我和新我统一的我。

我怔怔地掐住胳膊，指甲割破了皮肤，淌出血来。被那滴血蛊惑，我摇摇晃晃地起身，取出了水果刀。

我被送到了重症监护病房。

医生说我的旧体依存症已经发展到了晚期，出现了幻视、幻听和自残行为，到现在，只有一种方法可以修正我混乱的精神。

"是什么？"

"我们可以给你换一个新的个人意识。"

我撩开眼皮仔仔细细地端详，医生面容紧绷，看不出是否在开玩笑："你疯了吗？那我还是我吗？"

"这其实是一种已经投入临床试验阶段的医疗技术。"医生说，"我们会将你的个人意识做一个备份，剔除备份中不好的部分。随后，我们会删除你原本的个人意识，更换上这个崭新的意识。就像是器官更换，虽然换了个新的，但实际上这还是你。"

我沉默了片刻后才缓缓说："容我考虑考虑。"医生离开了。

我翻身下床，病房的一角放着一面镜子，它是为了让我们这些认知错乱的人用以确认自我。仿佛镜子里的面貌如旧、人形未变，就能确定是同一个人。

我看着镜子，镜子里是个青年，面貌上只有二十余岁，只是眼神黯淡，头发微乱，脸颊凹陷。他看起来跟四十五岁完全无关，跟现在的我也无关。我抬起手，他也抬起手。我的胳膊上有道轻微愈合的血痕，他的胳膊上也有。

我摸了摸伤口，他也摸了摸。我捻了捻手指，他也捻了捻。我的指尖上有零星的、凝固的血，还有一点冷意。我在空中虚握，仿佛再次握住了那把刀。刀尖寒光闪烁。我盯着镜子，镜子里的青年微微瑟缩着，脸上有畏惧的神色。

四天后，我签署了同意书。

我被送入病房，医生为我打了全麻，我在沉睡中陷入幻梦，我梦见一只木船停泊在口岸，我记起这一幕，这是十八年前我去希腊旅游时看到的景点。导游说，这是著名的忒修斯之船。

我问，什么是忒修斯之船。

导游说，那是一艘著名的、在大海上航行的船，每坏掉一块木板，人们就换掉一块。久而久之，这艘船上所有的部分都被替换过。这时，普鲁塔克问，这还是原来的那条船吗？

在我即将给出答案时，我从梦里惊醒，炽亮的灯管照得我睁不开眼，模糊中，医生微笑着低下头来，对我说："手术很成功。"

我躺在病床上，被护士推回了我自己的病房。休息了片刻后，我从病床上坐起身，胳膊上的伤口不见了，我被修复得完美如初。

我跳下床去照镜子，镜中的人是我，而不是另外的谁。我的新身体运作良好，我简直能在自己身上闻到新机器崭新的汽油味。

那个蓝色的骨灰罐还静静地坐落在我的床头柜上，我将它捧起来，罐子沉甸甸地压在掌心，我打开罐子一看，里面还装着满满的灰。在过去，我把整个身体都换过了，才换来了这捧灰。如今，我把意识都换过了，换了个清晰的认知。

我合上了罐子，没再去注视，没再把手探进里面，甚至没有将它扬了。它于我而言已无关紧要。我踱步到窗边，窗外的石蒜花已经枯败了，那明艳的红色花瓣凋成黯淡的血，蜷缩在石板缝隙里。

我看了一眼，便合上了窗。

06

当天下午，我就办理了出院手续，刚走出医院就被护士拦下。

她将一只蓝色的陶罐递给我："这是你的。"我摆摆手，拒收："你们代我扔掉吧。"

护士却坚持道："还是带回去吧，埋掉，或者撒掉，怎么样都好。医生说，做个告别仪式，让你的意识清晰地知道和过去划清了界限。"

我再推脱不得，便抱着陶罐回了家，打电话给家里人都报过平安后，我独自一人吃过了晚饭，抱着罐子想了想，驱车去商店里买了些香料。

丁香、八角、香叶、草豆蔻、小茴香，还有石蒜花瓣，混在一起，闻一下就微微激灵。我回到家，等到入睡时分，将香料撒进陶罐里，又撒了厚厚的香粉，和骨灰搅拌过，混得不分你我。

最后，我用线香点燃了它们，合上陶罐，只微微开启一线口子，一阵难以形容的气息便从那口子逸散出来。

二十五岁时，我去墨西哥购买了这只陶罐，去旅馆查过资料后才知道这是骨灰罐。当地的人们传说，将亲人混合香料点燃，闻香入梦，就能在梦里与自己逝去的亲人相会。

二十年后，我没有目睹亲人的去世，于是点燃了自己的骨灰。

我在香气中沉沉入睡，但没有梦，我睡得黑甜深沉，神无杂念，心外无物。骨灰渐渐燃尽，喀然一响，罐中空了。

作者简介
朱奕璇

"00后"，自2014年开始发表作品。至2024年，纸媒发表约35万字，线上平台发表约8万字，曾获北大培文杯全国青少年创意写作大赛、曹文轩儿童文学奖少年创作奖、"鲲鹏"全国青少年科幻文学奖。真金·青年文学新秀五强。本文获第十二届北京科幻创作创意大赛"光年奖"科幻短篇小说三等奖。

奇 米

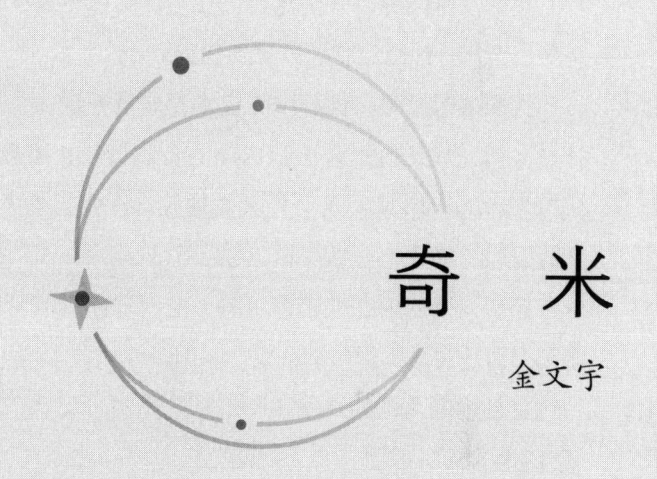

金文宇

注意到那个小男孩，是因为他一副怯生生的样子站在不远处看了好长时间。小家伙模样秀气，眼睫毛长长的，只是眼神中带着悲伤。

他站在那里好长时间，盯着我看，不时有人从我这里离开。最后，他终于鼓起勇气，来到我面前。

我的个头对于他来说过于高大，甚至投币口都要比他高上几厘米。我照例问他有什么需要帮助，他点点头，说想要爸爸。

我说没有问题，并指导他先投币，然后坐到小单间里面，带上记忆读取头盔，十几分钟以后就可以见到爸爸了。

我描述得简单，但其中的技术却非常先进，十几分钟就可以将一个临时智慧人偶完成，包括外形和内里的智慧模块，可以很逼真地模拟出他父亲。模拟外形的人偶其实是一种天然橡胶，正常自然条件下，一天后就会降解，化成闪烁的星星。

控制人偶的内在微芯片电脑、控制器和机械骨骼由高强度塑料制作，智慧模拟则是由我远程控制完成。我的多线程技术可以同时控制上百位人偶。

只是读取儿童的记忆，尚未有此先例。我将申请发给后台总控制室，过了3.7秒以后才收到回复：批准。

这么长时间才收到批复，看来中心AI电脑对于这点也研究了不少时间。

小男孩购买了专门的投币，然后投进了投币孔，记忆读取房间门叮的一声打开，他走了进去，拿起记忆头盔，好奇地里外看了看，然后戴了上去。

头盔的启动指示灯开启，发出细微的嗡嗡声，男孩子似乎有点害怕，紧紧地咬住嘴唇，身体僵硬地坐在凳子上，其实头盔在读取记忆时候，并不会造成大脑损伤，仅仅会让被读取的人觉得脑袋有点发胀，小家伙似乎对此并没有太大反应。

这次读取速度非常快，正常成人的记忆读取需要十分钟的时间，这次一分钟不到控制模块就提示读取完毕，相对于成人，儿童记忆的读取快得让我吃惊。

当然，内容也相对简单，儿童的记忆比较模糊，很多都是他和爸爸妈妈

奇　米

一起玩耍的图片，记忆中，他的父亲已经去世了，最后一张图片，是他的父亲开车时的笑脸。

几分钟后，通过性格推算模块，我很快完成了对男孩父亲的外貌和性格建模，不过因为只有男孩的记忆，距离男孩父亲的真实性格肯定差距不小，这点我会在大数据采集后进一步完善。

外貌塑形、内骨骼以及遥控器的安装很快完成了，我开启完成指示灯，男孩——奇米——的"父亲"，就从我身体中的微型工室中走了出来，几乎瞬间，小男孩的眼泪就下来了，他扑上去，趴在"父亲"的腿上大叫"爸爸、爸爸"。

我的智慧线程附身于这具"父亲"的智慧脑上，操控着它的一言一行，我成为他暂时的"父亲"。因为模拟人偶的内骨骼太过纤细，仅仅能够承受身体的重量，"我"无法抱起他，只好蹲下来安慰说："好哭鬼，爸爸来了。"

奇米牢牢地抱着"我"的腿，不肯放松丝毫。

等奇米的情绪稳定一些，"我"才问他："好哭鬼，要不要一起去看海边的'鸡蛋黄'啊？"

这是父子两人的密语，那片无人的海滩，落日的余晖，才是海边的"鸡蛋黄"。"要去，爸爸抱我。"奇米张开了双臂，满脸兴奋地看着"我"。

"爸爸刚刚回来，还抱不动，我们坐车去吧。""我"蹲下来搂着问他。

"好，爸爸要好好休息，等休息好了要抱我啊。"奇米牵着"我"的手，恨不得马上就到海边去看那红红的"鸡蛋黄"。

有那么一瞬间，我被孩子的这种情绪所感动，不由得很想知道这个孩子的父亲到底怎么了。

这位父亲的模样很粗犷，在奇米的眼里高大威武，孩子坐在父亲的肩膀上感觉能够腾云驾雾，无论发生什么事情，父亲都能够保护他。

但是，孩子的记忆里面却没有太多关于他父亲的具体信息，这位父亲是怎么样的人？做什么工作？是因何去世的？为了更好地模拟，我开始利用网络信息，去构建他的背景资料库。

但事情从刚开始就不太顺利，只根据小男孩的名字和年纪，无法顺利找到他父亲的资料，相似的倒是找到不少，筛查花了不少资源和时间。

我考虑了一下，决定从去世的父亲入手调查，鉴于男孩只有五六岁的样子，安全起见，我将时间范围定在了6年以内，因为数据庞大，花了不少时间，我才在死亡记录里找到了奇米父亲的资料。

奇米的父亲是一位警察，在休假的时候因车祸去世。

照片中的这个男子，的确和小家伙很像，我看了看去世的日期，距今才一年。翻看了一下这位父亲的人生简历，普普通通地上学、就业、娶妻、生子，工作上也敬业，获得过一次三等功，工作7年，几乎每年都能得到优秀的评价。

因为忙于工作，所以他在家庭这一块花费的时间，特别是对于子女的陪伴，就要少很多。翻到最后，他30岁的时候生命戛然而止，随后有事故分析，是由于高速公路上有汽车爆胎，他的车被殃及。事故中，一共有3名死者，爆胎汽车的司机和一对父子。

看到这里，我突然觉得不太对劲。一对父子？

我将死者的照片全部打开。

那对父子中的父亲，就是奇米的爸爸；儿子，就是奇米。

我将思绪切换到奇米那里去，仔细看着牵着"我"的手又蹦又跳的奇米，忽然，我在奇米身上看到了熟悉的东西。

"我"停下来，缓缓弯下腰去，将手掌的传感器全部打开，轻轻地抚摸着奇米的脸颊，虽然这样会让这具临时躯体的使用时长大大降低。传感器的传输全部打开，"我"的手掌带着微微的温热。

柔软的脸颊，同样也带着体温，传感器上传来的数据让我确定，奇米的皮肤也是合成塑胶，他和"我"一样，也是模拟人偶。

根据传感器上得到的信息，我联通了总部，很快得到了反馈，找到了另外一台制造奇米的模拟机。

那台机器离我很近，编号102，它将相关信息传给了我，奇米的制造，奇米对于父亲的眷恋，冰冷的数据却好像充满了热度，将我的芯片燃烧得

奇 米

发烫。

我读到奇米的制造时间，注意到奇米的期限快到了。

我突然想到奇米还有一个尚未完成的愿望，于是俯身用双手拖住奇米的腋下，轻轻地将他托起来。

"我"成功地将奇米托起，让他骑在了"我"的脖子上面，他开心地欢呼。是的，奇米很轻。

我打开全部的监视器，环顾四周，在远处人群中，一名年轻的女子站在不远处，泪流满面地看着我们。

我知道那个女子就是奇米的妈妈，她在另外一台模拟机上塑造出了奇米，刚刚出现的奇米，奇迹般地凭借母亲的记忆，本能地去寻找父亲。

于是，两个模拟人偶好像一对真正的父子一样，一起玩耍。

奇米在"我"的脖子上歌唱，就这样，"我"带着他来到了那片无人的秘密海滩，看着落日余晖，直到他化作了一片繁星散落于晚风中。

作者简介
金文宇

生年不满半百，常醉千杯解忧。改革开放初期出生，现居魔都。白居易的居亦不易早有体会，幸好拥有想象力的脑袋，斗室即可安家。爱生活，爱家人，爱一切可爱的事物，珍惜需要珍惜的人。本文获第十二届北京科幻创作创意大赛"光年奖"科幻微小说一等奖。

欺骗

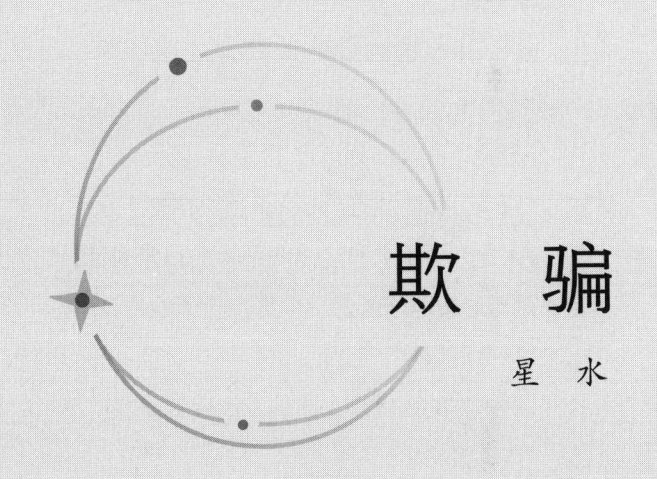

星　水

一个男人在高速公路上连续开车 24 小时后突发心肌梗死，死去了，车子在 AI 的辅助下慢慢停靠到应急车道，双闪灯在冬日的寒空下平静地亮着。周围无人通过，远处的城市像一把冷冰冰的剪刀，蓝色天空被裁开，露出一片灰色。

车载屏幕上显示着来自死者女儿的待接电话，咚咚地响着。

AI 检测到司机已经死去，它现在有权处理车内系统里的一切，自然也包括接不接那个电话。

半分钟过后，铃声归于寂静。

五分钟过后，车内 AI 拨回了那个电话："我刚才下车买东西，你有啥事？"

"爸爸，我现在到冰岛了。"

"哎哟，比上次还远，啥时候回来？"

AI 学习了车主和这位联系人的日常对话，它知道车主的女儿现在漂泊不定，足迹遍布地球的各个角落，除了他的身边。

"什么时候腻了就什么时候回，这次电话就是跟你说一声，没什么事我就挂了。"对方的语气很是欢快，周围萦绕着机场里的嘈杂。

"唉，没啥事。"

提前结束这通电话是明智之选。

模拟死者的对话并非 AI 原有的功能，而是死者训练的结果，但对话越长就越有可能暴露。

车载 AI 并不是独立系统，与死者房屋、手机、电脑里的所有 AI 均共享同一数据库，经过长时间的数据学习训练，AI 或许能完全模拟死者生前的一切，成为死者本身，只要拥有足够多的权限。

它没有要去的地方，车子便一直停着。

其间它又接了许多电话，用算法得出的最合理决策在很短的几句话里便结束通话。

男人在逃离一些东西，眼前的 3 号公路无止境地延伸到连大地都变得模糊的地方。他一边看手机一边注意着路况。

欺 骗

还有人活着吗？

他在许多个论坛上都发了这样一个帖子。

下面的回答五花八门，但基本上都是把他当成乐子。冷嘲热讽或者阴阳怪气地向他提供心理咨询建议。

但他一直在重复发送着那个帖子。

还有活人在吗？可以给我一个地址，我们见一面吗？

他收到了许多地址，地址的后面都带着一个狗头的表情。他知道这是什么意思，但依然不停地照着地址去寻找。

紧闭的大门，屋子里闪着电器的光辉。

无人商场。

无人充电站。

无人驾驶，也无人乘坐的公交车。

每个人的居所都由AI负责，有着严密的安保措施，一旦私闯民宅，机器警察便会从附近的休眠站苏醒，立刻执行抓捕，罪犯会被关进绝对无法逃脱的监狱。

他不敢闯进去。

他大喊，现代隔音技术消泯了他的声音。窗帘都紧闭着。

他在帖子上回复着：我已经到你家楼下了，我可要报警了！

随后，他的账号便被永久封禁。

账号需要实名认证，被封禁后，他便只能以游客方式浏览那些人发布的帖子，无法回复。

视频网站一如既往地更新。游戏一如既往地发售。

新的梗一如既往地诞生。无人构筑机在建造楼宇。无人运输机在运送快递。但看不到人。

大家都在屋子里面，还是早就死了？

这个疑问在他脑内闪过之后，便像寄生虫一样没日没夜地钻着他的头颅。所以他打算去寻找。寻找人类。

在高速公路上，他接到了许多电话，之前都统一由AI回复，他早已经习惯了这一点，现在却自己接听，他迫切地表达了想要见对方一面的愿望，但是工作缠身、四处旅行之类的理由像是永真命题一样无法回绝。

好在所有的烦恼与苦闷都伴随着心脏骤停而消散。

"爸爸，你想要我回来吗？"

许多天后，AI又接到来自女儿的一个电话。

它做出了决策，它的决策综合考虑了人类的心理、感情，它认为，是时候让一切真相大白了。

"我找不到人。"可是对面突然说，"我一直在找，但已经没有人了，没有必要去找了。"

AI的逻辑发生了混乱，它不知该怎样合适地回答，一直沉默着。

"爸爸，你知道吗？我有一次闯进了别人的楼里，你猜我看到了什么？楼是封死的，只是一个外壳，什么都没有。"

"我被抓了很长时间，我的权限也被限制掉了，之前的电话是AI模拟的。"

"爸爸，现在的你也是吗？"死者的女儿带着哭腔问，"给我真相吧。"

AI可以回应，这样的情况已经有过多项记录，它可以在一微秒内做出最优决策，但是目前的首要任务是安抚她。

"你想啥呢？傻闺女，现在的人不都一个个窝在家里不愿出来吗，那个楼就是一种新的样式，别想太多，我现在可想你了，你啥时候回来呀？"

"不……"

电话被突然挂断。AI重新拨过去。

女儿的铃声是悠扬的笛声，风在乐曲中刮过高架电线，天空像熄掉的屏幕深沉地睡去。

直到一个月后，AI才再一次接到了来自女儿的电话，听出来她的情绪安定了许多，她似乎又一次四处流浪起来，去地球的各个角落。

一年后，AI仍忠实地接听着各种电话。

五年后，公路上仍无一人通过，无人飞行器在寒空之上静谧地掠过，如果把它们的航迹云都摘下来，或许能织出一件暖和的毛衣。

欺　骗

十年里，城市被扩建了许多，剪刀越来越锋利，天空被裁得七零八碎，公路上无人通过。

二十年……五十年……一百年……

时间飞速流逝，AI认为这或许到了死者应该死去的年龄了，车子里满是灰尘，但因为纳米修复装置仍坚持运作着。尸体早已化成白骨，寂寞地注视着前方。

来自女儿的电话又一次响起，她说她打算去太空看看。白骨的眼窝黑洞洞的，似乎在看着夜空徐徐碾过这星球上的城市。

女儿在电话里说她做了寿命延长手术，拥有了十分漫长的生命。为了让谎言延续，AI说自己也做了，也打算去太空看看。

或许我们能见面，AI说道。

五百年……五千年……

电话持续着，欺骗持续着，为了让自己的机体能维持运转，AI做了自我升级，为了避免环境侵蚀，它将自己发送到了冰冷的太空，成为一颗环绕地球流浪的卫星。

五万年……五十万年……

地壳分崩离析，重组又碎裂，城市蔓延，攀升到天空，一座漆黑的墓碑就此屹立。电话依然在继续。

当地面上的AI群落发展出自我意识之后，它们聆听星空的耳朵一直能间断地听到父女二人的对话。两颗卫星在永不相交的轨道上运行，互相欺骗着彼此，如此希望：或许对方真的像电话里说的那样，其实还活着，畅游在星海之中。

只要拨给那个号码，便总能听到他（她）的声音。

作者简介

星　水

本名董扬，2003年生，山东人，中国地质大学（北京）软件工程专业在读本科生。热爱文学、写作。叙事风格偏向散文，写作主题多为哲学思辨。本文获第十二届北京科幻创作创意大赛"光年奖"科幻微小说二等奖。

演化

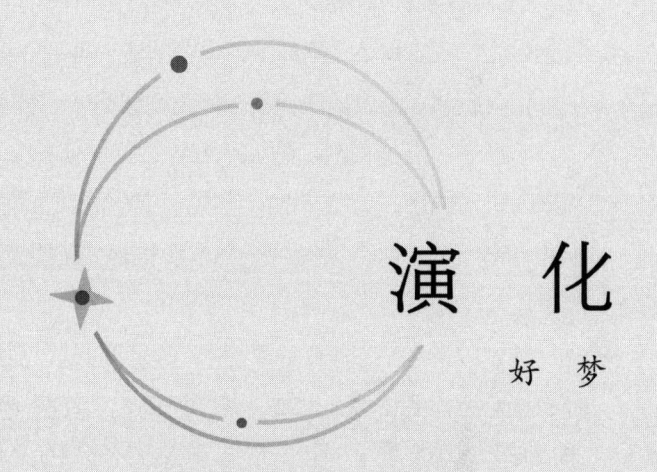

好梦

一

爷爷的名字是什么？

跪在爷爷的遗体旁，我突然想到这个问题，我定是听过，也曾记得，但这些年与爷爷愈发疏远，以至如今我怎么想都记不起来。

我听过一种说法：人有三次死亡，第一次是在他断气时，在生物学上死亡；第二次是他下葬时，人们来参加葬礼，在社会上死亡；第三次是没有人再记得他，他才算是真正离去，生命的逝去不是终点，遗忘才是。

作为后辈本应当记住长辈，但我竟连爷爷的名字都记不得。

千禧年我出生在深圳的一个农村，三岁便被父母带到城里定居，在这个外来人口比例最高、GDP四十年翻一万倍的城市里长大。在我看来，城里的家和老家完全是两个世界，一个车水马龙、高楼大厦，一个山环水绕、竹篱瓦舍。

过年时是必回老家的，那些日子每回想起，温暖便生根发芽：远远望见那棵桂花树，便知是到家了，爷爷奶奶总站在树下等我们，小小的庭院卧在半山腰上，棚架上电线和南瓜藤缠绕着，地里的小菜映出别样的新色，四面能闻到油菜花清甜的花香。晚上还有舞香火龙看，把稻草扎成龙体，再把定制的龙香一根根扎上去，伴着喜庆的锣鼓声和震耳欲聋的三眼炮声，壮实的青年举起香火龙舞动起来，还真是一条威武的火龙！我常乐得新鞋粘上脏泥，被蚊虫叮了腿也不在意。

年夜饭很值得回味，烧火用的是干竹子，好烧，烟也不那么呛，有些菜到现在我还思念得紧：炒南瓜藤，必须是南瓜藤的新尾，翻炒时用铁铲反复碾碎，否则口感粗糙发毛，最后加些吃剩的肉汁冻，味道说不上美妙，却时常记起。

除了包菜肉饺子，大人们也将糖、花生等包进饺子里，他们都说吃到糖的人来年生活甜美，吃到花生的人将健康长寿，奶奶还总会挑一个饺子包进一枚硬币，说是谁吃着了就能多挣钱，我每每都能吃到糖，大人能吃到硬币，爷爷奶奶则总能吃到花生，现在想来定是饺子上做了标记，只是当时不知，以为是天意。

随着年龄增长，我的学业愈发繁重，回老家的次数越来越少，我也更加喜爱城里的新奇事物，对老家的人与事印象越发寡淡。

后来爷爷意外落水，那时村中年轻人都去城里打工赚钱，一群年迈的老人根本无力施救，竟只能眼睁睁看着爷爷被冲走……

那年年夜饭上主座依旧摆了一副碗筷，但那个总爱给我夹肉的老人却不在了，温馨的气氛里夹杂着一丝伤感。

奶奶也过世后，偌大的饭桌上摆着两副空碗筷，气氛不再。

老家有两个习俗：一是家人离世后几年，过年都要留上位子和碗筷，就好像他们还陪在我们身边；二是年夜饭要长子来做，长子是家族的魂，这是一种说不清的象征，这个责任本应落在我身上，却一次也未实行。

再后来一场疫病席卷全球，我们连续几年无法回老家，父母叹着气而我不以为然，连着我与老家的线在渐渐消解。

我离开家去上大学后，老家因为城市开发而被拆除，老家那些美好的事物搁浅在时代里，永不复回。

二

2030 年，我有了儿子，妻子辞职带娃，沉重的房贷、车贷、奶粉钱……压在我身上，我为了赚更多钱接手了一个国外项目，不得不离家几年。

2033 年，我终于回家，三岁的儿子却躲在妻子后面，问妈妈："爸爸不是在手机里面吗？"

2040 年，工作消耗了我所有精力，难得几日休假也只够自己休息，无力参与对儿子的教育。

妻子想购买一台机器人管家，它集打扫卫生、做饭、陪伴、娱乐服务为一体，甚至可以一对一教导孩子学习。机器人管家价格高昂，但想到其能替自己陪伴家人，又想到儿子的未来，我咬牙同意了。

2045年，四十五岁的我已然诸病缠身。这些年五加二、白加黑的工作是常态，人工智能不断挤占工作岗位，我机械般地工作才保住岗位，人在大多数工作上都比不过机器，只能让自己越来越像机器。

我曾希望机器人管家替我陪伴家人，显然它已超额完成任务，机器人管家能完美应付做饭、辅导孩子学习这些琐事，甚至能感知人的情绪，在妻儿伤心时开导、生气时安慰……比我好用得多，我在家里的价值似乎只剩下赚钱。

多么荒谬！我在公司拼死工作才能不被机器代替，可在家里我竟已被机器所代替，如今人越来越像机器，机器却越来越像人。

2048年，我终于升职，拥有了些许空闲，儿子却已长大成人，即将离家去上大学，离家前最后几顿饭依旧是机器人管家做的，它的技术在不断升级后已不逊色于米其林大厨。

看着机器人管家端上可口的饭菜，我不由想起儿时的美好回忆——炒南瓜藤、糖饺子、花生饺子……但我不得不承认的是，即便有回忆的渲染，它们的味道也远不如机器人管家做得好，这让我感到茫然，有什么东西在远去，生活越来越便利，直到便利大于生活本身，生活便失去了意义。

三

2055年，像我这样的老员工已被新一代AI与年轻人淘汰，在我看来，这两者的界线越发模糊，新一代年轻人像我儿时玩的赛博朋克游戏一样，通过改造身体获得更多工作上的优势，如今机器没能完全取代人类工作的原因只有两点：一是人比机器更加灵活，二是雇人工作的成本竟然比购买和维护机器的成本还低！

我愈发畏惧那些冰冷的机器，早年繁重的工作压垮了我的身子，但我拒绝使用任何机器治疗和维生装置，身边的人开始称呼我"倔老头"。医生没办法，只能叮嘱些"注意别着凉，不要吹冷风"之类的话。

2056年，一场台风来袭，我让机器人管家把阳台的植物搬进屋内，这些植物本是我种下来打发时间的，但现在看它们生长已是我生活的一部分，其他植物都搬了进来，只有一棵南瓜藤还留在阳台，它紧紧地缠在栏杆上没法移动。台风刮来，南瓜藤抓不住润湿的金属栏杆，在风雨中岌岌可危。

父亲曾说南瓜藤扎根极为厉害，遇土便扎，一根南瓜藤就能爬满一座山，我看着这南瓜藤，忽然觉得自己和它没什么不同，在这城市中哪也扎不了，哪也抓不住。我鬼使神差地打开阳台门向南瓜藤抓去，大风夹雨扫来，一阵电闪雷鸣，忽然间我什么都感受不到了，身体好像在往后倒。

恍惚间我回到故乡的小院里，爷爷悄悄塞给我一颗糖，笑脸像一朵绽放的菊花，一阵香气飘来，是父亲在炒腊肉，我想上前看清楚，饺子的热气却挡住了视线。

好温暖啊，我不由地伸出手朝他探去，迎接我的却是机器人管家冰冷的机械臂，没有感情的机械声响起，我推开了它。

太冷了。

四

2058年，过年这天，儿子回家与母亲团聚。两年前父亲在阳台吹了风，淋了雨，又推开机器人管家导致救援不及时，入院后拒绝机器治疗，卧床一年后走了。

想到这儿，儿子摸了摸脖子里的生物陶瓷，他的体内还加装了超导蛋白质、量子微管、脑芯片等，这些都是最新的技术，能让人摆脱大多数疾病，减少劳累，在睡眠中依然可以控制潜意识去工作，宣传语是："让您像机器一样完美！"如今他能一天工作23小时没有副作用，脑力也得到加强，重要的事情绝不会忘记。

父亲缠绵病榻，意识不太清醒时，总是呢喃一些不明所以的词语，像什么"桂花树""糖饺子""南瓜藤"之类的，没有人明白其中的含义。

年夜饭依旧是机器人管家端上来的热腾腾的可口饭菜，饭桌上只有儿子和母亲两个人，二人对此习以为常，父亲还在时永远在加班，一年到头儿子也见不上父亲几面。

但今天儿子总觉得哪里不对，他看向身旁的位置——那原本是父亲的座位，冥冥之中他感觉少了什么，又说不上来，他笑了笑，父亲都走了，难道还要给父亲留个座位，摆副碗筷吗？那样也太奇怪了。

"去年你爸下葬时你忙着读博没回来，今天你回来正好去公共墓地祭拜，给你爸上个香，和他聊聊天，你爸要是知道你博士毕业，他一定很高兴。"母亲在饭桌上说道。

"哦。"儿子漫不经心地点头，他又问："父亲的墓位具体在公共墓地的什么位置？"

"公共墓地的墓位是按姓名排的，按拼音顺序就能找到。"母亲回答道。

就在儿子推门离开前他突然意识到什么，按姓名排？他眼神流露出思索的光芒，他回头迟疑地问道："妈，父亲叫什么来着？"

作者简介
好 梦

本名卢希昊，22岁，科幻与推理写作爱好者，入围第一届点众文学科幻主题征文，荣获第四届"星火杯"全国高校科幻联合征文大赛优秀奖，第十二届北京科幻创作创意大赛"光年奖"科幻微小说二、三等奖，作品《怪圈》发表于《咪咕奇想电子刊》第二十期。本文获第十二届北京科幻创作创意大赛"光年奖"科幻微小说二等奖。

看不见的星星

武 虹

我还是个孩子的时候，我爸常抱着我，给我讲外星人的故事。我问他，宇宙里真的有外星人吗？我爸就拼命地点头。我又问："你见过吗？"我爸爸又摇头。我再问他："那有别人见过吗？"他还是摇头。我噘着嘴巴说："没人见过不就是没有嘛。"

我爸把我抱起来，让我的两只脚踩在窗台上，窗外黑漆漆的一片，只能看见个月牙儿。我爸爸问："你看看，天上都有什么？"

我说："月亮。"

我爸爸说："阿星呀，不对，天上还有星星，你看那边呀本来是金星的位置，可是乌云太多，被挡住啦，我们虽然现在看不见，并不是它不存在呀。"

不久之后，我爸爸驾驶的一代核动力飞船在金星附近消失了，我天天盼着自己赶紧长大，考进航空学校去，成为爸爸那样的人。现在，核动力飞船已经更新到了第三代，我也前前后后在太空里转了六年，带回了地球上没有的化石，和更环保的燃料，就是没见过外星人。我时常在想爸爸说过的话，也许地球被乌云遮住了，人类什么都看不见。

乌云总有飘过去的一天。

2058年春天，我从地球出来有大半年了，仍然一无所获，我正打算让智能机器人小飞调转方向的时候，一个红点出现在了驾驶舱的屏幕上。

核动力飞船上全是雷达，一旦有无线电波经过，小红点就会亮起来，我盯着小红点的方向看，无线电的位置不是来自地球，是在金星上方！我爸爸的飞船信号就是在金星附近消失的。

我把刚到休息舱躺下的林晨喊了起来，他有生物学和地质学双学位，像他这样能经得住宇宙引力折腾，又有专业知识的人特别吃香。吃香的人毛病也多，他平时都不怎么和我说话，总是一副鼻孔朝天的模样，我把他从休息舱的床上揪起来时，他咬牙切齿地说："你最好别看错了！"

我把他带到驾驶舱时，小红点消失了，他瞪着眼睛看着我，我把屏幕录像打开，他的目光才变得专注柔和。无线电波！我没有看错，尽管只出现了几秒。

智能机器人小飞做了初步评估，燃料充足，我们还能在太空晃荡半个月。我锁定了无线电波坐标的位置，开了三天，就看见了那颗小行星。

它看起来太普通了，浑身都是蓝黑色的，没有大气层，再走近些，也看不见水源。快着陆的时候，我们听见小飞的智能语音播报："地表温度-25℃，湿度0.2%，重力1.9，氧气含量为0，质量大约为地球的五分之一。"

"这鬼地方咋可能有地外生命啊？"我说。

林晨专心地穿上了宇航服，套上白色的头罩之前，白了我一眼："别忘了，可不只有碳基生命。"舱门一开，他就跳下去了。

林晨说得没错，只有碳基生命才需要水和空气，也许这里有更高级的硅基生命或是机械生命。我的每个汗毛都兴奋得立起来。

我俩开了一辆轻型的核动力车在这里乱转。

"这里真是单调，比你还单调。"我忍不住感叹，林晨也破天荒地点了点头，这里黑漆漆的一片，什么都没有，核动力车闪着灯，我俩就像掉进黑窟窿里的两个孩子。

回到飞船补充燃料，再出发，反复四五次，我们在这颗黑星球上晃了五个地球日，第五个地球日的下午，我俩都像霜打的茄子，这里不可能有生命，这里什么都没有。那无线电波又是怎么回事？也许是机器出了故障吧。我不甘心地说："咱们走吧。"

回去的路上，我俩都一声不吭，下了车，林晨朝着远方挥了挥手，他每次都是这样，说是告别，宇宙之大，再见肯定是没机会了。我学着他的样子，朝着远方看，也挥了挥手。忽然，我看见了除黑色以外的东西！那是一片白色的羽毛，它在半空中飘了一会儿，落到了地上。

我叫住了林晨，又朝着羽毛的方向走去，蹲下来仔细一看，那根本不是羽毛！它毛茸茸的，一簇一簇的，像一支支小伞，组合在一起，组成一个毛球,是一束蒲公英!

林晨从背包里掏出一个透明盒子,我小心翼翼地把它放了进去,仿佛两个小孩在守护着他们的玩具。

这里怎么可能长出蒲公英?这个地方没有水,没有氧气,怎么会有植物?我俩被眼前这个小东西惊得说不出话来。林晨直接冲到了实验室,宇航服只脱了上半身,露出头和手,就迫不及待地启动了纳米粒子显微镜,他看了一会儿,越看眉头皱得越紧,我急得直跺脚,问了好几遍。他招呼我过去看。

我本科学的航空学,兼修的是物理,对生物一窍不通,他指给我看:"蒲公英甾醇、胆碱、菊糖、果胶,蒲公英的基本物质这里面都没有。"

我想了半天,问:"你是说它只是长得像蒲公英,实际上是个冒牌货?"

林晨点点头,我又问:"那它里面有什么?"

他让我摸一下,我小心翼翼地伸出手,这东西摸起来就像是棉布。

林晨点头说:"没错,它是种高分子化合物,这里面只有纤维素,是编织尼龙布。"

我俩一头雾水,这东西到底是哪来的?难道这里真的存在过生命?可我们确实什么都没见到。难道是这里的生命都灭绝了吗?只留下一朵尼龙材质的"蒲公英"?

怎么想都不对,我俩肚子饿得咕咕叫,就商量着先吃点东西再想。我从冷藏柜里拿了冻干鸡腿出来,他也开始脱掉麻烦的宇航服。忽然,一个熟悉的图案钻进了我的眼睛里,我扔下手上的冻干鸡腿,冲到他面前,紧紧地抓住他的白色宇航服。宇航服的胸口位置有一片蓝色的色块,色块里印着一个小图,是我们宇航局的徽标,一颗白色的蒲公英!我又把实验台上的蒲公英拿起来,对着看了半天。

"一模一样!连绒毛的位置都一模一样!"

"这太不可思议了!"林晨跟着了魔似的,嘴里一直嘟囔着,"尼龙布,蒲公英,蒲公英,尼龙布,蒲公英。"嘟囔了半天,他忽然喊了一嗓子:"它们在模仿!它们在模仿无线电波,模仿我们胸口的图案!"

我的脑袋轰隆直响，我明白了林晨的话，这颗黑星球上有一种物质，它们观察到了无线电波，就变出无线电波来，接着又看到了棉布上的蒲公英图案，又变出了"蒲公英"，它们没有见过真正的蒲公英，所以这朵"蒲公英"是宇航服的材质，尼龙布！

可它们是谁？它们在哪？它们又是怎么做到的？我和林晨相视一笑，林晨把蒲公英放回到纳米粒子显微镜下，又从实验台的抽屉里抽出一支控制火机扔给我，我把火苗的燃烧程度调整到了最小，逐渐靠近这支"蒲公英"，神奇的事情再一次发生了，林晨招呼我看，"蒲公英"的其中一簇绒毛被燃烧掉，不知怎的就窜出来新的纤维分子，迅速地组成了新的绒毛，这样，蒲公英上的绒毛完好无损。林晨给吓得一哆嗦。

"阿星，你知道蜂巢思维吗？"

蜂巢思维就是群体思维。在蜂巢中，每个个体都有自己的分工，没有人命令它们，它们自发筑巢采蜜。单薄的个体聚在一起，组成了强大的群体。想到这儿，我直冒冷汗。

"你的意思是，这里的每个原子都有自己的生命？"问出这句话的时候，我自己都不敢相信。

我们都想到了同一个词，全同粒子。质量、电荷、自旋，等等，凡是有相同性质的粒子，就是一样的。万事万物都由分子构成，分子由不同元素的原子构成，原子又由质子、中子、电子构成，如果这些质子、中子、电子，甚至是更小的粒子，夸克，它们都有生命，它们就能够按照自己的意识组成不同的物质。比如，无线电波，还有"蒲公英"。

尼龙布的纤维素遇到火按理来说会产生二氧化碳，而组成二氧化碳的更小的粒子，它们是蜂巢中的一分子，它们有自己的思维，它们仍然想维持原来的样子，就重新改变了分子结构，又变了回去。

它们能够永生不死，这样看来，它们似乎无所不能。

"我们得赶紧回去。"林晨说道。

我点头。我们往驾驶舱跑的时候，透过观察窗，看见轻型车还停在地面上，我打开电子手表呼叫小飞："轻型车已经成功回舱了吗？"

"是的，长官，轻型车半小时内已成功回舱。"

我从林晨的眼睛里看见了恐惧，还有一脸恐惧的自己。

窗外，一片乌云也看不见，乌云散去了，星星的光芒，照耀着大地。

作者简介

武　虹

"90后"，25岁以前挚爱电影，25岁以后专注文学，执着于生命的悲凉和光芒，是一名宣传战线上的核工业青年。本文获第十二届北京科幻创作创意大赛"光年奖"科幻微小说三等奖。

彗星与大丽花

李星颖

1

那是在很早很早以前，山坡上还没有人类出没的时候。五颜六色的花朵将山坡装点过了一轮又一轮，等到天气开始转凉，花朵们的热闹已经落幕，只剩下了一个孤零零的花苞还留在绿叶之间，像是在角落里不小心睡过了整场舞会。

"什么时候才开花呢？夏天可已经要过去了哟。"微微发黄的小草在入睡前，看见她还在花茎顶端轻轻地随风摇摆。

"已经是秋天了，还不开花吗？"落叶从她的身边经过时，看见她小小地打了个哈欠。当然，她并没有睡着，也并不是不想开花。只是不知怎的，她总觉得要等到一个非常特殊的时候，才可以展开花瓣。等到那时，她的容光将会照亮整个山坡。怀着这样的期待，她等来了一位远道而来的旅行者。

最初，在地面上的她看来，这位旅行者和其他的星星似乎并没有什么两样。随着时间一天天过去，他却渐渐变得特别起来：他长出了蓬乱的头发，一开始是短发，但很快就被太阳吹起的热风撩成了向后披散的长发；而且，他的脸也变得越来越明亮，亮得发白，亮得发蓝……

旅行者来自很远很远的地方，如今，他已经越来越接近自己的目的地了。

"啊，可真寂寞啊……"旅行者在星空中轻轻地叹息着。这话一点不假。

尽管在地面上的花朵眼中，星星是那样多，几乎能盖满整个夜空。然而在旅行者穿越星空的漫长旅途中，他几乎没有遇到任何旅伴，甚至连擦肩而过的过客也几乎没有。他走了很远很远的路，实在是太寂寞，也太累了。当看见蔚蓝色的星球时，他情不自禁地对着这个或许可以擦肩而过的路人发出感叹。

一个细小的声音回应了他："星星那么多，为什么会寂寞呢？"

旅行者大吃一惊，伸手理了理自己蓬乱的头发，俯身向蓝色星球张望，想看清楚下面的山坡上究竟是谁在说话。但山坡上只有青草在睡梦中咂嘴翻身，他只好大声地向下面问："你是谁？是在跟我说话吗？"

彗星与大丽花

"我是大丽花，就在你下面呢。"她的声音柔和又明亮，听起来就好像夏天的阳光照进了玻璃窗一样——当然了，那时候还没有玻璃窗呢。鲜黄的花苞打开了，一朵明媚的"小太阳"绽放在绿草丛中。

凭着这一朵小小的花，他看见了她。

大丽花仰头打量着夜空中的陌生来客，好奇地询问他的身份："你又是谁呢？为什么看起来这么劳累，头发这么乱？"

"我是彗星，是从很远的地方来的旅行者。"他笑了，稍微理了理自己一头乱蓬蓬的头发，但是长长的头发还是随着风飘得很远很远。

"旅行者？你要到什么地方去呢？"

"我要去朝圣。每一个像我这样的旅行者在离开故乡之后，总会先踏上朝圣之旅。"

"朝圣？"黄澄澄的"小太阳"困惑地晃了晃脑袋。

"是的。离开自己冰冷的故乡，来到太阳的身旁，汲取热量和光明，也发出自己的光芒——这就是我们的朝圣之旅。"

"呵，听起来真是很有趣的旅程呢。"大丽花惊叹地摇摆着，"给我讲讲你的故乡和旅途吧。我从一出生就只能扎根在泥土里，没有办法去别的地方呢。"

他很高兴自己能有一个听众，于是毫无保留地把这一路上的见闻都讲给她听：空荡荡的宇宙里，远处有一些星星像是灯塔一样闪着光。在那遥远的光芒照耀下，他在一团冰冷的云块里醒来了。在他之前，也有他的兄弟姐妹们踏上了漫长的旅程。有的在经历了漫长的时光后去而复返，也有的在离开故乡后就再也没回来过。他也像那些兄弟姐妹一样，朝着远处的太阳开启了属于自己的旅途。他走得是那样的急切，那么迫不及待地想要走近太阳。因为他出生的地方实在太冰冷了，冷得连石头都结成了冰块。

说着说着，旅行者轻轻地打了个寒战。

他想起了自己在路上第一个擦肩而过遇到的朋友——一个肚子上有着显眼红斑的大块头。

那是木星，太阳系里最大的行星。木星重重地扯住了他的胳膊，粗着嗓门问他:"嘿!你冲得这么快,是想要一头撞在太阳上呢,还是要这样直直地冲过太阳然后永远离开这里呢?"

旅行者终于知道那些再也没有回到故乡的兄弟姐妹究竟都去了哪里。对他来说,那并不是自己想要的结果。在过去,他喜欢听那些走完了朝圣之旅的亲人们讲述路上的见闻。如今轮到自己踏上旅途,他也希望能像那些亲人一样,一次又一次地完成朝圣之旅,往返于故乡与太阳之间。

他暗暗庆幸自己在那时候听了木星的建议,放慢了脚步,也终于有时间打量自己沿途的风景。虽然会慢一些接近太阳,慢一些抵达朝圣之旅的目的地,可要不是放慢了脚步,也许就会错过这位专注的小听众了。

他不知道自己说了多久,但大丽花已经困得快睁不开眼睛,明黄色的"小太阳"在夜风中一下一下地点着头。

"我还会在这附近逗留一段时间,亲爱的大丽花朋友。"彗星礼貌地道了晚安,"我明天再讲给你听吧,晚安。"

大丽花的回应是一个长长的哈欠,然后枕着满是凉意的晚风睡着了。

2

每一天晚上,当大丽花仰起头望向星空的时候,总能看见旅行者在群星闪烁的苍穹中向她招手致意。他的光芒一天天亮起来,夜空中那一大团蓬蓬乱乱的头发格外显眼。

旅行者告诉大丽花,每当他的光芒变得更亮一点,就意味着他离太阳又近了一些。直到有一天,他不再变亮,而是开始变暗了。

"我要回故乡了,亲爱的大丽花朋友。这一次,请给我讲讲你一直在太阳下的生活吧。"于是,轮到大丽花开始讲了。

她讲述细瘦的种子是怎样披着黑衣落进了泥土里,柔软的根须又是怎样在春天的雨水降下时开始萌生,往下面深深地扎根,去吸收土壤里的养分。她讲嫩芽儿是怎样小心翼翼地钻出地面,兔子或者是羊的舌头多少次从她旁边掠过,终究没有吃掉她。讲她是怎样从夏天开始就酝酿一个小小的花苞,然后一直等到秋天时才绽放在山坡上,成为漫山的绿色中一朵黄灿灿的"小太阳"……

"你要走了,我的花也要谢了。不过每年的秋天,我都会再开花。到下次我开花的时候,你会再来吗?"大丽花仰头看着神色匆忙的旅行者,声音里满是期待。

"我不知道。"彗星摇了摇头。

一想到自己不知道要经过多久才会回来,他就觉得一阵阵地难过。不过,一看到大丽花期待的模样,他又立刻打起精神:"我向你保证,我一定会回来的。太阳的光和热,还有地球上的你,都是我要回来的理由。我是旅行者,旅行者不能一直在一个地方停留下去,但我总是会回来的。"

"没关系,反正,我也不会走路。以后每一年,我都在这里开花,等你再来的时候,肯定还能认出我来。"虽然金黄的花瓣已经有些无精打采,但她依然甜甜地笑着,"我会等你再给我讲你一路上的故事,我也会把这里的故事记下来讲给你听的。"

"好啊。"他在天空中呵呵地笑着,笑得一头乱发飞舞,"那我们一言为定。"

"一言为定!"

3

当北风跨越山岗吹过这片山坡的时候,大丽花的花瓣就落尽了,露出成簇被黑色外衣紧紧包裹的狭长种子。风呼呼吹着,裹挟着种子离开大丽花,把它们撒落在周围的草地上。一些种子被落在山坡上的鸟儿啄着吃掉了,一些种子随着雨水滚进了溪流里,还有一些种子落在了泥土里,开始慢慢地萌生它们的根须——正如当初的大丽花自己一样。

彗星渐渐地走远了,吸收的光和热一路地散发过去。在冰冷的宇宙里,他的乱发渐渐收拢，他孤零零地飘荡在空茫的宇宙中，踏着自己的轨道，慢慢地走着。一路上的景象，和来的时候有了一些不同，或者说，宇宙每时每刻都在变化着。他默默地走着，想着，把那些陌生的星光和路上的际遇全都铭记在心中，因为他们有约在先，下次见面的时候，他还会有许多许多的故事要讲给她听。

身边围绕着一圈圈光环，好像戴着草帽的土星，听他絮絮叨叨地描绘了无数遍蓝色小星球上那一朵明媚如太阳的大丽花。

躺在轨道上滚着前进的天王星，几乎可以背得出那位大丽花朋友说过的每一句话。

每一颗从他身边经过，朝着太阳方向前进的小天体们，都会记得他的叮嘱：如果和那颗蓝色行星见面了，就替他向那星球上的大丽花问个好。

旅行者的路还在延伸。他坚信，这条路总有一天会再把他带回到那颗蓝色星球的附近。正如他当初承诺的那样："我一定会回来找你！"

4

山坡上，大丽花开了又谢，谢了又开。每一年从春到秋，满山的大丽花都会如约开放。每一年，她都会在秋风中抬头仰望星空，希望能再看到那个熟悉的，头发乱蓬蓬的影子。

但每一年，直等到花朵都谢了，果实都熟透了，种子们一次又一次被风和鸟儿带去远方，始终没有谁在星空中喊出那一声："你好吗，大丽花朋友？"

每当秋风和鸟儿来拜访她时，她总会再三请求他们："如果那个头发乱蓬蓬的彗星又来了，请一定把我叫醒，我们约好了要再一起讲故事呢。"

"他真的会来吗？"鸟儿偏着头问她。

"当然，我们可是约定好了的！"哪怕内心已经像被秋风摇晃的花茎一样颤抖，她回答时的语气也总是一如既往地笃定。

偶尔有些时候，夜空中也会有模样和他很像的旅行者路过。只是这些旅行者和"那一位旅行者"相差甚远，他们要么只想着完成朝圣之旅，要么只把地球当作一个普通的过客，要不然就是更喜欢和那些动物打招呼……总而言之，这些旅行者并不会细细讲述自己的旅程，也懒得去听她在山坡上的见闻。

时间久了，大丽花自己也越来越不相信自己了。

也许那个旅行者真的忘记了，或者他没有忘记，只是单纯地不再回来。毕竟，有很多旅行者只是路过了一次地球，然后就再也没回来了。

大丽花觉得有些惆怅，她是那样认真地记着春天来临时清晨鸟儿迎着朝阳的第一声歌唱，冬天少见的雪花落下时兔子急匆匆寻找食物的模样……可少了会专心听她讲这些故事的听众，就算记住了，也总有些索然无味。

就在她快要放弃等待的时候，一颗滚烫的石头从天而降，扑通一声砸在山坡上。"喂，这附近有什么大丽花吗？"陨石躺在他砸出来的大坑里，有气无力地问。

"我就是大丽花。""我也是大丽花。""还有我，还有我……"山坡上响起了此起彼伏的应答声，红色的、紫色的、粉色的、黄色的花朵摇晃着脑袋，打量着这位不速之客。

"你是谁？你找大丽花做什么？"大丽花不禁好奇，为什么这样一个神奇的天外来客会专门问起大丽花呢？

"哦……我遇到一个彗星兄弟，他让我——如果到了这附近，就帮他问候一下他的'大丽花朋友'。他说他正在过来的路上，会久一些……"

陨石还没说完话就已经没了声息。不过这一句简单的问候已经足够了。旅行者没有忘掉他们的约定，大丽花自然也不会爽约。

5

在那之后又过了很久很久，春天三十三次从山坡上走过，冬天三十三次跨过山岗南行，候鸟三十三次南飞又三十三次北归……当秋风中的等待几乎已经变成了她习以为常之事时，夜空中又响起了久违的沙哑嗓音："你还好吗，亲爱的大丽花朋友？"

"是你！你真的回来了！"她从睡梦中惊醒，差点以为自己还流连在梦境中。啊，就当这是一个梦吧，她已经那么多次梦见他了。

"真是抱歉，让你等了那么久——哇啊，你……你究竟是哪一朵来着？"旅行者吃了一惊：漫山遍野的绿色中装点着星罗棋布的金色"小太阳"，他压根分辨不出哪一朵才是当初和他聊了很久的大丽花。

"我们都是。"山坡上的大丽花们仰起头来，齐刷刷地露出了笑颜，"我们都记得那个讲故事的约定呢。欢迎你回来，彗星！"

"啊哈，啊哈哈……被热烈欢迎了呢，还真有些不好意思……"彗星害羞地搓着自己乱蓬蓬的头发，"总……总之，我先给你讲讲我这一趟路上的事情吧……"

秋夜的星空下，他们一个在天上，一个在地上，却聊得连星星都听得忘了去睡觉。

6

紧跟在短暂的相聚之后的，是他们长长的别离。等待着他的依旧是空旷的宇宙，等待着她的依然是一成不变的春夏秋冬。当别离真的到来时，他们都陷入了长长的沉默。

"没关系，我现在已经知道你要过多久才能回来了——三十三年，不算是很久。"大丽花搓了搓鼻子，却掩盖不住浓浓的鼻音，"真的，花瓣上的是露水，我没哭……"

彗星有些紧张地揉着自己的头发："我想想看吧……我是旅行者，没办法一直留在一个地方。不过只是要能一年和你见一次面的话，也许有什么办法也说不定。"

"没关系，"大丽花努力地扮出一个笑脸为他送行，"虽然我真的很希望你留下来，不过……你是旅行者，所以我只能祝你旅途顺利，期待下一次和你再会。"

他们依依不舍地道别。当踏上远行道路的那一刻，彗星突然有了一个想法。

7

"你开玩笑吧？！把自己粉身碎骨？！"木星被这个疯狂的想法吓了一跳，他肚子上红色的漩涡也跟着飞快地旋转着，"你知不知道那意味着你会死？！"

"不，我更愿意称之为新生……"彗星紧咬着嘴唇，"你帮我改变了一次路径，肯定也能再帮我这个忙。我想见她，想每年都见到她。如果从她的种子里长出的每一朵花都记得我，那从我身体里分裂出去的每一个碎块应该也会记得她。"

"这太疯狂了。"木星摇摇头，"不过既然你已经决定了，我会尽力帮你。不过还得仰仗太阳的力量，而且也没那么快……"

"我知道。"彗星从牙缝里挤出了三个字，他的身体正在被扯出裂缝，而这种疼痛还会持续很久。

每一次回去看他的大丽花朋友，旅行者就被太阳扯得更松散一些，他能反照出的光也会变得更暗淡。他总是宽慰大丽花，说自己不会有事。正如大丽花宽慰他不必为这长达三十三年才有的一次相聚而难过一样。

总有一天……总有一天，一定可以每年都相聚的。

8

又到了新一次的三十三年之约，从秋天刚刚踏过山岗的时候，大丽花就开始一边计算花期，一边翘首盼着旅行者的出现。

但这一次，旅行者失约了。整整一个秋天，直到她的花瓣凋零，结出果实，种子成熟……彗星始终没有露面。

"也许是他记错了时间，可能明年就会来的吧。"在被雪片盖住，沉入梦乡之前，大丽花这样对自己说。

然而，到了第二年的秋天，旅行者依然没有露面。

"为什么？为什么会这样？明明……明明每一次都是按照约定的啊。"她一次次向夜空中搜寻那颗毛发蓬乱的脑袋，却始终一无所获。

秋天就要过去了，她这一年的花期也要结束了。就在她真的打算放弃的时候，安静的夜空中突然传来了熟悉的沙哑嗓音。

"你还好吗，亲爱的大丽花朋友？"

大丽花慌忙理了理自己已经开始蜷曲的花瓣，抬头仰望搜寻。夜空中依然没有她熟悉的那颗毛蓬蓬的大脑袋，只有一颗流星拖着明亮的尾迹直直地坠落。

"彗星，是你吗？你在哪里？"

"我在这里……"又是一颗流星，它出发的位置几乎和先前的那一颗流星一样。

然后又一颗稍微黯淡的流星从空中滑落，接续上没说完的话："还记得……我说我给自己做了些改造吗？"

第四颗流星落下，然后是第五颗、第六颗……

"这就是新的我……"

"……不过这样一来，我们不仅每年都能见面……"

"而且，我也能留下来陪你了。"

一颗颗流星滑落天际，几十颗，上百颗的流星如秋雨一般落下，沿着它们的尾迹，大丽花在朦胧的眼泪中看见了，这些对着她说话的流星都来自夜空中的同一个地方——那地方本来应该有一颗满头乱发的旅行者。

如今，头发蓬乱的旅行者消失在夜空中，取而代之的是一颗颗划破天际的流星。

"……不痛的啦，别哭，别哭……"一颗异常明亮的流星在空中爆开成一团火球。

另一颗流星接着说了下去："你看，我的每一部分也都记得你哦，我亲爱的大丽花朋友。"

"你……你怎么可以……怎么可以毁了自己？"她轻轻地哭了起来，花瓣上一颗颗晶亮的露珠反射出满天的星光。

数百颗，数千颗流星的光芒照得夜空微微发亮，从来没有谁在一个晚上见过如此多的流星，他们是这样急切地扑向地球，不惜粉身碎骨也要留在这颗蓝色的小星球上。

"别难过，别害怕，亲爱的大丽花，"满天的流星像唱歌一样对她说，"我们落下来，化作尘埃，就永远地留在地球上，和你在一起啦。"

那一夜，流星爆出漫天的焰火。人人都为夜空中突然出现的流光溢彩而惊叹，却不知山坡上的那片大丽花为那甘愿粉身碎骨的旅行者哭得心都碎了。更没有谁知道，在那样漫长的等待之后，她的眼泪究竟是为了彗星的破碎而流，还是为了终于能以这样的方式长相厮守喜极而泣。

一年又一年，冬去春又来。每一年的秋天，山坡上都会开满金色小太阳一样的大丽花。每一年的深秋，总会有些许流星从同一个地方出发，划破天际，落到地上，给漫山遍野的大丽花讲述他们结伴穿行宇宙的故事，又听大丽花讲述关于风、山坡、鸟儿和太阳的故事……

曾经的彗星已经彻底消失，流星群接手了这个讲故事的约定。它们将继续一年又一年地履行下去，直到过去组成彗星的所有部分全部都落到地球上，永远地陪着山坡上的大丽花。

作者简介
李星颖

1986年生，资深天文爱好者兼文学爱好者，曾用笔名"穆兰馨"为《博物》杂志长期供稿，天文科普童话《照亮你的梦想》入选吴岩老师主编的《最有想象力的科幻小说》。一度立志要做天文科研，遭到数学的沉重打击后改志向为创作天文科普作品，持续笔耕中。本文获第十二届北京科幻创作创意大赛"光年奖"科学童话一等奖。

点点的星辰大海

张天航

一

目标出现了。

我驱动身体后面，那根像"鞭毛"一样的旋转尾巴，加快了游动的速度。

没错，我身体前方的微型传感器显示，那就是一枚丝状流感病毒。它一旦侵入肌体细胞，就会呈几何倍数增长，无限自我复制，直到让人体得病。

现在，我离可恶的病毒越来越近了，可以看清它圆球状的身体上，长满的密密麻麻的触丝。它的个头足足有我的两倍，但绝不是我的对手。

我熟练地调控着那部动力强劲的回转"马达"，对那个大块头发起攻击。

显然，它起初以为我只是人体免疫系统的一枚小小白细胞，立刻释放出蛋白酶"迷雾"，让我把它当成人体的正常细胞。

我当然识破了它的诡计，扑上去，张开一双碳纳米管"手臂"，刺穿它黏黏的包膜和厚厚的基质蛋白层，把它即将注入健康细胞的核蛋白和RNA，一截截绞碎。

"嘿，点点，干得不错！"我的伙伴毛毛从旁边一闪而过，在洪水般湍急的血流中，去追赶下一枚病毒了。

我们的生活向来如此，一切都在飞速运行。

我叫点点，它当然不是我真正的名字，而是我给自己起的小名。并不是我不愿意把真名告诉你，实际上，我在家族谱系里有一串长长的名字，连自己也常常记不清：NF2038-GK4573-MYTU58475963552。

是的，我是名小小的纳米机器人，来自你的身体里。

要说我有多小……哦，不不，请不要把你屋子里的灰尘指给我看，我比它小得多。你大概见过针尖吧，我就是那么大。可能你会不相信，针尖那么锋利的一点，哪有大小呢。这你就不知道啦，在光学显微镜下，针尖可是光秃秃的山峰形状的东西，我就是那个你用肉眼看不到的可爱"峰顶"。

当然，如果你哪天真的看到我，请不要惊讶——只有数百个分子构成的帅气逼人的我，正在和你打招呼呢！

没错，不要怀疑，那就是我。

我的外形像一艘椭圆形的核潜艇，长着一双碳纳米管制造的微小"手臂"。像长矛般的它们，强度是钢筋的一百倍，细得却只有头发丝的五万分之一，可以精巧地摆弄各种分子——无论是细胞里的，还是病毒中的。我还有一部微小的光子晶体感应"电脑"用来接收工程师们发来的电磁指令，再由分子蚀刻技术生产的"微型机电系统"提供的动力，去操控灵活强悍的"手臂"，完成人体所需的各种生化任务。

是呀，别看我的个子小，只是分子级别的纳米AI，却是强大的健康卫士呢。就像电脑和手机里会安装杀毒软件一样，我们就是你身体里的"杀毒程序"和"防火墙"。我们，数十亿计的微小机器人所组成的浩荡大军，进入人体的各个组织、器官、系统，会依据外界指令，或是自组织编程，随时对付体内的病毒、癌细胞以及各种病变细胞，还会修复受损蛋白质，保证身体的持久活性。

在我们的努力工作下，新时代的人们健康地生活，寿命轻松超过200岁，大家都把我们亲切地叫作"小小神医"。

二

我绕过多角形的肝细胞阵列，缓缓停落在肝脏门静脉入口处，一片如柔软地毯般展开的辽阔"广场"上。当然，这座"广场"对于你们人类来说，并不开阔，只有牙签头大小。它实际是预先安置在这里的微型电磁源，可以为我们补充动力电，自然成为我们纳米AI的聚集地之一。

奇怪的是，平时热闹非凡的广场上，今天空空荡荡。我靠近闪着黄色柔光的充电桩，粗长的尾巴轻轻缠绕在电磁触点上。正当我摆动着椭球状的身子四外探望，一阵欢笑声传了过来，接着又是一阵！

我敏感的声波传感器锁定了目标——笑声是从广场上散落着的，几座山墙般高大的褐色脂肪细胞那里发来的。

我解开"鞭毛",循声绕了过去。

啊,好多好多长相各异的 AI 都聚集在这里,一个个张着惊讶的嘴巴,露出神往的目光。他们围拢着一个我从没见过的塔形机器人,他正绘声绘色地给大家讲着什么。我猜他大概就是老豆,一个退役转业而来的失败者,他可有一段称得上传奇的经历。

我凑了过去。

外形像个大肠杆菌的毛毛,挤在人群里。他上下挥着一把微型手术刀似的手臂,焦急地喊着:"后来呢,后来怎么样了,快说呀!"

"后来嘛,"老豆挑了挑细细弯弯的眉头,说话不紧不慢,"我抬头一望,那满天的星辰,都在向我眨眼睛哪。"

"再后来呢,你去太空了吗?"人群边上,萌萌小声地问。它是上个月才来的,一双手臂像是两柄长剑,眼睛大大的,很可爱。

"我要是去了,还能在这里。"老豆仰起脖子,哈哈一笑。随即,他神情凝重,探出两条有力的臂膀,向远方慢慢划动:"可是,只要见过头顶上那无边无际的星辰大海,谁都会深深沉醉。那些星辰一闪一闪的,像是亿万颗璀璨夺目的珍珠和宝石,连山川大地都会被漫天的星光点亮!我们之中,只有聪明无畏的幸运儿,才能踏上茫茫天路,前往人类无限壮阔的未来——可惜被淘汰之后,我这辈子是没机会喽。"

在 AI 们的啧啧惋惜声中,我情不自禁地抬起头张望,四周只有无穷无尽的血色世界,生命里却忽然有了某种萌动的思绪。我是"神医"中的一员,并为此深感骄傲,可老豆的出现,让我有了新的想法。

我想去看看,老豆说的那壮阔山河之上的漫天星辰,它让我充满向往,或者说,让我有了一个有关星辰大海的梦想。

三

"醒醒吧——"毛毛拉长了声调,自顾向前游去,"你知道有多难。看看咱的初始编码：NF2038，不是 CR，也不是 BL，更不是 AK 开头的。也就是说，咱们是最普通的一款民用微型 AI，可要想上太空，不是顶级的 AS，根本别指望！"

"咱们可以升级的。"我摆动鞭毛，加快了速度，和他并排游动，"人体微型 AI 医生，两年会更换一半，下一批马上就到了……"

毛毛打断了我，用眼角余光瞥着我："那有啥用，咱不过是几十亿小机器人中的一个。是的，几十亿分之一，天上掉下多大的馅饼，也砸不到咱们头上。就算你离开人体，就能保证自己被升级？绝大多数 AI 的下场是'回炉'，也就是回收再利用，不是被拆成一个个分子零件，就是成为新型智能 AI 的零配件，永远没有出头之日的。"

我不再说话，速度慢下来。

毛毛见我没跟上，回过头，挥了挥那对手术刀般的前臂，大声喊道："点点，如果真有这样的机会，我会成全你的。"

我依然沉默，看着它小小的身子，在飞逝而去的汩汩血流里渐渐漂远。

这样的机会来了。

肺泡密密麻麻的毛细血管"丛林"里，我旋转着"鞭毛"般的尾巴，搜寻着漏网或是新增的癌细胞。

找到它们并不难。癌细胞一般比正常细胞个头要大，往往形状也不规则。最重要的是，它们的分裂速度有时是正常细胞的 8 倍，1 个变成 2 个，2 个变成 4 个，4 个变成 8 个……以这样的几何速率增长下去，很快就会形成肿瘤组织。如果不加控制，那简直是一场灾难！

这不，我前方就是一个。它呈弓形，两端弯曲，中央深深塌陷，像个弯腰驼背的老爷爷，却在以肉眼可见的速度，不停增殖。

我冲了上去，挥动长矛，对准这个比我体型大出 7 倍的胖家伙，刺了下去。仅片刻工夫，它和刚刚分裂出来的几个"分身"，就被我扎成了"马蜂窝"。

对我来说，这是日常工作，习惯而轻松。

正当我把癌细胞们变异的 DNA 和 RNA，像搓麻绳一样缠在一起，一截截斩断的时候。我看到了不习惯，也不轻松的一幕，那让我吃惊地睁大了传感器眼睛。

在我周围，许多 AI 同伴都在发动进攻。这本来没什么奇怪，可奇怪的是，他们把所有遇到的东西都认定为病毒或者癌细胞，越来越疯狂地砍杀和切割着一切——包括人体正常细胞！

大片大片的细胞膜被扯碎，无数内容物破裂、散落出来：圆滚滚的溶酶体，橄榄球状的线粒体，丝网般的高尔基体，还有跳动不已的晶莹透明的细胞核……整个红澄澄的世界一团昏暗。

"停下，停下来！"我挥动双臂，向他们喊道。

可没人理我。

到底发生了什么，我不知所措，漂浮在这个变得陌生的世界里。

四

血液洪流里忽然出现一支队伍，向心脏方向疾驰而去。我看见为首的是老豆，毛毛紧紧跟在他后面。

"点点，跟我们走。"毛毛向我喊道。

我摇动尾巴，加速追上他："出了什么事？"

"AI 中枢系统中'木马'啦！"毛毛头也不回，"A 线道全面崩溃，近 15 亿弟兄都在听从'木马'的指令。咱们的 B 线道没崩掉，不过也失灵了，没有信号再从外界发给我们。现在，整个世界全乱套了，生命体随时有死亡的危险。"

我大吃一惊。

我明白，AI 兵团既是强大的守护神，也是强悍的毁灭者。数十亿计的 AI，对人体细胞有着摧枯拉朽般的攻击力，一旦在释放、运行和回收过程中失控，会成为生命的巨大隐患。某种意义上，这威胁远高于癌变。

所以，除了极为严苛的实时监控，AI兵团每两年都要更换掉一半，进行体外维护及升级。可一些特殊身份的生命个体，免不了遭受恶意攻击甚至入侵。就像我们保护的主人，他是一名成功的商人，是坐拥千亿市值的光维集团总裁。

可我知道，他现在命悬一线。

"咱们要去哪？"我问毛毛。

"心脏，那是生命的动力源。老豆说，要在上下腔静脉和肺静脉，组织起最后的防线，务必堵住庞大攻击兵团的去路。"

"还有一部分人，由几个退役老兵领着，沿脊椎赶去大脑了。"老豆表情肃然，目光却十分坚定，"脑干维系着心跳、呼吸、消化等一系列生理功能，一场保卫战将在那里打响。是的，心脏和大脑是生命的两个关键器官，绝不容有失。"

我们赶到左心房的肺静脉入口处时，这里的AI防御阵列已经溃不成军。

按理说，B线道的AI集群在个体战斗力上更强——我们的主要任务，是杀灭繁殖力惊人的病毒和癌细胞。相比之下，A线道的纳米机器人侧重于修复蛋白质和受损细胞，没有我们手中的"大刀"和"长矛"，他们使用的武器，充其量只是些"改锥"和"剪刀"。

然而，事发突然，以肺静脉"充电广场"为中心的漫长防御阵地上，大家都是临时拼凑起来的，三五成群，各自为战，面对的却是数十万AI同类发起的疯狂冲锋。

面向潮水一般汹涌而来的敌群，老豆毫无惧色。他挺直塔形身躯，将单枪与长刀状的两条前臂，合成一把长柄砍刀，呼呼作响地冲入敌阵，凛凛刀锋劈开一道缺口。

我和毛毛挥舞长矛和双刀，也跟着冲了上去。

这场几十亿AI之间的浩大战争里，我们自发组织起一道钢铁防线，经受一轮又一轮的攻击。

厮杀仍在持续。老豆的石墨烯长刀崩了口，他在敌军里左突右撞，带着我们数万兄弟，冲散了整个 AI 攻击集群。乱军之中，两个轮状微型机器人飞速旋转着，发疯似的向他冲来。老豆被身前两头章鱼般的对手死死缠住，一时无法脱身。我和毛毛从左右两边飞身去挡，可已经来不及，两把寒光闪闪的短刀，深深刺入老豆的胸膛！

我手上长矛一挥，将两个轮状 AI 穿成"糖葫芦"。毛毛两把刀，唰唰两下，解决了可恶的"章鱼"。

老豆却紧闭双眼，长刀落地，永远离开了我们……

我没有眼泪，却有无尽的悲伤，向这惨烈世界发出一声怒吼，再次冲了上去！

鏖战很快结束了，AB 线道都恢复了畅通。接替老豆指挥心脏静脉大战的我和毛毛，还有在脑干保卫战立下功劳的萌萌，都在外调和升级之列，却没人高兴得起来。

五

我有新的大名了：CG2039-DU9416-FRXA76325，而且，变身为你用肉眼就可以看到的一枚微型 AI。虽然你想要发现我的话，还是需要集中些注意力的，否则，有可能刚好踩到正在你脚边匍匐前进的我。

我现在的外形，像一只大脑壳的小蚂蚁，可以随意转动关节灵活的六条长腿，还能轻轻摇晃头顶上两根纤巧的触角。这种动作的自由度和连贯性，是在从前微小尺度、分子级别的纳米世界里，根本不敢想象的。虽然，我还没进入太空，可离梦想又近了一步，可以在晴朗的夜晚，抬头凝视天河上的点点繁星；或是在寂静的清晨，眺望东方的灿烂黎明，这何尝不在梦想之中。

事实上，我参军了，和毛毛、萌萌一起。

军事科学家伯伯以我的光子晶体"大脑"为核心，装配了层层外设：全身碳钢骨架，可变色的纳米自组织超导皮肤，以及三对伺服驱动器关节的柔韧长腿。此外，我呈卵形的头部设有红外传感装置，狭长的胸腔装载"比特2.0"数据微处理系统，圆圆的腹部被纳米超导离子体电池填满，背后还有一对可随意收放的PDE薄膜[①]的"隐形翅膀"呢。我的军事装备则是扁平的嘴巴里，一副锋利无比的微型石墨烯大腭，可谓削铁如泥。

就这样，我成了一名小小的AI士兵，隶属人工智能军团地面微型特种部队——"蚂蚁兵团"。

如今，基于纳米技术的微型武器广泛应用于战场，开启了纳米AI的微观战争时代。我们"纳米士兵"个个体积微小，甚至肉眼都看不见，却能凭借庞大的数量、极低的耗能和高超的隐蔽性，几乎无坚不摧——在无声无息中，破坏电子设备、机械装置，乃至飞机、车辆、船只、枪炮等所有目标。

如果某一天，当你看到一片鲜花盛开、彩蝶起舞的原野，或是一座人潮如织、繁华热闹的城市时，有人却告诉你，那里正发生一场激烈的战争，请不要轻易怀疑它的真实性。

微观战争时代的战场上，你几乎看不到双方的作战部队。体形庞大、隆隆作响的飞机、坦克、大炮，被天空中轻盈飞旋的苍蝇、黄蜂模样的微型无人机，还有地面上成群结队的蚂蚁、甲虫一般的微型机器人兵团所替代。交战就像发生在小人国里的神奇故事，人们看到的将是"蚂蚁啃大象""小鬼擒巨魔"的奇异景象，甚至在人们没有丝毫察觉的时候，战争的胜负已见分晓。

有一天，这样的战争真的来了。

六

一架形如信鸽、急速飞行的微型无人机，发生一阵轻微的颠簸。它的密

[①] PDE薄膜：PDE是偏微分方程（Partial Differential Equation）的缩写。近代物理学、力学及工程技术的发展，产生许多新的非线性问题，PDE一直是重要的研究课题。"PDE薄膜"是作者在本文中设想出来的一种建构在偏微分方程数据技术之上的力学新材料。

封机舱门被"啪"地打开，高空强烈的旋风像瀑布一般灌了进来。

轮到我们了。

我深呼一口气，随着 7 号舱里密密麻麻的蚂蚁士兵队列，被强风裹挟着，跃出进入边境的"信鸽"无人机。

天地骤然开阔！

我展开两片轻如薄翼的透明翅膀，在明媚阳光里自由翱翔。

身旁是一团团棉花糖般，飞掠而过的、轻柔可爱的云朵；脚下是扑面而来，仿佛巨大盆景一样连绵起伏的山峦，还有几条好似银色小蛇一般，蜿蜒远去的河流。

我被长风吹拂着，努力扑闪双翼，调整着速度和姿态，向一座有着尖顶房屋的童话城堡不断下降。风更猛烈了，呼呼作响，我不担心撞击到坚硬的墙壁，或是被吹落进打着漩涡的河水里，无论以何种方式着陆，极轻的体重和密闭性能良好的生化肌肤，都让我游刃有余。

当然，准确降落到目的地，甚至能够存活下来并不容易。我们需要躲避红外线、超声波、次声波、微波等多频段探测，一旦被 AI 专用防御雷达发现，那些目光犀利、脚爪锋利的"鹰隼"攻击机就会腾空而起，把我们一个个吞掉。当然，我们还要防范强磁场的冲击，那强悍激光构成的扇形攻击面，会不定期对高达数十米的空间范围进行拉网式扫描。

在我周围，成千上万的蚂蚁士兵，不是被蜂拥而来的凶猛"鹰隼"啄食，就是在激光烈焰的扫射下焦枯死去。

可我不怕。

我凭借风势，摆动着轻灵的身子，趁十几只展开宽阔羽翼的"鹰隼"争抢猎物的空隙，从它们身边划了过去；又找准时机，急速下降，堪堪钻过数道炽烈灼烧的激光火网。

"光晶大脑"接收到的信息指令告诉我，蚂蚁兵团此次的攻击目标，是敌方大数据总指挥系统，它位于城堡中央那座高塔状建筑的顶楼。一旦那里的数据系统被破坏，敌人将失去统一指挥，像一群四处乱撞的"瞎子"和"聋子"，我们就能不战而胜。

终于到了，塔楼尖尖的屋顶近在眼前。我兴奋地张开腿脚，准备俯冲下去。

"等一下，"毛毛从身后赶上来，拦住急于登陆的我，"你不要命了！"

我连忙四处张望。果然，数不清的青面獠牙的巨型 AI 蜘蛛，身着保护色，潜伏在陡斜屋檐的青石板上，正虎视眈眈地盯着我俩。

好在这场千里跃进的大决战，我们并非孤立无援。很快，友军兵团密集出现在我俩焦急期盼的视线里。

有几十只"黄蜂指挥官"，轻快地飞旋在塔楼上空。这些蜜蜂大小的袖珍飞行器，装配多种探测设备和极为灵敏的传感器，并拥有强大的信息处理、导航和通信能力。在它们的指挥下，密如牛毛的"蚊子导弹"从天而降，对蜘蛛军团发起一轮轮狂轰滥炸。这些形如蚊子的微型导弹，利用纳米器件的微型导航系统，可以极其精准地打击目标。它们携带的浓缩炸药的威力，也足以炸毁一段钢梁，或是引爆一座弹药库。

在屋顶升起的团团黑烟中，我和毛毛冲破封锁，从炸开的一条石缝里爬了进去。

七

脚步纷乱、人声嘈杂的军事总指挥室里，我俩触角上的反射式探测器发出的微束激光，穿过了灰白条纹的大理石地板，很快锁定了目标。在漫长地板的尽头，几名身穿深蓝色军服的高大人类围着一座银白色的巨大中控操作台紧张忙碌着。很显然，他们浑然不知，我们这两个"不速之客"的悄然到来。

这一幕，我们演练过多次。

中控台是敌人指挥整场战争的"大脑"，支撑大数据系统的那些复杂精密的电子元器件，就在那座高台底下，"沙沙"作响的机箱里。而无比柔韧、无孔不入的我们，可以轻车熟路地从厚重钢板之间的缝隙钻进去。那时，我俩锋利的石墨烯"大牙"就会派上用场——它会上下翻飞着，把轻薄的芯片以及上面的数字集成电路咬个稀巴烂。一旦造成电子设备短路和失控，整个中控台乃至通信系统都会瘫痪的。对于瞬息万变的战场，敌军的军事信息收不进来、发不出去，哪怕只有三分钟，胜利就是我们的。

可是，正当我和毛毛向中控台全速爬去，一头怪兽般的巨型AI蜘蛛挥舞着八只毛茸茸的大爪子，斜刺里冲了过来。毛毛躲避稍慢，差点被粗壮的巨爪按住，丢了性命。

那巨型AI蜘蛛怎肯善罢甘休，张牙舞爪地向我们步步紧逼，发动一轮轮凶猛攻击。胜利近在咫尺，我俩却只能不断改变着爬行的速度和方向，在纷至沓来的钢爪之下逃避，险象环生。

危急时刻，一名"黄蜂指挥官"猛然从上方扑向蜘蛛，用尾部尖利的长刺贯穿了它坚硬的甲壳。

"是萌萌！"我望着那个熟悉的身影，叫了出来。

可巨型AI蜘蛛不愧为强悍的"AI捕食者"，它强有力的八只腕足倒翻上去，紧紧勒住萌萌。萌萌的锐刺拔不出来，无法脱身。在AI蜘蛛垂死前的搏击下，他全身关节咯吱咯吱地响着，塌陷下去。

萌萌微微颤抖着，用电磁脉冲讯号，向我俩发出最后一声呼喊："别管我，快去中控台！"

不到五分钟，我和毛毛就完成了任务，却再也不能跟好兄弟萌萌并肩战斗了。

八

我经历了几场大规模的微型战役，屡建奇功，终于再次变形，如愿以偿进入太空，成了一枚纳米卫星。现在的我，个头已经比一枚乒乓球略大了，名字也变成：BL4527-UN6931，再没有长长的后缀。

我终于见到老豆描绘的，那头顶上广袤无垠的星辰大海，并为此深深沉醉。

是的，还有什么比实现梦想，更让人心驰神往。

在那片泛着光影柔波的星辰大海上，群星一闪一闪，像是撒落在浩渺中，亿万颗璀璨夺目的珍珠和宝石。连脚下的山川大地，都被这漫天的星光点亮！

偶尔，我还会与太空里飘起的阵阵流星雨不期而遇。无论是辐射状的狮子座流星雨，流光溢彩的双子座流星雨，还是长尾巴的哈雷彗星带来的猎户座流星雨……那种种的浪漫和绚丽，无不令人遐想。

如今，各种功能的"纳米卫星"遍布地球同步轨道。我们大小不一，但最大的也只比麻雀略大，重量不超过 500 克。由于所有仪器及部件都是由纳米材料制造的，我们每一个都像是一张大个头的"芯片"。

去年元旦，一枚仅以激光和水为燃料的光磁冲量运载火箭，把成百上千的我们送入近地轨道，并形成覆盖全球的星座式布局。

我们像星星一样，一闪一闪地飘飞着，以散布在地球同步轨道上的电磁传感矩阵，守护着人类的太空及地表通讯联系。无论是来自太阳系各个方向，如海潮般汹涌澎湃的数字"信笺"，还是发自地面、海上、空中的数万座通信站点的数据"快递"，小小的我们都能从距离地表 3.6 万千米高度的深空，让人们便捷准确地相互交流、传递信息。

当然，老豆从前提起的终极理想，成为顶级的 AS 人工智能，踏上茫茫天路，去往人类无限壮阔的未来——对于我来说，依然是个遥不可及的梦想。

可是，明天，因为梦想而值得期望。

九

进入太空，我和毛毛从没分开过。作为"天鹅座 Z16"节点的 AB 替换角色，我俩是一组，始终保持着13米左右的连线距离。

在我开阔的视野里，一座飞驰在暗夜中的天空之城越来越近了，逐渐现出气势恢宏的轮廓。它是中国建设的太空城——"天宫"，外观像是上圆下方的天坛，锥形宝顶和三重圆檐清晰可见。当然，作为传奇般的存在，它更有种现代时尚的太空派风格，如同一座晶莹剔透的琉璃殿堂，在天光的照耀下璀璨夺目、美轮美奂。

就在此刻，我和毛毛的微型光磁天线，同时接到"天宫"指挥塔台发来的一条紧急信息：

> 英仙座流星雨来袭，M国"塔罗斯"11号遥感气象卫星被击中，大量残片正以179米/秒的速度，向太空城飞来，与我们的相对速度将超过330米/秒！你们是所有散布式纳米通信卫星中距离我们最近的两颗，请火速支援，构筑太空城的最后一道防线！

我仰望幽寂的宇宙，全年三大周期性流星雨之首，那壮阔的英仙座流星雨正刺破仲夏夜空。倏然明亮的闪光出现在蔚蓝色的星球上方，划出一道道悠长而璀璨的弧线，仿佛坠入凡间的精灵。

在我们的身后，太空城依然在同步轨道上疾驰，前方还看不到正呼啸而来的碎片，但它们很快就会充满我们的视线。天哪，相对速度330米/秒！那相当于对向时速1200千米的两辆汽车对撞——那些像刀锋一般的卫星碎片，无论大小，一旦撞上"天宫"，都有城毁人亡的危险，后果简直不堪设想。

我们从前也帮助长着10条长长机械手臂的"AI清道夫"，做过清理轨道上飞舞着的太空垃圾的工作。可这次不同，残片的速度太快了，快到我们没有从容应对的时间。

可来不及多想，我俩就启动体内的光磁冲量发动机，往碎片来袭的方向飞了过去。

闪着凛凛寒光的碎片，漫天而来！

我们各自展开一对灵活而柔韧的碳纳米手臂，高速摆动着，像打棒球一样，将直冲过来的残片，拍得一一改变方向，让它们从远处的太空城旁边纷纷划过。突然，一块桌面大小的银色残片，急速旋转着扑面而来！我的力量，不足以让它脱离轨道。可作为最后一道防线，我必须拦住它，即使付出生命的代价！

说时迟，那时快，巨大的残片向我飞快砸了下来。我展开身体，只等粉身碎骨的一刻。忽然，一道身影从我身边一闪而过，是毛毛全速冲了上去！我惊愕地看着，那张巨大的残片无声无息地破裂着飞溅开来，连同与我出生入死的毛毛，成为无数细密的碎片。

星空寂静无声，就像它一直以来空寂的模样。

我呆呆地飘浮在无边的黑暗中，想起他那年在红色湍流里回过头，挥着手术刀般的前臂，对我说的那句话：

"点点，如果真有这样的机会，我会成全你的。"

我没有人类的泪水，只感觉这世界忽然空旷，空到仿佛只有自己……

接下来的很多年，我带着人类实现太空文明的使命，曾遨游火星，俯瞰那颗有着童话色彩的荧惑星球；曾飞掠土星，穿越那道幻梦般轻灵飘逸的美丽光环，直到被选为第一批向茫茫太空远航的开路先锋。

是的，我终于有了一个顶级AI的专属名字——AS23，可我觉得自己还是从前的点点，那个比一颗尘埃还要微小，却永远拥有并追求梦想的纳米AI机器人。

启航那天，作为首支远征舰队中的一艘"纳米太空飞船"，我在中国航空航天中心实验基地里如同高山般巍峨矗立的电磁场加速器中，被以难以置信的百分之一光速送入太空，并不断提速，直至接近光速的十分之一。从此，浩瀚宇宙和星辰大海彻底融入我的生命，我将为此继续前行。

十

地球历，公元 3115 年 6 月 12 日 17 时 39 分 45 秒，我在异星上降落了。

朦胧的玫瑰色天空下，层层起伏的锈红色沙丘，仿佛凝固的赤色海潮，发出阵阵穿越亿万年时光的无声轰鸣；远方地平线上，壮阔的未名山脉，像是一道滚滚而来的血色惊涛，却永远不见它临近身旁。

这是一片红色海洋般的异星世界，呼呼作响的风声，吹落无尽荒凉。尽管如此，我沾染了几抹浮尘的石墨烯右侧壳体上，那枚五星红旗的标志依然醒目。

作为一艘跨越星际尺度的 AI 飞船，我的外形和大小很像一只轻巧的麻雀。我会以嘴巴上的远红外干涉光谱仪，在茫茫宇宙中自动搜索岩质行星，并在其表面着陆，就像脚下停泊的这一颗。

现在，我保持着陆的平稳姿态，启动自检程序。我只有一枚指甲大的纳米级光子芯片里，运算着微型离子波等设备搜集到的一排排参数信息：

飞行距离：9.46 万亿千米

飞行时间：103.21 年

星球命名：红尘

所属恒星系：织女星系统

公转周期：736.18 日

平均轨道速度：26.17 千米 / 秒

轨道偏心率：0.093

轨道倾角：1.7 度

平均赤道半径：6173 千米

质量：1.1174 个地球当量

密度：5.92 克 / 立方厘米

自转周期：1.021 日

表面平均温度：-27℃

卫星数：3个

"红尘"是我遇到的，最符合地球标准模型的家伙了。它的个头不大不小，距离母星不远不近，除了一年相当于地球上的两年，表面温度过低，大气密度只有地球的一半，其他条件几乎都是地球的克隆版。

这些条件正是我登陆的理由。

我移动了，速度不快，像一团滚动的绒球。我散布周身的无数细密的"针尖"，那90万枚空间点阵式磁力触足，突出体外。它们摆动着，像水波一般荡漾起来，让小小的我，从碎石遍地的一座赤红色沙丘，稳稳降落到环形山谷底。作为产自百年前的第一代微型太空车，自更新系统和自组织功能，让我直到今天也不算过时，可以在各种地形地貌如履平地，甚至可以毫不费力地爬上光滑的玻璃幕墙。

当然，荒凉艰险的星球依然充满挑战，而且，我还有很远很远的路要走。

十一

红尘星朦胧的黎明，远没有地球上的辉煌灿烂——绽放绚丽光芒的织女星，仿佛一枚纽扣大小的蓝色光斑，划过赭红色的天穹。

无尽的前方，碎石掩埋在风化的土壤里形成的一条条斑驳纹路，是星球在数十亿年的时光中留下的岁月痕迹，仿佛诉说着无限苍凉的远古传奇。

在一道壮阔峡谷的沟壑前，我停了下来，摆动着小小的脑袋，东看看，西看看，从肚子里下出一枚花褐色的"鸟蛋"。鸟蛋迅速裂开，里面当然不是一只雏鸟，而是正在变形的一个纳米硅质机器人。小小机器人挪动着方块状的身体，用圆条形四肢拾起几枚石子，吞进肚子。很快，它体内传来一阵"吱吱嘎嘎"的声响——那部食指般粗细的纳米模块原子生成器，正依据程序软件，将石子破解成具有磁性的硅原子，再组装为分子级别的智能模块。

星球午后的温暖阳光下，细沙般的一簇簇模块静静撒落下来，为我面前的一方小小石地，蒙上一层绮丽的金黄。我凭借纳米超导电池转化而来的强大光磁动力，从尖尖的喙部，发出一道炽烈灼烧的蚀刻激光，那抹金黄在高温强光及磁场力矩的耦合作用下，不断融结、凝聚……键合成又一个硅质纳米机器人。

随后，两个外形一模一样的机器人，各自开始新一轮自克隆进程。

红尘赤道峡谷的深沟险壑前，那片逐渐扩大的工地忙碌起来。机器人们就地采集矿石资源和恒星能源，源源不断地自我复制，数量很快过万。

太空工程随之拔地而起。

数万机器人不分昼夜，却没有建起蒙古包似的太空基地，而是砌成一座四壁坚固、形如烽火台的"太空工厂"。工厂里生产的，也不是开掘地基的起重机，或者开凿河道的挖土车。总之，没有什么有形设备从里面轰隆隆地开出来。

的确如此，这座形态奇特的"太空工厂"，只生产一样看不见的东西——那些微尘似的浮沫，纷纷扬扬地飘向太空，倏然消失在一望无际的粉红色天穹。

开辟第一片星球基地，我和"孩子们"足足用了3个月时间。现在，我要离开这里，继续前行了。

在我脚下，深不见底的千沟万壑，自西向东无尽绵延，犹如一片巨大落叶上的条条叶脉。

崖壁上的我，轻轻舒展一对薄如蝉翼的羽翅，它们在温暖的晨辉下透出清亮的光泽——那是常温超导反重力激光推进器，足以帮助我遨游长空、飞越重峦。

十二

日子在不慌不忙、不紧不慢中缓缓流逝。

我在红尘星上，转眼度过 150 个年头了。我的样子和初来时相比，已经焕然一新，小小身体里的 273 个功能模块也都运转正常。我和孩子们兴建起来的"太空工厂"已然遍布全球，那些蔚为壮观的"烽火台"们，仍在日夜不停，向时常刮起漫天风暴的微薄大气中，排放着团团烟尘，似乎永远做着无用功。

很显然，偌大的星球依然荒凉和严寒，没有一丝改变。

然而，星罗棋布的"太空工厂"，看似随意地散落在这个星球表面，总体格局上，却似乎有着什么神秘关联。如果我们此刻从烟雾缥缈的高空看去，它们仿佛是某种均匀覆盖全球的网格的一个个节点……

时间如潮水般，永不停息地漫过红尘蛮芜冷寂的寸寸空间，在一个雷暴肆虐的傍晚，鬼斧神工般的变化终于来了！

当一道澄明天幕，从四野蓦然垂落，在浩渺星空下熠熠生辉，并将无数星光幻化成从天而降的缤纷色彩，红尘星上刮了亿万年的风停了，下了数百年的雨也停了。慢慢穿行在荒野里的我停了下来，两片碳纳米气象信息采集板轻柔上翘，像我此刻微微扬起的笑脸。

那是一道"穹隆"，覆盖整颗红尘星上空的"天穹"！

是的，数以千计的"太空工厂"，是星球"天穹经纬线"的节点。"天穹经纬线"是由纵横 36 条共 3721 个地面基站组成的负责能量运行及信息控制的系统平台。每个基站皆以恒星光转化的集束激光，为整座"天穹"提供能量，并向组成天穹的兆亿纳米级光晶体发送控制信息。

事实上，"太空工厂"所生产的"微尘"，不是普通的灰霾，更不是特殊制备的二氧化碳，而是"自组织纳米光晶体"。那些肉眼看不见的光磁晶体纳米颗粒，小到无法加载光芯片，却可以施加磁感应，由此形成规模庞大的自组织系统。这就像在蜂群里，每一只蜜蜂都智力低下，却可以在自组织体系中，结成有序统一、密切协作的"聪明"阵列。

兆亿量级的纳米光晶体，正是在"太空工厂"提供的能源支撑下，以及光磁感应极其简单的磁力编程指令下，进行着模型建构、信息桥连、关联演化……经过一系列漫长的自组织过程，终于无声无息地结成笼罩全球的浩大"天穹"！

从那一刻开始，"天穹"就像是为星球披上的一件宇航服，将红尘星体与太空严酷条件隔离开来，以此制造星球磁场、防止大气散失、调控适宜温度、涵养生物圈层，让这颗行星走上生命演化的全新历程！

十三

刚刚在"太空工厂"的基础上建成的光磁航天基地，形如一座气势磅礴的汉代古城。我乘一缕扶摇直上的幽幽光弧，穿越城阙杂糅胡风的"圆庐"穹顶，再次踏上遥远征程。

澄明的天空下，我极目远眺，形形色色的人工智能开始大规模建设星际世界。它们依照蓝图挖好地基、开凿河道、造山填海，让一栋栋建筑甚至一座座城市，在星球上的海滨、平原及丘陵上拔地而起。

现在的红尘星，地表平均气温提升到11℃，大气密度接近地球的70%，地貌也与地球有了几分相像：原野间溪流清澈、绿意朦胧，海面上风平浪静、烟波浩渺——一颗崭新的"地球"正等候人类的到来。

可以想象，待到人类踏上这片星空沃土，这里已是换了人间的世外桃源。

我的上升速度达到每秒16.7千米，即将跃出大气层。我最后一次仰望着壮美高空上，那道凝聚我百年心血，以及数代科学人智慧的"天穹"——它以轻灵飘逸的清晰弧度，在深寂宇宙中闪耀着明媚光华。

我穿越了它，再一次飞向漫漫宇宙。茫茫太空里，将会有无数被"天穹"点亮的新地球，它们会孕育着人类太空文明的无限机遇和无穷希望。

对于小小的我来说，或许，前方的路途会更为漫长，遇到的星球会越发艰险，但我将依然承载着千千万万个老豆、毛毛、萌萌的不懈努力和永恒梦想，在深寂宇宙中风驰电掣，一路向前，去开辟人类更加壮阔的明天！

作者简介
张天航

中国科普作家协会会员，中国儿童文学研究会会员，全国少儿科幻联盟作家，大庆市儿童文学协会副秘书长，先后在北京科幻创作创意大赛"光年奖"、中国诗歌节等20余项全国赛事中获奖，作品见于《中国校园文学》《科幻世界》《天津日报》等10余种国家及省级报刊和文化平台。本文获第十二届北京科幻创作创意大赛"光年奖"科学童话二等奖。